阿莫沙蒂

秦迩殊◎著

作家出版社

1

森林没有安静多久，狼和蛇又打了起来。

银蛇占领了大半个天地。半蹲身子的灰狼朝天嗥叫，困守在临河小山岗上。双方僵持着，不肯轻易发动进攻。

黑鹰静默地孤立在山岗一侧，警惕地望着狼蛇大战。

阿莫沙蒂身处火光闪烁的浓烟里茫然四顾，到处是族人的哭喊和凶猛野兽搏击打斗的低沉嗥叫，却什么也看不到。她赤足站在鲜血里，血水迅速汇集成河。

"阿莫沙蒂！阿莫沙蒂！"浓烟之中传来瘆人的喊叫声。

血河漫过阿莫沙蒂的胸、肩，恐惧爬满了她全身。她叫不出声，全身战抖，泪流满面，不知要向谁呼救。

鹰啼划破弥漫青黑色烟雾的天空，阿莫沙蒂被鹰爪紧紧扣住肩头，脱离血河腾空而起。她惊惶地朝飘忽的脚下望去，灰蒙蒙一片混沌，野兽出没，哀鸿遍野。

黑鹰将她放在一条小溪旁，展翅飞远。她从惊恐中回过神来，才羞愧地发现自己身体赤裸着，皮肤因恐惧生出沙粒般的小疙瘩。

阿莫沙蒂急于寻找遮蔽身体的树枝，眼前一棵树也没有，小溪对面有座巍峨城楼，感觉似曾相识，却又不像罗婆土司府。

阿莫沙蒂想到城楼里找寻衣物，又担心遇到族人生出难堪。走到府门口犹豫不决，徘徊不进。突然听到府门内女奴们惊乍乍的叫喊声："大兹莫（土司）回来了！阿莫兹莫回来了！"

阿莫沙蒂以为自己被发现了，惊慌失措地藏在府门后。

没有人朝她藏身的方向跑，急匆匆跑来跑去的奴隶们根本没有注意到一个赤条条的女人藏在门后。

引起大家惊呼的土司是谁？阿莫家支的土司不是自己吗？哪里又冒出来个土司？

难道是疯子阿莫蒲智闯进府门了？阿莫沙蒂从门后走出来，忘记了赤裸身体的羞耻。

她奔进府门，尾随奴隶们向热闹中心跑去。穿过宽敞院落，踩在温热粗粝的沙土路上，感觉足底微微发烫、疼痛。道路上混乱地跑着平民和奴隶，仿佛在逃难、迁徙，不像是去面见部落酋长。沙土路所伸展的方向也不似通往位于府内第八院落的土司楼，更像是背离土司府，通向杂草丛生的旷野。

从远处望去，罗婺土司府如同雄踞一方的黑虎静卧在缓坡而上的帽儿山，“一场八院九层”殿门沿山势坡度呈梯次排列。

阿莫沙蒂熟悉居住了四十多年的府衙，这是周围数以百计的部落中最宏伟的建筑，也显示着它从三品的显赫地位。“虎头”正堂门厅下是九十九层汉白玉台阶。台阶连接四方场坝，惯称“土台”。土台上刑柱分立两侧，正中耸立雕刻着两蛇盘绕而上的葫芦神柱。门楼巍峨，额枋为牛角斗拱，上刻有龙纹，斜撑上描有“虎跃鹿奔”图，楼宇窗棂上镶有精美木雕“龙腾虎跃”“鹤鸣鹃啼”“鹰飞鸟舞”等穿花纹图形。正堂屋脊上雕有两只石虎相对，正中是葫芦尖塔。正堂大门为九开间，正中门面方方正正，两侧八门状若拱门，屋脊塑龙吻虎背。

九层府院依次为正堂门厅及王府护卫部、藏戈房、王府奴役房、账房、会面厅、议事厅、宰相厅、王殿、祭祀堂和歌舞堂。正堂门厅后八个院落为正殿，建有东西配庑十六间，左右有月门通道，每层递进两米，犹如九层梯田错落有序地排列在整座山丘。

要面见阿莫土司，必须穿过九重门的阻隔，拾阶而上，经过刻有庄重夔文和狰狞异兽的门楼、石雕，从小心翼翼走到胆战心惊，直到心有余悸地匍匐在虎皮宝座之下。

乌漆金粉刷染的门楼在稀薄阳光下闪着冷冷亮光，阿莫沙蒂仰望着高耸入云的土司府，站在台阶下轻轻发抖。

有人从她身旁跑过，一把攥住她的手，拖拽着她向前奔跑，在台阶上拉拉扯扯。她看清眼前放肆的人是哥哥阿莫蒲智，试图甩开他紧紧钳制自己的大手。他还是破衣烂衫、疯疯癫癫的样子，冲她大叫大嚷："阿纹（父亲）回来了！"

阿纹？阿莫基蒲？他不是已经去世快四十年了，怎么突然回来了？阿莫沙蒂用力挣脱哥哥的手，惊愕地愣在原地。青石块铺成的通道湿滑阴冷，寒气顺着她双脚像藤蔓一样缠绕攀爬到大腿，萦绕在小腹片刻，继续密密麻麻地笼罩全身。她冷极了，湿气变成水滴从发梢滴落下来，她克制地咬合不停磕战的牙齿，阻止寒意逼近心脏。

"两个大兹莫。"阿莫蒲智蜡黄瘦削的脸逼近她，突然发出轻快笑声。这时候不该笑，他竟然笑得出来，而且并无讥讽之意。她不怕被他看到赤裸的身体，他们从一个娘肚子里出来，他背着她到处跑，给她洗澡、捉虱子、梳头、哄她入睡。他们一起长大，曾分享彼此秘密，在母亲的眼皮下做违反族规的事。现在他不看她，只围着她若有所思地转悠。

"让他来见我。"阿莫沙蒂决定不进府门，不论父亲生死与否，她才是当下罗婆部落的土司，是经过阿莫家支奏报朝廷，元顺帝下诏认可的。

"真假兹莫。"阿莫蒲智笑得像青铜浮雕上的假面人。

"我不是假的。"阿莫沙蒂出了一头冷汗，莫名其妙地感到心虚。

阿莫蒲智没有说话，哈哈笑着像阵狂暴的风从正中门吹进正堂门厅。太放肆了。阿莫沙蒂用力咬住下嘴唇，心里泛起蚁噬般的疼。只有家支兹莫和诺曲（贵族）、大奚婆（大巫师）能从正堂门厅进入，疯子竟然也敢。

被抛弃、孤零零的感觉非常糟糕，阿莫沙蒂固执地站在原地。十多年来，她睁大双眼注视着吞噬一切光亮的黑暗力量，以清醒冷静对抗混沌漆黑的夜晚来临。她习惯在夜间徘徊、自语、争吵、哭泣和沉思，而酣睡在昭然白亮的正午时分。

如果她没有勇气穿过幽暗阴森的石道进入土司府，她将永远不知道真相，也许会永远站立在石阶之下，做个一无所有的酋长冒充者。

她高傲坚硬的决心一点点削减，身后是灰蒙蒙的雾气。雾霾是黑暗帮凶，它无法消灭光线就制造混沌，使她被孤立起来，让狄惹木嘎看不清自己。它钻进她身边人心里，使他们看不到她求助的眼神。她不向未知危险妥协，不让满脑袋恐惧战胜自己，她得去见见这位在世人心里早已容颜模糊的兹莫——因为血气方刚和鲁莽行事失去生命的父亲。

阿莫沙蒂走过无数遍的九重门被意念恶意拉长，她在漫长行进中听到母亲斯补纽纽舍隐藏在沉重布幔后面心满意足的笑声，妩媚婉转又意味深长。她还看到丈夫雷波鲁龙藏在隔栏洞里的一只眼睛，怨恨、恼怒、充满深情。她想扯下布幔来遮拦身体，可厚重的青黑色布幔如同天幕，似浇铸铁器般焊接到乌云一端，扯不动。在父母、兄长和丈夫面前，她不再为身体裸露感到羞愧屈辱，慢吞吞地走在青石板上。

她父亲——英明神武的阿莫基蒲土司，在大奚婆巴莫查查嘴里是位英雄。他澄澈的目光能穿透诡谲严密的云层，宽阔额头闪亮如日月，伟岸身躯就像雄奇巍峨的玉龙雪山。她从无数族人的传说中塑造出一位完美的盖世英雄，她非常想念他，为此曾花费一只成年黑山羊体重的黄金制作阿莫基蒲土司镀金像。可此时她害怕见到他，她只是在播种季节里徒劳奔忙的布谷鸟，不敢面对翱翔天空的雄鹰。

"你怕见他。"阿莫蒲智不知从哪里钻出来，幽灵一样飘到她眼前。他轻盈无形的身体飘来荡去，漫不经心地缠绕住她："你已经记不得真实的阿纹。他往生时，你只有三岁。我记得他，那时候我已经十岁了。"

阿莫沙蒂讨厌他的口气，就是他不用心的无所谓态度把他和她推出了正常人生轨道。他却置身事外地说着风凉话："你总是磨磨蹭蹭，不知道该往前还是往后，往左还是往右。"

"他既然死了，怎么还会回来？"

"阿莫家支陷入危难境地，任何一位祖灵都放心不下。他们为之奉献一切的家支不能毁在一只布谷鸟的手里。"

"你也不是雄鹰！让开。"阿莫沙蒂双手握成拳头，把身体弯成一张准备射发羽箭的弓，怒气冲冲地对着消失在雾气里的哥哥说。

第八重王殿看上去像个荒坡，白虎皮铺就的雕花紫檀座椅放置在寂寥的草地上。迷离温暖的景象与前面甬道的阴暗寒冷不同。午后太阳闪耀略带浮夸的热情，粗鲁地亲吻着大地。刚从寒冬苏醒过来的山川河流不敌初春的阳光和大风，露出懒散惺忪模样，红黄干燥的土壤暴露在稀疏的杜鹃花丛之下。层层叠叠的连绵山脉腰间环绕着的浓重白雾显得断断续续。山间河流干瘪成线，灌木丛细小枝条乱糟糟地堆满山头。

夹杂咆哮、呼喊的大风推搡着阿莫沙蒂，推着她往那张高大座椅方向走，她坐了二十多年的土司椅近在眼前，上面却坐着陌生男人。阿莫沙蒂揉了揉眼睛，却始终无法看清坐在土司宝座上的人的面容——那面容像一团流动的黝黑气体，忽而慈眉善目，忽而狰狞凶恶，忽而年轻光亮，忽而衰老黯淡。

愤怒让她忘记了赤裸的羞耻和抛弃受苦族人的愧疚，她扬起头向宝座走去。宝座上的人朝她伸过来一只左手，苍白、颤抖、透明，像刚刚经历难产的新生儿的手。它从已逝的年轻土司阿莫基蒲的察尔瓦（羊毛披毡）下向她伸过来，她相信这只手传递着天神的旨意。

阿莫沙蒂疑惑地伸出手去，想要抓住它。阿莫基蒲——她的父亲，家支里永恒的太阳神。她匍匐在他脚下，仍旧看不清他容貌，他的脸背对太阳躲藏在阴影里。

"阿纹？"阿莫沙蒂没抓着父亲的手，只握住一串清凉沁骨的金器——阿莫家支贵重的传家宝——雕刻精巧的金葫芦项链。她曾在哥哥脖颈上见过，他早把它弄丢了。

"沙蒂。"阿莫基蒲发出沙哑微弱声音，像土壤深处无数只土蚕挖掘地下通道的声音被放大，听来让人背脊发凉。"我和你都站在同一块巨石面前，我想把它推开，可它把我压死了。你可以去推滚下坡的石头，把它推到山顶上去，或者它把你压进泥土里。推开这块，说不定后面还有数不清的石头等着你。你是阿莫家支的兹莫，你的胆怯和勇气都不仅仅是你个人的。我的沙蒂，你要警惕身边人，他们会在你推石头的时候，给你腰上来一刀。"

"阿纹，我很害怕，一个人没办法推开石头。"

"找到同盟者。"阿莫基蒲的鬼魂变得异常衰弱疲惫，声音失去质感，像烟尘一样飘散。

阿莫沙蒂预感到天神即将离去，情急之下身体往前扑去，想要抓住转瞬即逝的依靠。黑色察尔瓦被突如其来的风鼓动飞舞，秋蝉羽翼般的手迅疾地缩进黑雾里。风暴停止，阿莫基蒲杳无影踪。

"阿纹！阿纹！"阿莫沙蒂站在原地团团打转寻找父亲的踪迹，王殿只剩下空空如也的土司椅，稀薄阳光若有似无地铺洒在白虎皮之上，像一摊清淡茶渍。

土司府忽然轰然倾倒，尘土漫天，一切具象消失无踪。

"我能相信谁？依靠谁？"

阿莫沙蒂猛地睁开双眼，四周是暗红色的红豆杉木质墙壁，如同凝固的血液。她满头大汗，浑身无力，舌头和喉咙像着了火，不能喊叫，不能挣扎起身，只好虚弱地躺着等人进来。

公元一三八一年农历二月初三的白天与之前和其后无数个白天一样平淡无奇。蝉鸣声尖锐持续，最终压倒其他高高低低的声音，单调沉闷地在热浪中回响。

白色重叠的云朵在云南罗婺土司府上空堆砌成连绵雪山，向大地倾倒下来，压得值守的女奴喘不过气来，跑到下院去找水喝。

从梦魇中醒来的女土司阿莫沙蒂感到极度口渴，等身体恢复些气力才轻声叫唤贴身女奴阿和，却无人应答。

过了许久，神秘消失的气力又重新回到阿莫沙蒂身体，阿和端着盛满清水的漆碗、铜盆进来，给她喝下山泉水，用浸湿的白棉汗巾替她擦脸。"大兹莫觉得好些吗？天气太热，白天睡觉，最容易梦魇。"

阿莫沙蒂神情恍惚地斜靠在木枕上，看着阿和为自己擦手、擦脚，眼前仍有梦境里清晰画面的干扰，在虚妄中飘游的意识正稀稀拉拉的回到现实。她身体时不时仍会轻微颤抖，可怕无助的感觉并未消失，心不在焉地问："几时了？"

"申时过了。"

"阿依（母亲）在吗？"

"没见夫人出去过。"

阿莫沙蒂已有三个多月没见母亲斯补纽纽舍，每次看到母亲她都手心冒汗，格外紧张。她不想让母亲看出她的怯懦、恐惧，在美艳如茶花的女人面前，她必须拼尽全力维持足以让对方不能轻视的威严，尽管有时候虚张声势的掩饰都是徒劳，她是斯补纽纽舍的女儿——母亲自以为对她了如指掌，时常以轻蔑、不屑或者冷漠的姿态面对她。母亲曾代替父亲帮助家支渡过危险难关，手握部落里生杀赏罚大权，包括继承者的选定和他们的婚姻幸福。位高权重的女人披上厚重奢华的黑袍后，目光变得犀利、冷酷、藐视一切。她似乎总能一眼看透阿莫沙蒂内心，她洞穿一切的眼神能把现任女土司的勇气全部杀死。幸好，权柄和时间帮助了弱者，再强悍的人也经受不住岁月磨损，失去王冠垂垂老去的生活会消磨掉母亲尖锐锋利的一切。

阿莫沙蒂忽然想去见见母亲，和她说说梦境里的父亲。她穿过丈夫雷波鲁龙的房间，那里空无一人，连侍奉他的男奴们都躲懒去了。

2

斯补纽纽舍的别院在第八王殿左侧面，新建而成独立三合小院，有月门连通土司府土司楼，正门与府门方向一致，坐北向南，遥对文笔山头两座尖峰之间。

平日上锁的月门意外地虚掩着，阿莫沙蒂趁四下无人，贪图近路从月门走进母亲的三合院。天气燥热难当，没有女奴敢在廊下偷懒打盹，她们集中在小伙房里准备夫人的精细饮食。

阿莫沙蒂注意到母亲的庭院里新培植了几株山茶，总有人不分季节地为斯补纽纽舍寻找珍贵茶花。回廊和雕花木窗、屋脊的牛角斗拱、垂柱都新刷了漆，散发着淡淡漆树汁和油桐树味，在阳光下闪闪发亮。斯补纽纽舍豢养着阿莫家支最好的漆匠、银匠、花匠和厨子，她的餐具、漆器、头冠、银饰、鲜花、园林、糕点、菜品是周边众多部落首领注目的焦点。

"……她跟我们想的不一样。她想归附汉人。您最了解她，别看她外表柔弱，其实固执得像头牛——"雷波鲁龙的声音毫不压制地传到隔房间二十多米远的阿莫沙蒂耳朵里。

阿莫沙蒂没听到母亲回应，她慢慢靠近会客厅门口，想象得出母亲蹙紧眉头喝蜂蜜野坝子茶的样子。

"阿依，您可不能不帮我。我们血管里都流着阿普笃慕的血液，都是支格阿龙的子孙，不能成为异族奴隶。当年阿莫基蒲兹莫因为不愿意变成蒙古的狗才丢掉性命的，我们才是乌蒙山和金沙江的主人。"雷波鲁龙压抑的愤怒通过厚重短促的鼻音传递出来，所有字节的单音都拖着沉重尾巴。

阿莫沙蒂的后背贴在被阳光晒得温热的杉木门上，从雕有"梅花鹿衔灵芝"的木窗孔看到面对门口的母亲正埋头喝茶，背对木门的丈夫上身前倾，盘腿坐在漆桌前。

"她是阿莫家支的大兹莫，是我的阿幺（宝贝），你的喜莫（妻子）。"斯补纽纽舍慢条斯理的语调里流露着犹豫、试探和鄙夷意味。

"她把您赶出兹莫楼，阻断您跟诺曲们联系，不听您建议和规劝，哪里把您当成阿依看待。至于我，您比我更清楚，她心里根本没有我。"雷波鲁龙忿忿不平地说。

"不管怎么说，她还是你两个孩子的阿依。"

"我的孩子？他们都姓阿莫，不姓雷波。"

"我不管你们夫妻之间的事。"

"这不是夫妻之间的小事。阿依，眼看大明军队快要压境，掌管云南的梁王把匝剌瓦尔密绝不肯将云南拱手让出。现在是罗婺人、卢鹿人千载难逢的好机会，我阿纹来信密告我，大理总管段世欲联合各部落割据独立。我们会回到大理国以前的好日子，各家支和平共处，来往无犯。"

"哼，从来就没有什么好日子。家支间也有强弱之分，哪里有过和平共处、来往无犯的时候？"

"这场仗我们是拦不住的。阿莫家支和雷波家支要在这趟难得的浑水中捞到更多土地、矿产、牛羊和奴隶。"

"沙蒂是阿莫家支的大兹莫，她才是决定家支命运的主宰者。我就算赞同你的想法，恐怕也没有力气阻止和改变她。"

"您有！"雷波鲁龙的声音收敛了激动，像加热后的麦芽糖发软发甜，"四十多年前，您曾是多少强大兹莫梦寐以求的新娘。您偏偏挑中了势微力单的阿莫基蒲，后来您一人拉扯两个孩子，把阿莫家支从衰败边缘拉回富足强盛的现状，令远在巴蜀、贵州的兹莫们都肃然起敬，称赞您是阿莫家支的月亮神。只要您肯动用威望，阿莫沙蒂就会被您取代。"

斯补纽纽舍笑出声来，明亮的眼睛里漾出粼粼波光，声音里饱含蜂蜜茶水分："当初可是雷波兹莫提出让沙蒂来做阿莫兹莫的，这会儿又撺掇我这个老太婆掌权，你们雷波家支是不是早就把阿莫家支看成是一颗随意摆布的棋子了？"

雷波鲁龙看着眼前笑靥妖娆的半老徐娘，不由得脸热心跳。难怪父亲曾为这个女人着迷，年近六旬的她依然动人心魄，她具有妖魔般神奇魅力，连皱纹都活色生香，更别提当年风华正茂时的美艳之姿。雷波土司曾告诫儿子，万不可对斯补纽纽舍掉以轻心，就算她手中没有了虎符金印，她仍然能翻转阿莫家支的命运。

斯补纽纽舍眼波流转，灼热目光在呆愣通红的雷波鲁龙脸上溜了一圈，懒洋洋地问："是不是？"

"雷波家支和阿莫家支是血肉联系，我的孩子将是阿莫兹莫继承人，也是雷波兹莫的阿么。您也是卢鹿人，我们要联合岁嫠人对付异族和敌人。"

"你刚才还想除掉自己的喜莫，不是吗？"斯补纽纽舍柔波般的目光突然间变成寒光闪闪的刀剑直逼雷波鲁龙。

"如果，如果沙蒂要联合异族，我只能像您一样大义灭亲。"雷波鲁龙不明白好端端的谈话气氛怎么突然急转直下，变成狰狞压抑的对峙。

"学我？"斯补纽纽舍恼怒地紧盯住雷波鲁龙的眼睛，"你为的是雷波家支的义？还是阿莫家支的义？"

"我，我为了卢鹿人和罗嫠人的义。"

"我亲爱的鲁龙，你为什么流汗？为什么不敢看着我的眼睛？你是心虚，还是撒谎？"

雷波鲁龙咬咬牙，昂起脸望着岳母粗声大气地说："我没心虚，也没撒谎。阿依，今天我把话给您说透了。您私通阿恩、万德府千户和银匠的事，我都知道。您私囤金矿、盐井的公物，暗中和斯补兹莫、东川阿蒙兹莫把金银、皮毛、盐、木料销往汉区，我也知道。这些事只要漏出一点点去，您就会被阿莫沙蒂赶出文笔山去。"他以为这番狠话放出去，斯补纽纽舍定然会暴跳如雷与他争吵。他顾不得后果，只想得到结果。现在制造愤怒和混乱，兴许能逼迫斯补纽纽舍听他的话威逼妻子下决心联合大理总管，放弃归降大明的念头。

斯补纽纽舍毫无反应，慢悠悠地从紫红釉瓷瓶里倒出蜂蜜茶，在鼻尖闻嗅，端起瓷瓶、瓷碗仔细端详。她招待家人饮用各式茶点时，最爱选用从汉区献来的北宋钧窑瓷。她第一次见到阿莫蒲智从汉中带回来的紫红釉瓷瓶就爱不释手，为其深邃艳丽的红色痴迷。她眉毛上扬，伸手将雷波鲁龙面前盛有蜂蜜茶的瓷碗端起，把琥珀色茶水泼向门边，轻描淡写地说："你根本不配享用这套瓷器喝茶。"

藏在门外微微冒出热汗的阿莫沙蒂听见泼茶声，知道母亲下了逐客令，她得先丈夫一步离开小院。

雷波鲁龙不甘心失败，他发出最后一支利箭："您难道想看着阿莫家支变成杂种部落？"

斯补纽纽舍目光凌厉地盯着他，如同呕吐般从胃里吐出一个字："滚！"

雷波鲁龙知道这支箭的威力。他暗自得意，表面乖顺地起身离开了斯补纽纽舍的房间。

从月门溜回房间佯装熟睡的阿莫沙蒂听到丈夫在门口问阿和："大兹莫一直睡着？"

阿和说："是，每天都这样。"

"今天天热，也不起来喝水？"

"没有。还不到热得睡不着的时候。"

罗娑土司府上下都知道阿莫沙蒂土司是个晨昏颠倒的女人，倘若没有急事需要处理，整个白天她都在睡觉，冬春两季更是如此。

阿莫沙蒂听到丈夫左脚重右脚轻的脚步声慢慢离开阿和，犹豫不定地下了台阶，消失在通向侧门的红砂石路上。

3

自从云南司徒平章达里麻送来指令后，阿莫沙蒂就难以入睡。她站在与四十二年前父亲所处的相同的风口浪尖，家支存亡维系在她的抉择上。

阿莫沙蒂常常置身其中地去想象父亲曾经面对的情形，如果当时父亲到了她此时的年纪，而不是觉得自己会永远勇猛下去的二十七岁，还会做出同样选择吗？她感到迷惑、怀疑和沉重。严重后果令年过不惑的阿莫沙蒂不敢抱有乐观情绪做抉择，稍有不慎，无辜族人的性命将灰飞烟灭，阿莫家支会再度遭受毁灭性打击。到那时，即便天神能宽恕自己，她也无法面对良心。

达里麻的指令用生硬的爨文直译蒙古文体写成，这类指令通常很短，有时不知所云。这次指令的行文比为数不多的几次指令冗长，里面盛赞了罗婺土司府历年对朝廷的供奉和忠诚，避而不提阿莫基蒲率众对朝廷发起兵变一事。达里麻用温和口吻下达要求罗婺土司府尽力协助朝廷抗击明军的指令，随同指令而下的是少得可怜的赏赐，一百支箭弩和十六缸用稗子酿成的美酒。这是四十年来梁王最为寒酸的一次赏赐。

阿莫沙蒂最近不断收到来自各家支土司的密信，信里或以温情，或以明理的态度将滇人未来命运分析得头头是道，究其结果都如雷波鲁龙所说，欲拥护大理总管段世割据云南。尽管元朝廷在云南建立行省，更置路、府、州、县，把各个家支分散或者合并地设置万户府、千户所、百户所，又大方地给土官们封官加衔，授以安抚使、宣抚使、宣慰使或者行省平章参政之类的流官虚衔，其实不过是一种毫无实际利益的抚慰手段。云贵川地区习惯上仍然以土著家支强弱划分区域和尊荣，以卢鹿人、罗婺人、些莫徒人和磨察人自称。分置各处由蒙古人和汉人担任的流官，只充当朝廷耳目，对当地土官毫无办法。

形势十分清晰明了。朱元璋在南京称帝十三年，中原初定，九年前灭了四川"大夏"政权。而盘踞云南的梁王仍不断遣使北上，达元帝行在，执臣节如故，对明朝形成南北牵制之势，令朱元璋如鲠在喉，不吐不快，尽早完成统一大业已成势在必行之事。此次派出傅友德、蓝玉和沐英率大军征讨云南，必是做了充足准备。掌控云南的梁王极不甘心，派遣心腹密使经西蕃绕出塞外，去向逃回蒙古草原的元顺帝通风报信，誓死抵抗。曾统治云南三百一十七年的大理国君主段氏后裔也想利用这场战争卷土重来，独立称王。

孰强孰弱似乎一目了然，可滇人不这样看。

这场战争对汉人或者蒙古人来说只是谁赢谁输，对滇人而言则是你死我活。滇地土著族系庞杂，族源交错扑朔迷离，他们的祖灵和子孙从未踏出连绵不绝的山脉和纵横交织的河流。云南是波涛起伏的高山密林，他们是森林里的猛虎、亚洲象、猫头鹰、花豹、野猪、金丝猴、乌梢蛇、豺狼、林蛙、穿山甲、狸猫、老鼠、天牛、蜣螂、蚂蚁和蚯蚓，是漫山遍野的杜鹃、黄槐、泡桐、兰花、山菌和苔藓地衣，他们不愿意离开密林河谷到陆地和草原生活，也惧怕森林里窜出狮子、野牛、河马、鳄鱼和鬣狗。他们坚信战争拼的不一定是武器和人数，斗志、情感、血统、信仰和时机等因素会改变战争结局，如同六百四十年前的天宝战争。他们会说："挨打的猎狗跑不过逃命的兔子。"

阿莫沙蒂清楚知道现在不是六百多年前的情形，朱元璋不是迷恋杨贵妃、深陷安史叛乱之苦的李隆基，强弩之末的段世也并非日渐强大、北靠吐蕃的阁罗凤。阿莫沙蒂为此打不起精神来，闻到银耳燕窝粥甜腻腻的气味就反胃，明媚天空过于单调，花朵全无颜色，香料令她感到厌恶。蒙古骑兵从天而降消灭大理国之前，辉煌一时的吐蕃、大辽、西夏、金国就已相继灭亡，其后又一口吃下了大宋，分封四大蒙古汗国，铁蹄踏至地中海边缘。如今不可一世的元朝兵团已分崩离析，盛运不回。她不得不权衡再三，犹豫未决。

眼前看上去有三条路可选，然而在大多数土司眼里，这是场没有选择的战役。唐朝与南诏国的"天宝战争"仍在滇人心中不断发酵，认同唐、宋旧制，奉正朔，定朝贡，以为外藩。阿莫沙蒂猜想，如果父亲阿莫基蒲在世，遇到今日情形，他依旧会做出跟从前一样的决定，如同飞蛾扑火般以崇拜鹰虎的血性冲动赢得罗婆族群尊严，宁愿付出灭族、无辜命丧的惨重代价。

她深知自己的选择会比父亲迈出赴死脚步的行动更难，要背负可能招致万众唾骂、蔑视的枷锁踽踽独行。她害怕失去族人信任和支持，倘若无人响应她号呼，错过最佳时机，不仅不能挽救部落族人性命，她也将永远被钉在罗婆部落的耻辱柱上，所承受的屈辱和痛苦也会变得毫无意义。

但她看不到事态转折的迹象。她不能跟身边亲人坦露真实想法，无论是享有尊荣的土司、土官们还是拥有土地、牛羊的黑骨头贵族，跟谁都无法言说。她周边簇拥着亢奋激动的人群，被战火烧得沸腾的血液哗啦啦一刻不停地流淌，没有人愿意听到不同见解。在议事厅召集土官和贵族商议对策时，面对众口一致的说辞，她无法开启唇齿，说出思虑千遍的决定。

她不能和土官、贵族们，甚至自己母亲、叔伯达成一致，又无法信赖表情麻木、目光呆滞，挣扎在生存线上的平民和奴隶，找不到拥戴者。

时间像流沙般消失，打不开困境让她焦虑得头痛欲裂，无法安睡。愤怒的族人会把她的理智当成懦弱，他们会把她的皮肉剥开，看看里面到底有没有坚硬的黑骨头。

她感到了深切的、不被理解的孤独——在闹哄哄的人堆里感到绝望孤单。沉默仰望苍穹的女土司常常会想起二十多年前阿莫蒲智扯着母亲衣襟跪倒在地的哀求。那时候，他凄凉绝望的心境一定也像她现在这样。

"宁愿站着死，绝不跪着活！"狄惹木嘎摇晃着她肩头，牙齿间迸溅的仇恨几乎把她撕碎。

她连自己都说服不了，更不知如何说服其他人。罗婆人皮肤呈古铜色，眼睛深凹、鼻梁高挺、嘴唇薄长；汉人皮肤红黄隐隐，细长眼睛、阔脸浓眉、狮鼻窄嘴。罗婆人尊万物为神，以黑骨头为贵；汉人尊天道、仁义，以皇家为贵。罗婺人视汉人为异族，汉人视罗婺人为蛮夷，两者之间犹如油与水不可相融。先辈们与元朝廷不屈的抗争就是血淋淋的前车之鉴，同样留着天菩萨的蒙古人和罗婺人都无法共融，更何况从外相到内心迥然不同的汉人和罗婺人？阿莫沙蒂在祭祀堂内祖灵的牌位前祈求罗婺部落能避开眼前这场覆巢之灾。

当年父亲不愿被小眼睛、大宽脸、颧骨高耸、黄褐色皮肤的蒙古人统治，举兵造反，虽然战事惨败，但在阿莫家支和部落族人心目中是永远的大英雄。如今她与父亲背道而驰的选择却无法对家支族人说出口。阿莫沙蒂的脑袋里钻进了一群嗡嗡乱叫的山蚊子，吵得她魂魄都不愿待在无计可施的身体里继续受罪。生存——哪怕是最屈辱的活着，难道不值得人们歌颂吗？只有决绝的毁灭才能赢取叫好之声？

那场战争把生机勃勃的阿莫家支拖进可怕的灾难深渊，男人们马革裹尸战死沙场，留下寥落破败的家园让弱小无助的妇女、孩子、老人承受，为此遭受长期饥饿、寒冷、凌辱、病痛、流离失所、恐惧的残酷折磨。四十多年时间，族人们难道全都忘了，又忙着为另一场可能制造类似灾难的战争呐喊欢呼。

死亡并不可怕，如同族人歌唱的——像踏上返回故土的路途一般，痛苦从此消失。绝望地活下去才最可怕，曾经敏感鲜活的肉体在无尽头的苦日子里浸泡，看不到希望，像受到生命威胁的野兽一样活着，渐渐变得麻木冷漠，连羞耻、痛苦和关爱都感受不到。她能肯定自己选择的路就是正确的？或者像父辈所做的那样，成为灭绝族群最后的荣光。

自南诏以来，滇地族人的祖先通过一场场战争所获得的自由和独立正在减少。没有蒙古人和汉人进犯，卢鹿人、些莫徒人对罗婺人的威胁也从未停止。但那是另一回事。选择活下去，他们丧失的有可能是站立的尊严和由所有族人祖祖辈辈的智慧和性命换取凝结而成的先进经验。被兄弟姊妹暴打一顿，好过被外人剥去衣衫。更何况，这绝不是止于表面的羞辱，更有可能是深入骨髓的异化和突变。他们将以面目全非的容貌和割裂破碎的灵魂走过彩虹桥，去与为保家支尊荣流过血汗的祖先们相聚。到时候，她怎么对年轻父亲的亡灵去解释发生的一切?

路被堵死了，一点余地都没有。要么死，要么活，从来都不是能轻易下决断的事。

应该下场雨。盛夏季节，云南很少下雨，可事情总有例外。阿莫沙蒂在白天的酣睡中梦见死去多年的父亲，受到他的谕示，梦游似的来到母亲的别院，听到了丈夫胁迫母亲要令她改变主意，否则除掉她的密谋，就是个例外。但这不是偶然事件，是迟早必然发生的不可避免的矛盾冲突，不过是剧烈冲突开始前的引子。

她不想反复回忆丈夫的话，连母亲似是而非的声音都不愿想起。一直以来她和母亲就像关在一个笼子里的马鹿和猫头鹰，她和丈夫也想不到一块去。事实上，她和家支里的谁都想不到一条路上，如果一定要找出微弱相似点，她和疯子哥哥阿莫蒲智在某些方面倒能相互理解。可他是家支众所周知的不正常的人，是族人眼里的疯子。

空寂夜晚，繁星如花朵般开满天空。

阿莫沙蒂想忽略掉在母亲别院遭遇的阴谋，不，她无法忽略掉，每次想起，泪水总会夺眶而出。它们不是随便说说的话语，不像轻风那样一刮而过，那些恶毒话语是隐藏锋芒的刀刃。他们是她至亲家人，他们恨她到了想置她于死地的地步。他们说的每个字都是刀锋上的锯齿，每想一回就在她心上划拉一次。

她想起他们就难受，强迫自己不要反复去想，多想想梦里的父亲，想想儿子们。大儿子阿莫久支继承了父亲的外貌和外祖父的英武勇猛，能骑马追逐在密林里乱窜的野猪，一箭射中它眼睛；小儿子阿莫驰达更像少年的阿莫沙蒂，顽皮淘气，经常炫耀地叉开双脚站立在两匹并行奔跑的大理马马背上。他们的活力和笑容能赶走阴霾，想到他们的未来，阿莫沙蒂不得不打起精神。

如果刮起凉风——像掠过树梢的蝴蝶一样轻盈的风，就不会下雨。洁白的云垛堆得太高了，用手摇一摇，就会呼啦啦像垮掉的草垛子从天上砸下来。天垮了，有厚实的大地接着呢。

阿莫沙蒂想出土司府走走，走在种满荞麦、小麦、大麦和芋头的红土地上让人感觉踏实。曾有汉人流官盛赞滇中的农业，"墟落之间，牛马成群"。阿莫家支能有今日粮仓充实、牛羊满坡的光景，大半是斯补纽纽舍和阿莫沙蒂持续推进开荒屯田、还田于民的新政功劳。

盛夏时节，万德土城周边沃野和青山上铺呈深浅不一的绿色正伸展触角向四周扩散，空气中弥漫着植物生长的清新气味、牛马羊皮毛温暖微膻的气息。领头羊脖颈上挂着的铜铃从浓密灌木丛中发出清脆悦耳声响，山寨里、山头上传来的小调山歌远近呼应，此起彼伏。漫山遍野的龙胆、牵牛花、太阳花、鸡冠花、米兰、六月雪、美人蕉、蕙兰、扶桑、合欢、蛇目菊、凤仙花、茉莉花、仙人掌、夹竹桃竞相开放，把山乡染成姹紫嫣红的画卷，走着看着，心就醉了。

许久未出府门，阿莫沙蒂显得有点急切。她叫来阿和为自己梳妆，解开缠绕头上的黑纱包头，盘发于脑后，以红黄丝线点缀发髻，取下金簪银链，硕大的金耳环换成红珊瑚珠耳坠子。穿上平常出行的斜襟素衣和滚花边蓝裤，脚穿千层底毛边绣花鞋，披上白色察尔瓦。

"阿和，把加巴惹叫上。"阿莫沙蒂端详铜镜里并不年轻的自己，略带感伤。

"晚上不回府了？"

"明天回府。"

"兹莫大人早该出去散散心，在府里闷了半个多月，我看着都心疼。"

阿莫沙蒂低头看看正值青春的阿和，对她温柔地笑笑。在渴望温情的女人心里，没有什么比留住青春和美好情感更让人心动的。可回望成长之路，阿莫沙蒂对重来一次的青春时光心生恐惧。

她太想诉说自己的彷徨无助和焦虑担忧了，土司府里到处都是眼睛和耳朵，她甚至不能在祭祀堂里对大黑天神像倾诉。斯补纽纽舍说过她像只梅花鹿，根本不适合当土司，挤在老虎和鹰、蛇、狼群中间只会自讨苦吃。她想到府衙之外的森林、河谷、溪流和山洞里去，和一棵树、一块石头、一潭清泉、一只太阳鸟、一缕青烟、一朵龙胆花说说话。

小时候母亲从未抱过她，童年记忆里飘散着女奴们身上散发出的干燥麦秆和新鲜水冬瓜树皮气味，她只能远远地望着坐在紫檀木椅上高贵而陌生的女人。哥哥是母亲的心肝宝贝，如果父亲不遭遇战乱，她相信她会拥有四五个小弟弟。正如母亲说的，她将会成为能给阿莫家支带来好处的某个土司夫人，而男孩才是阿莫家支的土司和贵族。她是随时都有可能被拆走的木头架子，哥哥和"弟弟们"才是罗婓部落恢宏建筑物的中梁巨柱。

母亲的人生因为父亲过早离世和哥哥突然反抗陷入失望的泥沼，一次又一次，磨难使她变得异常坚强，犹如风雨不摧的磐石。

如果阿莫蒲智在触犯众怒的错误面前让步，今天的她会在哪里？面对让她心烦意乱的局面，他会做出怎样的反应和选择？每遇到艰难抉择，她就会想起本应坐在土司位子上的阿莫蒲智，像梦魇一样不肯消失的哥哥——离开罗婓部落十七年的疯癫人，像水蒸气般消失的手足，如今徘徊在哪座山头，醉卧在哪条溪流？

4

罗婓人都说阿莫蒲智是疯子。

阿莫蒲智从不认为自己是疯子，他是阿莫基蒲唯一的儿子——罗婓土司无可争议的继承者。罗婓人说阿莫蒲智是疯子是因为斯补纽纽舍说他是疯子，阿莫基蒲土司的遗孀斯补纽纽舍说出的话就是不可更改的命令。

斯补纽纽舍不是土司，原本她想成为土司，但罗婓部落有更严格的承袭制度。她是卢鹿人，从曲靖地区嫁到阿莫家支来。阿莫基蒲土司去世得早，他生前非常爱阿莫蒲智，像天空那样宽广深邃的爱，让阿莫蒲智感到舒服。母亲也很爱阿莫蒲智，她的爱却让他吃不消，把希望全押注在一个人身上的爱就像勒得人喘不过气来的搂抱。阿莫基蒲战死后，斯补纽纽舍掌控了阿莫家支的权力，阿莫蒲智也失去了行动自由。阿莫蒲智的童年生活只剩下读书学习，每天都要学习不知道将来干什么用的东西，让他感到烦恼、厌倦。阿莫蒲智不怪阿依，阿纹留下个让人焦虑不安的烂摊子。

年轻的斯补纽纽舍高贵美丽，有时甚至娇滴滴的。她原本讨厌强势女人，阿莫蒲智小的时候常听她说周围部落女土司的不是，说她们没有女人味，像戴着牛角银帽的雕塑，冷冰冰的。她喜欢黏着丈夫，他们在一起的时候，在阿莫蒲智眼中天下没有更美的人物。阿莫蒲智从母亲身上看到，人会因环境、经历、年龄发生巨大变化，最有可能变成最初自己厌恶的人。

　　阿莫蒲智不知道自己的降生是幸运，还是不幸。从咿呀学语开始，周围人都说他是未来的阿莫土司。阿莫蒲智花了很长时间才确认自己的新身份，他觉得自己还是小孩，小孩最应该干的事就是玩儿，不是当大人们的土司。阿莫蒲智对那把看上去阴森森的铺着白虎皮紫檀木靠椅不感兴趣，时常为自己的身份苦恼，他的奴隶们却羡慕得不得了。阿莫蒲智的小跟班查姆经常说，他羡慕得眼睛都发蓝了。他的话让阿莫蒲智想到夜晚出现在山头上的野狼，长大以后阿莫蒲智在汉中和更远地方见过蓝眼睛的日耳曼人，在中原其他地方也见过这种常常羡慕别人而眼睛变色的白皮肤人。

　　阿莫蒲智最羡慕的是尼冒（妹妹）阿莫沙蒂，她是他的小尾巴，在他看来她就像在米堆里打滚的耗子，快活得无法无天。阿莫蒲智也曾有过一段快乐时光，时间很短，像兔子尾巴。那时候阿莫基蒲还活着，经常哈哈大笑，用长满茧皮的大手掌揉搓阿莫蒲智的脸。他说阿莫蒲智是小药罐子。阿莫蒲智经常生病，这不是阿莫蒲智的问题，阿莫蒲智应该经常去树林里爬树、掏鸟蛋、挖陷阱，却总是被漂亮温柔的母亲关在房间里学蒙古字。

　　阿莫基蒲有时候会带儿子去骑马打猎，阿莫蒲智不喜欢骑马，受不了颠簸，马背太硬，骑一顿饭工夫的马，下马来就不能好好走路，大腿内侧破了皮，蛋蛋也被摩擦得不舒服，没法并着腿走路，得疼上好几天。阿莫蒲智也受不了马的眼睛，又大又圆，可怜兮兮的样子。他爱马，它们是他见过最美的畜生。它们比狗还忠诚，比人还可靠。它们颜色多样，漂亮马鬃，优美脖颈，明亮眼睛，柔软鼻翼，迷人马胯，健壮肌肉，灵活马蹄，潇洒马尾，无处不透着自然之美。

　　阿莫基蒲不喜欢阿莫蒲智的说法，他威风凛凛地骑在马背上，用脚跟有铁刺的马靴使劲夹马肚子，让它们疼极奔跑。他还使劲抽打它们，一路奔跑一路能听到他甩动马鞭发出吓人的声响。他说马就是畜生，美不美毫无用处。阿莫蒲智听阿恩（叔叔）阿莫洛讲，父亲死前，他骑乘的马被套马杆套住，人被摔出八丈远，那匹马就呆呆站在原地望着他被蒙古兵团团摁住，砍下了头和四肢。阿莫基蒲死后多年，阿莫蒲智越来越想不起他的模样。不是他的记忆力变差，只是发现无论多爱一个人，等他消失后，人总会选择避免沉溺在缺失的痛苦中，内心创伤渐渐愈合或者被隐藏起来，记忆会故意漏掉使人绝望的部分，留下美好快乐的点滴以支撑活下去的漫长日子。

斯补纽纽舍总嫌阿莫蒲智长得慢，而且越长大身体越差。其实阿莫蒲智长得很快，都是在身体里生长，每天他都能发现新东西，有新想法。他让可怜的查姆跟他一起上课，发现小跟班的脑袋像木头疙瘩装不进任何东西。可一旦面对异性，情况恰恰相反，他蠢笨得像头驴子，而小跟班灵活得像只钻进花丛的蜜蜂。该死的查姆还挂着两条脏兮兮的鼻涕时，就懂得用野花野草讨女孩子欢心。为了得到漂亮女奴的夸奖，甚至会冒着生命危险去悬崖采摘不起眼的唐松草。查姆的身体确实很棒，能像猿猴一样在树木藤蔓间悬荡，松鼠一样迅速攀爬几十米高的木棉树，还能摇摇晃晃走过用竹竿搭成的独木桥，显示出高超的协调力，不像他动不动就生病。

阿莫蒲智觉得自己的身体不算差，只是不大喜欢动弹。他宁愿待在树荫下跷着腿看树冠上绿喉蜂虎飞来飞去、叽叽喳喳，或者躺在草垛子上看着流云在蓝天上变幻形状，感受光阴如同流水般消逝。在悠然惬意的闲暇时光里，阿莫蒲智偶尔会想起父亲，想到最多的是从战场上带回来的发黑的左手——正在腐烂发臭的手。他受到了很大刺激，母亲和妹妹为那只手哭个不停，他却被突如其来的死亡吓傻了。

那是他第一次近距离接触死亡，感受到的恐惧更胜于悲伤。阿莫蒲智以为像父亲这样健壮威武的男人不会死，至少不会死得这么快，必须要老得不成样子才死。自从看到活蹦乱跳、时常打马骂人的父亲突然死去，阿莫蒲智就变得忧心忡忡、心事重重，一点小动静都能把他吓个半死。他由此知道死神是个爱使小性子的神灵，不分年龄、善恶美丑，碰到谁就把谁带走。他对这个无所不能又无所忌讳的神灵怕得要命，想到自己身体不好，更容易死掉，活动很累人，所以更加不爱动。

少年时的阿莫蒲智每天都被死亡问题折磨，无人对此给予解答和疏导。就连智慧如神般的大奚婆巴莫查查也含糊其辞地对他的疑问表示不屑："你还不知道怎么好好活着，死的事更用不着管。"

温柔美丽的母亲打那以后开始变了，常常无缘无故地哭泣和发脾气。哭起来没完没了，好像要哭上一辈子的样子。发起脾气来不分时辰场合，抓起什么就又摔又砸。阿莫蒲智亲眼见过她把阿莫沙蒂抓起来扔在地上，四岁多的妹妹像个灰不溜秋的麻雀在半空中翻腾几圈落到地上，居然还能嬉皮笑脸地站起身来，拍拍身上灰尘，银铃铛丁零当啷地响不停。要是阿莫蒲智这种瘦弱身体和迟钝反应，肯定会被摔得半死。从此阿莫蒲智都很小心，总是站在母亲够不着的地方。

阿莫蒲智记得阿莫洛被放回来不久，母亲就让叔叔娶亲。阿莫蒲智看见过黎明时分阿莫洛从母亲房间里出来，依照族规，母亲可以"转房"给叔叔，这样他就会有新父亲，不必为过早成为土司整日被关在房间里学蒙古新字、色目字还有爨文。叔叔同时也能成为阿莫土司继承者，只是需要部落推举和朝廷认可。阿莫蒲智喜欢长得好看的叔叔，他比父亲长得秀气，从不打马骂人。可母亲不愿意"转房"，阿莫蒲智猜想她不喜欢叔叔是因为叔叔不爱说话也不爱笑，不会讨女人欢心。照阿莫蒲智看来，女人还是喜欢爱笑的男人，父亲就是个爱笑的男人。

结亲会给男人带来许多好处，比如女方的嫁妆和孩子。这种好处仅限于土司和贵族之间的结亲，被部落贫穷搞得焦头烂额的斯补纽纽舍不允许没有好处的亲事，她说这是祖先定下的规矩。阿莫蒲智认为祖先定的规矩实在太多了，连跟谁睡觉都有规定。等他走过云南其他部落后才发现，各部落的祖先都串通一气，为子孙们定下大致相同而且烦琐细致的规矩。族人的等级从名字、衣服、住所就能看出，决定名字、衣服、住所不同的关键在于血统。人无法选择自己的血统，更无法改变血液成分，就像闭着眼睛抓阄一样，族人们的出生就决定了他们的人生，所有人都得服从祖先安排。

阿莫蒲智学蚯蚓一样的蒙古字、蝌蚪一样的爨文还有骰子样的汉文，学得头昏脑涨的时候会说胡话，被斯补纽纽舍听到了就扇他耳光，好像阿莫蒲智不是她儿子，而是个犯错的木偶。有些胡话是真心话，比如他说生活不公平，粮食和牛羊集中在诺曲亲戚手里。贫穷的族人只能住进山洞，采摘野果吃，可打仗和耕种都得靠穷人。没有穷人卖命的劳作，诺曲们准得饿死、冻死、无聊死。斯补纽纽舍知道阿莫蒲智说的是大实话，可她仍然用竹篾条或者皮鞭子抽打阿莫蒲智。她不喜欢听阿莫蒲智说真话，真话若是让平民和奴隶们听到，他们会变得懒惰、愤怒、不听使唤。尝过竹条子打在身上热辣辣的锐疼后，阿莫蒲智不敢说真话了。

阿莫蒲智受不了没完没了的读书，怀着委屈问母亲，为什么阿莫沙蒂不用学文字，可以学骑马、射箭和摔跤？他却不行。斯补纽纽舍连眼皮都没抬一下说，阿莫沙蒂是迟早要飞走的野鸭，用不着学太多东西。她说学文字会让人变聪明，而鸭子聪不聪明跟烤来吃还是煮着吃的味道好坏没有关系。阿莫蒲智才知道妹妹在母亲眼睛里是只待宰的鸭子，心里很难过。他想知道自己在母亲心里是什么样子，鼓了半天勇气才敢问她，她听了，沉下脸严肃地说：你是兹莫，跟别人不一样。这个答案不能说服他内心的好奇，为什么兹莫就跟别人不一样，兹莫不也是人吗？可母亲黑沉沉的脸色叫他害怕，不敢再多问半个字。

阿莫蒲智想变得聪明，可又不想苦巴巴地死记硬背，就偷偷溜出去找巴莫查查。大奚婆巴莫查查是阿莫家支最聪明的人，他的院落里堆满了书，他具有预知未来、起死回生的神力。阿莫蒲智不想看书的时候，就趴在大奚婆的膝盖上听他说话。那时候阿莫沙蒂还小，时常在大奚婆的法袍里爬来爬去。阿莫蒲智已经懂得不少，能和巴莫查查议论有趣的事情。

巴莫查查说的话比书本上的东西有意思，他说天是方的，地是圆的，还说天地万物由两股不同颜色的精气——清气和浊气构成。阿莫蒲智拿不准这两种气体的颜色是黑色和白色，还是黄色和白色？脑袋里浮现出泥土和云彩的样子。巴莫查查说人也是由清气和浊气变成的，表面上看不出人的内心，但浊气重的人邪恶残暴，清气多的人坦荡诚实。人之所以形形色色、千奇百怪，就是因为这两种精气的含量不同，而且精气的构成会不停地产生变化，一会儿浊气多，一会儿清气多：善良的人会被妒忌、愤怒、仇恨、哀怨瞬间变成厉鬼，而凶狠的人也会被温情、怜悯、宽恕、善念感化成神仙。阿莫蒲智不明白这些奇怪东西是怎么跑进大奚婆脑袋里去的，但他承认巴莫查查比其他罗娑人聪明，只有聪明人才能想出稀奇古怪的问题。

阿莫蒲智顺着巴莫查查的思路去尝试理解死亡，看到蒸笼里腾腾而起的热气渐渐在空中散去，想到父亲也如一缕热气慢慢消散于天地，无处不在，时刻凝望着他，心情变得开朗起来。他每次到巴莫查查的院落，总是右手扪胸，微微低着头进去，以表达他对聪明人的尊敬。

阿莫蒲智不经意地对大奚婆说出心声，他更愿意成为能发现人生乐趣的人，而不是掌握权势驾驭他人的人。巴莫查查停下手中的活计，用跟母亲同样严厉的语气说：你生来就是兹莫，这点无法改变。

"你不是说善恶可以转变吗？"

"我说的是人的内心，不是身份。"

"内心都能改变，为什么身份不能改变？难道身份比人的内心还重要吗？"

"是的。身份不可改变。"

"是不可改变？还是无法改变？"

"有区别吗？"

"当然有。不可改变是人为地不愿意去改变，无法改变是凭借人力改变不了的事实。"

"在我看来，它们毫无区别。"

"您的口气真像我阿依。"

巴莫查查怔怔地看了看满脸迷惑的孩子，转身继续给草药分类标注。

阿莫蒲智不会因为一两次的不欢而散就不去找巴莫查查，大奚婆是他在土司府里最能说得上话的人，比他想象出来的父亲还能解答他的疑问。他们常常在一起辩论，阿莫蒲智不同意天方地圆的说法，如果是那样的话，天地就不合缝。他觉得天地应该跟河蚌的硬壳一样合缝，用撬杆去撬都撬不开半条缝隙。天地之精气才不会漏出去，太阳、月亮、星星才能老老实实被关在天上。大奚婆同意他的观念，说天地要么就是四方的，像罗婆贵族女人的胭脂漆盒；要么就是圆溜溜的，像巨大的荞面粑粑，太阳、月亮是粑粑上的坚果仁，星星是粑粑上的芝麻粒。

阿莫蒲智不同意大奚婆说的坚果芝麻论，他一到晚上就仰着脖子观察星辰，发现它们的位置会随着季节变化而变动。他想星星是神灵们挂到天上去的，有时候挂得厌烦，就换个地方挂挂。巴莫查查则认为星星不是神灵挂上去的，它们原本就待在天上一动不动，就像马尾蓑衣挂在木垛房墙壁的钉子上。要是每天都要神灵去挂星星，那得有多累。阿莫蒲智不同意他说的话，世间万物都有神灵，花草树木、山石风雷、金土水火都有神灵，这么多神灵每天晚上挂星星不算累，不然他们整天没事做会很无聊。他们还会偷懒，比如有的夜晚一颗星星也没有，有时候呢，整个夜空只有几十颗星星。巴莫查查说，神灵不需要挂星星，聪明人都怕麻烦，只有驴子才愿意一辈子围着磨盘转。他们只需要把星星钉在天上，白天挂上一大块蓝布遮住星星，晚上把蓝布拉开，地上的人就看到星星啦。他说得很有道理，阿莫蒲智相信他的话。可是阿莫蒲智觉得如果真是那样的话，神灵的力量太大了，天地那么大，人却很渺小，每天都要看神灵变戏法，不想看还不行，做人很无奈。于是他更坚信人可以改变的事情实在太少，根本没必要瞎折腾，越发不想动弹。

阿莫蒲智和巴莫查查议论完天空，会讨论时间。巴莫查查说，时间也是神灵，人们看不见他，他不干别的事，只是推着人往前走，不许人后退。如果没有死神捣乱的话，每个人的时间长度都大致相同，人们在时间的巨大手掌里出生、长大、衰老，然后死掉。死神接管死掉的人，总有新出生的人出现在时间神灵的大手掌上，他只管推，不停留不犹豫。阿莫蒲智觉得时间神灵像绞绳架子，只负责收紧绳索，

023

把竹筐里的物品运送上去交给死神，不管运送过程中是否会有物品从竹筐里掉出来。他们做此推断，但是阿莫蒲智对巴莫查查的话表示怀疑，大奚婆口里的神灵都以花朵、松树、山石之类的具体形态出现，能够被人感触或者看到，人们虔诚地向它们敬香、献酒、献牛羊和祝告。但是死神和爱神却没有形态，没人见过，只是看到死掉的尸体和爱得发疯的男女。时间神灵说得最为模糊，阿莫蒲智想巴莫查查压根儿不知道时间是什么？从哪里来？是否会为了特别的事稍作停留？或者存在某个不为人知的特别地方，时间到那里就想休息沉睡，顾不上推着人们没头没脑地向前跑。

　　阿莫蒲智小心翼翼地问巴莫查查关于死神的消息。巴莫查查神秘地竖起右手食指，眼睛望着天空。他说死神是神灵中最调皮最得宠的孩子，跟爱神一样，想出现就出现，想捉弄谁就捉弄谁，都是让人头疼的神灵。阿莫蒲智不满意他的解释，也没再继续追问。阿莫蒲智猜想他根本不知道死亡和爱情的秘密，他没经历过爱情，也没遇到过死神。阿莫蒲智不想年纪轻轻就看见死神，对于爱神，阿莫蒲智却是怀着好奇地向往。他和大奚婆争论得越多，就会发现在族人眼中近乎于神的巴莫查查也有许多不知道的东西，大奚婆竭力掩饰着关于神灵说法的漏洞，阿莫蒲智却看得很明白，他只是假装被蒙蔽了。

　　巴莫查查确实具有让阿莫蒲智无法理解的神秘力量，他亲眼看见过大奚婆设坛作法，效果离奇到让人感到惊悚。最让他记忆深刻的是大奚婆为老将军沙里诺曲招魂，据说老诺曲跟随阿莫基蒲一同出战，眼睁睁看到头人被当场杀死、肢解，吓得魂灵掉在了战场上。他的肉身回到了部落，却一天天变黄发蔫，无法睡觉和与人交谈，像一株被松毛虫吃掉树干心的松树，很快就会变成泥巴。

　　那时候阿莫蒲智十二岁，对死亡的兴趣无比浓厚，在他看来，老诺曲经历过无数女人和战争，如此惧怕死神不免有些可耻。但是当时统管罗婆部落八千兵马的大将军老诺曲怕死怕得要命，从战场上回来后每天要喝五碗草药汤——巴莫查查配制的还魂汤，阿莫蒲智跟他到文笔山、狮子山、大黑山去采的草药。吓破胆的老诺曲一天三遍地派人催促巴莫查查，要他打卦问命，诉说他又看到了死神的黑影，就藏在甲胄背后。他扔掉了甲胄，死神又出现在棉袍里；他烧掉了所有棉袍，死神就像光着身子的女人在他房间里四处晃荡，嘲笑他，笑得像夜晚的猫头鹰鸣叫。大奚婆耐心地安慰他，请人把卦象送到老诺曲府上让他亲自查看。老将军的身体在慢慢恢复当中，但他心情非常焦急，好像有特别重要的事情没有完成，他老是说自己觉得缺了什么东西，生活都错位了，鼻子不在鼻子上，眼睛不在眼睛上，絮絮叨叨，没完没了。巴莫查查决定替他做一场招魂法事。

做法事之前阿莫蒲智问过巴莫查查，把遥远的魂灵招回来需不需要马车？巴莫查查笑了，他经常面无表情的脸皱成干枯的香橼皮，难看死了。那时阿莫蒲智才知道人有三条命：一条称为灵，它主管人的性情、喜好、才能、悟性；一条称为魂，主管人的思想、精神、情绪变化；一条称为魄，主管人的健康、神气、与自然连接的部分。如果一个人失了灵，就会变得木呆呆的，成了傻瓜、笨蛋；若是掉了魂，就打不起精神，蔫头耷脑，食不觉味，睡不安宁；没了魄最糟糕，成了半个人，或者终日昏睡，或者病入膏肓。巴莫查查胸有成竹地说，老诺曲只不过掉了一条魂。

阿莫蒲智知道掉魂的事。土城里天天都有女人为自己孩子喊魂，或是被马车吓掉了魂，或者被水淹掉了魂，被牛踩到掉了魂，被雷劈吓掉了魂等千奇百怪的惊吓理由。女人去孩子掉魂的地方捡拾三粒石子，或者抓把泥土用红布袋缝好，放在孩子枕头下。喊魂前先往孩子脑门上用力吸吮三次，找一件孩子衣裳爬到土掌房顶上站着向掉魂的地方呼喊孩子名字，边喊边甩动衣裳。天天喊魂，直到孩子安然无恙。所以土城里的喊魂声此起彼伏，后来女人们把喊名字唱成了歌，学着大奚婆样子念《招魂经》。

阿莫蒲智猜想老诺曲那条魂的胆子比较小，看到父亲被砍成碎片后吓傻了，站在原地，没有跟着肉身回到部落。就像他看到父亲的残手时，也轰然变成了两个人，一个呆立在原地，一个夺门而逃。不过当时母亲太伤心，没顾得上给他叫魂，好在那魂掉在母亲房间里，自己慢慢找到了它。

巴莫查查在做老诺曲法事之前三天就禁食禁水，整天像个石墩子一样坐在房间里，不准任何人进去打扰他念经。阿莫蒲智围着他的房间乱转，时不时抬头看天，也许老诺曲掉在战场上的魂灵会从空中飘回来，像一大团乌云。那些天出现了不少乌云，可没有老诺曲的魂灵，他仍然病恹恹地躺在木床上哼哼唧唧。

如果阿莫蒲智饿上三天，说不定就没了小命。禁食禁水三天的巴莫查查打开房门时精神抖擞，戴着鹰爪尖顶法帽，帽檐下两条黄色飘带一端挂着两颗野猪尖牙，身披马尾蓑衣，胸挂大串羊骨项链，像变了个人。老诺曲被人用竹椅抬到巴莫查查的院落，像一片快要离开树枝的枯叶，黑黄的老脸上一双浑浊呆滞的灰眼睛像两潭死水，双手蜷在肩头，浑身打颤。

院落里备有放置铜铃铛、羊脚卦、羊皮鼓和贴有带血羽毛的木偶的供桌，以及巨大的铜盆火塘、香炉和水果、稻米、蜡烛、水碗。小奚婆点燃火盆，口里念念有词，割开红冠公鸡的脖颈，放出鸡血滴在水碗里，然后悄悄退到蒲团上盘坐念经。阿莫蒲智执意不肯走，要瞪大眼睛看清魂灵的模样。巴莫查查让阿莫蒲智坐在角落里，为他披上一件黑色法袍。

阿莫蒲智怀着极大好奇对抗三天三夜不能动弹的枯燥单调，在嘤嘤嗡嗡听不太懂的低沉经文声中昏昏欲睡，强忍饥饿挨过黑夜和白昼的漫长轮换。帮助作法的小奚婆、学徒们只能喝点米酒、高粱酒，阿莫蒲智年纪小，身子又弱，抵抗不了高纯度的烈酒。法事做到第三天，阿莫蒲智已经晕晕乎乎分不清乌云和魂灵了。黑夜到来，铜盆里的栎柴火发出噼里啪啦的声响，像真有什么东西在慢慢接近老诺曲。阿莫蒲智的汗毛吓得都竖起来，上下牙不停地打磕战，发出"咯咯咯"的声音，在寂静黑暗中无限放大成恐怖奇怪的声响。他执拗地站在原地，大睁着双眼，哆哆嗦嗦坚持要看清威武老将军怯懦的魂灵。烟雾、香火以及烈酒的作用，很快让他坠入摇晃不停、扭曲变形的世界。

四周雾气弥漫，鬼影幢幢，树木轻轻摇曳，有掠过树林和房檐的风声混合杂乱不齐的脚步声，还有时高时低的念经声。老诺曲躺在竹椅上睡着了，发出轻微而又长短不齐的鼾声。阿莫蒲智全身都绷紧了，预感到有特别事情即将发生。

果然，没多久巴莫查查跳起了怪异舞蹈，看上去像全身抽搐，手脚动作极不协调，他围着老诺曲做各种奇怪鬼脸，像看着滚烫的热山芋没办法下手的流浪汉那样蹦跳，嘴里发出"嘀啊——嚯嚯"的声音。他俯下身去端详老诺曲的身体，一贯警惕的老将军竟然没被身边不小的动静惊醒。阿莫蒲智正在迷惑，难道附在大奚婆身上的魂灵掉得太久，不认识自己的肉身了？行为诡异的大奚婆围着老将军左看右看，上看下看，又是点头又是摇头，又是叹息又是呜咽，那样子不是找不到入口的人类，更像是要吃掉肉身的怪物，让人心里发毛。阿莫蒲智紧张得想要闭上双眼，被魂灵附身的大奚婆忽然把竹椅举了起来，像女孩举起布娃娃，高大颓废的老诺曲可不是布娃娃，他足有一捆半人高柴禾那么重。

巴莫查查举着老诺曲轻松地继续跳舞，手舞足蹈，身体左右摇摆，像捡到金元宝的穷鬼乐不可支的样子。阿莫蒲智吃惊得闭不上嘴，巴莫查查不是大力神，平日里他就是个埋头经文、采集草药的读书人，让他提自己的木尿桶都吃力。眼前不可思议的一幕吓坏了阿莫蒲智，他好不容易才建立起来的精神世界摇晃得厉害，刚刚具有雏形的信念又被怪力乱神弄得支离破碎，不成样子。

清晨时分，微弱晕黄的阳光穿过牛乳般烟雾，蓝幽幽的光线里尘烟游动旋转，犹如天地间联接的隐秘脐带垂落在院落中。以往毫无生气的院落变得清澈、透明、纯洁、柔弱，留存着善意，像被圣水洗濯过。

阿莫蒲智被小奚婆们唤醒，老诺曲已经哼着小曲自己走回将军府，虚脱疲惫的巴莫查查被人抬进房间。三天来看到的吊诡景象全都消失无踪，只有一缕青烟若有似无地袅袅盘旋上升。阿莫蒲智经历了这场表面什么也没发生的法事，内心却遭受天地摇撼般的巨动，他用十二年构建起的精神小木屋破了个大洞，从破洞望出去，他看到了不一样的景象。蓝天白云上不仅有清风细雨，还有密切关注的眼睛和断断续续的叮咛。他呆呆地坐在蒲团上，变得惊疑不定，开始怀疑眼睛和耳朵，甚至怀疑智慧老者所说的事实。

从小阿莫沙蒂就喜欢黏着哥哥，大多数时候阿莫蒲智带着她满山遍野闲逛，用树枝在沙地上画画，到树林里散步或者坐在草地上发呆。她还算乖巧，在树林里走来走去笑声响亮。有时候阿莫蒲智很厌烦有人跟着他，他越来越喜欢一个静谧神秘、完全属于自己的处所，只看看沾满露珠的竹叶，听听藏在灌木丛下哗哗流淌的溪水声响，也能让他烦躁的心慢慢平静下来。闲暇时间本来就少，一个人待着的时间更少，这时候就算乖巧温顺的阿莫沙蒂也让阿莫蒲智恼火。阿莫蒲智有自己的心事要想，世界摇零晃荡，让他很不踏实，总想发火，想砸烂、消灭、损毁什么东西。阿莫沙蒂看到他神经质地乱跑乱跳，只会咯咯傻笑，像个对外部事物毫无感觉的白痴，吃饱了就睡，睡足了就舞刀弄棒，自得其乐。

阿莫蒲智忧心忡忡又疑神疑鬼，难以安静地待在房间里学习爨文，总有没来由的神奇力量撩拨着他想走出去，四处游荡。在此之前，阿莫蒲智很喜欢学习文字。蒙古新字、汉文和爨文三种文字，他最喜欢爨文。爨文的形态、发音都让阿莫蒲智着迷，但文字远不如火塘边口耳相传的故事有趣，并不是表达形式上的不同造成的感受差异，而是通过老人们讲出来的神话故事更加丰满生动，神灵和英雄从隐匿的黑暗里走出来，触手可及。蒙古文和色目文像蚯蚓，无论怎么使劲，它们钻不进孩子心里，最多只在记忆土壤的皮毛处翻拱。爨文更似蚂蟥，它紧叮住阿莫蒲智不放，咬开小口就拼命往血管里钻，在族语、爨文里浸泡的罗婆人能更自如准确地使用和表达。没去汉中之前，阿莫蒲智认为自己一辈子都不会忘记爨文的书写，更不会喜欢上别的文字。他漫不经心地背诵阅读爨文古书，学习古经和历法，甚至抱怨学习爨文时间太漫长，长得让他觉得自己仿佛成了停止生长、树干上长满地衣、苔藓的老松树。

阿莫蒲智对巴莫查查说，大奚婆们都是懒鬼。他们掌握文字、天文和医药，写下来的却很少。他们解释不通神灵附体和降临，含糊其辞，他们想不明白的事情宁愿烂在肚子里也不肯拿出来讨论，对神灵的具体所在讳莫如深，不许其他人随意揣测。阿莫蒲智对此不服，许多事应该在争论中获得更清晰的理解。而且大奚婆们言说是天神的人间使者，却很难邀请到他们帮助受苦族人，他们的派头比土司还大，越来越爱攀权结贵。巴莫查查只是奇怪地看着阿莫蒲智，他认为部落里不需要那么多聪明人，大量蠢笨的人能保持部落稳定。这个观点毫不新颖，斯补纽纽舍经常把同样的话挂在嘴边。

"蒲智，在丛林里、天空中，猛虎和雄鹰的数目总是很少，野兔、松鼠、麻雀多，蚂蚁、蚯蚓更多。"

"那是在森林里。如果部落里全是聪明人，那该多好。"

巴莫查查笑着摇摇头："如果森林里全是老虎，没有山鸡、野兔，恐怕好不到哪里去。"

阿莫蒲智想象了下到处是老虎的景象，不由得打个冷战，不服气地说："我在说人。大奚婆怎么老是跟我说森林。"

"我们是森林里的人。"

"不，我们是房子里的人。"每当阿莫蒲智犯倔，巴莫查查就不再理会他。

阿莫蒲智厌倦了高山溪流边的生活，认为高山遮挡了他的视线，他看不到山背后是什么。他爬过一座山，后面还是一座山。他问巴莫查查："大地都是这么皱巴巴的吗？"

巴莫查查笑了："大地不总是皱巴巴的。"

"我想到书上说的一马平川的地方去看看。"

巴莫查查点着头说："亲爱的蒲智大人，您肯定会看到平整得像大毯子一样的地方。"

5

米糊茶换了三次，斯补纽纽舍没有要喝的意思。她心不在焉地端起盛满浓香茶汁的彩漆紫荆木碗，移动手指不停旋转，绘制在木碗上的黑鹰和黄蛇随着旋转腾飞纠缠起来。

看来她不得不去见阿莫土司——她那长相平平、性格乖僻的女儿。她一生最大的失败就是生了两个禀性怪异的孩子，一个是常发奇谈怪论的疯子；另一个更糟，只是个茫然无措的篡位者。斯补纽纽舍露出苦涩嘲讽的表情，把早已凉透的米糊茶泼洒在绣有八思巴文的蒙古地毯上。

门外听命的女奴听到泼茶声，噤若寒蝉地缩头弓背进来趴在地上，头埋在羊毛地毯里发出细若蝇蚊的声音："夫人，我重新去换茶。"

"不用。"斯补纽纽舍没看匍匐在地的女奴，目光掠过她油腻腻的头顶，盯着门外院里的茶花。从点苍山新运来的童子面在府里长势很好，现在不是茶花结苞季节，去年这株童子面比院中的鹤顶红、朱砂紫袍、状元红、恨天高、雪皎开得晚，花盘硕大，颜色粉嫩如稚子脸颊，最得她喜爱。

女奴不敢抬头，取下腰间别挂的白棉布擦拭羊毛地毯上的茶渍。斯补纽纽舍房间的蒙古羊毛地毯、波斯地毯是阿莫家支贵族里最多的，印有八思巴文的羊毛地毯让她回想起前往元上都拜见至正帝妥懂帖睦尔的荣耀时光。

眼下早已不是从前自己威风八面的情形了，她得想出个稳妥办法来，让阿莫沙蒂和雷波鲁龙都照着自己的意思去办，这太不容易了。

雷波鲁龙的私心与自己的想法很容易找到共同点，他们都力保族人血统等级制度不被摧毁。无论卢鹿人、些莫徒人、磨察人，还是罗婆人，家支的巨塔都是建立在血脉关系上的，以血统划分出土司和土目、贵族、平民、奴隶四个等级，每个等级之间有着森严界限，不可僭越、混乱。高等级族人掌握家支财富和低等级人的命运，谁敢否认这点，谁就要被从家支中剔除出去。这个世界上，只有她心爱的儿子挑衅过她苦心维护的家支祖制。为此，她剥夺了他的一切，把他从至高无上的土司继承者变成一个没有身份地位的影子。他的一切都是她给的，她曾对他寄予厚望，他却把她送给他的尊荣重重地摔在了地上，不屑一顾。

"蒲智。"她总会不由自主地想到儿子，思绪由此混乱，情绪变得失控。无处排遣的愤怒滋长成难以消散的怨恨，她疑心趴在原地卖力擦拭毛毯的女奴企图窥探她不肯示人的软弱，大叫起来："来人！"

女奴惊恐地抬起头，一张皮肤闪烁金属质感的年轻的脸，嘴唇吓得失去血色："夫人，夫人。"

男奴们带着风跑进房间整齐地排成一列，俯首帖耳地站着。为首的男奴说："夫人，有什么事尽管吩咐。"

"把这个没眼色的娃子（奴隶）扔猪圈去。"

女奴紧闭着嘴，不敢发出声音，身子摇晃着，像正在融化的冰雕，被男奴们拖了出去。

想起阿莫蒲智，真叫她心烦。斯补纽纽舍余怒未消地把方桌上一套精美的漆器扫落在地，她的头又疼起来。自从阿莫基蒲死后，她得了失眠症，还落下了头疼的病根时时折磨着她。

女奴们搀扶斯补纽纽舍在卧房里躺下，赶紧端上大奚婆巴莫查查配制的草药汤。斯补纽纽舍喝下后，倦意袭来，让人打听着阿莫沙蒂的去向，等她头疼好些，请女土司过来说话。

斯补纽纽舍一觉醒来，眼前已点燃烛火。女奴来报：女土司未吃晚饭就带着阿和、大火头加巴惹出府了。

"她要去哪儿？"

"门首说是备马去了洒普山。"

洒普山、文笔山都有阿莫沙蒂的行府。斯补纽纽舍知道阿莫沙蒂酷爱打猎，从前常与家支中神射手狄惹木嘎出游狩猎，一去数月不见人影。这个节骨眼上，她还有心思打野鸡、野兔。斯补纽纽舍露出鄙夷神色，说："我料她会躲起来，胆小的母麂子。"

女奴们不敢答话，讷讷地呆立原地。一群女奴分成两列抬着盛放饭菜的漆盘在门外等着，斯补纽纽舍毫无食欲，让她们都撤下去。

若不是午后的头疼折腾，平日这会儿她看些典籍古书或是请几个奚婆来院里讲经唱古，就歇息了。山外局势越混乱，她睡得越安稳。倒是家支内部的贵族终日为了税赋和土地各不相让，吵得她心烦。

反正睡不着，她趁着月明星稀之时好好欣赏罗婺土司府的夜色。这景色多年不看，也没有多大改变。她性情柔弱的女儿和身体孱弱的儿子从小就喜欢靛蓝的夜空，她原以为那只是小孩子的天真，可当上土司的阿莫沙蒂对夜晚的迷恋简直成了家支奇闻。所有族人都知道女土司喜欢在黑夜里游荡，像个找不到家的迷路人。

夜不是突然就黑下来，景物和光线一点点地在不断加浓的墨色里消失，像春蚕吃掉桑叶，像洪水淹没城郭。斯补纽纽舍想起一幅从汉中带回来的水墨画，山是黑的，树是黑的，船和人也是黑的，没画的空隙有风，有水，有云，有隔岸传过来的歌声，全是空白。她觉得黑白画没有罗婺人的彩色刺绣好看，但说不出什么味儿，勾得人的魂往画里钻。

那时候，阿莫蒲智单薄清秀，刚从汉中回来，身上有股清雅的梨花香味。他说，别小看了留白，白的讲究就在于它能让山、水、树、鸟和人鲜活起来，意境深远。斯补纽纽舍没留下水墨画，留下了赭红色开满缤纷雏菊的波斯地毯。

她讨厌夜晚，罗婺土司府所辖两州、四县和六个千户所，位于云南军事重地，迤西咽喉，绵延千里的莽莽山川是罗婺祖先千年功业所在。南诏之时，罗婺人占据和曲州；大理国时期，又兼并了周边大小三十多个部落。若不是蒙古铁蹄踏来，踩碎了雄踞一方的野心，罗婺部的辖地不得不被割划出去三分之一土地，土司府辖区还会更大，牛羊多得像天上的云朵，粮食堆成高山。眼看着快要实现的美梦，转眼成了泡影，一纸诏书就将无数祖先用生命换来的土地从她手中拿走，多舛的命运常让人感到茫然无措。夜色如虎狼，把大好山河慢慢吞下，无声无息的消失和吞并让她心惊肉跳。

斯补纽纽舍明知阿莫沙蒂不在府内，却让女奴点上松木火把，引路到府内第八院落的土司楼。雷波鲁龙知道土司出行，绝不会乖乖待在空房间里。他倒不贪恋美色，只对阿莫家支的权势垂涎三尺，恐怕此时正忙着跟他从雷波家支带来的亲卫队头领们碰头商议对付阿莫沙蒂的良策。她不担心女婿的下三滥计策，毕竟是在阿莫家支的地盘上，在她的眼皮子底下，量他闹翻了天也折腾不起多大的灰尘。不然，他怎么肯巴巴地跑来求她，求不着就露出凶相要挟她。如今的孩子都以为她成了老太婆，像断了牙齿的大象应该远离象群，回到密林中孤独地死去。斯补纽纽舍偏不，她不是大象，是潜伏在森林深处的巨蟒，现在还不是现身的时候。

火光中的土司楼比白天更显神秘威严，她熟悉这里的布局、摆设、气氛和规矩，如同熟悉自己的身体。二十年了，她搬出土司楼后的岁月毫无意义，就像她的身体失去了阿莫基蒲的爱抚一般，空留短暂欢娱和无边落寞。

五十多年前，她从斯补土司富庶之地骑马换轿来到阿莫土司家，未见到朝思暮想的年轻土司，心就跳得像春天跃出河面的鲤鱼。她的脸烫得比在大辣太阳下暴晒一天还厉害，手脚微微发着抖，分不清是路上禁食禁水的后果，还是心情激动的缘故。她为此感到羞愧，她可是艳名远播的斯补纽纽舍，卢鹿人部落中最娇艳的山茶花，哪怕最怯懦的男人看上她一眼，也会兴奋得找人打架，博她一笑。

斯补纽纽舍向土司楼伸出颤抖的左手，火光里，她昔日得阿莫基蒲有力大手牵引的纤纤手指已被无情岁月吸尽水分，变得干枯弯曲，指节粗大，筋络纵横，皮肤松软、布有黑斑。她无力地垂下手臂，嘴唇颤抖着，转身离开了土司楼。

"纽纽舍，你是阿莫家支最珍贵的宝藏，我就是用黄金给你建造房屋也配不上你的光彩。"

"纽纽舍，等我把蒙古人赶走，我要带你去每个部落，让所有的土司都为你高贵美丽的仪态献出他们部落里的珍宝。"

"纽纽舍，我多么舍不得离开你。哪怕一个时辰，我的心都会因为想念你而浸透泪水。"

……

阿莫基蒲低沉的声音重重叠叠围绕着失去美貌和权力的斯补纽纽舍，她忍住喷涌而出的泪水，面目扭曲地夺过女奴手中的火把，把它扔在地上，恶狠狠地说："我恨你，恨你！别缠着我，阴魂不散的短命鬼！"

女奴们不自觉地向她身后聚集，盯着在地上渐渐熄灭的火把，不知有什么奇怪的东西胆大到纠缠上冷酷的夫人。在伸手不见五指的黑夜，女奴们不知该点燃备用的火把，还是该把火把全都扔掉，谁也不敢问，低头小步走在女主子前面探路。不长的路途中，因为很少走过不熟路况，女奴们跌了不少跤，斯补纽纽舍虽然走得踉踉跄跄，倒也平安无事。

斯补纽纽舍讨厌被死亡的悲伤缠绕住，很快就想出办法摆脱掉先夫的残留气息，她让平日专管侍寝的贴身女奴挑选身强体壮的男奴送进卧室。男奴们进入房间后，什么都看不见。重重布幔遮挡住微弱的月光，男奴被灌下浓烈催情的印度香料，神志迅速迷乱，变成专心取悦女主人的性奴。他们在精疲力竭之后被人抬回幽暗霉臭的院落后面奴隶屋中，次日清醒过来，仿佛得了一场大病，连自己都说不清是病得糊涂产生的幻象，还是真有其事。

斯补纽纽舍的目光不会落在奴隶身上，哪怕是前夜曾给她带来欢悦的男人。她不会记住发泄欲望的荒诞夜晚，只庆幸第二天清晨醒来时的神清气爽。雷波鲁龙所说的混乱夜生活，对仅仅二十出头就守寡的她来说，算不得混乱。罗婆人不会因为夜晚的事，忽略和掩盖白天该做的事，蒙古人对此看法跟他们相同，汉人才会对夜晚见不得光的事大惊小怪。

和阿莫基蒲成亲后的短暂厮守，是斯补纽纽舍一生中最美的时光。她像只贪睡慵懒的野猫，贪恋用茜素红布幔装点的阿莫土司房间。蜷曲在如同盛夏夜空下绵软草地的红豆杉木床上，终日思念刚刚离开自己的丈夫。每次丈夫从外面归来，他们都不分日夜地在房间里缠绵，她寸步不离地守着他，直到下次离别时刻的到来。她眼含深情的泪花向他抱怨，他留在她身边的时间太少。那时候她也迷恋过夜晚，怨恨忙碌的白天。但那只是因为夜晚里有阿莫基蒲阳光和烈马混杂的气息、微微发烫的体温和有力的拥抱，与夜色和黑暗无关。

年轻的阿莫基蒲对朝廷日愈加重的税赋贡物心存不满，更仇恨他们搜刮完族人的血汗成果，还露出无视族人死活的轻蔑态度。泰定帝死后，朝廷内部甘麻剌系和海山系展开激烈的皇位争夺战，甘麻剌系失败。支持甘麻剌系的云南梁王王禅被赐死，其培植的势力秃坚、伯忽号令土官、土司反抗朝廷。早对元廷不满的乌撒土官禄余反叛后，罗罗斯土官撒加伯、阿漏土官阿剌、里州土官德益纷纷起兵归附禄余，元廷急派河南行省平章彻里帖木儿为知枢密院事，陕西行省平章探马赤、近侍教化为同知、副使，分别与镇西武靖王搠思班、豫王阿剌忒纳失里由四川、八番分道进军征讨。此战一打三年，各地夷人起义此起彼伏。山外的战火烧烫了罗婺人的血液，和曲州土官阿莫洛、大将军沙里诺曲纷纷请战。

阿莫基蒲心意已决。他在清晨斯补纽纽舍还未完全清醒之前就进入她的身体，嘴里嘶嘶地倒吸着冷气，像是要用尽余生气力使她欢欣地醒来。斯补纽纽舍喜欢丈夫身上的气味，奔腾的早晨更让他散发出浓重如香料的味道，使她迷醉。他们一起摇晃着身体，像漂荡在河面上的木船，窗外有阳光和鸟叫，房间里流淌着茜素红的光影，映照得他们汗水淋漓、缠绕契合的身躯热烈如火。

她从幸福中睁开双眼，情形发生了变化。获得满足之后，阿莫基蒲又变得愤怒和疲惫，心事重重，连亲吻她的嘴唇都迅速冰凉。他起身穿戴，像是急不可待地要离开她。丈夫的态度激怒了她，嫉妒、怨恨、羞辱像四月天交织纠缠的蛇群严密地包裹住她敏感的心。

"基蒲，你还想出兵？"斯补纽纽舍赤身裸体地扑过去抱住背对自己坐在床边穿鞋的丈夫，如瀑长发急流般淹没阿莫基蒲的脸。她记得他没有像平日那样伸手捋开她的黑发，露出深情的脸庞对她微笑，他连手指都没动一下，宁愿把意志坚定的脸埋在发丝里。"回答我。"斯补纽纽舍感到没来由的恐慌绝望，手指抠进他胸前的衣衫，紧紧拥抱他，依然觉得孤独冰冷，仿佛怀抱着一堆没有生命气息的铠甲，心爱的人再也拽不回来。她胸前的红晕渐渐褪去，泪水滴滴答答落了下来。

阿莫基蒲沉默着抗拒她的柔情，语调在伤感和恼怒间摇摆不定："仡佬人宋隆济对族人说，官欲髡其发，印记面送军，三四年不返，宁死不往，虽就寨见杀可也。由此观之，夫不可差。朝廷派人诏谕亦奚不薛土官阿里的妻子奢节来剿灭宋隆济，谁知奢节也反了。"

"那都是三十年前的事了。"

"三十年了。从蒙古人踏进云南第一天起，反抗就没有停止过。这次乌撒土官禄余、罗罗斯土官撒加伯纷纷起兵，东川、芒部、罗罗斯、威楚、曲靖都反了。战火烧到了家门口，我怎能坐得住？"阿莫基蒲按捺不住激动的话语从斯补纽纽舍黑油油的头发里冒出来，这是他第一次如此坚决地要离开她，违背她的意愿。在斯补纽纽舍和儿子的央求挽留中，阿莫基蒲已经犹豫了一年多时间，每次听到更多的部落起兵反元，他就像坐在尖刀上的猴子，脸涨得通红，总是生气。

斯补纽纽舍用力拥抱丈夫，无望地流泪，他发热的身体结实坚硬得如同礁石，此刻的心肠也是一样。她不能让他走，他是阿莫家支的脊梁，是她的心脏。她深知痴缠哀怨无法征服丈夫勃发的雄性意志，却控制不住惶恐的情绪："可是，彻里帖木儿打败了撒加伯，又和字罗联合打败了禄余，杀了阿禾，进驻中庆，这仗怕是打不过的——"

"撒加伯和禄余只是被打败，没有被打死、被俘。留下青松棵，何愁没柴烧？蒙古人的主力迟早要撤回去，难不成只有云南有王？连年征战，拼来拼去，这些王相互间都不服气，正好有得打。"

"赶走了蒙古人，难道我们就能回到南诏？"

阿莫基蒲没有说话，他回身抱了抱因为惊恐而身子颤抖的妻子。当天晚上，他带着刚行过成人礼的弟弟阿莫洛和三千罗罗兵趁着清冷的月光离开了土司府。

那年的冬天格外漫长，武定下了三场大雪。铺天盖地的白色让崇尚黑色、红色和黄色的罗婺人隐隐感到不祥，斯补纽纽舍只有在巴莫查查的诵经声中才能安然入睡。阿莫基蒲的消息断断续续传来，书信写得越来越短，仗越打越艰难。

斯补纽纽舍只能等待，等待白雪消融，等待黑夜过去，等待信使的马蹄声，等待山茶花开放，等待高原的阳光温暖大地，等待一切平静。家支中不断传来不好的消息，"白骨头"（纳罗、罗罗、乃苏、撒尼等支系）饿死了不少人，从山头上下到坝子里头找吃的，还抢了"黑骨头"（纳苏、诺苏贵族）的麦子和熏肉。

因等待而憔悴的斯补纽纽舍听了几天土官们的奏报，心烦意乱地挥着宽大的衣袖，银饰纷乱脆响："你们该怎么办还怎么办，我有什么法子？"

土官们面面相觑，不敢多言，闷闷地退出去。等寻了机会就扯住巴莫查查的黑色法衣央告："大奚婆，您得劝劝夫人啊！兹莫带兵出征，阿莫洛大人也随去了。少主子阿莫蒲智尚小，只有她能拿主意，这也是祖制族规啊！"

居住在土司府内第七院落的巴莫查查终日穿着神灵附体的黑色法衣，研读古经、诵经、整理医药。有时戴着鹰爪斗笠帽，有时披散头发，自由出入土司楼。他瘦削严肃的脸颊辨不出年龄，有人推算出他应该只有二十多岁。他青铜雕刻般的容颜和让人望而生畏的法衣，像穿过岁月之门的先哲，让族人看到他便生发出威严神秘之感，头禁不住往尘土里低，低到可以亲吻他飘拂地面的衣角。

土官们私下抱怨，贵族们观望等待。修到半路的栈道、挖了雏形的沟渠、立起主梁的农事房、受灾等粮的穷人等诸多羊皮文书堆放在文案上，斯补纽纽舍看都不看。这一切落在巴莫查查眼里，只能干着急。谁也没办法劝解沉溺在悲痛哀伤里的掌权者，斯补纽纽舍的魂灵已经跟随丈夫远去，留在虎皮椅子上的只是一具年轻美丽的躯壳。他的巫术法力无法阻拦一个为爱疯狂的女人的心，只能寄希望于化腐朽为神奇的时间。时间能化解一时难以逾越的困难，女人更像壁虎，只要生命没有停止，断了的尾巴早晚能长出新的来。他忧伤地望着前来央求的知州、知县，面无表情地听完他们的请求，沉吟着，不声不响地丢下他们，径直走掉。

混沌分裂的时光变得异常漫长，寒冷和坏消息加剧了时间的倦怠，走得愈发缓慢，茫然的人们跌入空洞的等待里，痛苦无聊的日子长得没有了盼头。

第三场大雪尽情飘洒之时，满山的松树、柏树、杉树、槭树、麻栎树、漆树被大雪压塌了，横七竖八像尸体陈列在战场上，在雪地里露出一截半截乌黑的树干和凌乱夭折的枝叶。斯补纽纽舍以为快要到来的春天又被白雪封冻，她像支撑了许久终于不堪重负的云南松，坍塌在沾满雪泥的一只手面前。

幸存的罗罗兵只带回一只连带小臂的左手，残手上的血污已经用雪水清洗过。白里透着青紫的手指微微向上弯曲，皮肤下愤怒的血管被酷寒和锋利的刀刃封存成离开躯体时暴突的样子。

斯补纽纽舍一眼就认出了这只手，它曾轻柔地抚摸过她的发丝、额头、鼻翼、嘴唇，一直游弋到起伏的山峦、河谷、森林和水底。手的主人是辽阔无垠的天，她的身体是滋生万物和承载希望的大地，天地之间会万物生长，甜谧安宁。失去主人的左手的出现意味着天塌了，大地将荒芜悲凉。

斯补纽纽舍抱着这只手哭，一心想着死，想着无底漆黑的深渊，想着瀑布跌落的悬崖，想着浑浊汹涌的江流，想着和丈夫耳鬓厮磨的点滴，想着他的背影召唤，想着无尽的寂寞长夜，没有想到别人，连儿女都没想。阿莫蒲智拉着妹妹阿莫沙蒂从门楼里跑出来，跑在前头的阿莫蒲智看到了那只手，他迅速转身拦腰抱住妹妹，个头只到他胳肢窝的妹妹通过他上扬的手臂和瘦弱胸脯的夹角间，看到了母亲怀里青白色的左手。

斯补土司听到消息，派斯补纽纽舍的母亲和哥哥前来看望新寡的女儿。斯补纽纽舍把自己和手关在红绸如血的房间里不吃不喝，直到三天后母亲到来。母亲拉着阿莫蒲智和阿莫沙蒂闯进房间里，那只手已变得乌黑肿胀，发出恶臭，开始腐烂。斯补纽纽舍光着身子，右手紧紧握住那只臭不可闻的左手。

母亲让兄妹俩跪在女儿床前，她掏出右衽前襟上别着的绣花手帕，从斯补纽纽舍的手里夺下了那只变得可怖的手，交给等候在门外的亲卫队首领。关上门后很久，等候在门外的人听不到里面传来声音。过了一个多时辰，隐隐传来孩子们的哭泣声，再后来，门打开了。一身黑服的斯补纽纽舍走出来，失血的脸色像寒冬绽放的白玉兰，目光比檐前结成的冰凌还冷。

阿莫基蒲执意前往的战斗持续一年半就结束了，没有如同他预料的打个没完，或者赶走蒙古人，而是以禄余乞降四川行省告终。

斯补纽纽舍接管的是个烂摊子。丈夫起兵造反失败，阿莫家支面临朝廷严厉的惩处。土司继承者阿莫洛被俘，下落不明。家支为了此次战斗出兵三千人，全是精壮男子，是阿莫家支每个小家庭的天和脊梁。此役一败，阿莫家支如同被打断脊梁的瘫子，仅靠一缕阴柔之气勉强支撑。

斯补纽纽舍不想回望从前，她从苦水中艰难跋涉到现在，已经消耗了一生的心血。阿莫家支的今天不能毁在稀里糊涂的抉择上，她不能忍受汉人的鼻息，也不能让蒙古人白得了便宜，更不能让雷波家支窃取了果实。她痛恨黑夜，丈夫去世后的无数个夜晚就像黑蚂蚁堆成的世界，黑暗咬烂了她的心，咬坏了她的身体。

她习惯等待，在茫然无助或是看不清方向的时候，她什么都不做，只是等待。丈夫去世后，她的余生只剩下等待，等待死神的降临，等待脱离生的苦痛。

她可怜女儿，虽然她们都是因家支壮大需要联姻的女人，但斯补土司家的富庶纵容了她的任性，她得到了心爱的男人。阿莫沙蒂却在家支危难之时长得亭亭玉立，土司的女儿注定要嫁给土司或者土司的儿子，而她更不幸，她不能嫁给土司，只能招赘土司的儿子，因为家支中理所应当的继承人突然发了疯。苛刻条件下的联姻对象少之又少，能找到年龄相当、仪表堂堂的一个，已经是阿莫沙蒂最大的福气。

阿莫沙蒂没有继承母亲的美貌，略显阳刚的脸庞宛如阿莫基蒲的轮廓，但她不缺乏智慧，完全有能力俘获丈夫的心。这头不听话的梅花鹿却把自己的幸福生活搞得一团糟——她的丈夫，她两个儿子的父亲对她动了杀念，居然跑来央求、胁迫岳母一起杀掉她。斯补纽纽舍不由得打了个寒战，命人煮碗花生核桃糯米粥来，再派人去打探女土司回来没有。

院子里的童子面花苞绽开裂缝，花瓣皱褶间粉嫩颜色像隐藏在浓密树枝下的溪水，隐约可见，似有若无。斯补纽纽舍居住的院落中广植花草灌木，鲜有葳蕤高直的乔木，连绛雪那样的小乔木山茶都不准种植。她不愿树木遮挡住太阳，喜欢温暖的光线照着房间，无论多炎热的阳光，她总觉得冷。

女土司会不定时过来探望她，在她们之间出现没有言明的分歧之前，母女俩拥有过闲适温情的时光。

"你阿纹最喜欢车里国的望天树，据说望天树能长到天上去，一把揪下一团云彩来。"阿莫沙蒂新婚不久，斯补纽纽舍还未搬到侧殿院落来时，偶尔她俩会在傍晚时分说几句闲话。"我不喜欢那么高的树，枝叶一散开，遮挡了阳光，还招来厌烦的虫蚁鼠鸟。"

她以为面容与丈夫相似的女儿会有跟丈夫有相同的喜好，随口问阿莫沙蒂："你喜欢什么树？"

"龙胆草。"

斯补纽纽舍没想到女儿会喜欢不起眼的野草，在云南的山山箐箐，到处都长有龙胆草。每年秋末冬来，紫红、淡蓝、靛蓝的龙胆花开满沟沟坎坎，随手蟒一把，能把手指染成魅惑的海蓝。云南没有海，湖泊的粉蓝和酽绿满足不了阿莫沙蒂对大海的想象。穿过贵州到达广西、见过大海的阿莫蒲智曾对阿莫沙蒂说，大海像无边无际的夜空，就像开满龙胆花的崇山峻岭。

斯补纽纽舍不知道女儿为什么喜欢匍匐在地生长的野草，眼前这个曾在她子宫里吸取营养，与她性命相连的骨肉成长得如此陌生，以致她对那个熟悉的身体里的灵魂一无所知。她也不知道送儿子去汉中学习是不是她一生中所犯的最大错误，从那时起，阿莫蒲智就变了，变成一个胡言乱语、胆大妄为的疯子。她更不知道儿子送给她水墨画的同时，曾送给女儿一本从汉区带来的医书《神农本草经》，上载：龙胆，主骨间寒热，惊痫邪气，续绝伤，定五脏，杀蛊毒。

6

晨曦微黄，空气凉爽，远处的青山和树木被涂抹出金色轮廓，像是精心装扮来迎接女土司的仪容。阿莫沙蒂、加巴惹和阿和在洒普山腰的行府里安顿下来，一夜的鞍马劳顿反而让她得到了在土司府中无从获得的安宁。

行府很小，是用木垛房围成的小四合院。每个木垛房都有火塘，行府守卫随时都做好迎接土司到来的准备，蜜枣、烤麂子腿、燕窝汤、荞麦饼，都是阿莫沙蒂爱吃的美味。

吃过荞麦饼蘸蜂蜜、玫瑰花生甜汤后，阿莫沙蒂感到身乏体倦。木垛房外的洒普山被初升的太阳光照耀着，浓雾像仙女衣裙袅袅地在树林里飘荡，打着旋升空。树梢被金黄的阳光镀上暖暖的金边，树林湿漉漉的，仿佛正在沐浴的少女。

阿莫沙蒂让加巴惹到自己的房间来，阿和和守卫知趣地回到各自房间去。

　　加巴惹的手小，绵软有力，手指间没有缝隙，是个做事周密沉稳的农事好手。八年前，阿莫沙蒂为解决粮食匮乏寻求栽种能人，举办家支中最盛大的农事能手遴选比赛。她第一次看到一个男人的手小得可以穿过猪肠子，在竹竿影子缩下一个刻度时，栽种下半葫芦瓢谷物籽。他甚至能学牛羊马猪的声音，家畜在他抑扬顿挫的吆喝声中驯服得像训练有素的士兵。阿莫沙蒂问他稻谷栽种如何增产，绵羊怎么提高繁殖，山顶高寒地带适宜栽种哪种农作物，水源地怎样寻找等具体问题，他的回答表明实际经验的积累和深入日常的研究思考。她当即罢黜不到任期期限的大火头，任命加巴惹为无期限大火头。

　　这件事引起了阿莫家支贵族们的强烈不满。贵族们认为阿莫沙蒂的独断专横破坏了祖制，选用有才能的平民担任大火头是从未有过的事。大火头历来每年轮换一次，由贵族们享有丰厚土地供养和主持农事祭祀特权，从来没有"无限期"任命的做法。沙里曲木的父亲沙里诺曲联合阿莫家支的其他贵族在议事厅里吵闹一阵，阿莫沙蒂不予理睬。

　　沙里诺曲见劝谏无效，又找到斯补纽纽舍申诉。斯补纽纽舍已经不是头一回见识女儿违反族规旧制，但只要不触碰家支生存壮大底线，她都睁只眼闭只眼懒得揽事。反而安慰沙里诺曲说："虽然明面上担任大火头的不是兹莫、诺曲，但土地上的粮食不还是兹莫、诺曲家的。能干的大火头能让粮食增产、牛羊健壮增多，受益的最终是整个兹莫、诺曲家族，您何必单单记挂着大火头的一百亩田地呢。"

　　沙里诺曲被斯补纽纽舍的一番话语点醒，羞惭难当，主动向阿莫沙蒂请辞大将军之职。阿莫沙蒂准允他辞职养老，选其熟识兵法、立过战功的长子沙里曲木担任大将军和护卫队首领。沙里诺曲叩谢下堂，大火头新制就此定了下来。

　　加巴惹做事让阿莫沙蒂放心，他担任大火头以来，阿莫沙蒂很少为粮食、田地和牛羊操心。他不爱说话，眼色伶俐，和阿莫沙蒂在一起时，懂得行事分寸，对农事痴迷。他虽然比狄惹木嘎年轻十二岁，却更为稳重体贴。阿莫沙蒂私下对阿和说，狄惹木嘎是团野火，加巴惹是个小火炉。

阿莫沙蒂数月以来吃喝不香，睡觉不宁，眼袋突显下垂，嘴角多出几条新长的皱纹。加巴惹只看她的面容和神态，便知她近来的精神不佳，小心帮她解除衣带，让她仰卧木床闭上双眼，用羊毛毯子盖住肚腹，替她按摩印堂穴、攒竹穴、太阳穴、安眠穴、率谷穴、内关穴、神门穴和小腿内侧、脚踝骨最高点往上三寸的三阴交。

阿莫沙蒂习惯了加巴惹指腹的力度和温度，在有节奏的按压中渐渐放松。压抑在脑海深处的记忆在舒适的推摩下重新泛起，她相信母亲不会听从丈夫的撺掇，母亲虽然对她冷淡挑剔，却还不至于无情到要取她性命。她和母亲之间的罅隙自她继承土司职位后越来越大，她知道母亲本意不是这样。如果阿莫蒲智温驯些，听从母亲的安排，才是母亲最满意的结果。母亲是个宁死也不愿看到族群异化的人，哥哥偏在这上头犯了忌讳。母亲常对她念叨，蚂蚁窝里不能混进屎壳郎。火蚂蚁跟火蚂蚁东咬西咬，黑蚂蚁跟黑蚂蚁四处乱爬，白蚂蚁跟白蚂蚁住在树洞里。

现在行不通了。阿莫沙蒂痛苦地呻吟起来，吓得加巴惹停住手："是这里痛？"加巴惹所指的部位是手腕处的内关穴，心包经和心经经络所在。

阿莫沙蒂确实感到来自手腕处难以忍受的疼痛，睁开眼问："新手法也是跟汉人学的？"

"唐人所著《黄帝明堂灸经》上看的。"

"我好些了。你也累了，上来歇息。"

加巴惹懂得阿莫沙蒂的意思。他喜欢农事，尤爱耕牛。被任命为大火头之后的很长时间，他都不能适应这个职位。他的火头田成了栽种试验田，是部族中最好的土地，可他不喜欢主持祭祀活动和接待官吏。他喜欢跟花花草草、鸡鸭牛马打交道，在乱哄哄的庆典活动中他总是紧张得说不出话，结结巴巴，惹人耻笑，有时甚至会紧张得尿在大摆裆裤头里。

春天里板结冻固的红土地需要铁犁头深犁，红土卷成薄薄的土层或者结成厚实的土块从银色的犁头前吐出、排开。郁结一个冬天的土地开始苏醒，喘息着配合犁头的深入而舒缓起伏，翻犁过的土地重新呈现出新鲜饱有水分的机体，等待种子的播撒。他懂得土地的召唤，也懂得阿莫沙蒂的暗示。每次他感受到阿莫沙蒂身体的僵硬郁结，便化成带着犁头的耕牛，把她板结的身体松一松。然后守着她沉沉睡去，等待她欣然醒来。

阿莫沙蒂无梦的沉睡被门外的吵闹声打扰，还不想睁开眼睛，她听到再熟悉不过的声音传来："滚开！吃泥巴的白骨头（部落中等级较低的血统），也敢爬到兹莫的床上去。"

又是狄惹木嘎。阿莫沙蒂不想见他，累极了，翻身向里躺着。

闷声闷气的打斗声，加巴惹打不过狄惹木嘎，他吃了这位阿莫家支大英雄的不少拳头，常常鼻青脸肿。狄惹木嘎知道加巴惹在阿莫家支中的重要性，也不敢下狠手。可他嫉妒得要命，像头想把鲑鱼骨头嚼碎的棕熊，每次出拳，他都面目狰狞，一面控制力度，一面控制情绪。他揍加巴惹都揍成习惯了，几天不揍一顿就手脚发痒。

加巴惹躺在地上眼睁睁望着狄惹木嘎大踏步走进阿莫沙蒂的房间，他的鼻子被打歪了，鼻血流了满脸，右眼肿得看不清路，双手脱臼，全身疼得无法动弹。

"沙蒂。"发怒的黑豹来到女土司床前，语调温柔得像只夜莺。

阿莫沙蒂不想跟他说话，他们之间越来越无话可说。可是他挨近她，她闻到他身上散发热烘烘的阳光和溪水的气息，又会变得浑身发软，态度强硬不起来。

狄惹木嘎见阿莫沙蒂不理会自己，双臂抄到她的背部和大腿处，像搂一捆棉线，轻松地把她抱起来走出木垛房。

"把我放下！"阿莫沙蒂依然闭着眼睛，她不想看他。她一看到他的脸，语气就毫无土司的威严。

她的身体刚刚被深犁过，平静肥沃，等待清风和春雨，似乎不需要再燃烧。他的身体像铁塔一样强健，有力的拥抱围成她的乐园。她知道他会把她带回哪里，她横卧在他的怀抱，他们一起向文笔山的遇仙洞驰骋。

她惊讶自己身体的变化，狄惹木嘎带有山野气息的体味浸染了她，她不再是等待耕种的荒芜土地，懒洋洋地接受翻犁。势不可当的山火点燃了她，紧贴他胸膛的脸颊微微发着热，血液被烧得滚烫，她变成了受到神秘力量蛊惑的蠢蠢欲动的蛇，耳朵里鼓噪着亢奋尖利的声音："我要！我要！"柔弱的意识很快被这令人无法抗拒的声音吞没，她羞愤地伸出双臂紧紧环抱他的腰身，脑袋在他胸膛亲热地磨蹭。

　　最近几年她常常把他从自己的身边驱赶开，为他的鲁莽冒失狠狠地惩戒他。她甚至厌恶、憎恨他，打他踢他羞辱他，他脸色阴郁地全部接受，只是像个无理取闹的孩子追问她："沙蒂，你不再爱我了？"

　　她毫不思索，回答像嚼烧蚕豆般嘎嘣脆："对，你说对了，我不爱你，我讨厌你！你都多大的人了，老是闯祸，永远长不大。你只会给我添麻烦，我受够了。"

　　"你骗人。我看得出来，你没变。"狄惹木嘎霸道起来就是这样，用一身蛮劲控制住她的反抗，再用满腔柔情把她融化。每次都这样，每次都能得逞。

　　那是他们的山洞，洞口有条长年不枯的溪流和一片槭树林。秋天，红黄灰白绿的槭树枝叶绚烂，把洞口严密地遮盖住。她就是在色彩斑斓的季节遇到了他，那时她才十四岁，他正好十六。

　　他从五彩的树叶间打马过来，跃下马背，亲昵地拍白马脊背，把缰绳捋在马鞍上。她正坐在溪流中的礁石上，双脚浸泡在水里，看满山彩林。

　　她看见他，全身僵住，像看到神仙从天上落下。他目光扫过她的脸，没有停留，埋头洗脚上的黄泥。

　　她是相貌普通的罗婆姑娘，而他——恐怕翻遍罗婆部落上下十几代也找不出这样丰神俊朗的男子。可她是阿莫基蒲土司的小女儿，他只是个家道平常的黑骨头（部落中等级较高的血统）。

　　她自有主意让他不敢轻视自己。她朝他射出一支羽箭，她的箭术是跟部落里的神射手学的，已经出师了。洗脚的少年觉得耳边一凉，"嗖"地掠过去一道血光，刮过的凉风中闪烁着金属寒光。他大惊失色，转身看到身后的槭树干上钉着箭羽正在颤抖的利箭。

他用手摸摸发凉的左耳，破损的皮肤沁出点点血珠子。恶毒刁蛮的黄毛丫头！他刚想发作就忍住了。槭树干上的利箭是红色箭羽，这意味着利箭出自土司府内。只有土司家的人才能使用红色箭羽的利箭，箭杆是特别定制的，凡捡到土司羽箭的人，都要双手奉还，不得私藏。

狄惹木嘎拔下伤害自己的羽箭，沿着溪流边的石头滩走过去，双手奉还羽箭的主人。

年少的阿莫沙蒂看着眼前蓬松卷发、大眼深陷、高耸鼻梁、鲜润嘴唇、身材颀长健硕的少年，没有伸手去拿羽箭，不由得赞叹出声："你长得真好看！"

狄惹木嘎心里怀着不情愿奉上羽箭，还从来没有哪个姑娘能令他低下脑袋，只是在权势面前不得不低下头去，罗娑部落的一切都属于阿莫土司家，包括他在内。听到姑娘的赞美，心念微动，他知道自己长得俊美，可没有姑娘会当面夸他，这个姑娘真是率真得可以，心里一冷一热，忍不住抬头去看她。

姑娘长得不美，可她的眼神里自有寻常少女所没有的桀骜和从容。狄惹木嘎见过不少温顺贤惠的美丽少女，却头一回看到如此贵气古怪的女孩。她扬起下巴，带着温和笑意望着他，双手支撑着刚刚开始发育的身体，两只脚交错击打水面，溅起晶莹的水花："你叫什么名字？"

"狄惹木嘎。"

"哦，是纳苏人。我叫阿莫沙蒂。"

狄惹木嘎低下头："您是阿莫兹莫家的。"

"阿莫基蒲是我阿纹。我们来比射箭吧。你会射箭吗？"

"会。"

他们比试了一百多次，直到阿莫沙蒂心服口服："你才是阿莫家支的神射手。我师父都不如你。"

"我想做阿莫家支的支格阿龙（传说中西南夷的射日月英雄）。"

"你一定会的。可能还会成为罗娑人的支格阿龙。"

"真的？"

"真的。你比我师父年轻多了。"

起初，狄惹木嘎抗拒与阿莫沙蒂见面，他知道土司家的女儿将来是要嫁给土司的，他连阿莫家支的贵族都算不上。就算他们爱得死去活来，也不可能在一起。可他管不住自己的心，也违抗不了阿莫土司女儿的命令。阿莫沙蒂像个没心没肺的女孩，她放纵自己去爱一个不属于同阶层的男子，好像她的命运是由自己说了算似的。她无所谓的态度使得狄惹木嘎放松警惕，心存侥幸。也许这会成为真的，阿莫家支将由她的哥哥继承，她的哥哥会念在兄妹情分上破例让她嫁给黑骨头平民。

阿莫沙蒂不像狄惹木嘎想的那般轻率，她是真的对即将发生的情感一无所知、缺乏预判。她得趁母亲忙不过来监督她时，好好玩乐。她讨厌极了刺绣花鸟鱼虫和学习爨文、蒙古新字，喜欢狩猎、捕鱼和自由自在的山野生活。她偷偷藏起了巴莫查查的羊皮鼓和野猪牙齿，直到现在他也没找到它。她的腰袋里有副羊骨卦，跟奚婆们学会了占卜就常常拿出来玩，希望能占卜到母亲不高兴的凶日，假装乖巧地待在土司府里，以免受责罚。她喜欢狄惹木嘎，他像主宰山林的王者，和他在一起没有克服不了的困难，他们能在野外获得她想要的全部乐趣。她每天都想见到他，没意识到这是一段无果的恋情，不加克制地沉溺其中。她单薄的人生阅历和高贵出身带来的自负，使她无法为他们的未来做出计划，也避免了两人相处时不必要的忧患意识和痛苦情绪。他们在一起时，她总能找到有趣的新玩法："那边有个洞！"

"我知道那里有个洞，里面很深。我打过火把进去，没走多远，火把就灭了。洞里有钟乳石和水沟，又冷又潮，还有老鼠和蜈蚣。"

"你想吓唬我？我要把这个洞变成神仙洞。我俩是里面的快活神仙。"阿莫沙蒂说这话的时候，他们还没有亲吻过呢。

他们带着火把和稻草进入山洞好多次，还找到了一处岔口，外面是个小洞口，需要爬行进入，进入里面，是个天然干燥的宽敞地，像横放的葫芦一样，两个洞相连，一大一小。狄惹木嘎叫它"葫芦洞"，阿莫沙蒂觉得不好听，改成"遇仙洞"。她说这个名字是哥哥取的，哥哥去了陕西汉中，学汉人的四书五经，还看了不少汉人野史杂记，最喜欢看《三国志平话》。她给哥哥的信里，忍不住把狄惹木嘎和山洞说了出来。

阿莫沙蒂嘴里的哥哥阿莫蒲智是个了不起的人，懂得很多蒙古人、色目人、回回人和汉人的事，还鼓励妹妹跟自己喜欢的人在一起。狄惹木嘎觉得一团黑暗的未来透出了几缕明亮的光线，阿莫蒲智知道他们的事，并不反对，而且他是阿莫家支唯一的土司继承人，所有这些令狄惹木嘎觉得他也许能成为族规祖制的一个例外。

阿莫沙蒂不满足遇仙洞的简陋，她命令女奴们从土司府搬来锦缎被褥和精致的生活用具，闪着银光的平底长柄锅、敞口碗、托盘、酒樽和筷子，狄惹木嘎连见都没见过。他为阿莫沙蒂的大胆和固执担忧，害怕遭到斯补纽纽舍的反对和斥责。

"她没空管我。"阿莫沙蒂吃着狄惹木嘎为她烧烤的鲫鱼，意犹未尽地吸吮手指。斯补纽纽舍正忙着建盖新的府衙，据说朝廷在父亲去世后，削去了阿莫家支的官职，撤销了宣慰府的设置。经过母亲和二叔十多年的忠心表白努力，朝廷准许恢复土司府的建造和世袭。土司府新址选在万德土城，比照贵州宣慰府"一场八院九层"建构，但武定一直没被设置成宣慰司。

狄惹木嘎喜欢看阿莫沙蒂慵懒娇俏的样子，她是那种第一眼看上去不好看，相处时间越长越让人着迷的人。单眼皮细眼睛和往上翘起的鼻头，肥嘟嘟的小嘴，额头上刺刺拉拉新长出来的短头发，光滑、蜜糖色的脸庞上长着柔软的浅黄色细毛，像只毛茸茸的小鸡。

溪流里到处是鲫鱼、鳙鱼、细鳞鲈鱼和河鳅，狄惹木嘎是捕鱼能手，他说只要有山有水的地方，就能养活自己和家人。阿莫沙蒂没见过他的家人，每次问及，狄惹木嘎就像锯了嘴的葫芦，闷头不说。

阿莫沙蒂用舌头精巧地在下嘴唇上排出一列细软的鲫鱼刺，俏皮地吐给狄惹木嘎看。狄惹木嘎把细刺收在掌心里，忍住笑说："你吃鲫鱼真厉害。"

"我还想吃。"阿莫沙蒂咂巴着指头。

狄惹木嘎看了看洞口的雨帘，二话没说站起身来，就要出洞抓鱼。阿莫沙蒂一把拉住他："外面下雨呢。"

"下雨的时候更好抓鲫鱼，它们都浮出水面透气。"

"别去。雨水淋在身上，一会儿就冷得钻骨头。"

"你不是还想吃鱼吗？"

"我想吃，你就去啊？"

狄惹木嘎撒开阿莫沙蒂的手，朝洞外走去："你想要什么，我都要给你弄到。"

狄惹木嘎脱去对襟火草褂子，光着上身走到洞口，背后扑上来一团绵软温暖的身子。她的手指慌乱紧张，抠得他胸脯和腹部的皮肉生疼。他闻到芬芳湿润的清香树叶味儿，心里压制很久的火猛然间被轰地点燃。

狄惹木嘎转过身抱着心爱的姑娘，闭起眼睛噘着嘴向温暖气息的散发源头寻摸。在那温润美好的地方，有鲜嫩的雏菊花瓣、嶙嶙瘦石和潮湿柔软的葛根藤，甘甜醉人，纠缠不清。他贪婪地吮吸、缠绕，和她一起手忙脚乱地滚落在洞里，噼里啪啦地燃烧，扯着风带着闪地燃烧、炸裂、烧焦，烧成一堆软绵绵的灰烬。

三十多年过去了，遇仙洞里盛放着两人生命的季节。热烈欢腾的盛夏、情意缱绻的深秋、绝望撕扯的隆冬和枯去荣来的初春，他还是像烈火一样点燃自己，燃烧着她，他遇见她之后的生命只有烈日炎炎的夏季。她却发现自己不是松木，而是极难熔化的黄金。他的烈焰让她更加纯粹闪亮，就是无法改变她。岁月老去，他的热度变得不温不火，他们再也无法一起烧成灰烬，即使在她最迷乱的时候，头脑依然保持警惕和清醒。这种情形和三十多年前的她已经完全不同，她不再是把自己全身心交给狄惹木嘎的少女，而是始终卸不下身上重担的女土司。

他把她从洒普山抢来，到了遇仙洞口，长途骑行使她昏然欲睡。他抱她下马进洞，小心翼翼地亲吻她，竭力撩拨她越来越难以升腾的热情，像鸡血藤缠绕榕树般纠缠一起。他们在懒散的温存中相拥而眠，不像一堆灰烬，更像两截烧掉一半的蜡烛。

夜晚的寂静令她不安地醒来，她赤裸的身体上盖着他的察尔瓦，枕着他的手臂侧身看着怀着天真的满足睡去的他。时光过去三十多年，他仍然停留在洞里，她感觉他们之间更像骨肉相连的母子，并非相互搀扶前行的伴侣。她不再用力抠掐他的皮肤，像要把他镶嵌进生命里般偏执。她只是满怀柔情地抚摸他紧实健壮的身体，如果不看他的脖颈、额头和眼角，几乎看不出岁月在他身上刻下的痕迹。他白发很少，皮肤紧致，在微弱的火光中闪耀点点光泽。而她已经长发花白，皮肤松弛，手指关节突出，连心底的火苗也扑闪扑闪地微弱摇曳，几近熄灭。

他把命运和她的绑在一起，他们的命运被家支的命运操控着，她曾以为她的命运掌握在母亲手中，为此她嫉恨过母亲，恨得想把她杀死。现在看来，她的命运不被单纯的个人所掌控，甚至不被朝廷控制，她和家支的命运交织在一起，被不可战胜和阻挡的看不见的时代洪流左右着。这是注定的命运，像每个人头上悬着的利剑，它肯定会在不同的某个时刻落下。她只能在命运之剑落下之前做出正确的抉择，而不是做有利于眼前私欲和个人情感的决定。她越来越确信，所有的挣扎、反抗、哭泣、呐喊和牺牲都是为了共同的正确方向，那里是大多数人向往、期望、憧憬和梦想的所在，不是少数人的乐园。

她和狄惹木嘎燃烧在一起的青春懵懂岁月里，从未注意过头上悬挂的命运之剑。那时的她年轻狂妄得不相信命运这种鬼东西，她甚至认为没有自己得不到的东西，而自己不会有疲倦和无力感，是阿莫蒲智用他半生荣华半生潦倒的人生昭示给她看。让她看见闪着寒光悬挂在黑暗之处的剑，维系它的，只是一根随时可能断裂的马尾巴毛。

狄惹木嘎发出睡足的哼哼，眼睛没睁开就伸手来探寻她。触碰到她身体时，他嘴角向上微扬，灿烂的黄菊开放在脸上，太阳就从他睁开的眼睛里升起，光芒万丈："沙蒂，怎么不睡了？"

"我，我不想睡。"她原本想说睡不着，可不想让狄惹木嘎知道自己的烦恼。

"今年卤水出得多，盐也好。"狄惹木嘎侧过身子，和阿莫沙蒂面对面躺着，被她脑袋枕着的手肘弯曲，手指梳理着她的长发。他的女人衰老得太快了，把他远远抛在了时光后面："你不用发愁。"

"那是你这个盐矿监事的事，我不操心。"

"我不想干盐矿监事。让我去当贵族护卫队首领吧，我可以天天守护你。"

又来了。每次尽兴之后，狄惹木嘎总会向她伸手要当千户、万户、护卫队首领，不停地惹祸，除了好勇斗狠，他什么都没学会。她不认为心思单纯的狄惹木嘎会把爱当作交易砝码，他只是掌握不好提要求的时机。最近几年，她也很少给他见面开口的机会。她原以为他能成为阿莫家支的支格阿龙，但是多少年过去了，她终于能面对他只是个鲁莽武夫的事实。就是给他一匹长着九层翅膀的飞马、法力无边的鹅毛神箭和神线，他也成不了支格阿龙那样的人物。

"贵族护卫队首领沙里曲木骁勇睿智，他阿纹沙里诺曲曾经追随基蒲兹莫身经百战，不是说换就换的。你好好当盐矿监事，外面战事混乱，我们需要更多的盐和牛羊。"阿莫沙蒂想离开了，快乐缠绵的梦总是醒得太快，她和狄惹木嘎很难在肌肤相亲之后保持住应有的激情。狄惹木嘎的言行只会让她感到狂欢之后的空虚和无聊，催促她尽快离开干点正事。

狄惹木嘎为她穿上斜襟长衫，要不是他匆匆忙忙把熟睡的她抢到山洞，她得穿上四层烦琐的衣服。内里是白棉掺纱的右斜襟衬里，其外是浅红、浅黄或者浅蓝的右斜襟丝绸内衣，再次是带刺绣小立领右斜襟棉服，外面是金银丝刺绣加金银饰滚边的右斜襟长及膝盖的锦衣棉服。下身或着刺绣边的黑色、蓝色宽裤腿直筒裤，或是净色锦缎百褶裙。逢着祭祀大典，她还得再穿五层，足足九层衣服，外加一条曳地华贵的长披毡。

他把她花白的长发从衣领里拉出来，悬垂在腰间。阿莫沙蒂从铜镜里看到两张同龄不同貌的脸，与狄惹木嘎的英武俊美相比，她越发显得老态龙钟。时间之神格外宠爱眼前这位美貌的男子，连刻下年轮的手法都温柔许多。对命运多舛的她却下手无情，刀刀凶狠，在她的额头、眼角、鼻翼两端、颧骨之下的皮肤、嘴角、下巴和脖颈、手指，无一不深深刻下又长又密的纹路，像汉人在囚徒脸上施行黥刑。

阿莫沙蒂捧起脸对着铜镜里的影像发呆，时间过得真快啊，昨天他们才在红叶溪边比赛射箭，今天她就衰老得不忍端详。

"我老得没法看了。"阿莫沙蒂叹息着扭过头去不看铜镜。

狄惹木嘎对阿莫沙蒂的容貌改变没什么惊诧感觉，他们是一同长大、相爱和衰老的人，隔不上多久他就能见着她，熟悉了她慢慢细微的变老过程，不觉得她的衰老对他俩的情感有丝毫影响。不管多大年龄、什么地位的女人，总是过分在意自己的容颜，他才不在乎："人人都会老。"

"我看上去比阿依还老。"

"夫人只管在府里动动嘴，你还东奔西跑地打仗、巡查、打猎，日头毒，风又大，细皮嫩肉的哪受得了。"

"你怎么不见老？"

"我？你不让我带兵打仗，天天蹲在晒盐篷下面，爬到卤井里，盐水泡着，跟腌菜一样，不会老，只会烂掉。"狄惹木嘎的语气里冒着酸味和凉意，他一个身强力壮的神射手跑到盐井去系着羊皮围裙熬煮盐水，哪能没怨言。

"不让你打仗，你也没闲着。"阿莫沙蒂想起狄惹木嘎带兵袭扰阿雄部落，射杀俄木土司的儿子，破坏了她苦心维系的部落间友好之策。此后她花了三年时间屡屡向俄木土司赠献礼品，将远房侄女下嫁俄木土司为妾，赔了多少笑脸，送了多少细盐、牛黄、鹿茸、羊毛毡和弓弩，才勉强按下阿雄部落的复仇怒火。

狄惹木嘎装作没听懂，手指抚弄着她的长发。外面的风言风语钻进他耳朵，顶得他胃疼。他可以不打仗、不做官，但他受不了阿莫沙蒂爱上别的男人，说得有鼻子有眼的传闻让他气得发疯。他被嫉妒的毒液侵蚀得失去理智，擅离职守尾随他们到洒普山行府抢走她。他真想在极乐之时掐断她的喉管，然后自杀。可他下不去手，他看到憔悴神伤的女人，总觉得是自己没有保护好她，给她想要的。他无法支配她，她是他见过的最暴烈不受驯服的野马。沉默一阵，他忍不住问她："有人说你要归降汉人。是真的吗？"

"谁说的？"

"雷波家带来的亲卫队首领蛇节说的。"

阿莫沙蒂不想再跟他解释他不能理解的心思，很多年以来她曾试图让他明白自己，可除了无休止的争吵和彼此伤害，他们之间毫无进展。她故作平淡地说："总有人会在背后胡说八道。这么多年，我听得还少吗？"

狄惹木嘎松了口气，手臂绕过她的腋下从身后抱紧她："我知道你不会。归降汉人，做汉人的狗，还不如在狮子山找根藤条吊死。"

阿莫沙蒂看着这张既亲切又陌生、执拗冲动的脸，心里叹服母亲的安抚凝聚策略和血统等级论在家支中施行得扎实成功。像狄惹木嘎这样桀骜不驯的黑骨头也天生受到血统论的浸泡，更别说毫无尊严、失去人身自由的白骨头。照母亲的看法，阿莫家支辖地广阔，人数众多，真正保持头脑清醒的不足五人，地盘上大多是浑浑噩噩过日子求生存长着人脑袋的麂子、野兔、松鼠、斑鸠和鹧鸪，还有不值一提的鼠妇、马陆、白蛾、蝇蚊。

现在行不通了。她冲着狄惹木嘎的脸心不在焉地摇摇头。袭位以来，阿莫沙蒂无时无刻不想着如何令罗婺部昌盛独立。她缅怀罗婺祖先阿历在大理国时吞并三十多个爨氏部落，自成罗婺部，迎四方来贺。忽必烈大军灭大理后，在滇设置府路，将罗婺部分散成不同总管府辖地。武定罗婺土司府不过是滇黔川罗婺土司府之一，元朝廷只对各羁縻州实行定期朝觐和贡赋，实则仍是各府主政。

"摇头是什么意思？"狄惹木嘎的心提到了嗓子眼。

"木嘎，你说天下的腹地在哪里？中心在哪里？"

狄惹木嘎望着阿莫沙蒂迷惑的眼睛，知道她的心思又飘远了。她越迷离飘忽，他就越痴迷好奇，她真是谜一样的女人啊。他总是回答不了她的问题，他就是浑身插上翅膀也追不上她的念头。他硬着头皮说："这里就是腹地吧。不然，总见人往这里跑，就像人吃的东西、呼吸的空气都跑进肚子里，不见里面的人往外面跑的。"

阿莫沙蒂摇摇头："阿牟（哥哥）曾说，南诏大理时，唐宋朝廷以所居中土傲视四方。大理国灭，蒙古人视居庸以北为内地。如今，蒙古人退回草原沙漠，汉人又在南京应天府设立朝廷，无论鲜卑人、鞑靼人、匈奴人、女真人、通古斯人、吐蕃人还是汉人占领了云南，他们都不会以这里为腹地的。不走出去，我们永远都不知道山后面是什么。"

"我不知道你说的那些人。"狄惹木嘎皱紧眉头，又感到两人对话的吃力困难。他像青松一样坚定不移，可欢快的恋人越来越像随时飞走的云雀。他抓不住她的心思，听不懂她的烦恼，他甚至不知道如何讨好安慰她。他们困在一起更像是悼念已经消逝的青春时光，面对脚步声愈近的意趣阑珊完全无能为力。"现在是两个朝廷。云南还在梁王把匝剌瓦尔密手里。不管谁打胜了，都不如滇人自己做主好。"

阿莫沙蒂知道狄惹木嘎说的是所有滇人的心声，她何尝不想呢。在罗婆部被划分成多个小部落之后，莽撞的父亲率兵造反失败，让阿莫家支大伤元气。柔弱初生婴儿如何与血气方刚的少年兵刃相见？仅仅靠微弱的呐喊和必死的决心就能保住弱势族群的荣誉和尊严？罗婆勇士的勇气是毋庸置疑的，谁都不怕死。死如此简单，却丝毫不能解决问题。留下来的孤儿寡母、老弱病残该何去何从？信任阿莫土司的族人绝不会期盼阿莫沙蒂把他们带向死亡之地，她的使命不是为了追求虚妄自私的荣耀，把无数平民装扮成军队奔赴战场，勇士们的牺牲更不是为了让他们的亲人走上固步自封的死路，她只想在夹缝中寻找一条艰难的活路，让美丽的妇人和可爱的孩子走向生的绿洲。

"我心里有两个兹莫。一个向死，一个往生。"阿莫沙蒂喃喃自语。消失、减少的鲜卑人、突厥人、匈奴人、吐蕃人，不是也有经过血脉融合汇聚，出现了铁弗人、契丹人、氐羌人、蒙古人。可是他们在融合之前经过了多少残酷血腥的抗争和冲突，就像阿莫基蒲那样咬着牙齿，挺起胸膛冲向异族，溅起血的浪潮，用成片倒下的鲜活生命去反抗必然命运，去阻止时间洪流的冲刷。用同异族的对抗最终换来异族的壮大，还不如让壮大的异族身上烙下弱小民族的印迹。

她身体轻微颤抖，眼前浮现了母亲怀抱恶臭断手哭泣的情形，在红得恐怖的房间里，她和哥哥无助地跪在母亲床头。她还小，目光只能与母亲的高床平齐。她比外祖母和哥哥看得清晰，父亲乌黑肿胀的手诉说着绝望和不甘，但它已无能为力，正在腐烂、消亡。不论它活着的时候多么强劲有力，握着的兵器多么令敌人闻风丧胆，最后只能接受被虫蚁分吃的命运。

狄惹木嘎疲惫地放开心爱的女人，她的魂灵不知又跑到哪里去了。他徒劳地用恳求挽留走得太远的女人："沙蒂，别犹豫了。段氏家族才是大理国而来的正宗，别管什么蒙古人、汉人，他们只会把我们的神圣之土当成产棉种麻出盐的盘剥之地。我们就是穿上汉人的衣服，像兔子一样跪拜在尘土里，在他们眼中，还是一群穿着兽皮的野蛮人。"

"木嘎，送我回去吧。我累了。"阿莫沙蒂不想面对狄惹木嘎的急切催促和步步紧逼。她原谅他的不理解，他是个没去过汉中和元大都，不识蒙古文、汉文和爨文的寻常猎人。他们之间有着三十多年的不同经历，中间横亘着比天河还宽广、还深不可测的隔阂。他像一条笔直倾泻的溪流，而她却是一条奔流向前的江河，她在江河开端的狭窄滞留时期遇到了纯净欢快的他，他陪伴着她一路走出箐底和河谷。现在，他没有充沛的水源和动力让自己走得更远，而她因时势不同造成的渠道走向，蜿蜒汇聚着家支的全部力量和动能，汹涌地冲向未知的前方。

狄惹木嘎顺从地送阿莫沙蒂回洒普山行府。忧郁沉默的阿莫沙蒂斜靠在他后背，他却看不透她，他们彼此相依却又分离天涯，他拼了命去紧握她的手，又感觉怎么都抓不牢。要是时光能回到三十多年前该多好，那时的她调皮可爱，眼神里满是对他的信任和依赖，她的世界只有他。现在的她复杂多变，除了自己和雷波鲁龙，她还需要加巴惹这个小脚男人。狄惹木嘎越接近行府，心里的妒火越烧得旺，他决定遇到加巴惹时还要狠狠揍他一顿。

阿莫沙蒂和狄惹木嘎骑着马回到木垛房时，加巴惹仍然躺在床上无法起身。阿和为防止不测，已经召来了护卫队，准备出发寻找被情人带走的女土司。她向阿莫沙蒂抱怨说："监事大人下手太狠了，大火头的血都流到肚子里去了。"

阿莫沙蒂狠狠剜了拴马的狄惹木嘎一眼，狄惹木嘎忍着笑小声嘀咕："这吃泥巴的白骨头太不经打，我还没用三分力气就趴下了，只会装可怜。"

阿莫沙蒂不理他，让阿和叫上侍卫，把受伤的加巴惹送到奚婆那里养着。她没跟狄惹木嘎多说，穿戴整齐后，在侍卫的簇拥下返回土司府。

狄惹木嘎没料到这尴尬的收场，他在路上依然想着成为护卫队首领的胜算。他能从与阿莫沙蒂缠绵的情形中判断她对他的情意。女人的爱和性密切相关，男人的则可以分开。更何况阿莫沙蒂是不需要伪装自己情爱的女人，她表现得跟过去一样，甚至更饱含浓情蜜意。她需要他，这点是他能肯定的事。只是他爱上的女人太不一般，他不明白的事多得像大黑山的松树。他还是被抛弃了，情爱无助于他的职位晋升。

他怅然若失地望着护送马队消失在下山的密林小路上，回过神来后，懒洋洋地骑上马，放开缰绳，任由白马在树林里转来转去。他不想回盐井，反正他在盐井不过是个虚职闲差，怎样架道取卤、识别卤水浓淡，如何放卤熬煮、晒盐制锭、加盖官印，他毫无兴趣。盐井上有他无他，一样有盐事官打理得井井有条。他很生气，无论怎么努力，在阿莫沙蒂心里他就像盐井监事，可有可无。昔日为了他不惜跟母亲翻脸，决意与他私奔天涯的少女在漫长的时光中丢失了。他到现在也没弄明白，到底是什么时候把心爱的少女弄丢的。

他想喝酒，想把心事跟人说说。可他的心事不能随便跟人说，他的女人是土司，是阿莫家支至高无上的王，是雷波鲁龙的妻了。如果他嘴巴不严，漏出去有损土司的一言半语，阿莫沙蒂早就把他罚到看不见她的百户衙门去了。那还不如被她杀死了好。

狄惹木嘎漫无目的地在密林里乱转，时而打马下山，时而催马上山，绕得白马呼呼地喷着鼻息发泄不满。转过几个弯，也不知到了哪里。他想，天黑前最好离开山林，免得落入凶狠的野狼群。

白马认得下山回盐井的路，踢踢踏踏地在陡峭崎岖的山路上缓慢行进，走着走着耍起脾气，咴咴地扬蹄喷气不肯迈步。狄惹木嘎歪在马背上被颠簸得昏昏欲睡，醒过神来狠狠抽了白马四五鞭子，见马仍不肯走，这是从未有过的事。跳下马背来查看，发现黄槐灌木丛中躺着个人，散发出浓重的烈酒和尿臊味，呛得白马不肯往前。

换作平日，狄惹木嘎会甩着马鞭从醉鬼身上踏过去。这次他心中不爽，正好拿醉鬼取乐。喝醉酒的男人，在每个部落、山头、树林、山洞、河边、墙角都屡见不鲜。滇人爱酒，自诩为酒神之子。在云南大大小小的部落中，没有不会喝酒的男人，就像没有不会绣花的女人一样。

醉鬼没有留"天菩萨"、披察尔瓦，散发赤足。他装扮怪异，棉麻的青灰色右襟长衫和直筒吊裆裤，不似罗婺男人打扮，也不似蒙古人和汉人的装束，看不出从哪里冒出来的。

狄惹木嘎朝酒鬼腰上狠狠踢了一脚，酒鬼痛苦地大声呻吟起来，猛地坐起又伏地睡去，乱蓬蓬似鸡窝的头发堆在头上，分不清是脸面还是后脑勺。

狄惹木嘎哪里容得下醉鬼的轻慢态度，抡起皮鞭用力抽打，还恶狠狠地踢他几脚。醉鬼抱着头嗷嗷地叫着满地打滚，疼得受不了才坐起来，抖开满脑袋的花白长发，露出怔怔不知何处的肮脏不堪的脸来。

狄惹木嘎恼怒地揪起醉鬼的头发，朝杂草丛一样的脸上啐了口唾沫："醒了没？醒了，赶紧给我滚开。"

月光淡薄，醉鬼粘在脸上的头发慢慢掉落，露出轮廓方正的脸，木然地看看狄惹木嘎，顺手把唾在脸上的唾沫匀抹开。这张脸对阿莫家支的人来说再熟悉不过，吓得狄惹木嘎倒退几步，跌坐在泥泞的草坡上，舌头像被蛇咬了一口，说话磕磕战战："阿莫，阿莫，阿莫蒲智？"

阿莫蒲智的意识还跌落在酒缸里，美酒香气和族人的热情浸泡得他头脑昏聩。他晃动脑袋，恍惚间听见有人叫他。在冒着蓝灰色烟雾的空旷之地，看不到人影，何来熟悉的人声？似乎是师长魏敦礼向他提问，他昨夜又喝醉了，耽误了早晨的课，课桌也被师长罚没了。他慌忙坐直身体，口里慌慌胡念："大学之道，在明明德，在亲民，在止于至善。知止而后有定，定而后能静，静而后能安，安而后能虑，虑而后能得。物有本末，事有终始，知所先后，则近道矣。古之欲明明德于天下者，先治其国；欲治其国者，先齐其家；欲齐其家者，先修其身；欲修其身者，先正其心；欲正其心者，先诚其意；欲诚其意者，先致其知；致知在格物，物格而后知至，知至而后意诚，意诚而后心正，心正而后身修，身修而后家齐，家齐而后国治，国治而后天下平。"念完之后听不到师长回应，只有几声像蟋蟀鸣叫的窃笑，想是他浓重的鼻音又招致汉人学生嗤笑，悻悻地倒头睡下。

狄惹木嘎听不懂阿莫蒲智叽里咕噜念了一堆什么经文，见他猛地坐直身子，嘀咕一阵，又双眼发直地倒下，忙拢上前来把他抱到马背上。七尺多高的汉子抱起来比一架子栎木柴重不了多少，背脊上的骨骼像乌龟壳一样硌手，胡乱裹在身上的棉布层层叠叠，散发出便桶般的恶臭。

狄惹木嘎不会嫌弃他，即使他再臭些，甚至腐烂掉，浑身爬满蛆虫，也绝不会嫌弃他。看清他是阿莫蒲智后，他身上浓烈的臭气仿佛也不那么难闻了。阿莫蒲智在他心里从未改变，他第一次从阿莫沙蒂充满仰慕和依恋的口气中听到这个名字，就慢慢在脑海中堆砌起一个像梅里雪山一样的人物形象，在往后的日子里，阿莫蒲智一切有悖于常人的行为只会让这高高耸立的形象越发变得坚不可摧。

以往太多的失败经历让狄惹木嘎对自己的人生充满疑惑、否定、沮丧和痛苦，与青年时期的恣意逍遥相比，他的中年始终在挣扎不出的深谷徘徊。从前笃定坚持的爱情和无比信赖的族制权贵，像逐渐消融的雪山在他的世界崩塌，他诉说无门，愈挽救愈失望。他深深感到躯体里不断增加的无力感，像掉落在沼泽地里的野牛，越挣扎越下沉。他想不通，没有人可以指点他的人生，他只能默默承受，虽然他很想一拳打烂令他窒息的一切。他仰望阿莫蒲智——这个被族人抛弃的土司继承者的苦难远胜于他，他觉得他们之间拥有某种隐秘的分享痛苦的亲密联系。

他把阿莫蒲智驮在马背上，牵着不情愿接受负重、暗中较劲的白马，穿过阳光照耀下被光线切割成不同深浅色彩的密林。嫉妒和忧愁的情绪一扫而光，他对着沉醉不醒的阿莫蒲智唠叨开了：他的妹妹变了，铺着白虎皮的紫檀木椅子会让人发疯。这里的人正在变得疯狂，他们想用厚厚的城墙把崇尚自由的罗婆人闷死，像蚕茧一样把族人包裹起来。而阿莫沙蒂想像绵羊一样住进汉人的羊圈里去，只有阿莫蒲智才能阻止她愚蠢的行为。她想他，又怕见他，即使她嘴里说哥哥是个疯子，可她跟他一样，从来不相信斯补纽纽舍的鬼话。他们都不知道阿莫蒲智离开部落近二十年的生活，他是怎么过来的，不少人都以为他早死了……

7

阿莫蒲智一心盼着单调奢华的生活能发生变化，跟母亲央求想出武定去念书。斯补纽纽舍总说不是时候，家支里不能没有男人。尽管阿莫蒲智还没行过成人礼，不算男人，只是个整天胡思乱想的小男孩。

不久罗婺部落就有了新变化——阿莫洛要迎娶罗罗斯大土司的女儿。据说罗罗斯地区是蜀地势力极大的卢鹿人聚集地，享有朝廷特准的三万兵马和数不清的土地、牛羊、粮食种子。

阿莫洛新婚后三年，新娘罗罗斯丽带来的金银、粮食、牛羊够贵族们忙碌一阵子，对阿莫蒲智的管束也少些。阿莫蒲智只需要完成相对容易的爨文学习，就能跟随巴莫查查到乡间搜集医方。阿莫沙蒂太小，眼泪汪汪地被留在土司府。那是阿莫蒲智最为自由快乐的一段时光，他喜欢离开牢笼似的府衙到乡间玩耍。

在罗婺土司府所在的万德土城，世界被分成两半，一小半是贵族世界，一大半属于平民和奴隶。到了乡间，平民世界是千奇百怪的碎片，像大地下盘根错节的树根，也像密林下纵横交错的暗流泉溪。他们身份暧昧模糊，变化不定，只要能得到更多粮食和金银，他们可以变换成任意一种人，农夫、樵夫、屠夫、商人、杀手、小偷、强盗和骗子。

阿莫蒲智和巴莫查查、小奚婆们穿过树林、河流，攀爬雪山和草地，见过不少部落族人。他们不全是罗婺人，还有卢鹿人、些莫徒人、磨察人，甚至流落、迁徙至此的汉人和寻求生存之地的黄骨头。

出了土城，很少能见到老人，看上去像老人的族人其实不老，仅仅过了三十岁，却无所事事地在火塘边衰弱苍老，像老人一样叹息呻吟。男族人大多活过中年期就被困苦生活折磨死了，女人和孩子们继续着无望的日子。

巴莫查查是个不苟言笑的人，几乎很少有面部表情，即使跟得再久也无法判断他的情绪，他的脸皮就像一面绷得过紧的牛皮鼓，非常严肃。阿莫蒲智以为大奚婆只会读书念经、做法事或者医治病人。很少有人看见他的喜怒哀乐，跟随他的小奚婆们都很怕他，他威严冷酷，又深得斯补纽纽舍信赖，他能决定小奚婆们的命运，他的咳嗽声都让他们感到胆战心惊。阿莫蒲智见过他对阿莫沙蒂流露出的柔情，若是部落里还有人敢对巴莫查查放肆，那人就是阿莫沙蒂。他把她抱在怀里，宽大的手掌揉摸她柔软发黄的头发。她常常从他的法袍里钻出脑袋咯咯地欢笑，像他身上带着会发出笑声的巫术袋子。

阿莫蒲智偷偷观察过巴莫查查，想从他身上发现亲近神灵的办法，最终一无所获。他跟随巴莫查查越久，越觉得他是个毫无特点的普通人，只不过比其他人更喜欢安静和学习。他曾看见大奚婆忧伤地坐在溪流旁巨石上，孤单身影在绽放灿烂云霞的天空下显得寂寞可怜。阿莫蒲智眼前出现了幻象——巴莫查查宽大的黑袍拖垂在溪水里，把清亮的溪水染成浓墨般的黑色。冷彻骨髓的孤独像决堤洪水从大奚婆身体深处喷涌而出，使他看上去像一眼汩汩冒着忧愁悲伤的泉眼。无助的寂寞顺着黑袍流淌到山谷，汇聚成一条暗黑色、呜咽不止的溪水。阿莫蒲智猜想巴莫查查一生都要浸泡在如此清冷的水里了，忍不住暗自流泪、哭泣。

他们有时会在一个地方待上半个多月，只为给一个平民医治烂掉的脚。情形往往是如果他们不及时离开，就会在那里长住下来。先是村寨里的人知道巴莫查查到来，送野果和鸡蛋的农夫诉说他腰骨的疼痛，衣不蔽体的女人们更是把他奉若神明，她们整天叽叽喳喳地围着他，给他看变形成萝卜的大腿、皲裂成山谷的手指脚趾、发炎流脓的眼睛，后来她们被一大群野兽般的孩子包围，她们的苦痛淹埋在孩子的喧闹声中。接着是附近村落的族人背着干粮翻过几座山向这里汇集，慢慢地，更远的人牵马赶驴从四面八方涌来。大奚婆落脚的村寨像四处漏风的破房子，被人群密密匝匝地包围。

他们变得越来越忙，刚开始巴莫查查不让阿莫蒲智当帮手。他不时提醒阿莫蒲智——阿莫蒲智，您是未来的阿莫家支土司。您应该站在人群之上，而不是挤在人堆里。老实说，阿莫蒲智看不出两种站位有什么不同，站在人群之上看到的是密密麻麻的人头，挤在人堆里同样是黑压压的脑袋。再后来大奚婆忙不过来想土司还是帮手的事，抓到人就说，赶紧把草药压成粉，这里都生蛆虫了。阿莫蒲智喜欢干晾晒草药、配制草药和捣药的活儿，喜欢闻着草药香味记录医治效果。他身体里快速生长的想法在乡间忙碌的三年里被迫停滞下来，太多的疑问像乱稻草一样堵塞住胃和大脑，他得消化掉一些再慢慢长大。阿莫蒲智忘记自己将会是个土司，他只是乡间采药人，在晨光照耀下跋山涉水去采药，月华满地时咚咚捣药，全身浸润在阳光雨露和植物的清新气息里。那段时光真是怡然自得，少有的舒畅。

他们越往偏僻陡峭的高山走，情形越超出阿莫蒲智的想象。居住在高寒山地的族人们完全像处于封闭的小世界，整个山头仅有两三户人家，女人们主要是打柴、挑水和煮食，照料老人和大大小小的孩子。男人们几乎全靠狩猎，用麂子、狐狸、山豹皮毛换取日常用品和酒、火药，邻近土目会时常上门来征收贵重皮毛。他们知晓当地土目的名字，却不知管辖整个部落的土司姓甚名谁，也就是说，他们知道自己是哪块荞麦饼上的芝麻，却不知道这块荞麦饼装在哪个竹筐子里，更别说放竹筐子的大圆桌子。他们不知道梁王是谁，对此也毫无兴趣。他们不识字，连画画都不擅长，甚至很少说话。阿莫蒲智站在他们面前，他们也不知道这个瘦弱的少年是未来土司，将是他们属地最直接的高级统治者。他们对巴莫查查俯首帖耳，对阿莫蒲智却像使唤一条听话的猎狗。

高地平民们的生活很简单，简单到只关心吃穿。树枝搭建起的窝棚看上去像乱糟糟的燕巢。高山上缺水，男人们从不洗澡，走近他们就能闻到浓重的臊臭味。女人们的情形也好不了多少，她们连头发都不梳洗，像顶着一团或黑或灰或白的毡片，脸上布满黑红色的斑点，她们身上的气味十分复杂，像厨房和猪圈混在一起，更让阿莫蒲智无法忍受。男人穿着牛筋草编织的草鞋和兽皮衣服，女人和孩子赤着脚，裹着兔皮和棉布，在寒冷季节也是这样。早晨起来，主妇们就为吃什么而头疼，野菜、野果和野味都吃了个遍，春夏季格外短，一眨眼就过去了，那是食物最充沛的季节。进入秋冬季，食物匮乏、病痛和停止狩猎后的无聊全面爆发，男人和女人时常争吵、打架，女人鼻青脸肿，男人满脸血痕地生活一段时间，等待春天来临，情况好转。周而复始。

半山腰的平民情况稍好，但粮食依然是他们生活的主要问题。他们居住在山洞里或者搭建垛木房，穿着草鞋和兽皮、棉布衣服，他们驯养马和猪。女人们忙着在稍微平坦的土地上搬开杂石，种植薯类、豆类和高粱、小麦，水土肥沃的地方还广种桑树养蚕。男人们则酿酒、耕种、收获和放牧。地域仍以部族为界，多为罗婆人和些莫徒人，他们喝酒、打架、唱歌、狩猎，生活自由度较大，病情也最为繁多。大奚婆们居住在半山腰地区的时间比较多，这里相对闭塞，还没有设置驿站。阿莫蒲智喜欢去平民家里搜集草药和虎骨、鹿角，吃着烤肉喝着烈酒，在羞答答的少女歌声中醉卧在火塘前。每次阿莫蒲智从半山回到土司府，阿莫沙蒂就皱着鼻头闻他身上烟熏火燎的气味，然后手指在鼻子前扇着风说："阿牟，你就像被烤糊了的野鸡，脸黑肉臭。"

坝区平民对巴莫查查的态度游移不定，这里居住着各种教派的人和小奚婆们。从古老的茶马古道上走来了不少行装怪异、肤色不同的人，倘若不是斯补纽纽舍的禁令，各种奇怪的建筑就能堆满巴掌大的平坝子。巴莫查查很少去凑热闹，只让阿莫蒲智到集市上取回定制的细铁钩、小锤、吹管和杵臼。阿莫蒲智注意到，几座尖顶、圆顶建筑获得特准悄然建盖在浓荫掩映下的山脚，依山傍水，充满魅惑。坝区平民种植水稻、胡萝卜、青菜和瓜果，他们把收获的谷物和蔬菜带到集市上交换、变卖，他们见过蒙古人、色目人、吐蕃人、僚人和没落的白子、纳西人、摩梭人，从蜀地通往阿拉伯、蒲甘、中原的马帮通道上流动着数不清的丝绸、茶叶、香料、铜器、药材、皮毛、武器。他们的世界像钟摆一样摇晃，眼花缭乱。他们见识过不少怪诞荒唐的事情，变得油嘴滑舌、好逸恶劳。衣着光鲜、羊皮袋里金银叮当响的族人让巴莫查查厌恶，他说他看到这些人每个身上都装着几个形态奇怪、矛盾纠结的灵魂。他还说他们是最难与神灵相通的人。阿莫蒲智认为这是巴莫查查无奈的说法，他们背弃了自己的信仰，受到其他神秘宗教的吸引。信奉大黑天神的族人人数在缓慢减少，奚婆们巨大法袍下有人想彻底逃离。

没见识过土城之外生活的阿莫蒲智喜欢光怪陆离的人群和生活，在深山密林里苦行僧般居住一段时间后重返集镇，感觉就像青蛙从水里跳到荷叶上呼吸一样，年轻人总会想念城郭热闹丰富的生活。万德土城是罗娑土司府辖区里最繁华喧嚣的集市，从门楼的廊窗上望去，城楼尽收眼底。

阿莫蒲智跟族人平民混熟以后，男人们会教授他在野外生存的方法。阿莫蒲智喜欢有智慧的小点子，也喜欢跟有大智慧的巴莫查查混迹乡野。阿莫蒲智知道他们的小秘密：他们有的爱酒胜过爱女人，有的把用命换来的猎物交给跟他共度一夜的女人，有的把濒死的女儿带进深山引诱饥饿的狼群，有的把孩子母亲带到集市去换取一小口袋粮食，有的从醉酒躺倒路边老人的怀里盗窃铜烟嘴，有的为了母亲的遗念离家出走……当阿莫蒲智接近他们，从他们喷着酒气、烟草味和粗粮臭味混合气息里感受到他们鲜活的生命，他们各自不同的个性和说话的腔调、语气，慢慢变得像家人一样密不可分。离开或者再次见到，都油然生发出会心的笑意和幸福的感觉。

过度沉醉在熙熙攘攘、喧嚣聒噪的平民生活里，会忘记自己的位置。巴莫查查不厌其烦地提醒阿莫蒲智："蒲智大人，您不能喝得像个醉鬼。您跟他们走得太近会影响您的判断。"

阿莫蒲智听不进去，这些唠叨听上去像吓唬人的皮鞭抽打在半空里发出的响声，他知道皮鞭落不到自己身上。若干年后阿莫蒲智承认大奚婆说的话很对，沉入水底泥沙里，温暖柔和的淤泥会遮住眼睛。这种情形对于没有设定长远志向的未来年轻土司来说，确实不利。当时阿莫蒲智不明白，毕竟他还没经历过成人礼。他跟着一群年龄相仿的平民族人打猎、喝酒，有时还打架、盗窃和欺负汉人。那时候看到别人的鲜血汩汩地往外冒，整个人就亢奋得不行，瘦弱的身体鼓胀着热气腾腾的破坏力，阿莫蒲智干了不少羞于提起的蠢事。

表面温顺的阿莫蒲智暗地里变成了顽劣、让人望而生厌的少年。巴莫查查只是凭感觉猜测他做了些不合身份的事，并不真正清楚阿莫蒲智消失在他面前后的表现，因为没人敢说一个未来土司的坏话。在坝区短暂的停留，阿莫蒲智像脱了缰绳的野马，身边很快聚集起当地贵族子弟。他们像一群秋天降落在稻田里的蝗虫，撩鸡斗狗，撬门偷牛，砍树烧地，让贫民们深恶痛绝。

事情终有暴露的一天。斯补纽纽舍突然出现在阿莫蒲智面前，当时浪荡子喝了很多酒，眼神迷离，脸颊淤青，衣衫不整，看上去真像个醉鬼。在云南各个部落，不会喝酒的男人不算真正的男人。男人们在黝黑粗糙的脸上文上波浪、火焰的图案，勇于接受针刺面孔的洗礼，而不是像女人一样从火塘边黑暗角落满怀羡慕嫉妒地打量喝酒的男人。喝酒是男人的特权，就像别在腰间的铜烟锅象征男人的身份。阿莫蒲智被酒神灌醉了，有时醉得不像话。有一次在一个赤身露体的白骨头寡妇怀里醒过来，阿莫蒲智看了一眼她耷拉到肚脐眼上破布口袋一样的黑乳房就惊慌逃走了；还有一次醉酒跌落乌拉河，半身浸泡在河边，被族人发现救回家中；醉倒松林、路边、府门口的时候多得数不清，他对小奚婆们说酒神踩着云朵把他请到酒池里，他们唱歌唱累了，就埋头喝酒池里的酒，美酒像瀑布从天而降，滔滔不绝。

他被奴隶们抬回土司府，捆绑在第八层院落露台上。酒醒之后，斯补纽纽舍没有责骂阿莫蒲智，只是让他离开土司府去汉中学习汉文和礼仪。她解开儿子身上的绳索，脸上流露出失望、痛心的情绪，语气生硬严厉，不容求情。

阿莫蒲智渴望见识外面的世界，在大黑天神和祖灵看不到的地方正发生着什么事。他蠢蠢欲动，又喜又惧，时而悲伤，时而兴奋，被解开绳索后依然跟那帮贵族子弟到处打架喝酒。

住在土司府里也有另一种愉快时光，阿莫蒲智跟巴莫查查在乡野行走时经常想念小嘴叽喳不停、爱笑爱闹的阿莫沙蒂。她咯咯不停的笑声和从头到脚的银铃铛响曾让阿莫蒲智不甚其烦，离开她太久，阿莫蒲智又非常想念她，时常望着与她年龄相仿的少女发呆，弄得小奚婆们交头接耳，以为阿莫蒲智招惹了花神，被变成花痴。

　　阿莫蒲智离开土司府的两年间，阿莫沙蒂身上到底发生了什么，真让他感到惊奇。他再看到她时，她已经长成窈窕健美的少女。在他看来，她美极了，像一只骄傲的梅花鹿。尽管大多数人会说阿莫沙蒂没有继承斯补纽纽舍的美貌，但阿莫蒲智却认为她美得恰到好处。深邃明亮的眼眸里透着一股与年龄不相符的沉静，浓密茂盛的黑发瀑布奔流般泄露了深藏的激情。

　　她不再咯咯地笑个不停，只是含着眼泪轻轻拥抱了阿莫蒲智，她身上流淌着绿树草丛中小溪流的水腥味儿，清新怡人。她已经长成水分饱满、汁液充沛的野樱桃，学会了爨文和蒙古文的书写，骑射和摔跤都让人刮目相看。她的变化真让阿莫蒲智吃惊和感叹，他深信岁月怀揣着巨大秘密，它在沿路记忆缝隙里注下标识和埋下伏笔，等到真相被全部发现，才不至于把人吓个半死。

8

　　阿莫蒲智不想去汉中，那里是汉人聚集地。云南有不少汉学宫，离武定不远的中庆和大理就有汉学宫可以学习汉文，但斯补纽纽舍不同意。她说她就是要让阿莫蒲智离开云南，翻过秦岭去见识汉人心腹之地。阿莫蒲智心里别扭，认为她厌恶自己才故意把他支使到遥远又陌生的地方去，离开族人和熟悉的高山密林，楼宇林立的城池让他担忧恐惧。谁也无法改变斯补纽纽舍的心意，她是个铁石心肠的母亲。

　　斯补纽纽舍说，为了使阿莫蒲智免遭歧视，得给他取个汉名。罗婺土司府曾被元世祖忽必烈赐姓"商"，阿莫蒲智在汉中的名字就叫"商无定"。不管叫什么，他心里只认可"阿莫蒲智"这个烙刻有罗婺人、阿莫家支印记的姓名。

　　阿莫沙蒂向斯补纽纽舍恳求要跟哥哥同去上学，母亲轻蔑的口气带着浓重的深秋凉意："你在家好好学习刺绣。等行过成人礼，也好找个富裕部落的兹莫嫁了。"

阿莫沙蒂失望地退到一边，她比以前驯顺，面容忧郁。阿莫蒲智心疼她的忧伤。母亲叮嘱他注意饮食起居的话，他一句也没听进去。

兄妹俩告别母亲后，阿莫沙蒂一直高兴不起来，也想要个汉人的名字。阿莫蒲智为她取了个汉名，叫"商鱼胜"。他要是知道二十六年后她又把这名字还给了他，必定会认真考虑一下，为她和以后的自己取个更中性的名字。

阿莫沙蒂轻声念了几遍："商鱼胜，商鱼胜。阿牟取的汉名真好听。"她脸上飞起两朵红霞，煞是好看。还悄悄告诉阿莫蒲智，她一定会找机会再次请求母亲，让她去汉中看他。

阿莫蒲智对她的话并不当真。他们的母亲是个很难被打动的女人，年纪越大，变得越像藏在深山里的岩石。但他佩服妹妹的勇气，他可不会跑那么远到异族人的领地去探望亲人。他不希望亲人们跑到别人地盘上去，也讨厌别人在罗娑人地盘上指手画脚，发现这点，他沮丧地想到如此狭隘的自己不会是个好土司。

临行前，阿莫蒲智去找巴莫查查告别。他穿着宽大黑袍在忙着整理刚搜集到的草药，十五张牛皮那么大的院落摆满了草药和动物骨头，闻起来说不出的甜腥。他们搜集的草药太多了，估计大奚婆能忙活上半年。巴莫查查做事仔细，除了给草药分类、编号、记录，还要品尝每种草药的味道，进行各种草药奇妙的混合配制。他是个拥有大自然神秘力量的巫师，大大小小的土陶罐就是巫术显灵的所在。他乐此不疲，全神贯注，就连相伴数载的阿莫蒲智跟他告别，他也只是礼节性地站起身来，若有所思地点头。直到阿莫蒲智走出他的巫法院落，才听见他在身后低沉地唱起似经非经的古歌，如同女人暖心的絮叨："太阳升起喽，雄鹰展翅飞。过了大山是大河，一日三餐按时吃。召来大神说分明，这人是我罗娑神。保他路途平安去，护他路途平安回。"

阿莫蒲智带着足够的金银和粮食在马帮的护送下去往汉中。路上遇到过强盗、窃贼、瓢泼大雨、浓重雾气、烈日暴晒和猛兽出没。他就蜷缩在宽敞的马车厢里，摇晃颠簸着读书、吃麂肉炒面和睡觉。偶尔探出头去张望，看见断崖峭壁上如下雨般滚落石头，掉进深渊里没有回响，吓出一头冷汗。连绵不绝的远处高山传来凄绝尖厉的猿啼，心跳得像乱敲破鼓，头晕目眩，几乎呕吐。在马车里待太长时间，眼睛无法适应阳光直射，出了马车，只能眯缝双眼低着头走路。下地方便时常常站立不稳，蹲下去半天站不起来，很伤脑筋。

这种亲身体会让阿莫蒲智非常同情从罗罗斯部落远嫁过来的罗罗斯丽，依照卢鹿人和罗婺人族规，新娘在送亲途中不能下地，不能吃食，只能喝少许清水。半个多月的路途居然没把她饿晕过去，女人的耐力真让他叹服。罗婺贵族女人自小会骑射、打猎、摔跤、角斗，部落间时常纷争打仗，男人们死伤多，像山里的蕨菜芽，正值壮年就命丧战场是常有的事。有时候男人的兄弟子侄接不上职位，需要妻女儿媳填补，女人们也练就一身武艺，变得豪气干云、干练精明，甚少有像斯补纽舍那样不会骑马弄棍的贵族女人。但看起来母亲的内心力量不比父亲的弱，在父亲去世后的漫长岁月，她内心的强大和无坚不摧逐渐改变了美艳娇弱的容颜，越来越像冰美人。

在母亲身边阿莫蒲智总感到呼吸困难、额头冒汗，巴不得她赶紧消失，好松开全身的五花大绑。可在离开她的颠簸路途中，阿莫蒲智想起她的次数远胜过其他人。她姿容绝美又不会舞刀弄棒，应该被丈夫宠爱成千娇百媚的幸福女人，却被严峻形势改变成坚硬岩石。阿莫蒲智天生身体孱弱，酷爱冥想，命运却要让他做太阳神一样英明神武的罗婺土司，他有时真怀疑大黑天神是个顽皮孩子，总想捉弄可怜的人类。

走出罗婺土司府的隘关弄积寨，道路变得时宽时窄，崎岖蜿蜒，像高山腹部缠绕的巨蛇。马帮翻过万松山，穿过元谋热谷进入苴却分散的小部落群，这里居住着卢鹿人、磨察人、着装与罗婺人不同，色彩和样式更加艳丽明快，生活境遇与罗婺半山腰平民相似，虽然缺少粮食和水源，倒也自得其乐。阿莫蒲智能听懂他们的族语，生活习惯大同小异，发音主要部位从鼻腔迁移到舌根，听上去韵味不足，像跑了气的苞谷酒。

马帮更多时候是在遮天蔽日的密林里穿行，浓雾从森林角落涌出来，像无边无际的水（那时候阿莫蒲智还不知道大海），一天中仅有两三个时辰能看清道路。这段路程狭窄得像羊肠子，有时感觉如同走在刀锋之上，其艰险令他感到死神就斜着眼睛、抱着双臂在身边来回溜达，稍不留神，打个盹的工夫就会跑出来抱着他们一路狂奔。湿漉漉的雾气染透了马匹鬃毛，有时候阿莫蒲智从小窗看到湿透的马尾，疑惑地探头来看看是否下起细雨，浓雾比细雨更饱含水分，更加冰冷和遮挡视线。阿莫蒲智担心马背上的爨文书会被浸湿，虽然蒙上了羊皮，滴滴答答的水珠还是让他放心不下。

马帮花费一个多月的时间穿过高山密林、险滩溪流，阿莫蒲智注意到这么长的路途上居然没有设置桥梁和驿站，马道艰难，马车被拆下换了粮食，驮运的书实在舍不得扔，只能当作柴火烧掉。吃的更加简单，天天吃麂肉炒面和清水，没多久嘴里长出又黑又软的大泡，嘴角糜烂，眼屎又黄又稠粘住睫毛，需要用水捂上一阵子才能睁开双眼。每天都有人流鼻血，脸色像被虫子吃过的小叶榕树叶。他总觉得自己走不到汉中就会病死、被野猪吃掉，或者掉下悬崖摔死。不过他乐意看到母亲后悔的眼泪，她把唯一的未成年儿子派到遥远的异族人地界，不是为了开拓视野，只是为了让他吃苦受罪，最后被苦吃掉。

抱怨解决不了困难，马帮陆续出了问题。几匹大理马在爬山时受了腿伤，一直带伤驮运，突然一匹匹倒地不起。他们只得把受伤的马杀掉，在阴森潮湿的森林里烤吃。内燥而外湿的身体状况使他们的皮肤发红发痒，长出脓包直至溃烂，脓疱疮奇痒无比，他们只觉得手指不够用，抓得遍体鲜血淋漓。有几个商人吃不了苦半道上偷偷溜走，带走了几牛皮袋麂肉炒面和两张狐皮。斯补纽纽舍为了掩人耳目，故意让阿莫蒲智打扮成马帮商人，没有派护卫队护送。阿莫蒲智一直没弄清楚马帮的人数，只记得十六匹马和三垛子书。后来听说有人逃跑了，阿莫蒲智清点了人头，总共八个人，只剩下十二匹马和三垛子书。没人要他的宝贝书，这让他很放心，别的就任由他们去。

出了云南墙壁门楼般高耸的大山进入蜀地，才领略高山之雄奇壮美，随从们仰头望着直插云霄的山峦，脸色灰败得像躺在河滩边上的死鱼。虽然蜀地山势险峻，磅礴回旋，但因地处腹中，元廷重视，修筑通途，广设驿站，使阿莫蒲智又得以重置马车，晃晃悠悠地读书、睡觉。比在云南浓雾、湿气弥漫的大山里转悠轻松惬意不少。越临近汉中，地势越发平坦，翻越秦岭时也不比在云南爬山艰辛，人烟逐渐稠密。树叶越长越大，与松柏成林、杂木成片的云南大山中干牛皮似的粗糙细叶树木相比，这里的树木叶片和青草嫩绿得简直让马儿痴狂。

汉中地区原属蜀地，元世祖将其划入陕西行省，其繁华程度尤在蜀地之上。此地的富饶宽阔让阿莫蒲智大开眼界，云南山势高低起伏，沟壑纵横，一马平川之地如同豪猪肚腹极少看到，湖泊和水潭更是犹如兽眼稀罕无比。族人称云南为万山之国，以山高为傲，以山险而骄。而汉中水源地丰沛如女人眼泪，树木葱茏像族人毛发，旖旎平坦的土地似母腹般肥沃滋养，懒散如阿莫蒲智这般的人看到如此兴盛之城也不禁从马车上跳下，张着大嘴立在山路中间看个够。

阿莫蒲智当时的样子肯定傻极了，完全顾不上保持土司继承者的威严形象。他完全被突然炸开来的世界震惊了，一股脑喷溅而出的声色让他如坠梦境。不，阿莫蒲智的梦从来没有这般绚烂多彩过。真实情况是他被吓呆了，从来没想到大山外面的世界超出了曾引以为傲的想象力。幸亏他脑袋还算好使，成天跟着部落里最聪明的奚婆们，泡在天马行空的神话传说里。他能想象得出长了九层翅膀的飞马和有二十八只乳房的女巨人阿黑西尼摩，还能想象得出上千个男女改天造地的情形。也想象过穿过彩虹桥遇见祖灵的地方，那里密林深涧，树木上挂满苹果和蜜桃，在蒙古毛毯一样的草地上亲密交谈，围坐火塘边喝酒、烤肉，但他从没想象过这样五花八门的世界。

他们八个人愣愣地站在楼檐飞翘、朱漆宝光的城楼前挪不动步子，直到嘴巴里干热烘臭的气味飘到鼻尖，才赶紧合上张得下颌发酸的嘴巴。与眼前星罗棋布的亭台楼阁相比，巍峨壮观的罗婺土司府只是水碗里的一滴水。门楼上龙飞凤舞地写着汉字，阿莫蒲智看不懂写的什么。这是年轻的未来罗婺部土司到汉中的最初感觉，这地方过于庞大繁杂，让他心里充满了惊恐和兴奋。

阿莫蒲智学过一点汉文，它们看上去比蒙古新字、色目字更像爨文，比爨文独体字多，让他感到吃力又很激动，像发现一口眼熟而极深邃的井，只顾埋头挖，永远不知道前方能挖出什么宝藏。到了汉中，他才渐渐明白母亲的苦心。

阿莫蒲智在罗婺部落是世袭土司继承者，学习蒙古新字和色目字用不着遮遮掩掩。到了汉中，世界的人被分成四个等级：第一等是蒙古人，第二等是色目人、回回人，第三等是汉人，被灭了国的南宋人被划为南人，也被唤作"南蛮子"，是第四等，学习蒙古新字和色目字都是触犯法典的事。在云南武定府的千山百壑间，阿莫蒲智是尊贵的未来土司，将要官从三品；在汉中，失去高贵身份的他变成了末等人，必须小心避开使用蒙古新字和色目文字，还好可以自由学习汉文。斯补纽纽舍到过元大都，也许那趟出行也给她造成了不小的惊吓和失望，她不愿意阿莫蒲智成为山里只会荡秋千、瞎胡闹的猴子，他应该看到被绿叶遮拦的残酷世界。

马帮很快在凤仪学馆安顿下来，虽然他们在别人眼里是末等人，阿莫蒲智却是非常富足的末等人首领。斯补纽纽舍为他选定的汉学宫他不愿意去，那里的先生面如敷霜，目光凌厉，枯瘦如柴，大抵是只会打手心、呵斥罚跪的老学究，看着就面目可憎，打死也不愿进去。从汉学宫出来，他们满街乱转，过了精巧别致的石拱桥，在护城河边发现一座风雨飘摇的旧楼，楼门上插满红色写着"酒"字的彩旗，看上去喜气洋洋、活色生香，引得阿莫蒲智肚里的酒虫乱钻，垂涎欲滴。他管不住自己的脚，不由自主地向朝他招手的红色小旗走去。

走到跟前，阿莫蒲智才看清这座旧楼不小，通道深幽，关不住满楼风雅。凤仪学馆设在酒馆后面，分为前庭后院，名号只用一块乌木镌刻镶在酒馆后门上。他也是在酒足饭饱后才发现这块乌木匾额，问过酒保，说是一所汉学馆，儒生们皆往此门出入。听来不免心动，如此一来，读书倦怠之时溜到前庭酒馆喝酒、吃肉甚是方便，确为一桩美事。当下就让随从前去问询安置，在凤仪学馆驻扎下来。

斯补纽纽舍不准阿莫蒲智带跟班查姆一起出来，血气方刚、懵里懵懂的小跟班让她身边的女奴生下了一个男孩，这事还没完呢。阿莫蒲智仅在马帮中留下一名与自己年龄相仿、细心机灵的随从，给他起了汉名"安忠"，其余六人让他们到城中寻找贸易可能。他们不能白来一趟汉中，阿莫蒲智能学多少东西是个未知数，但是必须把在汉中花的金银捞回去，顺便再给大山里输送点有趣好玩的新鲜东西。他相信云南万山丛中的好东西，汉中人也未必见过。

安顿下来的当晚，阿莫蒲智给斯补纽纽舍写信，夸大了路途中的九死一生，想象着她读信件时几乎失去独子的痛苦，他就文思泉涌，一口气写了三张羊皮纸。为体现自己是个勤学上进的人，顺便提出了修筑驿站之类的建议，阿莫蒲智没有心存期待，家支部落的困窘状况他略知一二。靠联姻换来的救命水不可能维持多久，母亲现在应该是捉襟见肘，到了变卖银器头饰的地步。

入了学馆，只见到六个儒生和两位师长。学馆内的摆设倒也雅致，全是上好的檀香木制作的椅子、桌子，雕花刻草，方方正正，傻里傻气的大。阿莫蒲智坐不惯木头高凳，屁股硌得疼，还不能横趴斜靠，两条腿高高吊着，整个人像悬在半空般难受，不如罗婆部落的兽皮竹榻舒服。他让安忠往地上铺张羊皮坐在上头等。将要成为同窗的儒生看到阿莫蒲智坐在地上，脸上表情十分可笑，好像恨不能自戳双眼，省得看着粗俗不堪的蛮子惹闲气。阿莫蒲智懒得理会他们，他们只看到异乡人粗鄙黝黑的外表，不知道在他们那并不遥远的、有着蓝天白云、高山溪流、鱼虫鸟兽的家乡，罗婆人就是这般随心所欲，或躺或卧，或饮或唱，无须拘束。

学馆两位师长各有特点，一看就气质不俗。一位身体很差，总是长吁短叹，走很短的路就要摇一阵头。他偶尔会说他已经活够了，只是盼着学馆能恢复从前的尊荣，立马就死也值。阿莫蒲智老是记不住他的名字，名字拗口得很，尤其是对于以鼻音为主音的罗婆人来说，他的名字太麻烦。阿莫蒲智一直称他"郑师长"。他不经常出现，有时将自己关在房间里数月，只令人端汤药和饭食放在门口。另一位才真正算是儒生们师长，名唤魏敦礼，身材颀长，面色白净，鼻头肥大，左嘴角上方有颗凸出皮肤的红色肉痣，痣上长有三四根须毛。阿莫蒲智一直觉得这颗痣是凶痣，若是请来巴莫查查，只需用烧红的小刀就能剜下这个凶运。据说他是郑师长的得意门生，五岁识文，七岁赋诗，子集典故无所不通。可惜他少时未设科举，挨到而立之年后才赶上恢复科举考试，又时开时断，每逢科考，汉人、南人名额爆满，及至进士封得官位者少之又少，至今仍是个没有功名的儒生。阿莫蒲智不是来寒窗苦读求取功名的，他的官位早就悬在罗娑土司府的白虎皮椅子上，只等年龄适合，袭职之书报经朝廷认可，便得土司之职，位列从三品，比汉中儒学提举司提举还高出四个品级。因而只凭投缘，不论功名，安心拜魏敦礼为师长学习汉学。

初来汉中，阿莫蒲智被大都城纷乱鲜活的表象弄得意乱神迷，许久都回不过味来。郑师长病了月余，闭门不见人。魏师长去逛了趟粉巷，回来后唉声叹气，向壁发呆，对儒生们不加管束。阿莫蒲智和安忠乐意四处闲逛，汉中城比万德土城大出几个来，每日打马从闹市穿过，常常兜几个圈子找不着回学馆的路。都城气味杂乱呛鼻，脂粉、肉类、烈酒、油脂、灰尘味道掺杂一起，说不上好坏，飘散着一股淡淡的怪味。不似在密林幽箐的大山里，循着马鹿脚迹、野猪粪便或者大红花油茶树，站在小山丘上打眼一望就能找到回府的路，路径上满是花草香气。

汉人说话既慢又绕，听来像几颗琉璃珠子在水碗里滚来撞去，常常让阿莫蒲智感到头晕脑涨，还不如认字学得快。再说学馆外时不时传来夹肉饼、烤肉和卖酒小贩的吆喝声，他哪里坐得住。他们心不在焉地坐在硬邦邦的矮木凳上默默地吞咽口水，心思早从白茫茫的纸张上飞到火红灶膛、烤炉子、酒缸面前。阿莫蒲智最先学会的两句汉话便是："肉饼，可也。酒，可也。"

六个原本跑马帮的随从不多日就找到了好买卖，把从土司府带来的十匹大理马卖给了汉人、蒙古人，价钱居然是云南成交价的八倍，比卖到蒲甘、暹罗的三倍还多，这可乐坏了他们，决心冒死也要到汉中做贩马买卖。贩马并非没人做，集市上大多是良莠不齐的蒙古马、突厥马，虽说此种马能耐严寒暴雪，能扬蹄踢碎狐狸和狼脑袋，但它体型矮小，更适合军中使用。而大理马个小耐力足，形美性顺，比暴躁的蒙古马好使唤，繁殖力高，任劳任怨便于役用，连蒙古马贩子都赞不绝口。麻烦的是随从们不收元纸币，他们不信任画得花花绿绿的纸，喜欢沉甸甸、投掷有声的金银和看得见摸得着的实物，为此差点被语言不通的蒙古人打死。他们只得收下纸币，再到金店换取金银，来来回回一折腾，又少去几两银钱。这件事并未引起阿莫蒲智注意，作为出色的土司他应该引起警觉，可惜他太年轻，心眼被五光十色的世界迷惑住了。多年后，阿莫沙蒂无限量地允许元纸币在区域内流通，促进了贸易经济，也造成了大量物资外流。阿莫蒲智对此负有责任，虽然那时候他已然成了无人搭理的疯子。

　　从万山之地跑出来的孩子很难快速适应众声嘈杂、快速流动的世界，最初很长一段时间，阿莫蒲智每天早晨起床都犯晕，晨光照在眼皮上，需要很久才能辨别身处何方。阿莫蒲智和安忠会在汉中城里的酒肆、茶楼、斋室、戏台、贩马场消磨掉大部分时光，虽然阿莫蒲智将会是位高权重的土司，但在蒙古人统治的都城里，他们被限制进入的地方很多。遭受无情驱赶的地方，哪怕是片空地也会激发出他最大好奇。最后允许进入的区域成了不屑一顾的地方，而布幔重重、尖顶入云的教堂和圆顶洁白的寺庙不断魅惑着他，让他经常产生不顾性命也要进去的冲动。

　　阿莫蒲智问魏师长："不得入，何故？"

　　魏师长露出凄苦绝望的表情，像死了丈夫的女人："汉人惟务课赋吟诗，将何用焉！"

　　这句话让阿莫蒲智品咂良久。他没听明白，不觉得魏师长回答了自己的问题。说汉话本来就让他显得愚钝，还需表达准确，这让他痛苦得想撞墙。阿莫蒲智也想冲他说一通爨语："难怪蒙古人不待见汉人，整天愁眉苦脸，满纸的'在天愿作比翼鸟，在地愿为连理枝。天长地久有时尽，此恨绵绵无绝期'。有什么用？我们喜欢的东西就要想方设法弄到身边来，得不到可以打一架。除非结下杀父夺妻的世仇，否则没有用酒和歌声、金银缓和不了的关系。汉人叽叽咕咕嘀咕半天，行动迟缓得像乌龟，戳一下吓得脑袋缩进壳里半晌不动。依我看，汉人的算学和贸易还不如我的随从。"可是这堆话用爨语说，魏师长听不懂；用汉话说完，估计他的舌头也得完蛋。阿莫蒲智这么说毫无意义，蒙古人同样不待见南人，他们的地位比汉人还低一个等级。

阿莫蒲智想，可能罗婺人不像汉人死心眼，认准一棵树就吊死在上头。罗婺人只对家支、部落忠诚，说到底就是血亲、宗亲、姻亲建立起来的庞大部落。对待异族人，谁对他们好他们就跟谁联盟；谁对他们有利，他们就同谁相交。在雄奇大山背后，部落家支坚硬如桃核，遵守族制的异族商人可以进入他们的领地，想要靠近核心区域或者跨进府衙半步，就算住在土城十辈子也不可能。譬如罗婺土司府的土地和头领是朝廷封赐的，但罗婺人的灵魂和意志却是罗婺族人自己的，就像大元可以消灭大辽、西夏、金国、大理国、宋国，但蒙古人征服不了契丹人、党项人、女真人、白子和汉人。

从小在山林里、马背上长大的阿莫蒲智，无法像被严苛礼仪驯服的汉人那样规规矩矩端端正正地坐在学馆里摇头晃脑地死读硬背。在学馆的多数日子，阿莫蒲智是趴在木桌上或是睡在地上度过的。魏师长并非没有管束过阿莫蒲智，用戒尺噼里啪啦地打过他手心，让他顶着厚厚的书本站立，关在黑房间里禁闭反省。惩戒对他毫无用处，倒叫师长因频繁惩戒寝食难安。同阿莫蒲智一起读书的汉人儒生们从不搭理这个异族人，一来他们语言不通，阿莫蒲智能听懂他们说话，他们听不懂阿莫蒲智说的话；二来他们觉得阿莫蒲智蛮性难改，怕打不过他去，反倒吃亏；三来他们都是一群仕途黯淡的穷儒生，手无缚鸡之力，家无良田半顷，科举考试是他们唯一出路，只顾着废寝忘食地读书，怕被蛮子耽误了锦绣前程。

元廷的科举考试对蒙古人、色目人和汉人、南人是区别对待的。虽说同考《大学》《论语》《孟子》《中庸》的经义，蒙古人、色目人的考题难度低，只考一场。汉人、南人需加考两场，孟月试经疑一道，仲月试经义一道，季月试策问表章诏诰科一道，且考中之人只能放在左榜，不一定能进入仕途。还不如打仗的或者当小吏的汉人擢升得快。因而汉人儒生总一副顾虑重重的模样，不似阿莫蒲智这般轻松悠闲。他们除了坐在同一间房里读书，从来没说过话。

一天，阿莫蒲智发现学馆里只剩下一个儒生时，诧异地主动去问他："人呢？"

"汝欲言者何？"

阿莫蒲智的脑袋吃力地把他的汉话吃进来，经过缓慢转化用爨语理解，再想如何转变成汉语表达，可汉儒生看上去非常不耐烦，好像阿莫蒲智占用了他一天中最宝贵的时间。

"师长出，生安在？"

"各投他所。余吾一人。"

这是什么话？难道自己不是人？阿莫蒲智按捺怨愤，满腹疑问："为何？"

眼前脸色蜡黄、两颊布满斑点，两耳肥大的儒生叹息着摇头，把雀屎脸埋进《论语》中不再理会阿莫蒲智。

很多天未见的郑师长出现在学室里，他的目光就像洒普山上的积雨云，忧伤地扫了两个学生一眼，坐在师长座椅上手拄着头，眼睛半睁半闭，像头风发作的病人。这堂课阿莫蒲智破天荒地睡不着，心情烦乱地把《孝经》《周礼》《易》翻来翻去，弄出哗啦啦的声响。

阿莫蒲智让安忠去前庭酒楼里跟人打听，进入凤仪学馆，光顾着兴奋和玩耍，他还不知道它的底细。

安忠是个聪明的白骨头，语言天赋极佳，从未跟阿莫蒲智进过学室听课，终日在市井里跟人胡吹闲聊，居然不经意地学会了汉语。他很快就打听到了，这家学馆的来头不小。

"学馆以前叫书院。书院的山长就是郑家的，郑师长祖上曾是大宋进士，官至四品。学院原有学田百顷，当铺、绣铺和酒楼，儒生百余人，算是汉中一富。自宋国被灭，汉人日子每况愈下，郑家难逃其害，学田被侵，学产被夺，只剩下这所学院和一处脂粉铺子。郑师长之父愤懑而死，其母和妻子照管脂粉铺。郑师长和魏师长身无所长，只得在学院教授子集典故。可元廷律法规定书院山长须得行省备案专核，授予官职。郑师长至今未得授职，儒生们各自投了官学府，只有交不起银钱的穷儒生偷偷在学馆里读书。"

阿莫蒲智吃惊不小。原来凤仪学馆是所私塾，要是被人告到儒学提举司去，不但学馆被封，甚至查没，郑师长和魏师长也脱不了关系。"这怎么办?"

安忠看阿莫蒲智变了脸色,吸溜下鼻涕说:"商大人,您别担心。酒楼掌柜说了,朝廷要给儒户免税、役。凤仪书馆的事,儒学提举司早已知晓,一直懒得管此闲事。现下书馆没有儒生来投,才是开不下去的原因。"

"雀屎脸叫什么名字?"

"哪个?"

"现在书馆里除了我,还有别人吗?"

"哦,那个穷儒生啊,他叫邱子朔。他留下来是因为郑师长的义女,这雀屎脸看上人家了,魂都被那美人儿勾走了。"

提到美人,阿莫蒲智立即来了兴致,撺掇着安忠细细说来。安忠说:"郑师长的义女颜红珠原本是郑家世交颜通事的女儿。颜通事因错译《希贤录》被贬官发配,未及动身就暴病身亡。其妻悬梁自尽随夫而去,留下年方十四的幼女无人照料,郑师长夫妇就将她收留下来认作义女。邱子朔是屠夫之子,家中有薄田三亩,兄妹五人。他大字不识丁,一身蛮力。有日卖肉,忽听有人说钱袋被盗了,举起杀猪刀一路追赶,力擒盗贼。由此经乡里举荐成了县衙吏目,专管盗贼一事,终日在街井巡查。邱子朔原来跟着他爹学屠宰卖肉,自他爹当了小吏,吵嚷着要进学,便入了凤仪学馆。他其实早看上在脂粉铺帮忙做事的颜红珠,心存一念,并非为了求取功名,只等抱得美人归。"

"那美人儿如何?"

"大人,汉人女子不过如此,气色不好,柔弱怯懦。"

安忠说得有道理。罗娑人看汉人犹如他们看南蛮,他们嫌弃阿莫蒲智邋遢鲁莽,阿莫蒲智觉得他们脸型扁平,面目清淡,细眉细眼,脸色像黄菜叶。罗娑女人皮肤浅黑,像刚熬制出的麦芽糖,亮晶晶,散发着阳光火热气息。她们双目深凹,鼻梁高耸,嘴唇单薄,笑声朗朗,健步如飞,自幼骑马耕种,爬树钻洞,无所不能。不似汉女人,掩口而笑,低眉顺目,小脚蹒跚,摇摇摆摆像快要折断的柳树,除了做饭洗涮,就是呆头呆脑地坐着缝制绣品。

"那美人儿可喜欢他?"

"汉人女子哪里轮得到自己决定终身大事。"

说来也是，邱子朔倒是很会讨郑师长欢心，念书勤奋，学馆的杂事也舍得下力气，跑腿的活儿几乎全包揽了，省得另外花钱寻个杂工。邱子朔不喜欢阿莫蒲智，阿莫蒲智也不喜欢他。他先对阿莫蒲智还算客气，只当阿莫蒲智是个透明人不理不睬。后来听说阿莫蒲智身份后竟生出怨气，无端端地仇恨权贵之人。弄得阿莫蒲智莫名其妙，还寻思了几天，反省自己的短处。得知他对官宦家子弟一向如此，才撂在一旁懒得管他。

阿莫蒲智让安忠去向郑师长打点金银解他困境，阿莫家支虽然百废待兴，也不差这点小钱养活一个小小学馆。为顾及师长颜面，阿莫蒲智还一再嘱咐安忠，汉儒不受嗟来之食，既要想法子让学馆存活，又不能让郑师长觉得受儒生施舍，免得他觉得受辱将阿莫蒲智赶出学馆，好心办成坏事。

安忠听阿莫蒲智絮絮叨叨，皱着眉抱怨："汉人真麻烦。"拉着阿莫蒲智要出门去想法子。

阿莫蒲智以为他又要带自己去看人贩马，今日无心情，甩着手说："不去。"

"大人，我带你去个好玩地方。土城可找不着这么好玩的地儿。"

"什么鬼地方？"

"您跟我来嘛。"

安忠连拉带哄地把阿莫蒲智带进了梨花院。阿莫蒲智熟悉梨花就跟熟悉杜鹃一样，每年仲春，土城外的山坡上开满了桃红李白。梨花开得稍晚，皎皎素纱，宛若凌波仙子飘然尘世。

"不是山里的梨花。"安忠把浮想联翩的阿莫蒲智推进圆拱门。未曾见千树万树梨花开，倒听见亭榭楼台中传来叮咚悦耳的乐器声，不知道是何人何物能奏出这般仙乐。阿莫蒲智眼睛里再看不见花了，只循着美妙乐声懵懵懂懂地穿过花径。

"平生不会相思，才会相思，便害相思。身似浮云，心如飞絮，气若游丝。空一缕余香在此，盼千金游子何之。证候来时，正是何时？灯半昏时，月半明时。"

阿莫蒲智正要往楼阁上闯，一团锦簇的瘦女人甩着嫩绿的绢帕过来拦住他，一双钩子般的眼睛上上下下打量他全身，从牙缝里挤出话来："汝知此为何地？乞者安敢无礼！"

阿莫蒲智明白上了安忠的当。回头去寻安忠，哪里还有这厮的踪影，早跑到芙蓉帐里快活去了。既然来了，也不能叫人像扔死狗一般扔出去。他顺手从腰上羊皮囊里掏出一锭金子，这是他刚从贩马随从那里收到母亲给的金子。他知道汉人喜欢金银铜钱赛过画着色目文、八思巴文的软塌塌的至正宝钞。老鸨子摇着一头珠翠笑嘻嘻地让开条道儿。

早听说汉人有此种专为男人快活而设的销魂之地，心中向往却一直没敢来。阿莫蒲智尚未成人，不通男女之事，再则十分消耗金银，汉中城里常为之散尽钱财的风流男子走投无路，投护城河而死。部落里可没有这样莺歌燕舞的去处，黑骨头贵族们随心所欲地寻欢作乐，美貌女奴常常作为礼品互送。除了黑骨头女人和有丈夫的白骨头平民女人，部落里的平民女人和女奴对贵族男人的垂幸是不能抵抗的。那情形自不能跟粉巷相比，部落贵族男人凭权贵占有无力反抗、泪水涟涟的女人，哪及女人自荐香枕、软语温存来得舒畅。

阿莫蒲智只想找到唱曲的女人，对她们薄如蝉翼衣衫下的诱人躯体不似其他到此处来的男人那般渴望，像安忠说的汉女人就那样，不合阿莫蒲智胃口。她们厚重的脂粉和呛人的香气令阿莫蒲智无法呼吸，呛得不停打喷嚏，清鼻涕流个不停，觉得她们像戴着面具的人偶。他来这里只是为了抵抗在异族人中生活的寂寞无依，热闹并不能缓解内心悲凉，酒和女人能麻痹孤单可悲的情绪。

梨花院的确是个好去处。可以喝酒胡说，亦可窥见俗世真相一二；可以眠花宿柳，亦可谈文说艺。阿莫蒲智很快便知娼妓们的地位远胜于儒生，所谓"八娼九儒"，她们待儒生最似朋友，而非主顾。一起写曲传唱，惺惺相惜，捧足研磨，自在欢乐。有心情不甚好时，她们不用咽泪承欢，对儒生像对兄弟爱搭不理，娇嗔发火都是有的。儒生们不以为意，像准备在这里过日子一样从容淡定。如有情投意合的儒生拿不出钱文，姑娘们也会私下接济。若是生意好，老鸨对此只装糊涂；若是生意不好，酒保的臭脚就会踹到儒生的屁股上去，把他们一脚一脚踢出院门。

阿莫蒲智在梨花院内遇到过魏师长几次，他见阿莫蒲智来只佯作不识，对面擦肩而过，面无表情。阿莫蒲智想他不愿与自己相认，免得见面难堪，打听到他来的时间段有意躲开他。阿莫蒲智在梨花院出手大方很受欢迎，粉姐们喜欢他还因他贪杯胜过调情。厌烦了贪图享乐的嫖客，名妓们更愿意看阿莫蒲智喝酒、操弄琴弦。阿莫蒲智对音律颇有爱好，在土司府时常听人打铜鼓、击编钟、拨三弦、吹闷笛；到了山林中又听人吹树叶、吹过山号、吹牛角号、吹葫芦笙、吹拨响篾，大致与蒙古人的兴隆笙、火不思、胡琴相似。而汉人的古筝、竖琴、琵琶、二胡、长笛、箫管，丝竹声声，最为牵动人心。

魏师长的小曲在粉巷广为流传，阿莫蒲智偶尔听到一曲，连声赞叹，弹曲的柳意儿说是魏敦礼填写的曲牌。魏师长在阿莫蒲智和邱子朔面前只吟咏诗词歌赋，从不知他也写小曲。儒生们出了粉巷就变回另一个人，愁眉苦脸，空虚郁结，鄙视写曲轶记。来到春水初生、春林初盛、春风万里的芙蓉帐里喝酒写曲，编个名号悄悄托人抄录给粉姐们传唱，换些散碎宝钞，慢慢流传。

"一年老一年，一日没一日，一秋又一秋，一辈催一辈。一聚一离别，一喜一伤悲。一榻一身卧，一生一梦里。寻一伙相识，他一会咱一会；都一般相知，吹一回唱一回。"

阿莫蒲智享受着都城繁华、喧闹和便利，渐渐不再想起连绵不绝的山脉、怒放傲雪的山茶和烤鹿肉的滋味，他快忘了清香树、香樟树、紫檀、黄槐、桂树、槐树、松树的香气，再没见过赤麻鸭从轻雾袅袅的河塘边飞起，紫水鸡从大片大片湿地里蹿出，蜂鸟、太阳鸟、花蜜鸟像蜜蜂一样忙碌，鹧鸪、长尾雉鸡、斑鸠躲在九里香、鸡爪槭、变叶木灌木丛中低声咕噜，清澈的山涧小溪潺潺流淌，瀑布从险峻黢黑的山腰垂下，清泉流过墨绿色长满青苔的石头。甚至想不起人头祭、招魂曲和指路经，阿莫蒲智以为自己离不开都城了，他迷恋汉中城新鲜混杂的生活：各种颜色服饰装扮的人、奇异怪味的饮食和眼睛看不过来的稀奇用品。一切都是幻象。阿莫蒲智学会蒙古语、汉语之后，所有语言表达仍要经过内心爨语的转换才能到达深入理解的地步。

阿莫蒲智又开始沉溺在声色犬马的俗世泥泞里，忘记了巴莫查查忧心忡忡的提醒。过了不惑之年以后，阿莫蒲智回忆起那段令自己感到羞愧的时光，猛然间意识到对世俗生活、权力金钱的攫取欲望和痴迷爱情的不管不顾，是每个血气上涌的少年无法抵抗和摆脱的成长考验。以年长者睿智的目光去看待莽撞少年干的傻事，去苛责曾经年少无知的自己，是过于刻薄而荒谬的。这是无法躲避、绕行的成长经历，即便身入空门，未曾参透世事劫数中的道法自然，也不能修得正果。

人生必经的错误、挫折、失败、无聊、愚蠢、空白、茫然、沉迷、痛苦都是一场场科举考试，想要成为右榜状元，必须得是蒙古人和色目人。汉人和南人就算学富五车、贤能盖世也只能放到左榜上去，能不能获得官位还不一定。即便时来运转隆恩眷顾，同榜的蒙古人可授六品官衔，色目人可授七品，汉人只能授从七品。很多年后，当韶华已尽、年迈体衰的阿莫蒲智躺在土城中的老榆树下回忆这段迷离飘忽的青春时光，隐约闻到肉饼、黄酒香味，听见筝、箫、琵琶之音，不禁发出会心大笑。

那时的阿莫蒲智像一头扎进蜂窝的棕熊，甜蜜兴奋塞满了心房。他原本应该睁大眼睛、怀着窥探的心机冷静地观察和精细地取舍，将来回到罗婆部落后成为太阳神一样的大土司，怀着激扬决心壮大家支。可他被唾手可得的安逸享受迷住了眼睛，对集百人智慧的用品和技术迷恋不已，看不到绿意盎然的浮萍下暗流汹涌。他心安理得地挥霍着家支族人用血汗换来的金银，贪婪地享受令自己舒服愉悦的一切事物。

"叹世间多少痴人，多是忙人，少是闲人。酒色迷人，财气昏人，缠定活人。钹儿鼓儿终日送人，车儿马儿常时迎人。精细的瞒人，本分的饶人。不识时人，枉只为人。"

汉人儒生们的叹息哀伤像狮子山头吹过的清风，引起松涛阵阵，余音萦绕。阿莫蒲智躲在粉巷，耳畔只有莺声燕语，不闻悲啼，唇边琼浆玉液，怀抱软玉温香，未及细思量，今夕何夕，竟忘了个干净。

9

柳意儿在床头放了封厚厚的爨文书信，阿莫蒲智从烂醉中醒来，看清楚是阿莫沙蒂的笔迹。她要和阿莫洛来汉中看阿莫蒲智，驿道很快就要连通蜀中，修筑驿站的钱大多是朝廷出的，只不过罗婆府的奏报暗合了梁王松山的心意。栈道修通之后，汉中的丝绸、青铜、书籍、瓷器、刺绣能顺畅驮运到滇地，阿莫家支的皮革、桑蚕、棉麻、茶叶、兽角、草药也能来到汉中集市。和曲州知州阿莫洛就是奉命巡查驿站修筑情况，阿莫沙蒂瞅到机会央求斯补纽纽舍答应她来汉中看望阿莫蒲智的请求。从建昌路到汉中还有很长的路程，有阿莫洛陪伴女儿，斯补纽纽舍放心不少，就答应了阿莫沙蒂。

信中阿莫沙蒂说快半年没收到哥哥的书信，母亲嘴里不说，心里却很是挂念。罗罗斯丽变得越来越飞扬跋扈，居然在花神节上跟母亲夸比金银饰和瓷器、地毯，让母亲非常生气。但这只高傲的罗罗斯家支的黑颈鹤始终没为阿莫洛生下一男半女，这点短处让她吃了不少母亲的冷嘲热讽。她时常偷偷去找巴莫查查占卦、配药、敬神。和曲知州府总飘散着一股子难闻的药味，连阿莫洛的战马都带有淫羊藿和菟丝子味。

阿莫沙蒂还情不自禁地提到神射手狄惹木嘎，她爱他爱得疯狂，有两页纸全写满了赞美他的词语，像被下了药的短尾莺，颠来倒去，对阿莫蒲智诉说她对狄惹木嘎的迷恋之情。阿莫蒲智注意到让妹妹着迷的男人只是个黑骨头平民，心不在焉地匆匆浏览过用蜜糖、呓语和黏稠目光组成的冗长段落，心里默算了下，自己的成人礼应该是到汉中半年后稀里糊涂地在柳意儿怀抱里度过了。

不知不觉，阿莫蒲智到汉中已六年多，从宿醉中醒来，喝下柳意儿事先搁在床头桌上的红糖水，继续看阿莫沙蒂的来信。

阿莫沙蒂品尝到了爱情蜜汁的滋味，字里行间流淌着欢快溪水、明媚阳光和芬芳花朵的气息。阿莫蒲智疑心她被爱情蒙蔽的眼睛看家支的眼光也变得浮夸虚幻，她说母亲下令管辖的禄劝州、和曲州、南甸县、元谋县、易笼县、石旧县和六个千户所大量垦荒屯田，强制放牧和狩猎的族人放下牛鞭和箭弩，扛起铁犁头、锄镐，每天都去挖山。现在的情形是从前长满野花野草的山坡变成了母亲的梳妆盒子，一屉一屉地从山顶铺陈到山脚。以前吃野果和烤鱼的磨察人，吃起炒面和米饭就不愿夏天爬树、冬天下河。

阿莫沙蒂的信勾起阿莫蒲智对部落生活的美好回忆。以前经常收到母亲和妹妹的来信，阿莫蒲智和柳意儿一起读信，向她解释故土情况，她不理解部落习俗、生活，仍装出很有兴致的样子。阿莫蒲智不揭穿她，怀着感激心情和她思念一小会儿故乡，然后又随手把它们扔到记忆中的黑暗角落里继续吃喝享乐。

这次跟以往不同，阿莫蒲智从连年的酗醉和无所事事中感到莫名的空虚寂寞，慢慢感受不到阳光热度和烤肉香味。他忘记了很多事，心正变成空荡荡的巨大黑洞，吞噬着他的快乐和悲伤，让他成为感觉麻木的人。

阿莫蒲智躺在柳意儿散发脂粉香的紫色大木床上，想到她今天要接待从南边来的富商还特意在前额上点了朱砂痣，心里极不舒服。阿莫蒲智不能去阻拦她，就像如果他要离开，她也不能阻止他一样。他们都心照不宣地知道相逢只是一场露水之缘，虽然在此之前阿莫蒲智没有类似情感经验，难以调整自己平和大度的心态。他嫉妒其他能和她共度良宵的嫖客，她为此感到伤心。他们在别人看来不过是一场乐，可他们心里明白他们之间产生了感情，跟其他嫖客妓女不一样。

阿莫蒲智太年轻，太介意别人的看法和眼光，连安忠的话都能左右他的判断。他躺在床上，任由嫉妒、怨恨像藤蔓、毒蛇爬满内心，对此无能为力。对未来的迷惘使他忽视了最重要的感受——他们在一起是多么快乐，他们真诚相对，她不计金钱得失收容了他的寂寞，他从她怀抱里汲取了无数个夜晚的温暖。

他把手伸进透过纱窗的橘色阳光里，左手掌上青色脉络像交错的树枝攀援到指尖。他想起了母亲怀抱父亲手掌哭泣的情景，另一个世界开始从记忆的浓雾中浮现，慢慢有了悲苦颜色。那里有巍峨壮观的土司府，母亲严厉美丽的面孔，跟巴莫查查度过的出行时光，族人们崇敬期许的目光和脸庞，和阿莫沙蒂学习爨文的平静岁月。阿莫蒲智的心被突然升涌出的思乡愁绪塞满，这是从未有过的事。吃过甜枣和珍珠汤圆，他放下几张至正宝钞在桌上，悄悄离开了梨花院。

阿莫蒲智在梨花院里厮混了六年中的大部分时光，把消磨掉的时间捏成一把，只有柳意儿令他眷恋不舍。他走下楼梯向大厅里看了最后一眼，柳意儿正给肥胖的富商弹曲跳舞，富商满意后会留宿她房间，他走得正是时候。

巴莫查查说得对，沉溺在世俗细微淤泥里太久，就会有深深陷入的可能性。他对阿莫蒲智说过，想成为什么样的土司，取决于从淤泥中抬头时看到了什么。像蝌蚪一样，在水池里慢慢长大，变成青蛙跳出水池，蹲坐在荷叶上俯视曾经依赖其中无法脱离的水池。先学会仰望，然后才能俯视。

阿莫蒲智迅疾地穿过喧嚣热闹的街衢，目不斜视昔日流连忘返的酒楼、烤鸡馆、肉饼铺和布铺、药铺。他看见安忠正神情专注地坐在茶楼木凳子上听人说书，安忠的天菩萨隐藏在刻意留起来的长发里，挽在头顶用黑翅纱巾紧紧束起，俨然像个汉人。阿莫蒲智没冲他叫喊，想赶紧回到学馆，独自等待寂静黑夜的到来。

阿莫蒲智确信每个人都有至少两个不同的世界，一个是能看、嗅、听、品尝、触摸到的慢速固定的世界，充斥着暴戾俗气的油烟味；另一个是稍纵即逝、缥缈空灵，时而坚硬时而柔滑、轻薄、变形、消散和缓慢建构瞬间崩塌的世界。巴莫查查对他说过，不能总待在人堆里，那里是离神灵最远的地方。阿莫蒲智比过去任何时间都清晰地记得充满智慧感悟的话语，以前他竟完全听不懂，厌烦巴莫查查的聒噪絮叨。

经过坐满吃客的酒楼甬道，端盘上菜的酒保冲阿莫蒲智一笑："商公子回来了。"

阿莫蒲智不好意思地点点头，用咳嗽掩饰尴尬。急匆匆回到学馆，里面空落寂静，像长满荒草和枯树的郊外。没有人的气息和声音，死一般的沉寂，跟前庭饭馆的热闹一墙之隔又宛如两个不相干的世界。阿莫蒲智不回学馆，邱子朔又无心向学，郑师长、魏师长便到绣楼那边帮忙，或者出门闲逛，舒散心中郁结。

推开房门，多日未归的空房间凌乱蒙尘。躺在木床上，阿莫蒲智下定决心，要跟过去荒诞游戏的生活彻底告别。

控制想要倒下睡觉、喝酒吃肉、搂抱女人、与人闲扯、出门溜达的欲念并不容易，开始非常痛苦，阿莫蒲智的身体不听脑袋使唤，老是想东倒西歪地趴着、靠着，想往梨花院去找柳意儿。眼睛盯着以前学习过的汉文，就是钻不进去。象形会意字长出了脚，目光根本抓不住它们，它们在眼前跑来窜去，阿莫蒲智用手指抠住它们，一点一点艰难地吞咽进去，还是无法了解它们的含义。苦撑了一天，劳而无功的阿莫蒲智疲惫地倒在棉被上睡着了。

瞎折腾的情形持续了不短时日，阿莫蒲智感到万分难受，酒虫和欲念轮番啃噬他的信念。他在房间里走来走去，实在忍不住就到房门外走廊上张望，他看到魏师长进出院门，额头青紫，鼓起个大包，也克制着想凑上前去打听究竟的念头，微微笑着沉默离开。傍晚到前庭酒楼吃饭喝酒，趁着微微醉的惬意，阿莫蒲智会离开人群，挑选临护城河较近的草坡坐在大叶榕下沉思或者放松，那是一天中最舒服的时光。

阿莫蒲智坐在汉中城眺望熙熙攘攘的集市，想象它此前和之后可能的模样。和过去生活诀别后的大半年时光，他的脑袋仍处于混混沌沌、想重新回到人群里去的冲动中，他只是强迫性地在身体上跟现实拉开距离。

某个清凉傍晚变成了醍醐灌顶的一刻，阿莫蒲智正坐在榕树下发呆，感觉自己站在又高又远的地方俯瞰这座熟悉的城池。汉中城里的人，包括此刻坐在榕树下的自己，变成一幅纸页发黄的画卷。他在未来的某个时辰意外地从记忆废墟里发现了它，凝视着画卷里坐在榕树下沉思的孤单少年，不了解他彼时的心情和未来命运。

汉中城不再人头攒动，充斥叫卖和争吵的鼎沸人声，交错通达的街衢和回廊、曲桥成了寥寥几笔线条。面目模糊的贩夫走卒、梨花院的美人、垂头丧气的儒生、提举司的官吏和趾高气扬的蒙古将军，成了画布上的人物点缀。他们静止、固定在画布上，渐渐变黄易脆，藏有"咯吱咯吱"时间变硬的声音。

阿莫蒲智从俗世淤泥中抬起头来，看到亘古不变的一轮明月，照亮白昼看不到的真实景象。

梨花院里的日子让他的汉语水平提高很快，他逐渐能自如地使用它们。儒生们写在白纸上的句式跟平日闲聊的口语存在很大差别，阿莫蒲智更喜欢街头巷尾传言的民间趣闻和粉巷里的插科打诨、粗口俚语。她们议论着城西莫家豆腐鲜嫩可口，也挑剔露香脂粉铺的胭脂太贵，会取笑客人的寒酸好色，也会谈论春秋祭孔盛事。粉巷是消息交换流转的集散地，各种战事秘闻从这里不胫而走，像大理蝴蝶泉边的蝴蝶聚散交错。

汉中城潜藏的等级规则、智慧力量、众生愿望和草蛇灰线的命运走向透过妖娆的画面，从繁华都城背后隐隐闪现悲戚残酷的真相。汉人失去了大宋王国，和侵入的蒙古人、色目人、鞑靼人、波斯人、阿拉伯人混在一起，接纳同样失去王国的吐蕃人、契丹人、党项人、女真人在此维持生计。他们始终忠诚于这片土地滋养出的学识和信念，奉行曾经统治者大力推行的学派论述，他们被划分成第三等人，仍固守儒学，奉公守礼，束缚女人，空怀报国的天真期望，前仆后继地劝谏统治者开科选举贤能之士，在无尽的期望中受尽欺辱、蓄积愤怒。

阿莫蒲智体会到母亲送自己到汉中的深意，罗婺部落从等级统治上更亲近于蒙古人，而汉人生活给了他最大警示。这幅画卷看上去像汇集不同族人的昌荣盛世，实际上却更像是铁木真建立的大蒙古王国。他们彪悍敏捷，铁蹄铮铮从不停歇，金银和血汗变成了硝烟和武器，威风凛凛的船队挤满港口，成堆丝绸、瓷器搬运上船，换来见所未见的奇珍异宝。天下归一，疆土辽阔，海运通达、贸易繁荣，史所罕见。可阿莫基蒲——一生从未踏出莽莽群山、小如蚂蚁的部落首领却敢以命抵抗命运强加的不公待遇。

对贫困弱小、被欺凌和被侮辱、抗争死亡的恐惧令阿莫蒲智感到急迫慌乱，生命变成了一段时间、一截空间，像一朵遭遇霜冻的蔷薇花、一滴临近日出的露珠、一杯等待开宴的美酒、一尾躺在河滩喘息的鲤鱼，它的短促和凶险让他不寒而栗。尽管阿莫蒲智离而立之年尚远，但想到部落族人活过耳顺之年的人不多，他就被莫名的焦虑感紧紧扼住喉咙喘不上气，冷汗淋漓。

他开始如饥似渴地读书，阅读一切能看到的文字，蒙古文、色目文、汉文和爨文。试图从书本里找到解答困惑的答案，抚平寝食难安的惶恐。

除了到前庭酒楼来填饱肚子，阿莫蒲智几乎足不出户。听魏师长讲书也不再趴在桌上酣睡，或是心猿意马地想着窈窕妩媚的柳意儿，而是竖起耳朵捕捉他嘴里说出的每个字。从前像清风拂过耳畔的汉语如今变成雨点、飞针、落叶、泥土，丝丝缕缕滋养、震动和点醒着阿莫蒲智。

魏师长觉察到阿莫蒲智的改变，偶尔到房中和他清谈，一谈就是大半个晚上。

"曾读《论语》不得其解，今又温故，略通皮毛。为政者，仅仁德可乎？"

"仅仁德可也。子曰：为政以德，譬如北辰，居其所而众星共之。"

"何谓仁德？"

"子曰：巍巍乎，舜禹之有天下也而不与焉！"

"若以礼从而伤及性命，可乎？"

"子贡欲去告朔之饩羊。子曰：赐也！尔爱其羊，我爱其礼。"

有时他们也聊聊各自的苦闷，大多是在酒醉之后，魏师长长袍松襟，斜倚在床榻上，杂有白丝的头发散落在床边，面容悲戚绝望，眼中光亮微弱跳动。

"听说今年秋祭大典，将派太监来做祭孔大臣，各学宫都纷纷上书抗议有辱先圣。师长如何看待？"

"夷狄弄权，儒学败落，科举迟开，入仕难于上青天。只重祭祀，不重教学，有悖先圣教诲，不过是以其名安抚天下儒士罢了。"

阿莫蒲智说："元世祖盛推理学，以克自身私欲，而从天理道法。

学优而不仕，厚德存理，亦是济世。师长何必长吁短叹？"

"如今吏治混乱，梁上君子亦可为吏，而独辱没儒士。儒家何如巫、医？这便罢了，不为官隐于市修学齐家，又鄙斥汉人，不得生路。生为何人，岂可更改？富贵宁有种乎？"

漫漫长夜在几声长叹和一串醉后自语中度过，师长沉醉不醒，阿莫蒲智便伏案读书。有时读到难言痛处潸然泪下，走到木窗前眺望城边墨黑青山处，思乡之情仿佛泛滥的河水瞬间将他吞没。血液里的罗婆族人在召唤，他不再留恋都城的繁华享乐，急切地想听到故乡悠远嘹亮的过山号，点燃黑夜里的火塘。他明白自己不属于部落以外的其他地方，即使那里再温暖明媚百倍，都将归去。冥冥中不可知的命运之神浮在云端，阿莫蒲智能听到已逝的父亲发出低沉叮嘱："蒲智回家转，山外你莫贪。"

柳意儿得知阿莫蒲智闭门苦读，托安忠送来几封书信。起初阿莫蒲智不敢拆开看，放在一旁。在寂寞夜晚读书困倦时分，抬头看看，拿起信笺抚摸，便可聊以解忧。分开时间长了，情意冷淡些才打开看信，字里行间的缱绻情意仍让他双眼泛红，喉头发酸。柳意儿原是他异乡寻乐的伴儿，到梨花院去时，陪伴人选不止她一个。他知她们私下说自己是从不沐浴的金野猫，身上有怪味的有钱人。慢慢地，留在身旁的就她一个，每次去便到她房间等候，她有其他之约也推开来陪他，实在推不过，他就改日再来。

她不是梨花院的头牌，长得清瘦，睫毛浓密，手指细长，喜欢拨弄琵琶，行动总是迟疑缓慢，不喜欢说话，也害怕冷清，像头受惊迷路的小鹿，惹人怜爱。有时一天之中，他们相拥而眠，既不说话也不行事。懒散地躺卧着，听风吹窗外芭蕉叶的声音，看紫色纱幔被风撩起的姿态。他们时睡时醒，醒来也不吵醒睡着的另一个，等两人的目光撞到一起，才心中喜悦地发出笑声。有时她会起身去写写画画，阿莫蒲智看着她瘦弱的背影在起伏的纱幔里出现、消失，感到十分满足。

他们分享了一小段生命，此时阿莫蒲智要回到森林，而她只能留在汉中。她不恳求阿莫蒲智为她赎身，如果她愿意，他有能力那么做。他们都明白分离的结局，在一起时格外珍惜，用力拥抱。现在，阿莫蒲智不再眷恋她，她的柔情蜜意终究敌不过他血液里潜藏的召唤。

阿莫蒲智把沾染她玫瑰香气、泪水的信笺伸到烛火上。火焰吃掉了纸页上美好的情感、记忆、欢笑、温情和暖意，只留下黑色灰烬。

10

阿莫沙蒂出现在面前，阿莫蒲智几乎认不出她来，她真像是闪着琥珀色光、晶莹剔透的麦芽糖，笑容比吹绿河岸上垂柳的春风还让人欢欣快乐。

"商无定，你瘦得像断了奶的羊羔。"她满身银饰叮叮当当敲打着阿莫蒲智的心。阿莫蒲智太想念她了，简直无法克制激动情绪，一把抱起她团团转。接着，溪水流淌的叮咚声、清香树摇曳树叶的沙沙声，水珠从青翠竹叶尖滚落下来的滴答声，混合着萱草香、绵羊毛的温暖，搅动着阿莫蒲智荒漠一样的世界。他竟然高兴得哭了。

"阿牟，你怎么了？"阿莫沙蒂伸出手指刮阿莫蒲智的脸，嘴里的气息热乎乎、毛茸茸的，让阿莫蒲智流着泪笑了。

"尼冒，我想你们，我想回家。"

阿莫沙蒂清脆的笑声像银瓶里摇动的珊瑚珠子："我们还以为你逍遥得忘了土司府呢。这次阿恩带我来看你，我们能在汉中多待一段时间，等阿恩办完事，我们一起回去。"

他才注意到站在院落中静静看着他们兄妹的阿莫洛，高大得像棵遮云蔽日的红花大油茶树。叔叔酷似父亲的脸上露出慈爱笑容，他的血液呼啦啦一阵翻涌，好容易忍回去的泪水又差点被勾出来。

阿莫蒲智恭恭敬敬地走到阿莫洛面前，用汉人的叩拜礼仪拜见了叔叔。阿莫洛被他的举动惊着，赶忙伸手将他扶起，眼睛里早已饱含热泪。阿莫蒲智平生第一次感到仁德贤孝对人心灵的巨大冲击力，罗婆人有自己表达孝顺的方式，散落在生活、生产和仪式中，比如恭让、服从和尊位方面，没有汉人这般三跪九叩、繁复冗琐的礼仪规矩。

阿莫洛没说话，目光里除了期许、欣慰、高兴、爱护，还夹杂少许嫉妒、怨恨、忍耐、警惕和淡淡哀伤。阿莫蒲智无法体会一位甘愿让出权位的长者的感受。二十多年后，当他披散白发躲在帷帐后面偷看阿加时，几乎站立不稳，内心的复杂和感慨无法用语言形容，就在那时他才理解了当初还没有子嗣的叔叔见到长大成人后的侄儿的心情。阿莫洛与阿莫蒲智具有同等资格袭任阿莫土司，在个人能力和威信方面的优势远胜于尚未成年的阿莫蒲智。当阿莫蒲智与他齐肩平视时，他的内心肯定掀起过不小的浪头。

阿莫洛把阿莫沙蒂安顿在临近学馆的客栈里，阿莫蒲智无法说服固执的郑师长收留女人在学馆。即使再多金银也打动不了他被礼教捆绑得死死板板的心，只要一听到是女人，郑师长和魏师长的脑袋就摇得像货郎手中的拨浪鼓，头发胡须甩得乱蓬蓬的，状若疯狂。他们忙碌着准备参加秋季祭孔大典，每年祭孔活动多得让阿莫蒲智生厌，刚开始阿莫蒲智还期盼能被选参加，后来参加过一次汉学宫的祭孔礼后，就再也不想去了。听说春秋祭孔大典礼俗更为烦琐，儒生的衣饰、礼拜、站姿、步态、神情要求更为严苛，就算让阿莫蒲智去，他也会称病不去。

爷仨吃过饭在汉中城内闲逛，阿莫沙蒂兴奋得像被摘去笼头的小马驹，微黑脸蛋透出红润润的光泽。阿莫洛紧抿着嘴东看看西望望，他表情太过严肃，像演练士兵的将军。他们看风景，阿莫蒲智看他们，风景和人都会转变、消失，但风景能够重建，此时的亲人离去后便再难找寻。

"汉人的房子比罗婆府的还壮观漂亮，绿瓦红檐。他们的桥像彩虹，真好看。万德土城什么时候能变成这样就好了。"阿莫沙蒂的小嘴不时吐出的赞美之词，像沉甸甸的石头压在阿莫洛和阿莫蒲智的心里。这只是一个小小的汉中城，在大元朝的版图上像这样的小都城恐怕多如夜空的星辰，而在云南居于中心的大理、中庆繁盛不过如此。阿莫洛的脸一如劲风掠过的松林，流露出不甘和抗拒情绪。

阿莫洛离开后，剩下阿莫蒲智和阿莫沙蒂好不松快。阿莫蒲智陪着可爱的阿莫沙蒂走街串巷，梆梆面、核桃馍、米面皮子、枣糕馍、夹肉大饼、牛肉干吃了个肚饱。她东游西窜，对至正宝钞产生了兴趣，他们都不明白在部落里为何斯补纽纽舍对纸钞进行固执的抵制，贵族阶层几乎只使用金银，只有贸易商人、马帮和贫贱异族人使用纸钞。阿莫沙蒂撇着小嘴说："阿依是不是太老了？用惯了的东西就舍不得换。你看看，明明是轻便、制作成本低的纸钞更受人喜爱嘛，她却偏不准用。"

阿莫蒲智赞同妹妹所说的话，而且抵制元钞这种危险的做法是触犯朝廷刑律的，他不认为母亲的谨慎固执对部落有什么好处。他想，汉人经历过血腥暴戾，最终选择了屈服。而罗婆人宁愿被灭族，也不肯被异化。阿莫蒲智曾见过很少的至元通行宝钞，现在汉中城的人依然怀念这种流通稳定的纸钞，他们抱怨至正宝钞贬值厉害。提起斯补纽纽舍的决定，阿莫沙蒂皱着眉头说："阿依越老越固执，就算九头牛都拖不动她，她就是牛。"

阿莫沙蒂的兴趣不止于此，她对没接触过的东西都抱有极大好奇心。回想六年多前阿莫蒲智到汉中时，仅对建筑、寺庙、美酒、女人和汉书感兴趣，其他方面一无所知，此时被阿莫沙蒂问得直翻白眼。阿莫沙蒂对阿莫蒲智一问三不知的回答很不满意，她挑剔地说："阿牟，你天天关在学馆里读死书吗？这也不知那也不知。"

阿莫蒲智对她的指责无可奈何，他就像其他大部分人一样，对提不起兴趣的东西视若无睹，压根没有想去了解它们的欲望。

阿莫沙蒂被汉中表面的华丽热闹迷住了。这不能怪她，她才刚过完成人礼，像一只刚刚被允许独自出行的小花豹。汉中与罗婆土司府仿佛两个截然不同的世界，没看过太多繁华市井的眼睛都喜欢花花绿绿的都城。阿莫沙蒂执意让阿莫蒲智叫她的汉名"商鱼胜"，阿莫蒲智屡屡叫错，惹得她很不高兴。她精力旺盛，许多天都没从亢奋劲头中松弛下来，阿莫蒲智被她熬鹰般折腾，实在撑不住了。每天早晨在她比布谷鸟还急切的催促声中睁开惺忪睡眼，拖拖沓沓地走在走了六年多的街头巷尾，露出谦恭笑容重复一次次地与街头小贩寒暄，实在令他厌烦。阿莫蒲智陪着这头身手敏捷的小花豹逛了三天便感到精疲力竭，腰膝酸痛，腿肚子抽筋，软软的身子直想往地上瘫。

有一回，阿莫沙蒂居然嗅着脂粉味到了粉巷。她看到街面上或站或倚，或挥舞丝绢招揽顾客、满头珠花、浓妆艳抹的粉姐们，好奇地想往里钻，幸亏阿莫蒲智眼疾手快一把将她拉住。她满腹狐疑地问他："你拉我做什么？"

"里面不让女人进。"

"为什么？"

"这里只供男人玩乐。"

阿莫沙蒂似懂非懂地离开了粉巷。阿莫蒲智想正在热恋的女孩一定不喜欢这里的女人，他也怕撞见柳意儿，打乱好容易平复的心情。

阿莫沙蒂进不去粉巷，差点钻进色目人的广惠司、西域星历司和回回天文台去，这回倒不用阿莫蒲智抓她出来，披着黑色、白色、灰色头巾的看守们拦住她，像从人群中挑出猴子般审视她的眼神让她大受伤害。她闷闷不乐地问阿莫蒲智："阿牟，他们为什么用看娃子的眼神看我？"

阿莫蒲智无法向土司女儿解释他们这些来自西南边的蛮子在大元帝国就是末等人，相当于罗婆部落里的白骨头平民，也许比这还糟。

"我不知道。"

"你又不知道。"阿莫沙蒂真的伤心了，"他们不知道我是阿莫兹莫的女儿吗？"

"你得给他们出示朝廷金印。"

"你疯了，阿依怎么会让我随身带着那个东西。"

"在这里跟在部落里一样，有贵族和平民、奴隶之分。我们在这里不是贵族，只能算富裕平民。"阿莫蒲智不忍心告诉她真相，她是个心地纯良的好姑娘。

"里面是衙门吗？"

"不知道。好像是研究医学、天象的衙门。"

"你又不知道。"

阿莫蒲智叹着气，跟在气呼呼的阿莫沙蒂身后。这不能怪他，他选择的汉学馆只重儒学、济世之学，不重算学、武器、历法、船运、天文和医学。听安忠说过，波斯人和色目人研制的"回回炮"威力强大，久攻不下的城墙，几炮就能砸成平地，十分了得。

阿莫蒲智想起了随从安忠，他混迹市井，知道的事比集贤院的官僚还多。他可以代自己陪同满肚子疑问的阿莫沙蒂，阿莫蒲智实在吃不消了，只想安静地回到学馆继续看宋慈写的《洗冤集录》，这真是本有趣的书。

阿莫沙蒂在安忠面前露出了土司女儿的派头，她几乎不看他，下巴微扬着，等候着安忠服侍。平日放任惯了的安忠被套上了笼头，装上马嚼子，浑身不舒服，腰板也不敢挺直，小心赔笑着说："商小姐，小奴在前面带路。"

阿莫沙蒂忍住笑，绷起小脸，学着斯补纽纽舍面无表情的样子点了点头。

阿莫蒲智看着他们二人消失在集市口，擦了把额头的虚汗，松了口气，惦记着上次看到溺亡尸体的勘验之法，转身回了学馆。

学馆内围满了儒生，这是多年未遇的景象。儒生们面如死灰，形容哀戚。阿莫蒲智拨开他们，看到人堆里坐在地上掩面哭泣的邱子朔，扯住他问："何事？"他记得今天是秋季祭孔大典举办之期，两位师长为此在孔庙忙碌了多天。师长们心情不好，听说此次大典是位太监主持，郑师长觉得此事荒谬，有辱先圣。说实话，阿莫蒲智倒没有这种看法，同是提举司派来的祭祀官，管他太监不太监的，不过是多坨肉和少坨肉的问题。有时候汉人脑袋固执得像榆木疙瘩，不用力劈开就不开化。相比之下，部落族人的脑袋又太灵活，见风使舵，趋利避害，很难掌控。

邱子朔看清阿莫蒲智，竟哭哭啼啼一头撞进他怀里，声音哽咽地说："宦官辱师，杖打三十。"

"可请了医士？"阿莫蒲智吃惊不小，不知是哪位师长被打了，无论哪位，三十杖击绝非能受的。

"医官已至，师长恐难——"邱子朔说得悲愤，一口气憋晕过去。

"是郑师长，还是魏师长？"两位虽然同是阿莫蒲智师长，他与魏师长更为亲密，心里不免担忧起来。

"郑师长。"人群里传来悲叹哭泣之声。

阿莫蒲智掐住邱子朔人中，直到这可怜的杀猪匠儿子苏醒过来。难怪他如此悲伤，要是未来丈人命丧黄泉，他无端端地就少了个靠山。

"此事重大，事关学馆存亡。汝勿哭，且等医士吩咐。"阿莫蒲智一边安慰邱子朔，一边看看周围可有使唤得上的人手。

"若请得色目医官，或许有救。"有人咕哝一句。汉中城内谁都知道阿拉伯人、波斯人的雕花小瓷瓶里装着妙手回春的神药，寻常的芳香挥发剂、滴鼻剂、露酒剂和糖浆剂在汉人家中视若珍宝，价钱亦贵，可换鸡鸭猪羊。阿莫蒲智曾用足量大金锭换来本《回回药方》，准备带回去给巴莫查查看，要是加入奚婆们的本土草药配方，定然威力无穷。想起这事，阿莫蒲智扔下眼泪婆娑的邱子朔到房中找寻医书。

阿莫蒲智把医书交给守护在郑师长门外的魏师长，他形容憔悴，从前未留胡须的下巴，长出了枯黄焦黑的一把山羊须。阿莫蒲智想安慰他几句，话到了舌尖又觉得多余。魏师长连看他一眼的力气都没有，接过医书就钻进死气沉沉的房间里。

阿莫蒲智讪讪地站在楼道上，望着远处几座青山和楼门，凉丝丝的风一缕缕吹过，几片挂不住的梧桐黄叶飘落空中，顿觉凄凉。他预感到凤仪学馆的关闭之期不远，就算用再多金银也无法支撑。郑师长长得像块榨干汁水的豆腐干，以前觉得他古板懒散，却是学馆的筋骨和灵魂。口若悬河、胸有丘壑的魏师长不通交际和管理，接不过这杆大旗。阿莫蒲智迎风呆想，不觉流下几串伤感的泪水。

儒生们散去后各忙各的，从前在学馆里学习过的四位儒生回到学馆里帮忙。邱子朔他们在学馆进进出出忙来忙去，仍旧不和阿莫蒲智商量。凤仪学馆能支撑到眼下，多亏了阿莫蒲智从部落得来的金银，如今出了事倒跟他毫无关系似的。阿莫蒲智每天早起等候他们吩咐，到上灯时分，他们愁云惨淡地从身边经过几次，只是对他露出比哭还难看的苦笑，没人跟他说说郑师长的伤情。在他们眼里阿莫蒲智终究是异族人，是与他们的生活毫不相干的过路客。

阿莫蒲智看不进书，跑到前庭酒楼里喝酒，每天都喝得烂醉如泥，酒保轮流把他背回房间去。阿莫蒲智的记忆里只有早晨和午后，夜间发生的情形如同被鬼怪吃掉了，一星半点都没剩下。

　　邱子朔的亲事就是在夜间定下的。郑师长一直没有醒过来，听酒保说他在被杖打前把学馆托付给了魏师长，死意已决。

　　听到这样的话，关于郑师长的所有记忆全活泛过来。他摇头晃脑、嘤嘤嗡嗡地念叨《孟子》："天时不如地利，地利不如人和。三里之城，七里之郭，环而攻之而不胜。夫环而攻之，必有得天时者矣，然而不胜者，是天时不如地利也。城非不高也，池非不深也，兵革非不坚利也，米粟非不多也，委而去之，是地利不如人和也。故曰，域民不以封疆之界，固国不以山溪之险，威天下不以兵革之利。得道者多助，失道者寡助。寡助之至，亲戚畔之。多助之至，天下顺之。以天下之所顺，攻亲戚之所畔，故君子有不战，战必胜矣。"语调干巴巴，毫无韵律。现在想来，郑师长瘦弱身躯不容小觑，里面全是骨头。

　　三位汉医士想了不少办法，郑师长始终醒不过来。郑师母只是掩面哭泣，毫无主张，全拜托魏师长来主事。魏师长听从酒楼掌柜的建议，请来一群和尚做法事，叮叮咚咚地敲打木鱼折腾三天，不见好转，收下宝钞丢下一句"阿弥陀佛"就收拾蒲团走了人。魏师长又去求乡间巫师，阿莫蒲智看那打扮比大奚婆简单，一身灰袍，头戴方帽，倒是抽出把明晃晃的斩妖剑十分吓人。巫师进屋就坐在高凳上闭目掐指，手里拂尘像马尾巴似的甩来甩去，拿出蘸了狗血的狼毫在黄纸上画了几道符，嘴里祝祷一阵，把黄符烧成黑灰化在清水里给郑师长灌进去。他临走时说，实在不行只能冲喜。阿莫蒲智当时不懂"冲喜"的意思，后来就听说了邱子朔的亲事，才有些明白。

　　这原本是邱子朔梦寐以求的大喜事，却因了郑师长将死的缘故，蒙上凄凄哀哀的不祥之光。阿莫蒲智看不出颜红珠的好恶，她一双好看的丹凤眼哭得红肿，眼睛低垂不肯被人看到，只在绣铺里低头忙碌，不与人说话。阿莫蒲智在酒楼喝得半醉时，安忠带着阿莫沙蒂来找他，她换上一身汉人装束，感觉古里古怪的，容光焕发的模样与学馆的气氛极不协调。

"阿牟，"她一开口就露出了破绽，"你知道天地是什么形状的？"

"天圆地方。"巴莫查查早给阿莫蒲智讲过古老的造天地传说。

阿莫沙蒂抿着嘴笑："有个叫扎马鲁丁的色目人说天地是个饭团。我买了他的书，一个字也看不懂。"

"商小姐，不是饭团，是球。"安忠在一旁纠正，看来他们相处得不错。

"对，像饭团一样的球。"

阿莫蒲智没心思关心天地是球还是饭团或者像屈笼，如果郑师长死了，学馆就办不下去了。他想回部落去，但眼下又不能立即离开，他不忍学馆落得关闭的下场，师长们处境艰难。他看见过太多晚景悲凉的儒生，还看见了汉中城繁华表象背后不断撕裂的黑洞。现在的心情没法跟兴高采烈的阿莫沙蒂好好说话，他默默地喝着土碗里的水酒。何以解忧？唯有杜康。

"阿牟，你怎么了？"阿莫沙蒂看出了他的忧伤。

"我的师长被人打了。"

"被谁打了？"

"一个宦官。"

"宦官是什么官？"阿莫沙蒂的声音大得惊动了酒楼里的主顾，一个个伸长脖子，瞪大眼珠子往这边瞧，他们听不懂爨语，都露出了厌恶鄙视的神色。阿莫蒲智没觉得臊，虽然他已经习惯在汉中城低声说话。

阿莫沙蒂"霍"地站起身来，阿莫蒲智预想的一串串银铃铛声音没有传来，她的声势显得弱了些。她俯下身子对他说："我们去找这个狗官。"

安忠看了看阿莫蒲智的脸色，忙拉扯阿莫沙蒂坐下："商小姐，慢慢说，这里可不是罗婆府。"

"难道当官就能随便打人？也不看看打的是谁的人？"

阿莫蒲智想，也许他们确实应该去找人打架，打一场能让别人不再欺负自己的架。在部落里族人们常用武力来解决纷争、发泄不满，多少年来十分有效，打不过的一方只能认输，请一席赔礼宴，两边德高望重的老人坐下喝喝酒，拉拉闲话，天大的事情就解决了。

阿莫蒲智不喜欢打架，自幼身体羸弱，打架只会吃亏。他天生懂得想占得先机只能凭借大脑，懂得别人不知道的事，像巴莫查查那样对事情发展的可能性做出接近正确的预判。有时候打架会演变成战争，比如阿华部落贵族和阿雄部落贵族喝酒时，因口角而起的打斗最终造成两个部落的战争，死伤近百人。他厌恶战争，战争让他想到父亲的死和此后无数个忍饥受冻的日夜，想起母亲的哭泣和阴郁烦闷的童年，但现在他想得更多的是失去主权的汉人和未来的小部落族人。

他曾在酒楼听说有一群烧香聚众、头裹红巾的农民在颍州闹事，事情越闹越大，累得元兵到处围堵。这伙闹事的农民还在亳州建立了小王国，立了"小明主"。酒楼里的食客们每天都在讲红巾农民的事，说得有鼻子有眼，好像打仗时他们就在边上看着。食客们讲得眉飞色舞，压制不住的激动和喜悦，他们毫不掩饰想把刚建立起不足百年的王国打碎，把趾高气扬的元人赶走的迫切心情。

阿莫蒲智看着阿莫沙蒂，细黄绒毛暖暖地覆盖在她健康微黑、稚气未脱的脸上。富有弹性和光泽度的肤质让人充满信心和愉悦，她灵活的双眸像清澈的深潭里面浮游着两团青黑色的鱼。此时生气的样子像极了发现猎物的狼犬，感觉垂在肩上的小辫也愤怒地竖了起来。

他对不谙世事的妹妹说："你打了那个宦官会引来大批官兵，到时候随便扣个罪名，就会把我们下大狱。万一宦官碰巧是某个戴着罟罟冠的蒙古贵族女人的心腹，说不定撺掇着手握重权的男人把我们拉去问斩，还会连累学馆。"

"你师长就叫他们白打了？"

"商鱼胜，你见过阿依打奴隶吗？"

"见过啊，打得很凶。差点把我奶妈打死。"

"奴隶可没想着去打阿依啊。"

"他们敢！他们只是娃子，像我的马一样。"

"我们在蒙古人眼里也是这样。"

"胡说！我们不是奴隶，我们是人，是阿莫兹莫的孩子，朝廷从三品官员的家人。阿牟，你为什么要自轻自贱？你的书都念到狗肚子里去了。"阿莫沙蒂气得不轻。

阿莫蒲智不期望阿莫沙蒂能理解自己说的话，她更像是自由自在的云雀，而他注定是只孤立山崖的鹰。

11

邱子朔和颜红珠的亲事办得遮遮掩掩，完全不像罗婆人的婚礼喊天震地，把所有族人亲戚叫来，烹羊宰牛，吹吹打打闹上七天七夜，恨不能把大山摇醒一起喝酒唱歌，把江河抱进青棚里聊个万古千秋。邱子朔像是把颜红珠从绣铺里偷出来一般放进大红轿子，蹑手蹑脚、提心吊胆地请轿夫抬到学馆。

新娘进了学馆，大家伙才放下半颗心。唢呐和锣鼓不疼不痒地吹打几声，连爆竹也炸得闷声闷气。阿莫蒲智和阿莫沙蒂头一回参加汉人婚礼，礼数繁多得让他们看不懂。从落轿之后，头上蒙着红方巾，一身掐腰红罗袍、红褶裙的新娘就一路跪拜，迈门槛、跨火炉、端水盆，羞羞答答、躲躲闪闪地在满身红的新郎搀扶下颤颤袅袅地进了喜堂。喜堂上左首端坐着收拾一新、双眼紧闭的郑师长和紧紧搀扶丈夫的郑师母，右首坐着不断拉扯新衣的屠宰匠和欢喜得不停用手绢揩拭眼角的邱子朔母亲。一对红红的新人在压抑低回的喜乐声中拜了天地，敬过喜茶，谢完乡亲正要进入洞房。

突然听见郑师母急切呼喊："山长，山长。"郑师长靠在高凳靠背上的脑袋软塌塌地垂在胸前，邻近的人围上去扶住他快要歪斜倒地的身体，才发觉他已经没有了气息。

喜堂变成了灵堂，阿莫蒲智和阿莫沙蒂仍然被忙忙碌碌的人冷落在一旁。一直没有出现的魏师长忽然头披麻布，腰上束着白布来到灵堂，他直愣愣地跪在灵堂前一下一下地磕头，烧纸钱，没有流泪，没有说话，甚至没有看一起生活多年的亲人。他转身时看到了阿莫蒲智，却像什么也没看见。阿莫蒲智不知该上前去还是待在原地，正在为难，只见额头乌青的魏师长头也不回地离开了灵堂。此后再没人知道他的去向，直到阿莫蒲智离开汉中也没听说他的消息。

阿莫沙蒂和安忠不见了。阿莫蒲智在葬礼上醉得一塌糊涂，据酒保后来说他尿了一裤裆。

在汉中城或者其他更繁华的城楼里居住得越长，阿莫蒲智越感到无可救药的孤独，唯有酒能缓解痛苦。此刻他真想长出翅膀飞回故乡去，虽然待在部落里有时也会感到生活单调乏味，族规古法禁锢着人不得自由，但痛苦得无处宣泄的感觉从未有如此深重。

酒保抱出一坛酒，收下宝钞，犹豫地看看阿莫蒲智，走出一段路又回过头来低声说："商公子，酒是好，喝多了伤身。"

阿莫蒲智感激地看他一眼，疲惫地点点头。

酒保切了盘酱驴肉送上来："商公子，这是掌柜送的。"

阿莫蒲智把自己灌醉，想醉得更厉害些，醉的时间更长些。他记得自己趴在桌子上呕吐，看到歪倒的酒坛子骨碌碌滚到地上。听见掌柜叹息，自己倒在地上，仰望着被酒精拉长变形的世界，围拢过来的人群动作变得慢吞吞、夸张可笑。

时间、空间、感知、情绪陷入永不见底的下坠，阿莫蒲智看不见光，听不到声音，像被冰封的河面，浮游在白茫茫的虚空之中，等待苏醒。

意识像在水面上走散的蚂蚁稀稀拉拉地回到脑袋，身体在不停摇晃，阿莫蒲智渐渐听到了"嘚嘚嘚"的马蹄声。张开眼睛，晕红的光线像团火焰直扑过来，他赶紧闭上双眼。猛烈震动后，阿莫蒲智完全清醒过来，浑身无力，喉咙干燥得冒着烟。他感觉自己被装在一辆行走的马车里，车厢里堆满各种书籍，有竹简书、纸书和羊皮书。阿莫蒲智爬到车窗边撩开布帘子，强烈的太阳光像万支小针扎进眼睛，迫使他又缩回车厢里。

"谁？是谁？"阿莫蒲智惊慌地大声喊叫。到底是谁抓了他，又不管他的死活？

过了很久，阿莫蒲智喊叫得嗓音沙哑，阿莫沙蒂才笑嘻嘻地爬进车厢："阿牟，你醒啦。"

阿莫蒲智见到她可爱的脸才安下心，佯装生气地说："商鱼胜，你带我去哪里？"

"回家。"

"回家？"

"对。我们有可能被官兵追杀。"

"追杀？为什么？"

"我带了几个人去挖掉了那个宦官的眼睛。"阿莫沙蒂手一摊，掌心里卧着两颗黑珠子，乍见之下，吓得阿莫蒲智大叫一声用手蒙住眼睛。阿莫沙蒂咯咯咯笑不停："阿牟，是糖炒栗子。"

阿莫蒲智细看一眼，果然不是眼珠子，是糖炒栗子。"你怎么能这么干？"

"谁让他打你师长。"

"你怎么不去挖甲生眼睛？"

阿莫沙蒂剥开栗子，歪着头想了想说："甲生没欺负你。"津津有味地吃起来。

阿莫蒲智抢过她手里最后一颗栗子，边剥边问："安忠呢？"

"他不愿回去，我准了。"

"不愿回去？他在汉中只是个南人。"

"是有钱的南人。他回罗婆府也只是个白骨头平民。"

阿莫蒲智无言以对，阿莫沙蒂的话像铁锤砸晕了他。

阿莫沙蒂把羊皮囊扔给他喝水，又说："阿牟，我带了不少汉书回去，你帮着翻译出来。"

翻译汉书、蒙古书的事阿莫蒲智非常愿意干。他还是想不明白，既然在汉中和土城，安忠都是下等人，他为何选择没有亲人、异族人居住的汉中，不回生养之地？

阿莫沙蒂不假思索地说："穷。同样是下等人，土城比汉中城穷。"

阿莫蒲智赞成她说的话，但穷困不会让人放弃难以割舍的亲情，没有希望的生活才会让人不顾一切地逃离。在汉中城经历的下等人生活让他深深体会到这点，安忠选择汉中城，是选择相对更有希望的生活，幸亏阿莫沙蒂允准了。这更让阿莫蒲智陷入不解，汉中城何以比土城更有希望？他所看到的汉人生活已经悲惨至此，安忠在汉人眼中就是个南蛮子，比汉人不如。在这个机智的白骨头贫民心里，难不成土城更加暗无天日？

"这是件小事。如果你觉得不好，我们可以把他抓回来。"阿莫沙蒂的眉眼长得很像强悍的父亲，说这话的时候，傲慢神情像极了母亲斯补纽纽舍。

"不，让他去吧。"阿莫蒲智闭上眼睛，觉得困倦袭来。

"阿牟，你睡三天了，还要睡？"

"三天？"阿莫蒲智管不了这么多，既然离开汉中了，没什么可担忧的。

"到松林驿站去让人煮碗粥喝下，醉得人事不省，吐得到处是，脸瘦了一圈。不仔细瞧，都找不着眼睛在哪儿。"

阿莫蒲智只能傻笑。女人的唠叨透着温情，不管是母亲、妹妹还是柳意儿，在一起时间长了，她们总忍不住向他唠叨，一会儿这一会儿那，长成男人后脑勺上的眼睛。

阿莫沙蒂爬下马车。阿莫蒲智在马车的颠簸中时睡时醒，像在水面上下漂游。汉中城里的一切渐渐远去，如同寒星挂在高远天边，抬头可见，遥不可及。

阿莫蒲智绕过学馆发生的惨事，沿着记忆小路径直走进芳香四溢的梨花院。在雕琢精美的月形拱门后，一张张妆容精致的笑脸迎了上来，散发着让他头晕脑涨的脂粉香气。浅笑嫣然的她们把他拖入花亭，两曲《相见欢》像雾气般四处弥漫，柳意儿纤巧柔美的身影在芍药花丛中忽隐忽现。

> 林花谢了春红，太匆匆。无奈朝来寒雨，晚来风。胭脂泪，相留醉，几时重。自是人生长恨，水长东。

> 无言独上西楼，月如钩。寂寞梧桐深院，锁清秋。剪不断，理还乱，是离愁。别是一般滋味，在心头。

12

回乡的路比来时顺达，七年间从蜀、黔通往滇地修置的栈道和驿站多得如同树枝，来往马帮只需沿途给马添料休息，不必换骑马匹。朝廷用一条条山路、栈道打开了江河险恶、万山崇峻的滇地大门，阿莫蒲智为母亲的冒死抗争感到悲哀。河蚌被打开后再难闭紧蚌壳，除了敞开柔软丰厚的胸怀迎接全新命运，想要阻拦开放，重返旧日生活再无可能。

喝过松林驿站黏稠的小米粥，阿莫蒲智没有感觉更好，停止呕吐后又开始腹泻，频繁上下马车耗费他大量气力。虚弱得无暇他顾的阿莫蒲智对栈道两旁单调的山林景物熟视无睹，觉不出归乡的激动。某个出现紫红天空的黄昏，他陷入了持续高烧，满嘴胡言乱语，还看见了父亲支离破碎的身体，每个残缺部分都在说服族人跟他反抗。奇怪的是，他看见身为罗娑土司的阿莫基蒲头上没有黑包头和英雄结，却裹着不伦不类的红色头巾。

父亲在火光中对他说："你不了解不完整、不自由的痛苦，以前我不了解，以为狠命地抽打奴隶、砍下仇敌的脑袋，把他们的土地、牛羊占为己有，就能征服他们。我错了，我感到痛心。我们消灭了他们，可无法消化掉土地上剩下的其他东西。"

"什么东西？"

"可怕坚固的东西——它不是我们能强加给别人的，是种自然力量。"

"我们该怎么办？"

"寻求完整，找到通往自由的路。"

"这条路在哪里？"

"我还在找。它被淹没在痛苦呻吟和鲜血里，有些部分藏在王冠和金银下面。"

"只要富足和平就够了。"

"远远不够。你永远会感到饥饿和恐惧。"

阿莫蒲智醒来后,阿莫沙蒂说他高烧的情形吓跑了两个草医,一会儿咬牙切齿地诅咒,一会儿可怜悲惨地祈求,嘴里喊叫父亲,又诅咒着恶灵。她被吓坏了,拿着牛角匕首重新"请"来草医。给他灌了不少汤药,情况稍稍有所好转,慢慢停止叫喊陷入昏迷。阿莫沙蒂拼命抽打马匹,马车像飞起来一样奔跑在崎岖山路上,铁箍木轮换了几次,马匹更是累得口吐白沫,一到驿站就得换掉。

阿莫蒲智再次张开双眼,发觉自己躺在床榻上。他看到了一张罗婆女人的脸,正俯着身子给他擦洗。

阿莫蒲智感到了温暖,他感激这个从未见过的女人——她非常美丽,饱满明净的脸上春花绽放。

有种奇妙醉人又无法言说的喜悦进入他的生命,时间慢了下来,声音被隔绝出去。他看清女人俯身时右耳垂上有粒黑痣,像饱满调皮的水珠。她刚洗过头,发丝掠过细弱的脖颈散发出苦楝树的味道。他听见她轻匀的呼吸,像清风掠过蒲公英。他竭力克制着想要亲吻、抚摸她的欲求,不停地吞咽口水,感觉气息沉重,呼吸困难。女人离开后的很长时间里,阿莫蒲智就像被松脂凝固住的甲虫,久久停留在那一刻。

她的出现让阿莫蒲智心里充满安宁和满足,一刻见不到她,他的心就莫名慌乱烦躁,总胡乱猜想她被母亲或者随便哪个丑陋老迈的奴隶头子关进黑房间。阿莫蒲智对她的渴望有别于对柳意儿的留恋,这微妙的差别只有他自己分辨得清楚。阿莫蒲智和柳意儿在一起时也充满浓情蜜意,可离开梨花院回到学馆,阿莫蒲智很少想她,会专心读书或者喝酒取乐。这个女人不同,只要她离开阿莫蒲智的房间,他就什么都做不了,心从嗓子眼里跳出去追随她的脚步和裙裾,跟着她在污秽腥臭的马厩、厨房、洗衣房、粪水桶边打转。

她叫呷西阿妞,是母亲从女奴中挑选到阿莫蒲智房里来照顾他的。从她姓名就能知道她是最下等的女奴,可以随意买卖的娃子。如果阿莫蒲智没有去过汉中,在那里当了近七年的下等人,和一群受尽凌辱的汉人居住在一起,了解他们的喜怒哀乐,他会和部落里其他贵族一样不会注意到她——黑骨头贵族不会把奴隶放在眼里。

阿莫蒲智不知道自己什么时候爱上了她。她在他身边时，他的目光追绕着她，她离开房间，就对她无比思念。阿莫蒲智眷恋她触摸过的木桌、木碗和汤匙，爱慕她污迹斑斑的棉麻衣衫、匆忙踩过的地毯。只要她站在身旁，他便觉得房间里春意融融，时间停滞，心满意足。

阿莫蒲智的身体经巴莫查查精心调养和呷西阿妞体贴周到的服侍恢复得很好，渐渐有了力气。虽然能下床走动了，但他仍赖在床上等她温柔地抱起他喂羊奶。

一次午夜梦醒后，阿莫蒲智佯装口渴呼唤呷西阿妞来到床边。他被从未有过的急切冲动情绪扼制，全身滚烫，眼睛快要喷火，一头长大的野兽在身体里撕扯着想要跳出来把她扑倒在床。阿莫蒲智已经很久没有碰女人了，离开柳意儿后他对女人失去了欲念，现在沉睡猛兽被她唤醒，强烈欲念像滚烫岩浆喷涌出来，简直要把他烧成灰烬。阿莫蒲智扯住她光溜溜的手臂，想把她拖到床上来，可她力气大得惊人，像座铁塔岿然不动。

呷西阿妞惊愕地回头看着阿莫蒲智，眼睛里的城墙被他恳求的目光一点点攻破。阿莫蒲智看出了她的软弱，趁机跃起身子，将她扑倒在柔软宽大的床榻上。她的身体冰凉强壮，尤其是光滑有力的大腿。她一声不吭地对抗着阿莫蒲智心急火燎的攻击，灵活的脑袋避开他狂热的亲吻。单薄破旧的衣衫从她身上剥离开，像斑驳墙皮脱落后露出墨玉的本相，她正值最美季节，如同熠熠生辉的珍珠。阿莫蒲智羞怯地把脸埋在她丰满的胸脯，略略停顿，忽然一口咬住她野莓般鲜嫩的乳头，她腰部汹涌的力量几乎把他掀下床去。阿莫蒲智在梨花院训练有素的进攻消解了她双手和腰胯的力量，又遭遇到她长而腻滑的大腿的夹击。一通忙乱后，累得上气不接下气的阿莫蒲智依旧劳而无功，只能停止动作问她："你不爱我吗？"

呷西阿妞在黑暗里呼呼喘气，没有回答。阿莫蒲智闻到她嘴里薄荷叶清凉的气味，感到她防御松懈，不顾一切地冲了进去。她沉闷地轻哼一声，气血涨满脑袋的阿莫蒲智疯狂地向失去抵抗能力的中心攻入，直到无可名状的喜悦、陶醉从震颤的内心深处汩汩冒出，如同波浪般遍及全身。

阿莫蒲智从温柔乡醒来时，呷西阿妞早已不在身边，想再次进攻的欲望傻头傻脑地支棱着，撑得他难受。他怪声怪气地叫她，大声命令，一改从前的克制。他不停歇地连声叫唤，直到她湿着双手慌慌张张跑进房间。她不像以前那样小心观察少主子，带着轻微怒气问："蒲智大人，有什么吩咐？"

仿佛只是一夜，他们之间的身份就完全颠倒个儿。

阿莫蒲智涎着脸撩开薄被让她看了一眼，她的脸立刻涨得通红，眼睛里泛起羞涩的笑意，慌忙扭过身去。阿莫蒲智扯住她的围腰带，把她拖到床边，掀起散发草根和牛粪气味的蓝色褶裙。她的头扎在棉被里含含糊糊地嚷着："门，门，门。"

阿莫蒲智骑乘在她身上，春风得意："我知道门在哪里。"

她叽里咕噜的声音消失在乱糟糟的棉被里，没过多久，在阿莫蒲智持续加热的节奏里转变成汤汁翻滚在锅里的咕嘟声。

一切都十分美好，直到她发现门被谁关上了。大滴大滴的泪珠从她眼睛里滚出来，阿莫蒲智从没见过这么大颗的泪珠，大得吓人。她擦着眼睛哭着说："你让我成了笑话，大笑话。"

阿莫蒲智还没从遥远的幸福路上归来，更不明白她为什么流泪。只是捧着她的脸亲吻，右手顺着她小巧的脑袋、优美的脖颈摸进绵软颤动的胸脯。她恼怒地推开他，拉扯着肮脏的裙子跑出房间。

阿莫蒲智怔怔地盯着被她泪珠打湿的地毯，一个圆圆的暗色水迹，搭拉在地上的半条棉被有欢娱过的温度。她一走，充满温馨快乐的房间顿时变得乱糟糟的，让人无法忍受。

阿莫蒲智坐在土司楼道口看她在牛栏里忙活，添料、刷毛、刨粪、背粪，被奴隶头子支使去抬木架子，在柴火房劈柴，趴在地上收拾马粪，点燃熬药的火炉子，背着竹篮子去山箐河边割草。她忙个不停，阿莫蒲智身体好后，她待在他身边的时间越来越少。他们之间只隔着一架二十八级阶梯的木楼梯，可他不敢走下楼道去拥抱她。她没听到阿莫蒲智的呼唤，更不敢踏上木楼梯半步。

阿莫蒲智的脑袋被爱情占满，变得呆头呆脑。斯补纽纽舍、阿莫沙蒂和巴莫查查都来探望过他，可他无法集中精力跟他们交谈，巴不得他们赶紧离开。他担心呷西阿妞离开自己的视线会被人欺负，他见过她手臂和背部的鞭痕。奴隶们知道她不过是未来土司宠幸过的女奴，主子的高贵改变不了奴隶的卑贱，最多只能把她赠送给某个平民过上平淡生活。他不愿意把她送给其他男人，一想到她会成为别人的女人，他就嫉妒得发狂。

斯补纽纽舍从多嘴多舌的奴隶嘴里得知了他们的关系，她私下命令，只要呷西阿妞一走出阿莫蒲智的房间，就把她带到刑室里灌药冲洗，以确保土司血统的纯正。阿莫蒲智对此无能为力，住在土司楼里的男女没有隐私，什么都瞒不过掌权者的眼睛，他生来就要遵守的祖制族规像铁房子一样坚不可摧。

阿莫沙蒂也面临同样烦恼。她把阿莫蒲智带回土司府就急着去见她的神射手，消失了好多天才出现。她从奴隶嘴里得知了阿莫蒲智和呷西阿妞的事，以为哥哥跟别的黑骨头贵族一样贪婪纵欲。

她揶揄他说："你比阿纹厉害，阿纹从不碰奴隶。"

"阿依也不会跟黑骨头平民交往。"阿莫蒲智反唇相讥。

"狄惹木嘎很快就不是平民了。我已经央求阿依让他去做个百户，只要他有能力，能升到千户、万户、总管、大将军，会成为新的黑骨头贵族。"

阿莫沙蒂说得对，她爱上了同一血统的平民，只要她扶助他，而他又箭术精湛，立下功劳，很可能成为阿莫家支的新贵。可就算阿莫蒲智想尽办法，也不能把呷西阿妞的白骨头血统转变成黑骨头血统。

"我爱上她了。"阿莫蒲智虚张声势地说出这句话，也许只为自己辩解。

阿莫沙蒂惊讶地望着哥哥："你在汉中没女人？"

"有过。"

"那你也能抛下现在这个。"

"她不一样。我爱她。"

"阿牟，你可以爱她，别的最好别想。"

"我想娶她。"阿莫蒲智冲动地对她喊。

阿莫沙蒂被他的话吓了一跳："阿牟，你又发烧了？"

"我很爱她，我想要她做我的喜莫。"

"阿牟，你知道族规。别说阿依，就是我也不会答应。"

"为什么我们不能在一起？她是白骨头，我是黑骨头，但她是女人，我是男人。"

"她不是人！"阿莫沙蒂叫出声来，被自己的话语吓住了，"她是干活的奴隶，像牛犁田、马拉车一样。你将是阿莫家支的兹莫，你不能跟她在一起。"

"你为什么能跟狄惹木嘎在一起？他只是个穷困潦倒的平民，像猎狗咬山鸡一样打猎为生。"

兄妹俩气咻咻地对峙着，呼哧呼哧地喘气。

"你别发疯，一意孤行只会给你的女奴带来灭顶之灾。她，还有她的家人全部都会被羞辱鞭打、虐待驱逐。"

阿莫沙蒂的话击中了阿莫蒲智的软肋，对，感到蒙羞受辱的贵族们会把她杀死，像杀只鸡那样随便，她给她的家族带来耻辱，她的亲人们也将被部落族人鄙视、冷落，甚至驱逐。

"我宁愿她被杀死。"阿莫蒲智就是这么想的，与其把她送给别人，不如被斯补纽纽舍杀死。

"朝廷曾下令部落主子不能随意屠杀奴隶。但是让奴隶生不如死的法子从来都不缺。"阿莫沙蒂说话的语气太讨厌了，像在跟阿莫蒲智讨论一头猪的生死，而不是他心爱的女人。他不想跟她争辩下去，她说的都是不可改变的事实。

不可改变？这个词蹦进脑袋里上下蹦跳，使阿莫蒲智不得安宁。他曾自以为把未来和现在都已看透，但是踩到生活里出现的坑，又不自觉地掉进去。

斯补纽纽舍从不跟阿莫蒲智谈呷西阿妞。她不断敦促阿莫蒲智去看看部落发生的事，然后告诉她想法。阿莫蒲智提出要带呷西阿妞前去，她似乎没有听见，没有反应。阿莫蒲智又说了一遍，她不高兴地说："你用不着跟我说奴隶的事。"

阿莫蒲智的眼睛、脑袋、心里只有呷西阿妞，想念她薄荷味的嘴、丰满结实的乳房和散发奇异气味的臀部。他要把好消息告诉她，他们可以在土司府以外的其他地方度过为所欲为的一段快活时光。

阿莫蒲智找遍了牛棚、厨房、山箐河边和猪圈，没有看见亲爱的呷西阿妞。这让他又发了狂，不断地命令土司府的奴隶们去寻找，马上把她带到他面前。吵得土司府上下鸡飞狗跳，奴隶们放下手里忙碌的活，全都加入寻找队伍。

不多一会儿，奴隶头子带着呷西阿妞来到土司楼前，跟她在一起的还有另一个衣衫不整的男奴。阿莫蒲智从呷西阿妞的脸上看到了羞愧、屈辱和痛苦，她的泪水像六月小雨渐渐沥沥流个不停。

"他，他怎么你了？"阿莫蒲智的脑袋喷出滚烫的岩浆，他咆哮着想把她撕碎，她不能被其他男人触碰，更何况这个不敢抬头看他的男人是个奴隶。

呷西阿妞的脸青白得透明，能看清表皮下细小的血丝。她咬紧下唇拼命摇头，阿莫蒲智能看出她对男奴的怜惜和袒护。他不想看到她偏袒别的男人，命令奴隶们把壮牛样不知所措的男奴拖出去鞭打，直到他下令叫停。

阿莫蒲智愤恨地盯着呷西阿妞，她浑身哆嗦、满脸是泪，像一只讨厌的湿透了的麻雀。他扔下她，回到自己房间。

阿莫蒲智把自己蒙在被子里滚来滚去，愤怒和妒忌像两只吠叫不停的狗吵得他无法平静。他早知道自己不是呷西阿妞的第一个男人，她在床上没有表现出羞怯、笨拙、紧张，只有屈辱和忍受。她不爱阿莫蒲智，只是受迫于主子的权威。他无比沮丧地瘫软在床上，痛苦得嗷嗷哭叫。

呷西阿妞来了。没有他的传唤，她居然大着胆子进了主子的房间。一个最下等的女奴，披散头发，赤着沾满泥土的双脚，身上散发着野草、牛粪和灶灰气味——她竟不爱拥有至高无上权力的未来的土司，而他爱她却爱得神志不清。

呷西阿妞像往常一样跪伏在阿莫蒲智床前，用湿润柔软的嘴唇亲吻主子的脚趾、小腿、大腿、起伏不定的腹部直到迷乱冷淡的眼睛，她粗糙手指磨刀石般抚摸着主子瘦弱胸膛和气得发紫的脸。阿莫蒲智想推开她，把她从万丈悬崖上推下，看她摔个粉身碎骨。可他又手脚酥软无力动弹，她的亲吻不同以往，热得像团火，迅速消融了他内心的坚冰，他闭起眼睛畅快地大声呻吟。她心爱的男人正在被鞭打，她却跑到自己床上来如饥似渴地亲吻他，完全忘了刚才还和那男奴在行苟且之事。这是个什么样的女人？阿莫蒲智不懂女人，更无法理解被爱情迷昏头的自己。他舒展四肢，任由她亲吻，血管里的血液被她的舌尖、唾液和柔情煮沸，轰隆隆地发出巨响从心脏冲撞出来。

她强悍地控制着阿莫蒲智，全身蕴藏阿莫蒲智从未体验过的力量，阿莫蒲智锦衣玉食的身体暴露出致命弱点，根本不是她对手。他被她整个地覆盖在油腻腻的蓝布裙下，看不见她脸上的表情、颤动的乳房、肆意扭转的腰身。只有蓝色剧烈摇晃的光、混杂浪花撞击岩石的声音，浪头一次次涌来，在岩石上撞成飞沫和水花，腾起热乎乎、甜腥得让人亢奋的气流。阿莫蒲智被猛烈袭来的巨浪吞没，在水浪和涛声中眩晕着沉入水底，温暖的淤泥和水草轻托着他随波荡漾。她的头发、手臂、腰腹、大腿和布裙紧紧缠绕着他，鼻子、嘴在他脖颈间喘息着命令："叫他们停下。"

阿莫蒲智心里盘桓着欢愉后的空虚、疲惫："让他们停吧。"

"好。"呷西阿妞答应着，并没有动，依然趴在他身上紧紧拥抱着他，流下了眼泪。

"去吧。"

"好。"呷西阿妞还是没有动。

"你爱他吗？"

呷西阿妞没有回答，她默默起身离开阿莫蒲智，下床后站在床边用手指梳理头发、拉扯裙子。她跪下来拉起他的手亲吻，然后走了出去。

阿莫蒲智听见她走在楼道上，像一只谨慎的野猫穿过黑暗丛林。他忍不住对着她离去的方向精疲力竭地问："你爱我吗？"

13

呷西阿妞带着阿莫蒲智的命令救下奄奄一息的阿夏，施刑的奴隶们下手凶狠，鞭打另一个奴隶时几乎用尽全身气力。她找来几个熟识的奴隶把阿夏送回离土司府不远的蚂蟥箐窝棚，那里聚居了近千名贫困的平民和被主人遗弃的病弱奴隶。奴隶没有人身自由，不能随便走出主子府门。呷西阿妞从与阿莫蒲智的关系中获得了一点特权。

蚂蟥箐窝棚不是呷西阿妞和阿夏的家，他们无处可去，这里是他们童年生活的全部。在没有被卖掉以前，他们居住在一棵樱桃树下，奴隶贩子为三十六个孤儿围了块荒地，严密监控起来，让孤儿们干粗笨繁重的农活，受尽虐待。等到他们长到适合年龄，就将他们卖给贵族或者富农做奴隶。

阿夏不愿意回到这里，他躺卧在竹竿做成的架子上，没有失去意识的脑袋摇晃着恳求呷西阿妞：“不要，不要回蚂蟥箐。”

呷西阿妞也不愿意回到勾起她痛苦回忆的地方，但阿夏的伤很重，待在土司府的奴隶窝里无人看护，最终只有一个悲惨下场。她只知道这个地方，谙熟这里残酷的生存法则，只要用金银就能打动奴隶贩子魔鬼般的心。

肥头大耳的奴隶贩子狐疑地望着呷西阿妞递过来的金子，眉开眼笑地说：“你一个小小奴隶怎么会有金子？”

“你没听说吗？”呷西阿妞扬起下巴冷冷地反问。

“听说什么？”

“我是未来阿莫兹莫的女人。”

“看来传言是真的了。”奴隶贩子把金子装进羊皮囊，侧身让开通道，“你放心，我这里最不缺的就是照顾人的奴隶。”

这里又脏又乱，十六年过去依然是一地烂泥的样子。阿夏被安顿在樱桃树下的草窝里，四周用晒干的竹条扎成羊圈似的活动地。不知未来命运的孤儿更多了，五十多个，他们大睁着茫然无助的双眼怯怯地挤成一堆，偷偷打量他们。

"这里原本住了十三个。我把他们都赶到乱石堆里去了。阿夏住在自己原来待过的地方会感觉亲切些。"奴隶贩子脸上挂着嘲讽的笑，倚靠着樱桃树，笨重的身体把细弱的树木摇晃得枝条乱颤，绿色的叶片落下不少。

呷西阿妞走到奴隶贩子面前，高傲的胸脯几乎顶到他肥厚的下巴。她语气冷淡地说："我相信你。不过如果阿夏死了，你不仅不能得到更多的金子，我还会请求我男人把你从部落里赶出去。虽然我不可能成为身份显贵的女人，就凭现在主子对我的痴迷，这点小事是能够做到的。"

奴隶贩子讪笑的脸阴沉下来，怨愤地嘀咕："没人能把我赶出部落去，你不会做这种愚蠢的事。"

"你试试看吧。你最清楚阿夏对我的重要，我能为他做更疯狂的事。"

脸色难看的奴隶贩子闭紧嘴巴离开了呷西阿妞，她说的是真话，当初为了让阿夏和她一起被卖进土司府，她差点放火烧了蚂蟥箐的窝棚。这个疯女人，居然勾搭上了未来的阿莫兹莫，什么样的蠢男人才会被她的美貌迷住。

帮忙的奴隶安顿好阿夏也都赶紧回土司府去，他们没有靠山，不能跟呷西阿妞相比。

呷西阿妞担忧地望着躺在草窝里的阿夏，若不是身上布满了密密麻麻的鞭痕，他整个人都像发霉的稻草。

"你一定要好起来。"呷西阿妞强忍着几次快要涌溢出眼眶的泪水，叮嘱他说。

阿夏艰难地点了点头，就在被鞭打之前，呷西阿妞已经杀死了他。她哭泣着向他坦白："我们不能再见面了。我，我爱上了阿莫蒲智。"

没有人比他更了解呷西阿妞，她的生命中从未有过片刻欢娱。他记得他们磨了一天黄豆，呷西阿妞的手掌满是破损的血泡，她疼得捧着手哭，被奴隶贩子听到，又挨了几鞭子。他们得连夜把满筐的黄豆舂磨出来，一整天都没吃上一口饭，只喝过浑浊如黄汤的泥水。

别的孤儿都陆续回到草窝里睡下，他仍然陪着她在舂磨黄豆，她边哭边磨，嘴唇被牙齿咬得流出鲜血。他想她快撑不住了，也许没等到逃出奴隶贩子的手掌，她就会被折磨而死。

他让她依靠在竹筐上睡一会儿，自己一个人熬夜干活。他担心被奴隶贩子发觉，还吹灭了油灯，黑夜里只剩下一圈圈石磨转动碾压豆子的声音。

她睡着后就没醒来，只是间或发出几声啜泣。他一直干到黎明，两只手臂酸痛得几乎失去知觉。他们没有磨完三筐黄豆，豆腐坊的人来取豆粉时，奴隶贩子给他俩一顿结实的鞭子，把他们打得昏死过去。

她醒过来后对他说："阿夏，我们逃跑吧。"

"跑去哪里？"

"不知道，反正我们得离开这里，不然迟早会被打死、累死。"

"别的地方也会被打死。"阿夏想不出跑到哪里去，他们站在山岗上砍树时看见过其他衣不蔽体、沿途乞讨的贫民，还看见过穿着棉布衣服肩扛木箱的奴隶。"我们要赶紧长大，然后一起去诺曲家里当奴隶。"

"我不想做奴隶。"

"你疯了？我们要活下去，只能当奴隶。"

"我宁愿当耗子、臭虫、苍蝇，也不做奴隶。"呷西阿妞哭泣着从他身边跑开。

不久之后，他看到她每天背着大竹篮在半山腰割草，奴隶贩子养了不少野兔，她和其他六个姑娘被分派去养兔。他为她高兴，割草虽然苦累，比起其他农活已是较为轻松的了。他依旧放羊、砍树、劈柴、挖地、捡粪、磨豆子，有时他看见姑娘们被送进奴隶贩子或者其他男人房间里感到心痛，但他一次也没见到过她被送进去，他心里清楚她是不会例外的。他只埋头干活，不想去关心她的事，免得自找难受。

大约半年后的一天傍晚，天空灰蒙蒙的，像要下雨。他和三个男孩在后山把晒干的栗树枝砍断，他们都憋着劲要赶在下雨前把山堆似的干树枝砍好码进草棚。有个男孩听到远处有人叫喊，抬头看去，是呷西阿妞正朝他们用力挥手。侧耳细听，她在叫喊阿夏。他们告诉正卖力砍树枝的阿夏，他扔下砍刀跑过去。

呷西阿妞穿着半新的棉布红袄，跟以前很不一样，美丽得像落在柳树上的相思鸟。他没有走近她，站在离她十米远的地方问："什么事？"

"我听说罗娑府要来挑人了。"

他低下头，孤儿们长到十岁左右陆续有了买家。一起长大的已经卖走了十四个，买家不算太好，只是寻常的白骨头新贵。从来没听说罗娑府的人也往这里买人，土官们大都有其他贵族们送奴隶给他们，而且部落间时常打仗，掳来的机灵小孩也常常留在贵族府中。

呷西阿妞见他不吭声，急得问："你怎么了？"

"这种好事怎么轮得到我？"

"我有办法。"

"我不想你为了我想办法。"

"你到底怎么了？"呷西阿妞急切地跑到他面前，她比他高出半个头，胸脯饱满挺拔，蜜糖色的皮肤闪现露珠般的光泽。她也许早就不是个姑娘了。他无耻地想起那些被送进男人房间的女孩，心上被什么刺了一下，疼得皱起眉头。

"是为了我们。我要和你一起去罗娑府。"

"我们只是任人宰割的肉。"他甩掉呷西阿妞讨厌的目光，扭头从她身边走过去。

呷西阿妞的声音追着他："你等着我。"他越走越快，脸上莫名其妙地发起了烧。他捂住耳朵，心里有个声音对他叫嚷："她是个好姑娘！"

他回到砍树枝的地方，手臂酸痛得提不起刀，砍树也显得心不在焉。一同砍树的男孩用奇怪的眼神时不时看他，又私下交换眼色。他不想听他们嚼舌根，虽然大家都是孤儿，将要被卖到别人家当奴隶，但他们从不放过说别人坏话的机会。他趁拖树枝时机，把干树枝垒成隔离他们的栅栏堆，看不到他们别有用意的表情让他觉得舒服些。

树枝栅栏挡得住视线，拦不住声音。男孩们肆无忌惮的谈话钻进他耳朵里："阿妞每天都被送出去给白骨头男人，一晚上能换回一小袋盐，足够老东西吃一个月的。"

"那么多？阿细才能换回半瓶油。"

"阿细？阿细的身子哪有阿妞的好，听说找阿妞的男人最多，一晚上能有五个。"

"哈哈，你就会吹牛。"

"骗你是断了腰的奴隶。"

阿夏脑袋里煮着一锅沸腾的水，滚烫的水蒸气从眼睛、鼻孔、耳朵眼、嘴巴里喷出来。他悄悄爬过树枝堆，像一只灰色树蛙扑向说话的男孩。

这场打斗孩子们伤得不轻，奴隶贩子气坏了，他把打架的男孩捆在石头上晒，不许给他们吃饭、喝水。

夜幕降下，大地变得朦胧温情。呷西阿妞偷偷来看男孩们，给他们带来了烤芋和清水。说她坏话的男孩们垂着眼睛，羞愧地吃着呷西阿妞喂到嘴边的食物和水，不敢看她。

男孩们被绑了三天，饿得站不起来。奴隶贩子带着两个白骨头新贵来，将他们带走了。

呷西阿妞听到消息，从半山腰上连滚带爬地跑回来。她披头散发光着脚追到半道上，拉住阿夏的手不让他走。阿夏的主人用皮鞭和竹条也打不走疯了似的女孩，只好吵吵嚷嚷地回来找奴隶贩子换人。

奴隶贩子为此损失了几两银子，他把打扮一新的呷西阿妞送出去，不用她再做粗笨的活儿。阿夏每天都坐在樱桃树下等她回来，见到她，就把她抱在怀里，让她靠在肩头上睡一会儿，直到她再次离开。

呷西阿妞长得更加饱满圆润，像三月间挂满枝头的红樱桃，惹人垂涎。她变得不像从前那样爱说话，和阿夏在一起也常心不在焉。新一批孤儿来到蚂蟥箐，更多贫民、被遗弃的老弱奴隶从别的地方聚集过来，蚂蟥箐更加热闹起来，满坡是衣不蔽体、食不果腹的可怜人，显得更加凄惨悲凉。这让呷西阿妞期盼着能早点离开蚂蟥箐，阿夏对此并不乐观："到哪里都一样。我们只是奴隶。"

"至少有一点自由时间，不用像没长翅膀的鸟挤在一个窝里。"

和他们一起长大的孤儿已被卖掉了二十五个，剩下的不是卖不掉，而是奴隶贩子期待更好的价钱。奴隶贩子对每晚供他享乐的四个姑娘说："我舍不得把你们轻易卖掉，你们几个是我见过的最漂亮的女奴。我会把你们都送进兹莫的府里，那儿才是享福的地方。"

肥胖的奴隶贩子伸出短粗的手指使劲揉搓呷西阿妞的脸蛋和胸脯，两条腿像吃得太撑的蟒蛇缠绕着她。他捏扯着她娇嫩富有弹性的脸颊嫉恨地说："奴隶长得太美可不是件好事。"

呷西阿妞厌恶这个几乎失去性能力的奴隶贩子，他把女孩们找来取乐，不过是变相虐待。他喜欢折磨她们更甚于在她们身上发泄，鞭打、掌掴、撕咬、捆绑、凌辱她们，让他兴奋得喘不上气。呷西阿妞咬着牙让自己撑到被卖掉的一天，而阿细则在受尽凌辱的夜晚死去。阿细的死暂时让奴隶贩子收敛了恶劣行迹，三个女孩被赶到羊圈里，和黑山羊、灰兔待在一起。

罗婆府挑中了呷西阿妞和其他三个男孩，阿夏没在其中。罗婆府需要更多男奴，而奴隶贩子提供的男孩身材都太单薄。挑人当天，奴隶贩子让阿夏挑着两筐黄豆粉去了集市。

呷西阿妞央求奴隶贩子让阿夏去见罗婆府的人。奴隶贩子大睁着挤在鼓胀眼泡中间的小眼睛，不怀好意地在她身上打转，鸭子般嘎嘎笑着："你身上还有什么东西值得交换？"

呷西阿妞站起身来，迅速脱掉身上的粗麻衣衫，一丝不挂地趴在地上。奴隶贩子恼怒地踢倒女孩，恶狠狠地说："你的身子跟你一样不值钱。"他朝女孩身上吐口水，揪起她的头发把她推来搡去。折腾累了，他把女孩扔在房间里离开了一会儿。

等他端着碗再回到房间，呷西阿妞已经穿上了衣衫。呷西阿妞说："我现在是罗婆府的女奴。如果我死了，你就拿不到金子和大米。"

"你想死？行啊，把这个吃掉，我就让阿夏去见罗婆府的人。"

呷西阿妞往他手里看，他端的碗里黑黄一团，像是刚拉下的粪便。恶心得她忍不住干呕起来，脸色变得蜡黄。奴隶贩子右手把碗朝她怀里塞，左手用力地拧她胳膊："吃啊，吃啊，吃完了我就放你们走。"

呷西阿妞被逼到墙角，臭烘烘的碗凑到了鼻子下。她忍无可忍地挥手把碗倒扣在奴隶贩子头上，拉开门从房间里逃出去。

阿夏挑着空竹筐回来，远远看见呷西阿妞的身影像狂风从奴隶贩子房间里冲出，预感到将要出事，连忙扔掉竹筐追赶她。她忍了这么多年，不会忍不到快要离开这里的时候。她奔跑的样子像只危险狂暴的野猫，他必须阻止她。

呷西阿妞找来了砍刀和火把，她把羊圈里的稻草点着了，借着风力，大火蹿到了磨房。阿夏急得满头大汗，他追不上风一样的呷西阿妞，没人能追上发怒敏捷的野猫。

呷西阿妞的砍刀架在了奴隶贩子的脖颈上，语气比砍刀还要寒冷："如果我烧房子的事传到罗婆府，他们绝不会要一个找死的奴隶。你就得退回他们的订金，我会把这里全部烧光。反正我的命不值钱，你的命也不比我的更值钱。"鲜血顺着奴隶贩子肥厚的肉褶子渗出，他浑身的肉像变质发黄的豆腐脑一样晃动，声音颤颤悠悠："我答应你，放你和阿、阿夏走！"

大火很快就被孤儿们扑灭了，奴隶贩子装作无事人一样出现在疑惑恐惧的孤儿们面前："愣着干什么，还不赶紧重新砍树盖房、修羊圈！天干物燥，风又大，早晚得烧死你们这些娃子！"

罗婆府来领人时，奴隶贩子把身材魁梧的阿夏推了出来。呷西阿妞泪水涟涟地央求："他是我相依为命的阿牟，求求大人，也把他带走吧。他满身都是力气，吃得少做得多。"

就这样，阿夏、呷西阿妞和另外三个男孩一同进了土司府。呷西阿妞进府时偷偷地东张西望，阿夏和男奴们被金碧辉煌的府楼吓得不敢抬头。他们被分配到不同院落侍候新主人，临别时，阿夏抬头看了看呷西阿妞——漂亮的新女奴张着惊奇的大眼睛，露出满意的笑容，来不及和他告别。

阿夏被分派到第八院落土司楼做守卫，听说楼里住着冰雪神一样的夫人，还有一位高贵倔强的小姐。未来的土司继承人去了很远的地方学习，而受人尊敬的大奚婆就住在府内的第七院落。再不会有男人能欺负到呷西阿妞，这让他感觉像在做场美梦。

土司府里的奴隶有严格的分工和时间限制，如呷西阿妞预料的，也有不少零碎的自由时间。他们不能离开各自的院落随意进入其他院落，但他们能在侍候主人睡下的夜晚悄悄溜出府门。阿夏在第八院落待了半年多时光，还没见过夫人，也没离开过院落。他是个谨慎小心又幸运的最下等男奴，除了牵挂失去消息的呷西阿妞，他别无所求。

一年多以后，他和几个男奴扛着白鹿部落送来的大木箱经过侧殿时，见到一个身穿蓝色粗布裙子的熟悉身影从院门进入。他怔在原地，认出了呷西阿妞。她比在蚂蟥箐时气色好，眼睛亮晶晶的，闪耀着快乐温柔的光芒。她的脚步又轻又快，一头浓密的乌发披散在肩头，腰身柔软得像传说中母亲的目光。呷西阿妞没有看见他，她端着圆木盘走进了女奴房间。她也在第八院落——阿夏兴奋得一颗心狂跳起来，他们近在咫尺，却谁也不知道。

阿夏好容易找机会见到了呷西阿妞，他们躲在巨大的木牌坊后像久别的亲人紧紧拥抱一起，默默流泪。呷西阿妞说她像笼子里的金丝雀一样快乐。

他们经常能找到机会见面，但要离开院落单独相处，需要周密计划。阿夏更擅长做计划，把时间、地点、路线牢记在心里，为呷西阿妞预想所有可能出错的情形。他们私自会面的时间不长，也不频繁，因而从未被人发觉。他们在一起分享食物和府里发生的事。呷西阿妞见过夫人，她告诉他，斯补纽纽舍是只黑色神鸟，有令人敬畏的力量。而阿莫沙蒂小姐，更像活泼健壮的梅花鹿，自由自在，让她羡慕。她有时会唱起一支曲调忧伤的歌，是老女奴教会她的。

奇怪的是，他们很少像恋爱中的男女那样做出亲密举止。她有时会把头靠在他肩上，仰望璀璨星空。更多的时候他们总是说说笑笑、狼吞虎咽，甚至没有过深情凝视。阿夏不敢，他了解阿妞的过去，认为她可能会厌恶男人。而且她从未给过他亲热甜蜜的暗示，哪怕一个热切的眼神都不曾有过。不过，这不会破坏他们俩的情意，他坚信他们会在一起，只不过需要些时间。

阿夏看到府里有娶女奴的男奴，他们情形和他俩差不多，白天都在府内听从差遣，晚上寻找时机见面。他们生育的孩子只能托给府内其他奴隶照看，孩子也是府内奴隶，如果不犯严重过失，他们会像奴隶父母一样生活。阿夏觉得在罗婆府做奴隶比在府外受穷的贫民好，他把这些信息委婉地透露给呷西阿妞，没想到她不这么看，她说："什么也比不了自由好。"

"有自由没粮食，被活活饿死的平民多的是。"

"那样死了，也比被人随意买卖好。"呷西阿妞说这话的时候流露出感伤的表情。她突然问他："如果我们生下孩子，也是像我们一样的奴隶？"

阿夏被她难过的情绪吓得不知如何回答。她追着问："是吗？子孙万代都是奴隶，永远也不可能得到自由。"

"我们这样不是很好吗？"阿夏想把她搂在怀里安慰她，她粗鲁地推开他，转身跑进了黑暗里。

他们的关系从那时起变得很奇怪，呷西阿妞像是故意躲开他，他们很长时间没有再见面。直到阿莫蒲智从远方回到罗婆府，呷西阿妞被调去照顾身体羸弱的未来土司，她突然变得自由，可以随便进出第八院落的侧殿。她蓝色的身影闪现在土司楼道口，像只流连花丛的蝴蝶。闲言碎语开始传进阿夏的耳朵，有人看到呷西阿妞和未来土司寻欢作乐，她无耻急切到忘了关门。

阿夏在铺天盖地的流言蜚语中坐立不安地等待呷西阿妞，他以为是未来土司——又一个掌控她命运的男人霸占玩弄了她。可呷西阿妞不愿来见他，他计划好的时间、地点再看不到她的身影，她忙忙碌碌，又怡然自得，就像传说中恋爱的女人。这太令阿夏不安了，他无法入睡，吃不下东西，全身都被流言的刺扎透了。

阿夏逮住个机会悄悄跟随倒脏水的呷西阿妞出了府门，他飞快地跑去拽住她，不由分说地把她带进浓密的灌木丛里。

"他又欺负你了？"阿夏用双手钳住拼命挣扎的呷西阿妞。

"你胡说什么？"

"女奴们都看到了。他像蚂蟥箐的奴隶贩子一样糟蹋你。"

"你凭什么说他糟蹋我?"呷西阿妞挣脱不了高大的阿夏的控制,气恼地说。

"他们都看见了,都在背后说你。我很难过。"

"你不用难过,那是我心甘情愿的。"

"心甘情愿?他是未来的阿莫兹莫,你的脑子被沙虫吃了?他只是玩弄你,他是高贵的黑骨头兹莫,只会娶另一个兹莫家的女人。"

"我用不着你提醒我。"呷西阿妞用尽气力挣脱了他。

"呷西阿妞?"阿夏担惊受怕地望着她,不由自主地流出了眼泪,"你会被他害死的,他的权势比奴隶贩子大得不知有多少倍。整个罗婆部落都将是他的,包括我们的命。"

"别担心我,阿夏。"呷西阿妞犹豫地站了片刻,还是走了。

此后他们有段日子没再见面。阿夏自己也遇到了无法言说的事,使他暂时从对呷西阿妞的担忧中转移了注意力。他被作为男宠选入夫人房间,在此之前他只远远地看见过夫人模糊的背影。他不是被夫人看中,只不过因为体格健壮,由奴隶头子安排带进斯补纽纽舍的房间。

宽大如旷野的房间里异香扑鼻,酒红色的帷幔层层叠叠,透着神秘诱惑。他战战兢兢地坐在木凳上等待,三个时辰里奴隶头子送进来三碗滋味甜腥的汤药逼迫他喝下。他昏昏欲睡,又觉燥热难当,下体像受惊的驴子昂扬勃发。

黎明时分虚脱瘫软的他被悄悄抬出房间,像害了场重病,他感觉头疼欲裂,全身无力,时冷时热,虚汗淋漓,不一会儿就把棉被湿透。及至傍晚,他才有丝尿意,慢慢挣扎摇晃着起床小解,两条腿仍酸软得不停发抖,仿佛昨夜翻过了几座高山。他斜靠在墙上往木桶里撒尿,尿得很少,颜色棕黄。碎片般的记忆像打破的镜子一片片拼凑起来,他羞惭地钻进棉被,感觉自己像个被欺辱的牲口。

他和呷西阿妞一样,都是任人宰割的羔羊。

从夫人房间出来后,阿夏更加沉默不言,空闲下来他就望着土司楼道口方向,期望见到呷西阿妞的身影。阳光越来越稀薄了,夏天也变得凉意阵阵，阿夏越来越多地想起呷西阿妞向往自由的话语。奴隶头子每月会安排他进夫人房间一次，他每次从那里出来，总感到失去了一部分东西，身体里晃晃荡荡地响，像风吹动一间破败的草棚子发出的声音。

呷西阿妞约他出去，他的注意力总是无法集中在她身上。耳边不是嘤嘤嗡嗡作响，就是窸窸窣窣不停，眼前总有细小的白蛾飞过。她跟以前的快乐固执不同，这回她有点打不起精神，心神不宁。

她就在那时对他说："阿夏，我们不能再见面了。我爱上了阿莫蒲智。"

女奴爱上了土司？阿夏没有听过比这更荒诞可怕的事。他粗野地抱住呷西阿妞，她丰满壮实的身体让他迅速兴奋起来，喘着气说："你不能爱他，你是奴隶，只能爱像我一样的奴隶。"

呷西阿妞用尽全身力气踢他推他，尖叫着问："阿夏，你怎么了？"

"你会被他们害死的，我也快要被害死了。我从没爱过其他女人，我不能眼看着你跳进火坑。"

"阿夏，我要向着光飞，不要永远困在黑暗处……"她的话没说完，从他们身后跳出十几个男奴、女奴，按住阿夏，把他的衣衫扯破，推推搡搡地走出草垛子。

呷西阿妞问上前来扯自己的女奴："出了什么事？"

"阿莫蒲智大人四处找你。"

呷西阿妞并不害怕，有股神奇的力量充满全身，她挺起胸快步超过阿夏。她觉得自己像经文里遇见黑蛇的女人，将经历残酷磨难，也必然会享受到千年流传的荣光。

14

阿莫沙蒂刚返回土司府，就被斯补纽纽舍的女奴请了过去。她确实应该去跟母亲谈谈，她一直有谈的愿望，可就是不愿意去见她。三十年来，她们不知谈了多少次，说得嘴皮都磨掉了三层皮，说的话如果能用大海箩背，能填满掌鸠河。她们的话题大多说不在一起，就像火油和水，别说治理辖区的政见不同，就是饮食、服饰、花卉和爱好也是各说各的。现在她们不再谈论什么，只是简单的问候和说些不疼不痒的日常生活。

阿莫沙蒂犹豫不决地走近母亲的三合院，好几次想半道折回。她又累又乏，原本是去行府寻求安宁和休养，被狄惹木嘎无端端一闹，反而更加烦躁疲惫。与激情澎湃的初恋情人欢娱过后，她明显感到年纪带来体力上的衰退。小腹和下体隐隐作痛，腰间酸软，两条腿像被抽去了筋骨，软塌塌地不听使唤。她担心母亲看出她身体的破绽，指责她行为荒诞。她并没想到狄惹木嘎会从旁岔出，只想和敦实可靠的加巴惹享受宁静时光。她脑袋里的弦绷得太紧，经常梦到父亲的鬼魂，分不清白天黑夜，一遍一遍地把家支中的亲人和重臣捋个底朝天，即使坐在阳光和美食中间，仍感受不到生活的美好，只有绝望无助。

那个闷热寻常的午后，她无意中听到丈夫和母亲的谈话，恍然梦醒，促使她坚定信念，不再等待观望或者随波逐流，她得为家支族人谋求新生希望而不容丝毫耽误，错过最佳时机。下决心之所以异常艰难，是因为之前从未有祖先父辈做出如此选择，她不知布满荆棘的道路通向何处。罗婆人只选择强悍、荣誉、斗争和牺牲，从未选择过示弱、羞辱、隐忍和苟活。她的家支在困顿挣扎中变得越来越弱小，在朝代更迭的喘息间用不得已的暂时屈服换得短暂呼吸、休养，谁不向往和平富足的生活？而家支的掌权者从未向平民和奴隶展现过那种生活的可能性，家支族人的认知和视线穿不过文笔山、洒普山的封闭世界。如果家支的命运不能与大多数人的命运融合在一起，孤立无援地存在是绝无可能的。他们已经度过了几千年偏安一隅的时代，群山之国的坚强堡垒和天然屏障被蒙古人的栈道和马蹄打开，破裂的鸡蛋不会再孕育小鸡了。

她不知道，也不确定自己的选择是否正确。以她的见识、理解力和多年的治理经验，只是认为自己选择的道路顺应大势。她不愿意跟母亲谈，不想面对母亲咄咄逼人的质问。没有哪条从未走过的道路，有人能做出成功顺利的承诺，她是女土司，不是胡乱许诺的骗子。

母亲的别院是土司府里最富丽堂皇的院落。她每次进入这里总感觉胸闷心慌，她得打起十二分精神来应对高高在上的母亲。她知道母亲院落里有周边十多个部落进献的皮革、铜器、金饰、刺绣，有汉人的瓷器、丝绸，有蒙古人的毡毯、奶制品，有蒲甘的银制浮雕，有印度国的香料、佛经。她还知道母亲私囤官盐、黄金和武器，接纳雷波鲁龙选送的俊俏男奴。她假装不知道，她认为母亲把家支带出父亲制造的泥沼之地，有资格享受特别的尊荣和无伤大雅的特权。

斯补纽纽舍早已等候在厅堂，神情恬淡地用钧窑瓷器烹制霉茶（普洱茶）。绛红透明的茶汤配以玫红瓷碗，看着都赏心悦目。扑鼻的浓香让阿莫沙蒂紧张的神经松弛些，她连饮了三杯。

斯补纽纽舍轻笑："你是渴坏了。"

"阿依房里的汉人用品倒很多。"阿莫沙蒂的目光从瓷器、丝绸帘子、苏绣团扇、红豆杉立式妆柜、青铜莲花灯座、雕花楠木大床一一掠过，似乎不经意地随口一说。

斯补纽纽舍敏感地看看屋里的摆设饰品，略为宽心地说："我这里最多的是蒙古人的东西，地毯、皮革、书和吃的都有。这么多年，梁王不知赏赐了多少物件给阿莫家。汉人的东西要么精巧易碎，要么笨重富贵，终究不如同宗同源的物品使着顺手。"

"阿依不射猎、放牧和打仗，汉人的东西稳固细致，最适合闲居的漂亮女人使用。"

斯补纽纽舍讪笑着从木桌底下拿出一个椭圆形的大木漆盒子，打开盒盖给阿莫沙蒂看，里面是一摞来往信件："你用不着跟我打哑谜。这些信是各部落写来联合我们投奔段总管的，想来你也收到不少，却从未听你在议事厅里提过。"见女儿讪讪不语，斯补纽纽舍又从腰袋里取出两封信放在桌上，推到女儿面前，俯身过来低语："你知道你男人一直跟雷波兹莫秘密通信，想要霸占阿莫家支的事吗？"

阿莫沙蒂打开那两封信，信里的内容让人心灰意冷，他们终于在漫长的等待中失去了耐性，动了杀机。雷波土司催促她丈夫迅速夺取阿莫家支的控制权，归并雷波家支联合段氏，等赶走了蒙古人、汉人，雷波家支就可雄踞滇西，与大理段氏遥相对峙。阿莫沙蒂早就知道雷波家支的算盘，沙里曲木截获不少类似的催促信交给她，只是雷波鲁龙不动，她不便打草惊蛇。母亲担忧的目光里含有责怨的意味，也许她认为是自己为妻不忠引发雷波家支的野心膨胀，她不想对任何人解释自己的情感问题，也不想暴露出因丈夫绝情对自己的打击。她和丈夫虽然是受人操控、时势所迫走在一起的，但他们之间不是一点感情都没有，不是说反目就能断裂得干干净净的，毕竟二十六年的朝夕相处，还有两个已经成人的儿子维系着他们。

她把信纸揉成团，仰起苍白的脸低声说："他们太天真了。"

"天真？我看是你天真。这么多年没看出身边睡着毒蛇。"

"就算是毒蛇，也是阿依塞进我被子里来的。"

"你用不着怪谁。这是你的命数。"

"我谁都不怪。"

母女俩谁也不看谁，也不喝茶，沉默相对。门外没有风，没有虫子叫，阳光正烈，树木恹恹地打着瞌睡。远处几只麻雀在小叶榕树茂盛的枝叶里钻来钻去，叽喳尖叫，短促急切。

"贵州兹莫陇赞蔼翠得病死了，可怜他那个只有二十三岁的夫人奢香，带着五岁的孩子。"斯补纽纽舍像是想起往昔的种种，眼眶发红，泪水洇到睫毛上。她看了看面无表情的阿莫沙蒂，扬起脸，晶莹的泪珠慢慢消失，眼神又变得倨傲冷淡。

"他死得真不是时候。但愿他夫人眼睛能擦亮些。"阿莫沙蒂口气冷漠，表示她并不想亲自去参加同源不同宗的族群头领葬礼。

斯补纽纽舍感到了女儿的情绪变化，女儿外表冷淡，正说明内心做着重大决定。她曾想重新接近、了解女儿，可阿莫沙蒂从不给她机会。女儿怨恨自己，为着对她童年的忽视和对她婚姻幸福的粗暴干涉。她不打算向女儿低头，在罗婺人的谱牒上没有记录过长辈向晚辈低头的事例。女土司的决定关系着阿莫家支的发展和变故，她找女儿来，想听到的就是族人未来的命运。

阿莫沙蒂想结束这场沉闷的谈话，她知道从母亲这里得不到任何支持。她了解母亲的想法，但母亲不了解自己的，无效的沟通只是浪费时间。母亲的个性强硬霸道，在为家支积累财富和恢复元气时，是难能可贵的性格和精神。她咬定青山不放松的性情，任谁在她这里也讨不了好，她却能强压别人一头，无论采用什么手段，她最不缺的就是手段。可现在，母亲这套行不通了。她面对的不再是部落之间利益的分配和恩怨纠缠，而是时代更替的大颠覆和领土疆域、制度确立的重新规划。

父亲参与的抗争并非徒劳无功，至少他们流淌的鲜血也损耗了元廷的力量，他们不是以卵击石，而是滴水穿石。在父亲去世后的短短三十年间，大大小小的起义此起彼伏。十三年前，不可一世的蒙古人被第三等国人——汉人攻陷了元大都，建立明的朝代。如今，垂死者和新生命并存于云贵高原红土地上，一方水土养成的土著力量渴望在两股强大力量的角斗罅隙中探出一条活路，争取自由呼吸的空间。这正是父亲和自己谋求的共同愿望。

不同时期面对相似问题，做出相同的选择会产生截然不同的后果。父亲的抗争会牺牲数千罗婺人的性命，她的抗争也许会令族人从此消亡。从缝隙中杀出血路的胜算有几成？滇人面对的是两个巨大的强者，站在强者之间谋求独立，无异于站在刀尖上跳舞。阿莫沙蒂紧闭嘴唇，她得提防所有和她意见相左的人，哪怕是骨肉血亲。

"我给段总管写过信。"斯补纽纽舍试探地说，见女儿依旧无动于衷，感觉受到深深冒犯，心里不痛快。"我愿意归附大理。虽然梁王待我不错，这些年给了阿莫家支诸多赏赐。但说到底，他们是闯进部落里来的异族人，归属他们也是不得已的事。"

"阿依，我才是阿莫家支的兹莫。"阿莫沙蒂额头沁出了细密汗珠，强迫自己面对母亲惊讶怨愤的目光。

斯补纽纽舍表面上的震惊不小于阿莫沙蒂内心的电闪雷鸣，她精于妆扮的美丽容貌瞬间被残酷石化，暴露出岁月刻下的裂纹、粗粝接缝、松弛下垂的肌肤纹理，掩饰不住疲惫失望的苍老之态。阿莫沙蒂喜欢恢复真实面容的母亲，厚重的脂粉和过度的妆饰让母亲变得面目模糊，她始终无法认可这张用笔墨勾画的精致妆容能拥有母性慈爱柔情的光芒。她的母亲不是别人舌尖上美艳狠毒的夫人，只是不甘心丧失权势的可怜女人。

"您在土官们进献的尺幅上圈圈点点，您不了解您的子民。您以为我一直在游山玩水，做着您的傀儡。您从来都不屑于了解自己的儿子和女儿。阿依，您忘了我和哥哥都是阿莫基蒲的孩子，我们的身上都有他不惧死亡的热血。"这些话冲口而出，阿莫沙蒂感觉无比轻松。她站起身，把在惊愕间无法回过神来的母亲抛在身后。

阿莫沙蒂在土司府里待不住，围着土司楼口转来转去，不愿上楼。楼里的奢华摆设和熏香气味使她感到痛苦，看似空荡荡的府衙让她觉得拥挤不堪，隐匿形体的祖灵和鬼魂在院落里哀伤叹气、哭泣、窃窃私语，他们斥责她的悖逆狂妄，想把她从土司楼里赶出去。

勉强挨到夜晚，她还是无法入睡，缠绕她的幽灵把焦虑忧患塞进她脑袋，吵得她不得安宁。她不能独自作战，要找到同盟者。她已经在心里把土官和贵族名册翻得稀烂，找不到一个能站出来说出自己计划的人。她作为辖区内的主政者，不能无视部落统治阶层的意愿说出可能招致完全否定的决定，她需要有回旋余地和支持者。只要有一张嘴能说出令人信服的投明主张，在议事厅里把所有反对者的声音压住，她再以民主的姿态恳求商议，就能争取行动的时间。她能找到一大批执行者，像野象阵那样坚不可摧的军队和身经百战的卓越将领，但她找不到一张巧舌如簧、通接神灵、说服大众的嘴。这张嘴的主人能体会归明主张的深远意义，能舌战群雄，能震慑满脑袋是土地、牛羊和女奴的贵族。

她找不到这样一张嘴，罗婆人太爱射猎、放牧、诵经、饮酒和歌舞，他们对天文、历法和算数饱有浓厚兴趣，对云朵一样飘忽的思想流动也颇为痴迷，却对治国谋略和时局把控迷迷瞪瞪。阿莫沙蒂闭门静思多日，心目中那张嘴却毫无轮廓。她不管它长得是否厚薄均匀，是否柔软润泽，能否发出悦耳的声音，甚至它的主人是个胡说八道的疯子也无所谓，关键是没有一个罗婆人，哪怕是疯子也不会说出她渴望听到的话。

疯子?!

阿莫沙蒂的心又被猫狠狠地挠了一爪子。她还是绕不过他去，又开始胡思乱想了。她紧张焦躁得过了头，应该去大山深处的密林里跑跑，耳边呼呼乱响的风和胯下摇晃的马鞍能让她放松下来。她必须马上出去，把胸中的郁闷像射发羽箭一样统统射出去，她不能再留在这里，土司府像个让人崩溃的牢笼。

阿莫沙蒂还没换好骑装，沙里曲木带来了不好的消息：右丞实卜派来的安抚大臣托帖木儿被人射杀在己衣大裂谷口。沙里曲木站在沉默不语的女土司面前，脑袋丧气地挂在胸脯上，等待女土司的质问。

"右丞派来的安抚大臣？"阿莫沙蒂没接到实卜的通传，这个节骨眼上蒙古人还惦记着她，并不是好事。看来梁王把匝剌瓦尔密终究还是放心不下，派人来监督她，担心她不心向元廷。"梁王把元军主力十万精兵驻扎在曲靖，以期守住云南咽喉之地。这当口正自顾不暇还有心思安抚我？"

"把匝剌瓦尔密和朱元璋都知道，云南土官、罗罗兵是不可忽视的军事力量，他们分散在险峻高深之地，对山形地貌了如指掌。如果与元军合力夹击明军，势必给明军造成极大威胁。而如果罗罗兵投降明军，与明军里外合围，元军就变成包子馅了。"

阿莫沙蒂惊喜地望望一向忠厚、骁勇悍战的将军，饶有兴致地问："你说云南土官应该做何选择？"

"兹莫，我只奉命行事，不通政论。"沙里曲木低头候命。

阿莫沙蒂失望地转过身去，冷冷地问："谁干的？"

沙里曲木吞吞吐吐，像被鱼刺卡住喉咙似的，只说出几个含混不清的音节。

阿莫沙蒂猜到是谁干的。在辖区内，不会有外人轻易进入射杀元廷大臣。不听号令就敢私自行动的人只有一个，可绝不可能是斯补纽纽舍。母亲从不在搞不清楚状况的情形下出手。能有这般手段的只能是他了。

"你去看看蛇节在干什么？别惊扰他。"

沙里曲木疑惑地抬头看看阿莫沙蒂孤独的背影，压低嗓音问："托帖木儿的尸体怎么办？"

"暂时放在青棚里。"

沙里曲木以为阿莫沙蒂还有别的吩咐，身体前倾地专心等候。等了一会儿，听不到下文，不知该走该留，感到尴尬不安。阿莫沙蒂听到声响，转身看他仍怔怔站在原地，不耐烦地轰他："还站着干什么？快去看着蛇节，有什么异常赶紧来报。"

　　沙里曲木离开后，阿莫沙蒂强忍的苦楚汹涌袭来，险些站立不稳。她把一直握在手里的马鞭扔在木桌上，身体扑倒在地，眼眶中扑簌簌滚下泪来。

　　二十六年前，仪表堂堂的雷波鲁龙带着装满种子、布匹和金银的木箱子，骑着马领着亲卫队越过莽莽苍苍的乌蒙山来到阿莫家支。他带来的木箱子放在地上首尾相接看不到尽头，母亲阴沉得快要下雨的脸上露出灿烂笑容。他的到来像一滴水溅到了烧热的油锅里，噼里啪啦地给土司府炸出了欢乐幸福的笑声。

　　她在他到来之前，对他毫无印象，感觉从未见过。后来他说他在雷波土司府里见过她母亲和她，她像只斗败的小公鸡，顺从地跟在四处卖弄风情的母亲身后。她当时的落寞神情和楚楚可怜的样子立刻就打动了他。他的提示没有让她恢复这段记忆，她的确跟随母亲去过不少部落和土司府，她知道母亲这样做就为了用她换取一个好价钱，得到更多的钱物，帮助阿莫家支渡过难关。只要谁给的条件好，母亲不在乎他是白痴还是瞎子，会毫不犹豫地把她与之婚配。所以，那趟烙印下羞耻的出行，她早就把它从脑袋里撕下来，揉成一团，扔到黑暗的记忆悬崖之下了。

　　母亲以为阿莫沙蒂的运气好，遇到了肯出好价钱、年龄相称长得又不错的男人。其实是雷波鲁龙想要得到她，满足了她母亲的苛刻要求，并不是她的运气起作用。但他遇见她，运气就不好。她那时正与狄惹木嘎发生着柔肠百转的恋情，不会对别的男人动心动情。

　　她对丈夫的印象始于新婚之夜。对男女之间的事，她早已不陌生，和狄惹木嘎在一起缠绵令她身心荡漾，她喜欢被所爱的人点燃、烧尽。从私奔的半道上折转，不是因为他们之间出了问题，那时的狄惹木嘎让她疯狂，愿意日夜与他厮守，为他付出所有。如果不是遭遇变故，改变了她的想法，现在她应该是某座深山里猎户狄惹木嘎的妻子，而不是忧郁纠结的阿莫土司。

雷波鲁龙是个身体壮硕的男子，有明亮的眼睛和宽阔的嘴唇，环绕着脸庞的络腮胡修剪得漂亮，像个英俊的色目人。她当时的全部心思都在狄惹木嘎身上，哪有心情体会他的春风得意。他们俩不过是桩获得双方认可的交易。在婚礼现场她见到了失魂落魄的情人，她身穿艳丽华贵婚服由新郎牵到土台上接受平民们祝福、欢呼时，在人群里搜寻他的身影。狄惹木嘎痛苦嫉妒的眼神在喜庆喧闹的人群里像把寒光闪闪的刀，深深扎进她的心窝。她看到他被极度痛苦扭曲变形的脸，更加剧了她的撕心裂肺。他们在盛大喜事里怀着无法示人、悲痛欲绝的相同心情凄然对视，四周唢呐、号子欢腾和身旁的新郎成了可有可无的摆设。她无法忍受他的心碎悲伤，差点要摘去沉重的银冠，撕破大红嫁衣，向亲爱的人奔去。他只凝望她片刻，倏忽一闪，转眼就消失无踪。

为了抗拒这门可笑的婚姻，她和狄惹木嘎分手前约好，在新婚之夜，他俩将霸占新房，让烂醉的新郎独自睡在堆满金银器物的房间里。

兴奋酣醉的雷波鲁龙歪歪倒倒进入新房，等候多时的阿莫沙蒂笑意盈盈地接连给他灌下三碗窖藏的糯米酒，又端上早已准备好的用夜交藤、合欢皮和红枣仁熬制的让人昏睡的汤剂，假说是醒酒汤哄他喝下，再命女奴把昏昏沉沉的新郎扶到离新房有一条通道的房间里。阿莫沙蒂的贴身女奴沙玛芝娜会领着等候在北门外的狄惹木嘎穿过层层院落，避开斯补纽纽舍的耳目，来到新房与她相会。

被痛苦和冷风折磨的狄惹木嘎见到身着婚服、已经成为女土司的阿莫沙蒂时，呆怔在门口挪不开脚步。沙玛芝娜从他身后用力将他推进房中，反锁上门，自己去雷波鲁龙的门口守着，生怕闹出点动静，惊扰了夫人。

分离将近一月的情人无时无刻不渴盼相见，虽然挂满红绸的新房不是肆意天然的遇仙洞，他们还是坚定地要在一起。已为人妇的阿莫沙蒂眼含热泪扑进狄惹木嘎的怀里，什么都阻拦不住下决心为爱疯狂的女人。没有翻越不了的府衙围墙、时间空间的堡垒屏障，抛弃不下的祖制族规、母亲意志、婚姻约束和道德顾虑，自然、天神和人为制定的束缚绳索管不住她汹涌澎湃的爱情激流。他们激动地拥抱缠绕，背叛婚姻的亢奋情绪激励着叛逆女人，她比以往任何一次性爱都表现得主动热烈。她不仅要点燃她的爱人，还要与他直抵被灼烧焚化的极乐境地。

赤裸的阿莫沙蒂骑跨在狄惹木嘎身上，突然发觉男人的火焰正在熄灭。她用手指、脸颊、嘴唇、舌尖和浑圆的胸、臀乃至脚趾撩拨着他，但一切都无济于事。狄惹木嘎难堪地把不安分的她牢牢固定在怀抱里，像摔跤勇士一动不动地和另一个僵持着。

"怎么了？"阿莫沙蒂从未见过服软的狄惹木嘎，突如其来的状况把她高涨的热情搁置在半空，火烧到了峡谷，却发现这里一片汪洋，她狂乱的喘息慢慢平复下来。

狄惹木嘎也从未料到出现这样尴尬的情况，每次见到心爱的女人，他就变成一座干燥易燃的森林，等待被她点燃，或者发生自燃，燃烧到她的森林。眼下他的内心鼓胀着与她水乳交融的激动，可他的身体厌倦了热情，满屋子属于别人的喜庆和装扮一新的女人都在心上投放下阴影，他被激情和挫败撕裂成两半。

"很多东西都变了。"他羞愧又无奈地对着黑暗说。

"我没变。"阿莫沙蒂像失望的闪鳞蛇从他身上滑下，慢慢蜷起干燥微凉的身体。

狄惹木嘎更紧地抱住她，用脑袋、手臂和大腿紧紧箍住她光滑如泥鳅的身体，害怕她滑向自己触碰不到的地方。他咬着牙齿，嘴唇亲吻着她涂满印度发油的头发。他不敢说，他觉得她的气味变了。

他们最终安静下来，相互依偎着，没有说话，没有承诺，没有继续快乐的交合，躺在茫然不知未来的婚床上，沉默地听着床前烛芯炸裂的噼啪声。直到听见沙玛芝娜在门口轻轻咳嗽，狄惹木嘎才起身穿衣离去。

阿莫沙蒂听见狄惹木嘎犹豫沉重的脚步声在床前反复多次，她闭着眼，佯装熟睡，没有起身和他吻别。她心里清楚，不论他们如何相爱，裂痕已经开始悄然产生。

雷波鲁龙从未在她面前提过新婚之夜，也不抱怨她对他的冷淡疏忽。她知道他心里揣着个空酒杯，原本期望斟满美酒，沉醉一生。是她硬把毒酒注入他的心灵之杯，每次她与狄惹木嘎或者加巴惹在一起，嫉妒和耻辱的毒液就会慢慢流注进丈夫心里。现在他整颗心都装满毒液了，不能说与她无关。

漫长的婚姻中他们也有过平静温情的时候，她记不大清楚那样的时候有多长。她始终无法对雷波鲁龙产生类似于对加巴惹那样喜欢又不浓烈的情感，更别说像和狄惹木嘎那种炽烈纠结、难以摆脱忘怀的爱情。他们有相互尊重和包容的友爱之情，床笫之欢更多出于无法推脱的繁衍义务。她常常在与丈夫亲热时魂不守舍，急于完成，显得毛毛糙糙、冷淡别扭。雷波鲁龙很少看见妻子的笑容，她的表情极少，就算他脱掉她的裙衫露出洁白身体时，她也只是紧闭双眼，沉默地接受他的情爱。他无法想象严肃的女人如何让男人死心塌地地爱着，抛弃正常生活地爱得一塌糊涂。他感觉到自己占有的只是妻子的躯壳，而不是一个女人的全部。他没有在情感上纠结太久，后来的事务越来越多，筑路、农事、屯兵、外交、贸易、战争和灾害像山崖上松动的花岗石全滚进她这块地里来。

她记得生下长子阿莫久支时，雷波鲁龙将乌鸡白凤汤一口口喂给她喝，他激动地拥抱她，亲吻她的额头，把初生儿高高举过头顶。即使她深爱着狄惹木嘎，她也不能生下除了雷波鲁龙之外的男人的孩子。她清楚自己的身份，如果要去见狄惹木嘎，她随身带有巴莫查查秘制的黑木耳红糖膏，用以避孕。

她原谅他将要对自己所做的一切，可她不能留下他了。他心里的毒液混合着雷波家支的贪婪凶狠溢出了她的忍受底线，侵害的将不仅仅是她的生命，还有整个部落的安危。

事情不向阿莫沙蒂意料的发展，她只料到了其中一部分，另一部分更加可怕。

沙里曲木密报说："蛇节不可能跑到己衣大裂谷去干这件事，他在出事当天宰了头羊，雷波大人跟他在一起。"

阿莫沙蒂蹙紧眉头："其他人呢，有什么异常？"

"阿莫洛将军的夫人得了病，府上请了巴莫查查大奚婆去做法事，闹了三天，正好没动静。别的各府也派人去盯了，都没什么动静。只是——"

阿莫沙蒂眉头一跳，斜毡沙里曲木等待着。沙里曲木上前半步，压低声音说："盐井监事大人去过已衣大裂谷。而且他家里多出一个人——是阿莫蒲智大人。"

阿莫蒲智?!哥哥回来了。他回来得真是时候。她恼火地发觉自己竟有几分期待和激动。她期盼他能为自己做点什么。难道他会忘记自己夺了本该属于他的位置，把他拒于府门之外？她努力克制自己别去想哥哥回来的事，眼前的事情乱成一团没头绪的麻了。

阿莫沙蒂摆摆手，让沙里曲木离开。沙里曲木却有话没有说完："沙玛芝娜对兹莫大人说，近来雷波大人常去狄惹木嘎的家中谈事。"

这是哪儿跟哪儿？阿莫沙蒂不相信狄惹木嘎会干这事，他打打闹闹，不过是逞强斗狠，不会搅到雷波鲁龙和自己中间。他嫉恨雷波鲁龙是自己的丈夫，拥有与她生儿育女的权利。他绝不可能跟丈夫搅和在一块，就像水城河的水不会流入鸠水河一样。

沙里曲木看出了阿莫沙蒂的心思，小心翼翼地补充："沙玛芝娜说，狄惹木嘎也许喝下了雷波大人的迷魂汤。"

"什么?"阿莫沙蒂逼视着沙里曲木，仿佛眼前才是背叛她的人。

沙里曲木说了该说的话，鞠完躬默默退出房间。阿莫沙蒂费劲地梳理混乱的思绪，她斜靠在冰冷的紫檀木椅上，试图躲开从窗棂外透进来的刺眼阳光。

阿莫蒲智和雷波鲁龙同时出现在狄惹木嘎家中，这是巧合还是预谋？狄惹木嘎被雷波鲁龙利用杀害元廷大臣，借此给她施加压力，想办法亲近疑心顿起的梁王？还是阿莫蒲智要他这么干，引起蒙古人对她提防甚至镇压，趁乱夺回属于自己的宝座？无论哪种情形，都不是阿莫沙蒂愿意看到的。她还没行动，心已经被剜开一个大口子，汩汩往外冒着鲜血。她可以任由这颗开始下坠的石头跌到深谷里去，她这样苦苦支撑到底有什么意义？为了家支振兴，她嫁给了不爱的人，为了部落间的和平相处，她把一年收成的十分之一分给了其他小部落，修建连接罗罗斯、水西等地的贸易之路，鼓励部落贵族子弟到汉区学习，允许元纸币在部落中流通，推广水稻种植和纺织技术……一场战争把所有的付出全毁了。乌撒、乌蒙、东川、芒部、建昌、曲靖、中庆等地的土官们都心照不宣地假意拥戴梁王，实则借梁王之兵赶走明军，然后逼迫梁王实现割据。她看不到同盟者。

"阿依——"多日未见的阿莫驰达从学馆里回来看望母亲，酷似雷波鲁龙的脸上闪着亮晶晶的细密汗珠。

"驰达。"阿莫沙蒂朝儿子招招手，勉强露出虚弱的微笑。

"阿依，您没睡好吗？脸色很不好。"

阿莫沙蒂默默无语地抚摸着儿子的手指，他长得很像他父亲，连脾气都很相似，很少说出自己的想法，却总是关心别人的念头。她的两个儿子都跟父亲比较亲近，她为此偷偷羡慕过丈夫。她忙于政务，没有多少时间陪伴在他们身边，错过孩子们的成长对她也是件无法弥补的遗憾。无论她和雷波鲁龙间有多大隔阂和怨恨，两个儿子都是她的心头肉。雷波鲁龙非常喜欢儿子们，他几乎一直陪伴在他们身边，直到为他们举行成人礼。现在，望着长大成人的儿子，她不知道该跟他说什么。

她温柔地笑笑，无话可说。

"阿依，我帮您揉揉腿？"阿莫驰达一贯温和体贴，这点也像他父亲。

"不，我有点累。我想睡一会儿。"阿莫沙蒂撒了谎，她根本睡不着。只是在这样的心境下，她不想和儿子们待在一起。她不能让沙里曲木或者某个神射手躲在树林背后向雷波鲁龙放冷箭，这样不行，即使她不能留他，但他是儿子们的好父亲，应该有体面的死法。她不能在儿子面前思考处死他们父亲的计划，她原以为杀死雷波鲁龙是件容易的事，她从未爱过他。现在她意识到自己错了，像在杀死自己身体的一部分，她感到了剧烈的疼痛。面对儿子的眼睛，她的疼痛感不断加剧，有些语无伦次："去看看你阿纹，我想睡一会儿。快去吧，驰达。"

"嗯。"阿莫驰达顺从地放开母亲的手，看看闭上眼睛不再理会他的母亲，悄悄走开。

阿莫沙蒂听着儿子离去的脚步声，像风掠过水面的声响，谨慎温柔。她睁开眼睛，让阿和准备马匹，换上出行便装，她要去探望曾经的贴身女奴沙玛芝娜，也许能碰上行踪不定的阿莫蒲智。

沙玛芝娜来到土司府时只有十岁，比阿莫沙蒂大一岁，她是阿莫洛从乌撒部落买回来送给阿莫沙蒂的女奴。那时候白骨头孤儿很多，因为打仗和饥荒，到处是无家可归的孤儿，一小袋荞面或者巴掌大的鹿肉就能换来一个眼睛明亮的奴隶。沙玛芝娜有一双勤劳灵巧的手，她喜欢刺绣和种植，跟着阿莫沙蒂认识了几个爨文和蒙古新字。她心思细腻，像姐姐一样无微不至地照顾着主子。

她懂得阿莫沙蒂的苦楚，尤其是离开狄惹木嘎的开头几年。狄惹木嘎老是在外面闯祸，酗酒打架，消息传到阿莫沙蒂耳朵里，年轻的女土司只能背地里悄悄落泪，抱着沙玛芝娜哭诉："我该怎么办？他老是伤害自己，就像往我心上插刀子。他以为我高高在上，安享荣华，把我忘了。我怎么忘得了他？我是大兹莫，我能怎么办？"

狄惹木嘎听说阿莫沙蒂为雷波鲁龙生下第一个男孩阿莫久支时，像头发狂的雄狮，他钻出猎场，带领易笼罗罗兵跑到俄木部落去抢粮食和牛羊。俄木土司的大儿子刚刚成人，血气方刚，哪里咽得下被人欺凌的恶气。两支队伍在密林深处展开恶战，狄惹木嘎带去的一千多人被熟悉地形、锐不可当的俄木罗罗兵冲散成无数小队，每天都有十多人命丧密林和深箐。狄惹木嘎杀红了眼，丢掉负重的驮运，单枪匹马冲进了俄木罗罗兵中心。

俄木罗罗兵围绕的马阵里，有位年纪与他相当，头顶绾成小髻，插有雉鸡尾羽，左耳戴着硕大砗磲珠子的纹面男子，想必是位将军。此时的狄惹木嘎对穿戴异于常人的达官贵族尤为痛恨，如果他出生在土司家中，就可娶到心爱的阿莫沙蒂，如今这个女人诞下的孩子就是他的，绝不会是现在忍受分离寂寞之苦，还要看着她为别的男人生孩子的境地。是富贵和权势夺走了他深爱的女人，彻底毁灭了他的幸福和所有美好的念想。未来一团漆黑，看不到光亮，他已被权贵杀死。狄惹木嘎飞速抽出羽箭，端弩连射，三支羽箭插进了锦衣领头人的胸膛。狄惹木嘎不知道，他杀死了一位无冤无仇、尚无子嗣的俄木土司继承者。

与此同时，阿莫沙蒂扎着头巾坐月子，她简直不敢相信狄惹木嘎会做出如此愚蠢的事，这意味着阿莫家支将与俄木家支结下世仇。阿莫家支中出银矿的地方与俄木家支相连，虽然俄木家支仅有阿莫家支十分之一的土地，但它能顽强地生活在几大家支中间，必有自己的生存之道。俄木家支位处高寒山区，族人以打猎为生。小部落的摇摆不定和羁縻状态，缓和润滑了相邻的几大家支矛盾，夹缝里生活的俄木族人也避免跟其他强大家支发生冲突。现在，狄惹木嘎的情感失控导致巨大冲突从天而降——阿莫土司的情人杀了俄木土司继承者。

阿莫沙蒂一着急，好容易下来的奶水全缩了回去。她还没下床，就听说斯补纽纽舍派人押解着狄惹木嘎去了俄木土司府。阿莫沙蒂把婴儿交给雷波鲁龙，坐着马车追了过去。阿莫沙蒂知道母亲想除掉狄惹木嘎不是一天两天了，她认为只要狄惹木嘎活着，阿莫沙蒂就无法收心做个胸有大志的土司。阿莫沙蒂清楚，她绝不能失去狄惹木嘎，失去生命里最快乐充足的部分。

俄木土司有三个儿子，而他的罗罗兵还不到阿莫家支的十分之一。他虽然极度愤怒悲痛，但还没有完全丧失理智。仇恨与克制在儿子尸体和堆成山一样的金银之间摇摆，俄木土司的脸上阴晴不定。阿莫沙蒂只得当着俄木家支族人的面，将狄惹木嘎捆绑在木桩上，命行刑人用蘸了盐汁的皮鞭抽打狄惹木嘎，直到俄木土司点头答应交换条件。阿莫沙蒂用当年部落收成的三分之一粮食和牛羊，换回了狄惹木嘎的性命。斯补纽纽舍恼怒地离开俄木土司府，丢下一句狠话，今后土司们的性命跟穷娃子的一样不值钱，想杀就杀。

俄木土司没衰老到感觉不出狄惹木嘎对于年轻女土司的重要性，他像个专注于烹制羊汤锅的大厨师，对让狄惹木嘎受罪到死去活来的火候拿捏准确。等行刑人听从命令从木桩上解下狄惹木嘎时，几乎看不出血肉模糊的人形，倒像是一块捣得稀烂的牛胸脯，游丝般欲断不断的气息使其还算有生命迹象。

狄惹木嘎被连夜送到了巴莫查查那里，巴莫查查那时仍居住在土司府第七院落，还是阿莫沙蒂信赖的大奚婆。阿莫沙蒂强忍身体不适和内心伤痛回到土司楼，不多时，她的小腹阴冷下坠，血水从受伤的子宫流出，两条腿酸麻肿胀。她不得不半卧在大木床上，牙齿咬着一截乌木，赤裸上身，两条手臂各缚着白布条半吊着，以更好地敞开胸怀，让沙玛芝娜用牛角梳子梳理郁结的乳房，饱满鼓胀的乳房几天不下奶，变成了沉甸甸、坚硬似铁的南瓜，青紫色的筋络像钻入浅黑色皮肤下的肥壮蚯蚓。沙玛芝娜左手托着变得可怖的乳房，右手用牛角梳尽量温柔地把老南瓜梳理得柔软。狄惹木嘎昏迷过去的那些天，阿莫沙蒂每天接受梳理和用艾蒿蒸浴的治疗，疼得满头大汗，坐卧不宁，没有食欲，虚弱得像灯芯草扎成的人，风一吹就摇摇欲坠。

狄惹木嘎从昏迷中醒来，心灵的伤痛远没有结痂。他想起阿莫沙蒂命令行刑人抽打他时看都不看他的样子，她流露无遗的冷漠、厌恶表情在他俩中间竖起了一座险峻山峰。她不要他了。她为别的男人生下了儿子。他们在一起的所有希望都破灭了，他恨不能立即死去。不痛不痒的鞭打让他变得不耐烦，他要死得痛快点，想把舌根咬断，可嘴里被塞进了布团子，舌头被压在下牙床中间。

狄惹木嘎昏昏沉沉地睡在巴莫查查浓烟飘散的木房子里，他听见巴莫查查诵念经文，有时感到泡过稻米的凉水洒在脸上，还有马尾巴味道的手指探到鼻子底下。他不觉得疼，只感觉眩晕、恍惚，他觉得自己不该在这里，可他除了这儿，哪儿也去不了。

阿莫沙蒂在夜晚探视了久久无法治愈的狄惹木嘎，原本她下决心不再去看他。可焦急的巴莫查查让她去，要让狄惹木嘎清醒过来，只有她去。

巴莫查查说："他的魂灵不在天上，不在水中，也不在祖灵那里。他的魂灵还在你身边，你不为他指路，他怕永远也醒不过来。"

阿莫沙蒂披散头发，穿着宽大的棉麻白袍，像他们在遇仙洞时他每次醒来看到她的样子。她不能待太久，毕竟她是新生婴儿的母亲，是阿莫家支的土司。她对自己说他们永远都回不去了，不如就此撒手，各奔前程。她把注意力转移到婴儿身上，看他粉嫩的小脸，逗他无声发笑，初为人母的幸福感帮了她。她很少想到挣扎在死亡边缘的狄惹木嘎，想起他只会让自己难受到奶水稀少。可孩子被乳母带出去玩时，她无心看文书，全身扎了刺般坐立不安地在房间里转圈等待他醒来的消息。她不想去看他，又巴巴地打扮成他喜欢的样子，安静地坐着等他醒来。

狄惹木嘎睁开眼睛，木屋里幽暗的光线和缭绕的青烟让身着雪白棉袍的阿莫沙蒂宛如降临人世的天神。

"我到了天上？"狄惹木嘎发着低热，眼睛潮湿地望着阿莫沙蒂。

"不是。木嘎，快醒过来。"

"你不需要我了。"狄惹木嘎绝望地抱怨。

阿莫沙蒂渐趋平静的心弦又一次被重重拨动，她竭力克制想把他紧紧抱住的冲动，不自在地用手指玩弄白袍上的纽扣和胸前花边，故作镇定地说："如果我不生育阿莫家支的继承人，一旦我死去，雷波土司就会利用雷波鲁龙吞并阿莫家支。"

"我够不着你，看不见你，也摸不到你。"他听不进她的解释，继续抱怨。

她看着被情感折磨得不成人形的爱人，听着他的抱怨，一瞬间无法控制内心汹涌的悲伤，呜咽地说："我和鲁龙天天在一起，还生下了他的儿子，你觉得这就是爱吗？"

狄惹木嘎伸出鞭痕斑斑的手握住她的手："没有你在身边，我孤单得要命。"

阿莫沙蒂的手乖顺地停留在狄惹木嘎笨重的大手里，泪水滴答滚下，在他手上溅起水花："我知道。"她了解孤单的滋味，即使她身边围满了人，或者身旁睡着呼吸匀称的人。孤单就像火蚂蚁，爬到心里，不择地方地乱咬，带着火烧火燎的饥渴，折腾得人生不如死。

阿莫沙蒂见狄惹木嘎伤情好转，便开始为他寻觅女人。她打算给他找一户黑骨头贵族或者平民，但养尊处优或者受到宠爱的娇滴滴的女子不会得到大英雄的垂爱。她怀着让所爱的人幸福的痛苦和嫉妒心情寻找满意对象，按着自己的样貌和心性遴选合适的女子。每次想到有其他女人得到狄惹木嘎的爱，难受到无法进行下去时，她就想起他绝望怨恨的语气。她想让他快点好起来，哪怕帮助、陪伴他的女人不是自己。

"你用不着劳神，我不会接受除了你以外的任何女人。我才不在乎你是别人的喜莫，是别人的阿依。你永远都是我的女人。"狄惹木嘎从阿莫沙蒂嘴里听到为他找女人的荒唐想法，对她发了火。

阿莫沙蒂不会因狄惹木嘎的态度放弃为他找女人的打算，他们今生不可能在一起，而他需要女人的关怀和照顾。有个女人在身边洗洗涮涮，做饭生娃，总好过一个人苦巴巴地干熬着。

"让我去吧，大兹莫。"沙玛芝娜对倚在门边仰望星空的阿莫沙蒂说。

有人说天上的星星是人死后的魂灵，它们在遥远的地方凝视着活着的亲人。等到转世轮回时，星星从天上掉下来，魂灵变成人、牛羊、大青树和其他生灵，又会有离开人世的新魂灵升到天上去变成星星。巴莫查查曾对她说，天空、大地和人是个巨大的循环体，大地上的万物滋养了人，人的阴阳精气升腾到天空形成风雨雷电，天空以雨露霜雪和阳光的方式回馈大地，生生不息。如果真是那样，不知父亲在天国看着陷入困局的她会说些什么。阿莫沙蒂沉浸在浩渺星空的遐想里，没明白沙玛芝娜的话："去哪儿?"

"我想去——照顾狄惹……木嘎。"

阿莫沙蒂慢慢把目光从夜空收回，她满怀好奇和感激地上下打量沙玛芝娜。年长自己一岁的沙玛芝娜虽说是白骨头女奴，但已经出落得温柔大方，像红色珊瑚珠子般引人注目。她长得和阿莫沙蒂一点儿也不像，如同半山腰的杜鹃花和石缝里的蟹爪兰，她是阿莫沙蒂的心腹侍从，目睹了阿莫沙蒂和狄惹木嘎之间的爱恋情仇，她是阿莫沙蒂的影子。

土司有权将部落中的低等级人，包括白骨头平民、奴隶赏赐给其他人。她一直在找这样的人，温柔沉静，善解人意，能包容狄惹木嘎莽撞极端的火爆脾气，理解他们之间爱意的女人去照顾她的男人，这也意味着女人可能遭受到长期的委屈和冷遇。她的目光从沙玛芝娜身上垂下，低沉地说："我想想。"

"大兹莫，我是最好的人选——我不会奢求获得狄惹木嘎的爱，他是我们部落的大英雄，他需要女人的温柔，一个温暖的家。我愿意代替您去照顾他。"

他需要女人的温柔。这句话刺痛了阿莫沙蒂，她转过身去，不想面对沙玛芝娜的目光。出生在土司家族的黑骨头女人注定要用身体、婚姻、子女去和男人们并肩作战，她们心里装满了太多杀戮和掠夺，无法放低身子去熨热男人的手掌、大脚和粗粝勇敢的心。白骨头女人不缺少浓情蜜意，柔情是她们最为擅长和赖以生存的武器，是沙玛芝娜这样默默无语的温柔女人含辛茹苦维系着家支的人丁旺盛、生命繁衍，支撑起让男人休养伤痛的温暖安宁的家。像最下等的女人呷西阿妞，用柔软胸怀和绵长目光就能拴住哥哥放浪不拘的心，使得倔强智慧的男人为了她放弃权杖、地位和抱负。阿莫沙蒂需要柔情宽容的女人去照顾狄惹木嘎，虽然她深深嫉妒和害怕女人的温柔，担忧温柔会把心爱的男人从她手里夺走，让他离不开她就像自己离不开他一样。

思虑再三，对狄惹木嘎深深的爱战胜了嫉妒和失去的恐惧，阿莫沙蒂派沙玛芝娜到第七院落照料狄惹木嘎，直到他伤好出府。她请巴莫查查挑选黄道吉日，让人把妆扮簇新的沙玛芝娜扶上青马，一路唢呐声不断，八箱绫罗绸缎、粮食和漆器送到狄惹木嘎府上。她还给了沙玛芝娜自由平民之身，忍痛将她送到了心爱男人的床上。

狄惹木嘎毫不领情，他恶狠狠地将满头银饰、身穿婚服的沙玛芝娜扛在肩上原路返回，把她扔在土司府门前。阿莫沙蒂隔着重重门楼让人传话给沙玛芝娜，她不再是土司府的女奴，留不住自己的男人只能怪自己没本事。沙玛芝娜脱掉脚上的绣花鞋，一路赤脚奔跑回狄惹木嘎的府里。狄惹木嘎将她捆绑一团放在青马上，往马屁股上踹了一脚，又送回土司府。土司府的奴隶们帮沙玛芝娜解开绳索，她摘下银冠头饰，脱下刺绣精美的婚服，跨上青马向狄惹木嘎府内飞驰而去。

阿莫沙蒂听说了这对男女的稀奇事，蹙着眉头叹气说："由着他们闹去吧。"

女奴们在私底下议论，沙玛芝娜不愧是阿莫沙蒂的心腹，闹起来真是让人下巴跌进草灰里，狄惹木嘎迟早要被这女人收伏得服服帖帖的，难怪女土司皱眉叹气。有个叫阿和的伶俐小女奴说，女土司不是为着他们闹叹息，而是为了他们闹不在一块儿叹气呢。私底下的说笑不知被谁当成讨好的话传给了阿莫沙蒂，阿莫沙蒂就把阿和调到自己身边，替代了沙玛芝娜的差事。

阿莫沙蒂午睡起来，没听见狄惹木嘎府里传来的热闹事，怅然若失。她相信沙玛芝娜能用柔情和耐心敲开狄惹木嘎这扇门，可打开的时间也太短了，短到让自己觉得心痛。狄惹木嘎口口声声说过对她矢志不渝的话，曾经是开在心头艳丽绚烂的野玫瑰，如今全凋谢成一根根刺茬儿戳在心上。

半年后，阿莫沙蒂在狄惹木嘎府内见到沙玛芝娜，她像变了个人。

那时狄惹木嘎被贬为苴却百户，整天跟三十三个射术不精的罗罗兵打猎喝酒，无所事事，瞅着阿莫沙蒂到曲靖宣慰司商谈筑路和驿站事务之机，在她返回途中从藏身的芦苇丛里跳出来，张开双臂拦在她的枣红马前。

阿莫沙蒂无法抗拒狄惹木嘎眼里的火焰，她屈从于内心的欲望和渴求，一次次跟他消失在密林和山野里。每次过后她又斥责自己，责怪狄惹木嘎，甚至跑到巴莫查查跟前忏悔自己的罪恶。可当太阳一样的狄惹木嘎出现时，她内心蛰伏的花鸟虫鱼又重新复活，欢蹦乱跳闹腾得她脸红心跳，身子浮飘。她机智冷静的大脑一看到他伟岸身影后就彻底抗议宣布休息，她的手脚、眼睛、嘴唇和更加丰腴的躯体只想随他去任何地方，荒凉的山坡、清澈的溪流或者空气稀薄的山洞。分离的痛苦和不可能在一起的绝望越发促使他们如饥似渴地需要对方，像覆盖大地多年的枯枝败叶需要一场大火，干涸龟裂的田野需要一场甘霖。他们比阿莫沙蒂结亲前更渴求对方，时间空间的阻隔和世俗眼光不但没有扑灭余烬未灭的山火，反而因为分离、禁忌、危险、羞耻、不洁和恐吓的增加，使得隐秘真挚的情爱燃烧更加充分。

狄惹木嘎告诉阿莫沙蒂他留下了沙玛芝娜，他向阿莫沙蒂昔日的女奴提出条件，她要留在他身边，只能以兄妹相称。除了阿莫沙蒂，他绝不会娶别的女人为妻。重新燃起的激情在阿莫沙蒂身上慢慢消退，她与狄惹木嘎的裂痕依然清晰可见。从情欲之河里腾出时间后，她跟随狄惹木嘎去看望沙玛芝娜。

自由能像岁月一样彻底改变一个人，令阿莫沙蒂非常惊奇。她几乎认不出沙玛芝娜了，曾经的女奴眼睛闪闪发亮，腰身粗壮灵活，双臂十分有力，干活的时候轻轻哼唱来自山林的歌谣小调。她不再是谨小慎微、低眉顺目的女奴，倒像个被爱滋养着的幸福女人。

沙玛芝娜流着惊喜的泪水，走上前来亲吻阿莫沙蒂的手指："尊贵的大兹莫，我所有的快乐都是您赐予的。成为自由平民，比得到爱情还要珍贵，我不是个贪心不足的姑娘。"

她称呼狄惹木嘎哥哥，语气自然柔美，仿佛她一直是他的小妹妹，从未到过土司府做女奴。她对他既照顾又依赖，像撒娇的妹妹一定要他把沾着草芥和泥土的布衣脱下来让她洗，在他不听话的时候，她还举起小树枝轻轻打在他身上。

从那次分开到如今，阿莫沙蒂有十四年没见过沙玛芝娜。她依旧住在狄惹木嘎府里，没有变得更老或者更忧郁，阿莫沙蒂只是觉得她长得更结实敦厚了。她不再觉得奇怪，沙玛芝娜就应该是现在这样有着黝黑脸膛、粗壮手臂、肥厚腰身和壮硕大腿的女人。

沙玛芝娜还是那么欢快。她做出夸张的惊讶表情，张开圆滚滚的手臂又快速合抱在胸前，用肉嘟嘟的手掌使劲挤压自己的黑脸膛。嗓门大得像受惊的鸭子："天神啊！尊贵的大兹莫，是哪朵祥云把您托过来的？"

阿莫沙蒂被她的快乐情绪感染，脸上阴霾一扫而光："瞧你，活像见了鬼一样。"

"是见到了神仙。"沙玛芝娜双手合十，吃力地弓起肥胖身子鞠躬，"您是罗婆人的活神仙。"

阿莫沙蒂的目光突然被沙玛芝娜身后的黑影吸引住，黑影只是从房间里出来到屋后撒尿，尿水冲击木桶发出响亮动静。沙玛芝娜回头看了看，她得把整个身子都转过去才能看到黑影，小心地向阿莫沙蒂投去询问的一瞥："阿莫蒲智，不，商大人在这里。"她的声音不像刚才那么中气十足和快活，显得有点局促不安。

"我就是来看他的。"阿莫沙蒂的语气轻得像一阵风，脸上又堆起了快要下雨时的乌云。

黑影撒完尿，没注意到院子里有两个女人在谈论他。他斜着身子，像把刀插入刀鞘一样进了房间。

狄惹木嘎府是个敞开式的三排瓦顶两层楼房，大门只是个悬挂府名匾额的摆设。每排楼房有四到六间房不等，楼房之间没有围墙相隔，从楼房的两端出来就直接到了街衢上。楼房没有太多修饰，只是普通的土木结构的红土房子。狄惹木嘎不常来居住，他以前住在万户府，现在住在百户府，他对沙玛芝娜吹嘘，很快会住进将军府。但沙玛芝娜哪儿也不去，她就在这个房子里等着狄惹木嘎回家。

阿莫沙蒂走进光线昏暗的房间，阿莫蒲智正伏在小木桌前对着窗外的光亮看书。他完全不像是她心目中的哥哥，她哥哥瘦弱俊秀，爱干净，喜欢把头发束成小髻，穿白色棉麻长袍，像个汉人小秀才。眼前这个浑身上下乱糟糟、邋遢肮脏的老头让她心酸，眼眶红热，泪雾弥漫，喉头发紧。

多年前他匍匐在母亲脚下，涕泪泗流地央求："阿依——求求您，放过她。我愿意，我愿意被发落出府。"一头是族人容不下的爱恋，一头是他与生俱来的责任和尊贵——他被残酷现实击垮了，不再是拈花微笑、思维敏锐的阿莫蒲智。

15

阿莫蒲智带着呷西阿妞和查姆、几个随从奴隶去炎热的元谋，那里挨近俄木部落和木马部落，它们是两个零散小部落，翻过几座大山就接近罗罗斯土司的地盘。金沙江从县城边穿过，沿江两岸的山地开垦得较多，想来粮食最为充足。

离开土司府的呷西阿妞像变了个人，从腋下长出翅膀，阿莫蒲智的马都跟不上她的脚步。她像蹦跳的小鹿很快消失在松林里，又戴着花环从蜡瓣花、炮仗花、鸡矢藤灌木丛里钻出来。阿莫蒲智几乎忘了问她的年龄，在土司府里她沉默勤劳的样子像是比他大出许多，可她说她刚过了成人礼不久，年纪比阿莫沙蒂还小。

被阿莫蒲智宠爱着的女人忘记了自己的身份，变成快乐的翠鸟，行动敏捷，叫声清脆。他鼓动她脱下奴仆衣衫，穿上绣着祥云、花朵和飞鸟的丝绸宽袍，头发上抹着香喷喷的油脂。她真是个美人儿，不同于柳意儿、阿莫沙蒂的美，她的山野气息无法被绫罗绸缎、胭脂香粉掩盖住。她的活力如同无法估量的大地蕴藏，欢快的笑声能感染飞禽走兽，她身边总聚拢花朵、野草、小鸟、松鼠、野兔。查姆知趣地帮阿莫蒲智打发走随从，他不远不近地跟随他们，有时躲在树荫下睡觉，他们在山林里漫无目的地闲逛。这是难得的好时光，阿莫蒲智贪婪地享受着快乐，没有认真思索过跟阿莫沙蒂所说的想娶呷西阿妞为妻的话。

呷西阿妞不愿骑马，会抱着马头亲吻。月亮升到雪松树尖上，她坐在草地上靠着阿莫蒲智肩头唱起了歌。她的嗓音低沉深情，阿莫蒲智从不知她是个爱唱歌的女人。他爱她爱得神魂颠倒。她边唱歌边随手掐下紫红色太阳花别在鬓边，眼波流转，天真可爱。在月色中，她纯洁的模样让阿莫蒲智无法生出占有她的念头。她那么鲜活，那么美，他觉得自己配不上她，土司之位也配不上她无可比拟的娇艳。

查姆不无担忧地念叨："蒲智大人，当心您的魂魄被她勾走。"

"我宁愿这样。"

"她只是个女奴。"查姆不屑地说。

"你没看见她有多美吗？我配不上她。"

"您尽说胡话。像她这种女奴，多得像半山坡的牛羊一样。"

阿莫蒲智甩出马鞭狠狠抽了查姆儿鞭子："有眼无珠的东西！滚开，别让我看见你。"

查姆被抽打得咿哇乱叫，抱着脑袋跑得远远的站下，回嘴："我就不滚。我要看住你，不让人把你的魂勾走。"

阿莫蒲智带了些书来，就算被爱情支配得魂不附体，生活依然会暴露出无法填满的空虚时刻。等呷西阿妞睡着以后，他会在油灯下看书。阿莫沙蒂带回的书令他惊讶，几乎囊括了当时可以买到的最好的天文、医学、农业、铸造、纺织、航运、兵法的汉书。这次出行阿莫蒲智选了《稼轩长短句》《论语》和王祯的《农书》带在身边，他不喜欢太过实用的书，但仍会把它们翻译成爨文，这对部落有好处。

呷西阿妞听阿莫蒲智说要翻译她帮忙搬运进府的三马车书，吓得吐了吐舌头："这么多字什么时候才能写完。"

她说得没错，没人帮忙，阿莫蒲智一辈子也干不完。但阿莫蒲智是未来的土司，能找到干这件事的人。他没告诉她心里话，只油嘴滑舌地对她说："你得陪我把事情做完。"

呷西阿妞很愿意陪阿莫蒲智看书。她用无比崇敬的眼神看着阿莫蒲智，安静地在一旁编织麻绳。阿莫蒲智想教她认字，可她不愿意，她把书看得过于神圣，不敢触碰用青冈树皮制作的纸张。有时阿莫蒲智看得入了迷，忽略了她，她不催促和打扰他，手里拿着麻绳蜷缩在墙角睡着了，发出轻微的鼾声。

他们一起走进山村，到耕种不久的田地边去。水沟里长满杂草，乱石块堵塞住排水口。村民正在长满荒草的半山坡上开挖新的田地，不去管理种下的新苗。年长的几个族人坐在马缨花树下歇气，见他们走过去，都慌忙站起来行礼。

阿莫蒲智想问问他们日子过成什么样。他们是阿莫家支的族人，他应该知道他们的生活。

"没有水，去年没下几场雨。今年到现在还没落一滴雨。种下的豆子和芋头都活不成。"

"一年种的粮食不够交半年租子。年年种粮食，年年借粮食。"

"大人，我把女儿卖了还是还不上主子。主子说还不上旧债，就别想租田地种粮食。不种粮食，我们一家七口人只能等死。"

"实在没吃的，还不准我们上山捕猎、到河里捉鱼，都要上人头税。税上不了，跟着加利钱，出去找吃的比在家挨饿还亏。"

族人们边诉苦边掉眼泪："日子快过不下去了。"

"土司府不是颁令耕种有赏吗？为的就是不让族人放牧打猎，从山顶上迁移到平坝区耕种。"阿莫蒲智不敢相信自己的耳朵，土官们竟然违背母亲命令盘剥农民。

"年成好的时候，耕种倒能混个半饱，遇到干旱，还不如挤牛奶、剪羊毛呢。谁都想过踏实日子，耕种不是轻巧活，家里男女老幼都被赶到山坡上挖地，种子种下去，眼看着发芽长苗，不下雨就蔫枯，死掉的秧苗像干草一样，牛都不爱吃。"

没想到情况会变成这样。土司府议事厅为修建水利之事拨了不少银两，年年都往边缘地带拨付，为的是部落间安宁稳定，想不到财物大头都让土官们吞吃了，留下一条条死蚯蚓样的烂泥沟。阿莫蒲智在汉中时见家家户户有井，井水清冽甘甜，临河田地被水滋养得黑沃沃的，扔颗枣核就能长出一排排茂密如矮墙的枣树来，羡慕得不得了。族人们不知道世上还有那么好的田地，他们只能在贫瘠的石头堆里挖田垦荒，种下谷子、大豆和芋头。

村里妇女更加忙碌辛劳。她们天不亮就到河边挑水蓄满大缸，在火塘边做早饭，跟着男人们到田地里干活。从田地里回来，卸下肩头铁锄就围在火塘边煮饭做菜。吃过饭，洗刷完碗筷，带着孩子到屋后的山坡上寻找能吃的野菜、山林落叶和木柴，准备第二天使用的柴火和菜肴。夜晚等男人们做完木活，她们借着火塘火光坐在"木织马"上纺织，那是她们一天中最自在的时候。

阿莫沙蒂见过汉中城里的纺织术，她对阿莫蒲智说："黄道婆的纺织技术也是跟夷人学的，不过她改良了工具，去籽搅车、弹棉椎弓和三锭脚踏纺纱车能节省大量时间和劳力。最主要的是女人的手指不那么受罪了。"阿莫蒲智不懂纺棉技术，但他见过织女人的手指，乌黑肿大，关节变形，指尖全是深深的爆裂口。自阿莫蒲智出生以来，他所看到的罗娑女人纺织的棉布尺幅宽阔，布线细密，洁白柔软，没有比这个更好的。后来从中原流入了轻薄柔软、光亮艳丽的丝绸，深得家支贵族们喜爱。尤其是母亲——斯补纽纽舍对丝绸、瓷器这些亮闪闪、轻飘飘的器物爱得入迷，曾下令土城周边的农户种桑养蚕，令妇女们学会丝绸纺织。可惜没人能破解蚕茧抽丝浸染后的分线编织，细如发丝的丝线一上"木织马"就纷纷断裂，让人头疼。汉人们把丝绸纺织技术深藏在宫廷和民间家族作坊，对异族人十分警惕。因而在部落里丝绸尤为珍贵，土官们也只能穿缀有丝线刺绣图案的棉布官服。

坐在木垛房角落的白骨头女人和汉女人望着呷西阿妞身上的绸缎锦袍，眼神直呆呆的，让她感到害怕。她从村寨里回来就不肯再穿锦缎衣服，换上干净的浸染棉布，依然光鲜好看。

阿莫蒲智和呷西阿妞在盛夏的平坝区停留了半个多月，每天穿过密林和溪流去巡查散落在大山腹地的农户。农户们没有自己的土地，耕种的田地全是官田、寺田、学田。他们在日复一日的重复劳作中学会了耕种技巧，积累了不少农耕经验，存留自然杂交的粮食种子，疏通沟渠，修建坝塘。尽管田租沉重，天干地旱，但他们只是增加祭祀次数，更加虔诚地祈祷天神眷顾，对造成困境的阶层结构毫无怨言。

阿莫蒲智每天回到宿地都会写下巡查情况，对《农书》兴趣渐浓。有时看书看到夜深，呷西阿妞睡醒一觉起来给阿莫蒲智剪去拖在茶花油里的灯芯，用手指把灯芯捏得笔直，让房间亮堂不少。呷西阿妞让阿莫蒲智感到浑身充满力量，白天她像安静的小猫陪在他身边，爬山走路都照拂着他。到了夜晚却变得格外黏人，老是催促他去睡觉，他们每晚都缠绵很久才肯放过对方。阿莫蒲智总是把她哄得睡下，又悄悄爬起来点灯看书。若是被她发现，便拧亮灯芯爬到他怀里挠痒、吹气、捅耳朵眼，千方百计把阿莫蒲智拽去睡下。

虽正值血气方刚之年，日日厮混，原本虚弱的身子也觉吃不消。白天爬山赶路气喘吁吁，腿酸脚痛，骑马都觉得累，常遭她取笑。她见阿莫蒲智体弱也更细心在饮食上添肉加奶，嘱咐他多吃多睡。她样样都好，只是不让喝酒让他十分苦恼。

阿莫蒲智想根据巡查农事结果给母亲写个变革之法，逐渐从贵族手中把土地和牛羊分些给租户，这样不但有利于减少部落贵族和平民间的矛盾，平息抱怨和愤怒，还能提高租户的积极性和田地使用效率。他没忘记凤仪学馆的学田被蒙古贵族瓜分霸占后，郑师长呆立在学馆楼道上的绝望眼神。阿莫蒲智派随从把农事变革的计划书递交母亲后，继续在田间地头调查，以取得更为有力的实证说服母亲。

阿莫蒲智不知道农事变革计划书惹了多大麻烦，计划书中提到的火头推举法和青苗法让斯补纽舍雷霆大怒。阿莫沙蒂派人给阿莫蒲智传来口信，让他迅速返回土司府，说贵族们的咆哮差点把议事厅屋顶掀翻。母亲也认为他蓄意破坏祖制族规。阿莫蒲智早预料到变革艰难，只是想借变革计划书让母亲觉得他足以担当土司之职，尽早向朝廷呈报袭职公文。阿莫蒲智迫不及待想成为真正的土司，他将亲自把自己主张的变革之法逐一实现。他对阿莫沙蒂传来的口信不加理会，继续停留在田间地头和农户中间。

他们穿过元谋又去了禄劝县松林稀少的轿子雪山。高寒山区是零星小部落散落之地，人烟稀少，山顶上的猎户状况没有改变。他们使用自制弓弩、捕捉器或在树林里布置陷阱，日复一日地用猎获的兽皮到集市上换取稻米、大豆、芋头、盐和棉布。他们的所得越来越多地交给所在地的保长、酋长，在寒冷冬季，生活尤为困难。如果没有储存足够的腌制肉类，他们几乎无法过冬。猎户们的女人因为恶劣环境和艰辛劳作，常常在孩子们尚未成人便劳累生病死去。在寒风凛冽的山头上，三家猎户共享一位勤劳而长寿的女主人，十多个没有血缘关系的孩子挤在一个黑幽幽的房间里玩耍、睡觉。他们不知道离这里千里之外的汉中城里有个叫梨花院的地方，挤满了美丽芬芳的女人，她们不用干繁杂的重体力活，只需要练习乐器和舞蹈、给男人快乐，就能享受到丰足食物和羽毛般轻盈的衣衫。

阿莫蒲智和猎户们围着火塘吃肉喝酒时，呷西阿妞和屋里两个女人低着头说话，她们把他们送去的一袋子荞面小心藏好，舀出两大碗荞面来和水，放在火塘边烘烤成金灿灿的荞面粑粑。饥饿的孩子们眼巴巴望着女人们，一等招呼就像一群野猪急迫地冲过来，留下两只原地打转的空碗。再看娃娃们的嘴巴，鼓得像鸣叫的蛤蟆，片刻就瘪回原样。女人往返三次舀面做粑粑，还是填不饱十多张嘴巴，只好拿起棍子把他们赶到小房间里去。

他们原打算在山头上住一晚第二天中午下山，没想到次日山顶上下了一场小雨，冷得像下了雪。泥泞山路让他们发愁，马走在坡面直打滑，一不小心就会摔到深崖下去找不着尸首。他们被困在山顶无法返回，阿莫蒲智被冷风一吹又害了病，断断续续地发着低烧。呷西阿妞尽心尽力地伺候他。山上住的地方小，猎户们把房间让给他们去树林里搭草棚子睡。到处都冷飕飕、湿答答的，阿莫蒲智和呷西阿妞只好相拥着蜷在火塘边烤火等待雨停。这场雨接连下了三天，他们带上山的衣物少，只得裹着野兔皮、鹿皮、羊皮睡觉。白天阿莫蒲智只能喝些面糊糊，昏昏沉沉地靠在火塘边听猎户唱梅葛调子。呷西阿妞的胃口也变得越来越差，闻到烤肉就想呕吐。他们以为是吃坏了肚子或者天气缘故，两个人都气色恹恹，打不起精神。

等雨停后，烂泥陷至脚踝的山路需要晾晒一天才能通行，他们从山顶上下来直接回土司府。阿莫蒲智的病时好时坏，吹着风就咳嗽不停，每到傍晚开始发烧。呷西阿妞待在身边，还是脸色青白、蔫头耷脑的样子。斯补纽纽舍和阿莫沙蒂每天都会过来探望，她们怀疑阿莫蒲智传染上了某种疾病，让巴莫查查亲自来帮他调理。

巴莫查查仔细看过阿莫蒲智的舌苔和眼皮，认为他只是害了风寒，好好调养一段时间，按时服用姜汁、板蓝根草熬制的汤药就会好。他悄悄对阿莫蒲智说："蒲智大人，我更担心陪您出行的女奴。"

"她怎么了？你要把她治好。"

"她没病。我观察她的气色和饮食、症状，可能是害喜了。"

巴莫查查的话像当头棒喝。呷西阿妞陪阿莫蒲智出行将近两个月，他们像除去笼头的马儿高兴得都忘了带上巴莫查查配制的红花药剂。阿莫蒲智挣扎着从床上坐起，怀着一丝侥幸追问："你确定吗，大奚婆？"

"等我亲自给她看过后才能确定。"他口气里蕴藏了难以揣测的暴风雨，脸色阴郁。

阿莫蒲智立刻叫来呷西阿妞，让巴莫查查好好给她看看。呷西阿妞听完阿莫蒲智的话，露出惊恐慌乱神情，她已经有几分预感了。阿莫蒲智的心七上八下，懊恼自己大意，埋怨呷西阿妞糊涂，不比跟阿莫沙蒂说要娶呷西阿妞时坚定。他们都被不可预知的即将来临的厄运吓蒙了，这是家支族规中严令禁止的事。其他部落发生过类似事件，怀孕女奴会被立即处死或者流放到黄骨头之地。阿莫家支从未发生过如此不端之事，即使有贵族宠幸女奴，也不过是图一时之欢，行事都十分谨慎，不会留下把柄。

巴莫查查将呷西阿妞上上下下仔细诊断一遍，眉头拧成一坨疙瘩，突然将呷西阿妞猛地推倒在地，跺着脚说："你太不知爱惜自己，顾忌蒲智大人的身份。如今坐下了胎，大难临头了。"

呷西阿妞吓得哭出了声，趴在地上双手攥紧巴莫查查的黑袍："大奚婆救我，求求您，救救我。"

阿莫蒲智也被吓得六神无主，慌慌地问："能把胎打下来吗？"

呷西阿妞扭过脸来，眼神复杂而凌厉地瞅阿莫蒲智一眼，阿莫蒲智对自己的话感到羞愧内疚。

巴莫查查说："糊涂。没坐胎前我还有些办法。一旦结成胎气，要想打下胎，只有把怀孕女子横架牛背上，抽打牛腿，让牛暴跳而伤胎气……"

"不！"阿莫蒲智痛苦地摇头，"她会死的。"这种打胎之术与其说是堕胎，不如说是要命。阿莫蒲智听过不少女人为此送命，决不能让呷西阿妞受此大罪。

呷西阿妞面如死灰地瘫倒在原地，身子恐惧得不停发抖，已经说不出话了。巴莫查查走后，阿莫蒲智从床榻挪到地上紧紧抱住她，她无声的恐惧传染给了阿莫蒲智，两人抖作一团默默流泪。

他们彻夜未眠，嘴里说着疯话傻话，要寻个僻静之地死在一起。阿莫蒲智心里根本不愿死，只是凌乱得找不着该说的话胡言乱语地应和呷西阿妞的绝望心情。如果这件事被斯补纽纽舍知道，呷西阿妞终究逃脱不了一死，她绝不允许阿莫土司家高贵的血统掺杂下贱的奴隶血统，整个部落的人都知道母亲的硬心肠。

"我们跑吧。蒲智，我们跑到大山深处去躲起来，没人能找到我们，我会给你生很多很多孩子。"呷西阿妞的嘴唇冰凉如铁，吻得阿莫蒲智后背阵阵发冷。

"我们跑不出去。"就算他们能逃出阿莫家支部落，也无法在家支血统严密管理的其他部落生存。所有部落都不会接纳黑骨头和白骨头结亲的大不道行为，他们的孩子也不可能被任何家支接纳，他将只能孤独悲惨地生活在黄骨头之地自生自灭。

想了一夜，阿莫蒲智只想出一个办法可保住呷西阿妞的命。就是他们为自己设计一条生路：推翻严苛的血统家支制度，允许不同阶层、血统的人通婚。阿莫蒲智被自己头脑里蹦出的荒唐大胆念头吓了一跳。要实现这个疯狂想法，只有成为阿莫家支的土司才有可能实现。

"我们先不要让阿依知道怀孕的事。等我袭职成了部落首领、阿莫家支的大兹莫，我就能娶你，谁也管不了我。"阿莫蒲智颤抖的声音从牙缝里呲呲地钻出来，暂时抚慰了两颗惊慌失措的心。

呷西阿妞眼睛里闪耀着纯洁温柔的光芒，眼泪汪汪地深情看着阿莫蒲智。阿莫蒲智情不自禁地吻住她还没恢复红润的嘴唇，右手抚摸她还未露出迹象的肚子，感受来自女人肚腹传来的阵阵生命动力，颤动又鸣响。阿莫蒲智被自己乐观的想法鼓舞着，呷西阿妞的身子在阿莫蒲智的亲吻和抚摸下散发出烤芋头的香味，引得他垂涎。他们像两只在密林里偶遇的熊，笨拙克制地驱动内心的欲望。

呷西阿妞睡着了，阿莫蒲智却无法入睡。他离开太过信任自己的女人独自走到屋外，坐在台阶上看着远处黢黑模糊的山脉。他连娶她的勇气都没有，要改变延续上千年的部落族规谈何容易。如果斯补纽纽舍洞察了阿莫蒲智的心思，她会拼上性命来阻止阿莫蒲智。到时候，阿莫蒲智对抗的不是自己母亲，而是所有祖先和整个家支，也许还有其他部落，他不可能赢。即便成为罗娿部土司，阿莫蒲智同样娶不了最下等的女奴，土司也不能违抗贵族阶层意愿为所欲为。他很清楚自己不会跟她跑到深山老林里去，除了给人治病，他什么都不会。苍莽幽深的森林和恶劣气候让阿莫蒲智感到恐惧，没有人会让被家支除名的人治病，他无法在野外生存，一只马鹿他都对付不了。阿莫蒲智不能跟呷西阿妞说这些，可怜的女人找到他就成了圆满幸福的女人，可他得到她后还是感到孤独无依。在要人命的节骨眼上，阿莫蒲智竟然觉得自己并不那么爱她，也许曾经非常爱恋她，但这种强烈情感正在变弱。

这是他生命里最黑暗、沮丧、痛苦和无计可施的时刻，没有人能帮得上忙。夜空没有月亮、星辰，天地被紧紧抓握在一只粗壮野蛮的黑手里，看不到一点光。

阿莫蒲智决定去好好喝一壶。回武定后他很少喝酒，病痛和爱情轮番袭击他，让他无暇灌醉自己，生活里猝不及防的重拳和蜜汁让他持续亢奋、精疲力竭。他需要喝些松子酒，以平息纷纷扬扬出现的各种奇怪念头。在即将进入寒冷天气的时候，所有生命都会收敛行迹，蓄积力量，以待在下一个季节轮回里展现生命的绚烂和奇迹。可还是有很多生命熬不过严寒，无法抵御外界和内心的冰冷再也没有苏醒过来，见不到温暖美好的春天。

16

阿莫蒲智害怕极了，由此更加渴望权力、富贵。他只找到松子酒坐在台阶上喝，在喝醉前一瞬间，甚至想过杀死呷西阿妞，了结所有痛苦和压力。

他心烦意乱地做了各种猜想：想到了母亲的震怒残忍和对呷西阿妞的虐打，想到了自己袭位之后面临贵族们的诘难和愤恨，想到了让呷西阿妞平安生育的艰险困难，想到了阿莫沙蒂的蔑视不解、袖手旁观——万万没想到巴莫查查把对阿莫蒲智和呷西阿妞性命攸关的事告诉了斯补纽纽舍。

清晨，怒气冲冲的斯补纽纽舍带着行刑官跨过趴在台阶上睡着的阿莫蒲智，冲进房间把熟睡的呷西阿妞从被褥里揪出来。三个男奴分别扯着她的头发、手臂一直把她从房间里拖到府门外的高土台上。每年重大祭祀、赏罚、迎送仪式都在土台上举行，他们吹响过山号，穿透心脏的呜呜声像从地底下发出的震耳警示。土台下很快围满居住在土城的平民，他们把土台上发生的事当成平淡生活的调料，听到过山号就从四面八方破旧的土木房子里跑出来，像闻到食物气味的蚂蚁兵团。

阿莫沙蒂推不醒烂醉的阿莫蒲智，让女奴往他头上浇冷水。阿莫蒲智正走在冰天雪地里筋疲力尽，四顾无援，绝望中又突遇从天而降的瓢泼大雨倾倒下来，大叫着湿淋淋地跳起来，懵懵然不知走到何处。阿莫沙蒂按住阿莫蒲智肩头，他摇晃着脑袋站立不稳，仍然沉浸在恶梦里："尼冒，大雪天还下着大雨，你跑出来做什么？"

"阿牟！"阿莫沙蒂热乎乎的气息喷溅在阿莫蒲智脸上，"阿依发现了！呷西阿妞被带到土台上去了。"

"带去土台做什么？"阿莫蒲智不想睁开眼睛，头疼得跟捶扁了似的。

阿莫沙蒂见阿莫蒲智还不清醒，朝他胸口打了一拳，她的力气真不小，胸口发出沉闷的"咚"声，疼得阿莫蒲智咧着嘴半蹲在地上。阿莫沙蒂对着他耳朵大声尖叫："阿依会杀了她，还有你的孩子！"

我的孩子？阿莫蒲智被这句话像羽箭射穿似的裂成两半，一半留在原地发怔，另一半撒腿往土台方向跑。他的女人和孩子全攥在母亲手里，像颜红珠、魏敦礼、郑师长的命攥在蒙古甲生、祭孔监礼手中。人的生命轻得像根羽毛，别人嘴里一口气就能把它吹上半空，或者让它跌落尘埃消失得无影无踪，像蚂蚁、山鸡、野猪或者大象一样。

呷西阿妞被捆在高大刑桩上，乱蓬蓬的头发被用麻绳挽起吊在桩顶木楔子上，像一只被挂在房檐下晒干的雄鸡。行刑官正用巴掌大的竹片打她的嘴，"噼噼啪啪"声和女人的惨叫听来让阿莫蒲智心如刀割。土台下女人们别过脸去，用手蒙住孩子们的耳朵。这是对泄密者或者妄议祖制族规者的惩戒。他不明白他们为什么对一个下等女奴施用这个刑罚，她不知道掌权者的秘密，除了他的身体隐私外，她不可能透露让部落遭受损害的秘密。

阿莫蒲智冲过去抢下行刑官手里的竹片，朝他腰上踹了一脚，没把他踹翻在地让阿莫蒲智感到羞惭。阿莫蒲智来不及补上一脚，愤怒让他无所畏惧，不顾一切地用颤抖不停的身体遮住呷西阿妞，怨恨地面对土台上端坐的斯补纽纽舍和不以为然的贵族们。

"阿依，放了她吧。"阿莫蒲智双腿打颤，直想往地上跪下。他咬不住气得咯咯响的牙齿，努力保持着站立姿势。他知道此时的自己样子狼狈，不像意气风发的土司。他顾不了太多，怒火烧得他不能思考，全身充满了奇异强劲的力量，如果他救不了自己女人和孩子，当上土司又能怎样，不过是母亲手里的木偶。

"蒲智大人，别管我了，求求你。"呷西阿妞气息微弱的乞求声像鞭子一样抽打着他。

阿莫蒲智看到赶来的阿莫沙蒂给母亲跪下，匍匐在地，像只可怜的小狗。阿依脸上露出憎恶神态，眼睛里全是燃烧的蓝色火焰。她和阿莫蒲智一样坚决，都是被怒火烧灼的可怜人。她没理替阿莫蒲智求情的阿莫沙蒂，尖着嗓音向土台下看热闹的族人发问："你们能饶过搅乱罗婺血统的奴隶吗？"

土台下静默半刻，突然爆发出山洪般的怒吼："不！打死这个贱骨头！……把她赶出去！打掉她身上的怪胎！"大大小小的土块朝阿莫蒲智和呷西阿妞身上砸来，阿莫蒲智反转身体紧紧抱住绝望的呷西阿妞。

"让我死，求求你了，蒲智。"她断断续续的声音撞击着阿莫蒲智的胸膛。昨晚他差点想杀死她，反复考虑是否真要娶女奴为妻，他爱她，也许曾经某段时间里确实深深爱过，但他知道她不适合做兹莫夫人，他们的命运只是飞鸟掠过水面时爱上了一条惊慌小鱼。

沸腾的民声和满天抛打过来的土块让阿莫蒲智失去了理智，他听见耳朵里发出山峰崩裂轰鸣的声响，听见自己的心在狂叫："打烂！打烂！"他被这尖厉声音撺掇得怒火中烧，扔下哭泣害怕的女人向傲慢高贵的前土司夫人冲过去。

他抓住母亲的手臂，喉咙里发出低沉吼叫："她怀了阿莫家的孩子，您连我的骨血都不放过吗？"他狰狞愤怒的样子徒增斯补纽纽舍的嫌恶，她像抖落爬在锦缎上的水耗子一样甩开他，咬牙切齿地对他说："如果这个野种生下来，我们家支的所有贵族都会为此受辱。我绝不允许这种事发生在阿莫部落。"

"这是我的孩子，跟他们有什么关系？"

"你的孩子将来有可能成为家支首领，怎么会跟族人没关系。"

男奴们依照行刑官意思，把双颊红肿、嘴角流血的呷西阿妞解下来。在土台另一侧，一头壮硕水牛被牵了上来。它的四蹄坚硬如铁，走在土台上扬起一小串黄尘。

"阿依，饶了她吧。我求求您了。"阿莫蒲智的眼睛都快被痛苦绝望撑出血来，扑到斯补纽纽舍华贵锦袍上悲伤地拉扯她，陷入恐惧迷乱之中，"如果她死了，我也会死。我会从土台上跳下去，用士兵的长矛刺穿自己喉咙。我会去往祖灵之地向阿纹诉说您的残忍自私，我们会在天上看着您，让您永世不得安宁……"阿莫蒲智絮絮叨叨的抱怨和狂乱撕扯弄得斯补纽纽舍失去了往日镇静，大红长袍搭拉在胸前，露出里面重重叠叠的衣衫，看不到她包裹严实的内心。她气急败坏却又决绝地大叫："行刑！"

四个男奴抬起已被民怒吓得瘫软的呷西阿姐架在水牛背上，阿莫蒲智不能看着鲜活生命在眼前被人戕害，她不能离开他的世界，活着是多么美好的事情，它比人为附加的清白忠贞更值得珍惜。他后悔了，他应该跟她一起逃走，哪怕隐居到人迹罕至的密林深处。他们互相温暖，相互牵挂，像两只孤独的金丝猴一样心无旁骛地繁衍子孙，过上一百年，全新的、没有等级歧视的部落会出现——阿莫蒲智没有参与的、尊重生命胜过虚幻声誉、无差别对待的并不完美的罗婆部落。

阿莫蒲智被与自己密切相关的两条生命逼得发了狂，一跃而起，抓住母亲左手，狠狠咬住她左手食指——象征权力和命令的指头。她会不会疼？能不能感受到和她一样的人的疼痛？

斯补纽纽舍哀恸大于惊恐的眼神让他心生快感。看着左手食指上冒出鲜血，她脸色惨白，身体摇晃，华美袍衫乱七八糟地堆在身上。

阿莫蒲智满嘴是血，冲着她咧嘴笑："看见没有，阿依？鲜血比你身上的红袍还漂亮，这是生命！没有血，人都会死。死掉的人什么也做不了，不能打猎、耕种、生育和战斗，更不能当兹莫、分土地。没有了人，部落就不存在。没有善良和邪恶，没有黑骨头和白骨头，没有牛羊和奴隶，什么都不会有了。"

斯补纽纽舍惊悚地尖叫起来，声音尖细得像被人掐住了脖颈："他疯了，他疯了！把他关起来！"

阿莫蒲智在被拖走时拼命挣扎，竭力要对她说完想说的话："蒙古人来了，色目人来了，还会有别的异族人进来。汉人成了下等人，他们就蒙上红巾反抗。读书秀才眼巴巴等不到科举考试，气得跳了河。女人，女人被霸占，男人摔死异族人的孩子。老人死在黄泥里，男人死在战场上，女人死在牛背上！人死了，什么都没有了。阿依！我不怕死，我怕什么都不会有，像没有装过物品和酒的羊皮囊，空无一物。我不怕失去，所有美好的一切——亲人、爱、笑容、美酒、歌声……还有我的呷西阿姐和黄骨头孩子！"

阿莫蒲智被关进柴房，扔在干燥松软的稻草堆上。

外面发生的事是后来阿莫沙蒂告诉阿莫蒲智的。她说斯补纽纽舍停止了对呷西阿姐的刑罚，将她放逐到最远的黄骨头之地，由沙里诺曲派人押送她前往。母亲被他伤透了心，已经三天没怎么吃东西了。

"阿牟，你为什么要那样做？"

"如果阿依杀了狄惹木嘎，你会怎么做？"

"我，我不知道。我们没做错什么，我们都是黑骨头。"

"谁说黑骨头爱上白骨头就是错的？"

"阿牟，你到现在还不醒悟。从我们生下来就有规矩，这些规矩连土司都要遵从。"

"谁定下的规矩？我们为什么一定要遵从？"

阿莫沙蒂张大嘴呆呆地看着阿莫蒲智："阿牟，你真的发疯了？"

"对，我疯了。我跳出了你们设定的规矩。"

"族规不是我们设定的，是祖先们约定俗成的。"

"谁的祖先？和谁约定俗成？"

"我，我不知道。"

"什么都可以改变，也将要改变。头发、容貌、规矩、世道、人心都在变，可生死不会变。生命才最重要，偏偏为了规矩就要杀死生命，你们才是疯子。"

阿莫沙蒂没有言语，沉默半晌，才又小声说："阿依告知诺曲和小兹莫们说你疯了。她会撤销由你袭任兹莫之位的呈报，把你逐出家支谱系。我正在求她，阿牟，别再胡言乱语了。"

阿莫蒲智看到阿莫沙蒂眼里的泪水，她太小，什么都没经历过，不应该懂得深沉的苦痛。他拥抱她，她的头依靠在他左肩上，秀发浓密清洁。阿莫蒲智听见她在耳边吸溜鼻涕，像个不知站在哪边亲人身旁的委屈孩子。她不该承受与她心智不相符的负担，他只能依靠内心强大来战胜在外部环境中因弱势而产生的无力感。阿莫蒲智抚摸着她的长发说："尼冒，我需要油灯和你从汉中带回来的书。"

阿莫沙蒂轻轻点了点头。她离开后的一顿饭时间里，男奴们偷偷运进来几木箱书和三盏不同高度的油灯。

呷西阿妞没死，她已经离开，即使是到永不能相见的黄骨头之地，阿莫蒲智也没什么好牵挂的——有书的陪伴足以抚慰此刻重生的他。

阿莫蒲智专注于书籍的研究时，反而没有了从前的孤独寂寞感。他向无所不在的神灵敞开心扉，对着黑夜诉说痛苦和欢乐。从俗世淤泥里抬起头来，他第一次看到了更为广阔辽远的世界。此后，清风、细雨、树木、石头、江河、草丛、花朵和小鸟、羚羊、马鹿、老虎、大象、鱼儿都是他的依靠，阿莫蒲智无比信赖它们，它们是有灵性、不能言语或行动的、与他生命共通的力量源泉。

阿莫沙蒂从汉中带回来的书包罗万象，有的是他从未涉及和不感兴趣的，有的书则让他痴迷到无法自拔。阿莫蒲智通宵达旦地飞快读完喜欢的曲调和小说稗史，《山居新语》《江湖纪闻》《琅嬛记》和《钱塘梦》。抽出空来着手翻译《农书》，在《百谷谱》这个部分依据云南山水和农作物的品种、特性、栽培、种植、收获、贮藏和利用增添了本地常见植物。《农器图谱》介绍田制、仓廪、舟车、灌溉、蚕桑、织纴、麻苎等二十个门类，他为绘制二百五十七种农具费尽心思。阿莫蒲智没学过绘画，只用树枝在沙土里画过鸡鸭和面饼，画得不好，而且有的农械他从来没见过，画图耗费了他大量时间精力，但他乐此不疲。

在此期间除了阿莫沙蒂，只有巴莫查查来看过阿莫蒲智。他为阿莫蒲智翻译《农书》提供了不少意见，甚至还亲自校注爨文版《农书》。他对阿莫蒲智说："夫人说你疯了。我看你很好。"

他左眼深邃明晰，右眼里飘动着淡蓝色的阴翳，面带微笑，对阿莫蒲智感到满意。他凝视阿莫蒲智时像传说中睿智的巨眼神灵。

"我确实有很疯狂的想法。"阿莫蒲智思忖着该不该告诉他真实意愿。巴莫查查出生在奚婆世家，他父亲也曾是与土司府亲近的大奚婆。他们走村串寨宣讲神灵和善念，使用巫术、医学救济贫苦族人。他们的灵魂朝上，目光向下，不听命于族中王者。他们是另一种漂泊不定的王，是卢鹿人、罗婺人、些莫徒人、磨察人、白子、僚人、濮人都接纳的、通晓神谕的半神。如果阿莫蒲智期希部落里有人能理解自己大逆不道的念头，恐怕只有见多识广的大奚婆了。

巴莫查查对阿莫蒲智的想法没有投注太多兴趣，却被他画的农械吸引住了。他拿起一幅绘制风箱的图纸仔细研究，据说这个大木箱子能产生变幻无穷的风力，像掌管风雨雷电的天神被关进了小盒子，只要在木把手上转动几次，风神就会乖乖听命。

阿莫蒲智忍不住说："部落里不该有这么多奴隶，应该让他们成为耕种土地的平民，这样部落才会有更多粮食、牛羊和士兵。如果我们不能像阿历祖先那样壮大罗婺部落，只能听任异族人把我们分裂、细化，像掰麦芽糖那样一点点吃掉。"

巴莫查查继续翻看图纸，似乎阿莫蒲智说的话无关紧要，他不屑于回答。

阿莫蒲智比他想象的固执，继续说："部落族人不是为了部落强盛去战斗，是为兹莫和诺曲们的私欲白白丢掉性命。我们只要忠实于生养自己的土地，土地会自然滋生适合这方水土的习俗，就像蒙古人依靠放牧、汉人依靠耕种生活一样自然。"

巴莫查查摇了摇头，目光终于从纸堆上移开。他慈爱地看着阿莫蒲智，阿莫蒲智感到一股纯净山泉从山崖中流淌出来，冲洗着久蒙尘埃的内心："部落很久前没有平民，除了兹莫、诺曲就是奴隶，奴隶的一切归兹莫、诺曲所有。这是自六祖分支后形成的制度，不仅罗婺部落如此，我所走过的其他部落都是这样。蒙古人用羊皮囊渡过大江拉着绳索像蜘蛛一样降落苍山之上，攻占了素有'妙香佛国'美称的大理国。蒙古人占领云南后设置行中书省留下了屯兵，他们和当地女人通婚，打乱了族人血统秩序。其间还有逃难进入滇地的汉人、部落消亡无处可去的卢鹿人、些莫徒人，他们成了开垦山野、缴纳赋税的平民。平民游牧不定的生活让部落兹莫、诺曲们头疼，只有土地能安定他们的生活。大量土地和财富从部落诺曲们手中分离出去归入朝廷。门户被打开后，居无定所的异族平民在朝廷鼓动下大量拥入滇川黔等地，引起当地部落首领不满。异族平民对神灵毫无敬畏之心，他们供奉佛祖、朝拜真主，跟族人们冲突矛盾愈发突出。越来越多的平民拥入，意味着越来越多的土地、金银被分走。阿莫基蒲兹莫不甘心接受被分割的命运起而抗争，牺牲了性命。"

"江河之水只能向前流淌，不会倒流。奴隶们看到了自由生活，不会再安于曾经被随意买卖的命运。"

"这就是症结所在。斯补夫人修筑弄积寨，在各隘关、驿道口屯兵驻扎，想阻止平民进入，但她不敢违抗朝廷大举向部落迁移异族人的命令。平民蛊惑了奴隶的心，奴隶们变得愤怒而危险，他们暗中对抗诺曲，甚至甘心给蒙古、汉人流官们充当奸细。部落里原本坚不可摧的血统家支制度正遭受着前所未有的破坏，变得岌岌可危。可你，斯补夫人寄予全部希望的罗娑兹莫继承者竟然带头在她苦心维护的脆弱制度上重重砸下一锤，让基蒲兹莫的牺牲变得毫无意义。我猜不透天神谕示，即使我比你年长，但我比你更需要从圣贤那里找到答案。"

阿莫蒲智和巴莫查查沉默地看着面前成堆的书籍，心思完全不在解惑释疑的纸张上。教会人们技能的书解答不了他们眼前的困惑，汉人的知识经验可以用于耕作、贸易、建筑、历法或者道义，对于部落面临的困境却毫无办法。说什么都无济于事，他们陷入各自理解的迷茫，交谈只是为了寻找些许慰藉。

"被蒙古人打败的不仅是我们和汉人，还有女真人、党项人和契丹人，意图重归过去的统治只是少数人意愿。我见过吐蕃人向异族人兜售他们的皮革和刀具，安于平淡生活的民众过得不比灭国前差。"

"也许你没有看到他们痛苦的内心，不知道迷途羔羊的孤立无助。生活表象大致相似，细微差别和真实感受只有自己才能体会。就像男人和女人睡觉，表面看都一样，有的女人却为了和这个男人睡，不和另一个男人睡而选择上吊。"

"因为爱。"阿莫蒲智沉重地叹息。

"爱、善良、忠诚、幸福、智慧没有固定表现样式，每个人心里都有一条丈量的结绳。"

"我正是为着我所能理解的更好的生活而对抗阿依。我爱她，不爱她维护的制度。"

"什么才是很好的生活，你见过吗?"巴莫查查迫切地想从阿莫蒲智这里得到答案。他没走出过云南大山，以为阿莫蒲智见过山背后的好生活。

"我不知道。"阿莫蒲智想起汉中的师长儒生们，笃定的理解开始发生动摇，"但眼前这样的生活不是好生活。"

"我没见过好的生活。"巴莫查查似乎厌倦了这场无果的讨论，转过身去，"我想你可能是对的。我们可以向着那个愿望不断改变，虽然我很留恋过去不好的日子。"

阿莫蒲智的泪水流了出来，热辣辣地模糊了视线，鼻腔被辣劲呛得酸痛。巴莫查查走后，柴房又变成他的世界。他闻嗅着略带甜腥的稻草气味，沉浸在异族先人们智慧的世界，分辨不出门外的酷暑严寒，不理会爬在头发和胡须里捣乱的虱子、跳蚤。遥远的异族先人从书里冒出来挤在逼仄肮脏的柴房里，穿戴各异，说话腔调和眼神不同，他们为了各自的理论不惜在纸张上跟另一个满脸皱纹的老头吵架。他们争吵不休，埋头制造让人眼花缭乱的仪器工具来寻找证据，证明自己所说的正确。他们吵吵嚷嚷，不乏真知灼见，让阿莫蒲智优劣难辨，感到新奇羞愧。偶尔会有个长鼻子老头或者瘪嘴老妇人在他头上狠狠地来上一下，令他茅塞顿开，像张着嘴听他们说话入迷被呵斥去干活的傻瓜。

忘记了时间和空间，忘了土司府的殿堂和柴房，阿莫蒲智跟随先哲们时而前往沙漠，时而来到高塔，看他们忙碌摆弄器物不理睬他的提问，跟在他们身后气喘吁吁又快乐无比地奔跑。不经意仰望的星空与季节和时间无关，它们只是悬挂在高处、陪伴阿莫蒲智慢慢成长的发光体。饥饿、贫困、病痛和死亡的恐惧被阿莫蒲智暂时遗忘，呷西阿妞离开不到一个月，他居然能对着《哈基姆星表》哈哈大笑。

柴房的门不知何时被人打开，阿莫沙蒂带来斯补纽纽舍的口信，允许阿莫蒲智离开柴房回自己原先居住的院落，但他已被从家支谱牒中除名。阿莫蒲智成了在阿莫家支中没有身份的人，仅作为与土司家族有情感关系的自由人出现在土司府内。

斯补纽纽舍无视阿莫蒲智的真实存在，用一个简单命令就抹杀了一个活生生的人。阿莫蒲智不再是阿莫蒲智，不再是罗婆人。

通向外面热闹、繁杂、快活的门终于在关闭两年后打开了，阿莫蒲智从窗户外的大青树荣枯判断出不太精准的时间，然而此时他只想继续待在狭小柴房里享受一个人的充实、安宁和孤独，依然没有走出土司府。

17

阿莫沙蒂跑了。

巴莫查查说土司府闹翻了天，就阿莫蒲智这里安静。阿莫蒲智从晦涩难懂的《四元玉鉴》上抬起头，巴莫查查的脸变成了点线组合的扁圆图形和一连串符号，古怪无趣。

"看不懂。"阿莫蒲智气馁地扔下书本，抓起已经冰凉的荞面粑粑啃了几嘴，嚼得没滋没味。

"你已经做了不少了。"巴莫查查从宽大衣袖里把借去很久的《回回药方》还给阿莫蒲智，审视他的表情，又重复一遍，"沙蒂跟狄惹木嘎私奔了。"

"那是我早该干的，没干成。"阿莫蒲智低声咕哝，巴莫查查分不清阿莫蒲智回应他的前半句话还是后半句。阿莫蒲智补充说："尼冒比我勇敢，她想干的事就会去干，没人阻止得了。"

阿莫蒲智忘不了阿莫沙蒂被拦在色目人的广惠司、西域星历司和回回天文台门外的表情，她几乎不相信自己还有去不了的地方。后来她确实都去过了，不能用宝钞、金印或者装可怜扮妖媚、化装成异族人进去的，她就钻墙洞或者从墙头爬进去。"不管用什么法子，我总要去。"她就是这样对阿莫蒲智说的。如果阿莫蒲智跟呷西阿妞私奔，阿妞就不会差点被族人打死，一个人孤苦伶仃地被流放，他的情形会比现在好，有女人和孩子陪在身边，还有看不完的书。

"阿莫家支没有继承人了。"巴莫查查疲惫地叹息。他青铜般的面容流露出少见的沮丧和悲伤，高大身形佝偻着，精神萎靡。

阿莫蒲智没想过除自己以外的其他继承人，被家支除名后，阿莫沙蒂成了斯补纽纽舍最后的希望。父亲死后，母亲曾想承袭土司之职，然朝廷为防世袭中冒袭、错袭引发部落不安，规定了承袭顺序。必须先子后侄、兄弟，无子侄兄弟则妻女可承袭，但必须是同一民族。斯补纽纽舍是斯补土司部落的卢鹿人，不是罗婆人，及至成人的阿莫蒲智无意中成了母亲登上土司宝座的绊脚石。再则阿莫基蒲为反朝廷而死，死后被削去宣慰使之职，亲弟弟阿莫洛亦被俘虏坐监多年，不得朝廷信任，阿莫家支仅剩阿莫基蒲的儿子、女儿能承袭土司职位。

"罗罗斯丽还没怀上吗？"阿莫蒲智没话找话地问他。算起来，罗罗斯丽嫁给阿莫洛已经十二个年头了。她的肚皮一直是部落贵族女人关注的焦点，时间太长，连男人们也不得不关心了。罗罗斯丽娘家财雄势大，她凶悍刁蛮的性情让试图劝说阿莫洛多找几个女人生育的长辈、同僚闭上了嘴。阿莫洛似乎无心在其他女人身上浪费时间，陪着罗罗斯丽踏遍了云南水目山、鸡足山、天宝山、点苍山、薇溪山的名寺宝刹，只为求得一儿半女，可始终不得天神眷顾。如果阿莫基蒲的儿女、兄弟、妻子都不能袭位，侄儿的降生将是个重大砝码。

"我问过天神。"巴莫查查忧郁地说，"鸡舌骨细短弯拐。"

阿莫蒲智明白巴莫查查的话意味着阿莫洛子嗣不太好。一直以来，族人们习惯于依赖鸡股骨、鸡头、烧蛋、羊膀骨、猪膀骨、猪胆、木刻、竹签、酒、草节、竹筷、阴阳卦等占卜得到天神谕示，甚至于大小事务都要先打卦占卜问问吉凶才放心布置、出行、取财、耕种、收获。巴莫查查随身携带羊骨卦，他的卦语帮助无数族人渡过难关，把希望的种子以神灵话语的方式种进悲苦的下等族人心里。他从未说错，大奚婆在族人心中尊贵的地位是靠一代代奚婆们拨开迷雾的智慧巩固起来的，紧要关头时连权杖都得拜伏在鹰帽之下。阿莫蒲智用爨文翻译的汉书、回文，巴莫查查是第一个阅读者，他把书中圣贤称为"汉人奚婆、回人奚婆"。

"阿依掌管部落这么多年确实不容易。"

巴莫查查微笑着看看阿莫蒲智又低下头去，稀疏枯焦的睫毛遮掩不住青黑浮肿的眼袋。阿莫蒲智明白母亲身后站着一大群人，除了能征善战的阿莫洛和父亲的死忠旧部，还有巴莫查查以及他忠实的信徒们。

"我不会是好土司。"阿莫蒲智老实地说，"我太懦弱，行动力不足，而且我没有方向。我现在还迷茫着呢。"

巴莫查查温和地说："你会是很好的罗娑奚婆，比我还好。"他眼睛里跳动明亮火焰。阿莫蒲智很小就知道他的面无表情区别于深山里被病痛困苦折磨得死去活来的穷人的麻木，两者表现出来似乎没有不同，之间却具有深刻差异。

他爱怜地看了阿莫蒲智一眼，说："人一出生便坠入各种各样的法则、等级分类。但我相信真实而准确的归类应该根据人的天性法则。有的人愚钝善良，有的聪明邪恶，有的美丽浅薄，有的丑陋深刻，天性不一而足，像长短不一的手指各有用途，企图修改异常困难。谁的头脑里能产生新见解，谁才是接近天意的驱动者。这种人很少，有时候几十年甚至几万人里也不出一个。我相信这种人必然存在，其产生过程神秘莫测，像投入炭火里焚烧所有矿石，最终只留下稀有的黄金。阿莫基蒲算是一个，你阿依苦心维系的，都是你阿纹想要实现和复兴的。"

阿莫蒲智无言以对。他看了很多书，到过汉中和其他部落，见过更广阔复杂的世面。但它们进入他脑子里就像油和水放在一起，没有发生他期望看到的剧烈反应，不同于此的外界似乎看也白看，没给他带来更多启示和好处。阿莫蒲智不像巴莫查查，大奚婆的脑袋像个巨大的饥渴的肠胃，只要吃得进去，就能把知识、见识和谈话转化成自己的水分、气息和养料。阿莫蒲智喜欢跟他待在一起，他就像一根天神手指，戳到阿莫蒲智的脑洞，就打开了完全不同于眼前的奇妙世界。

望着自己一直尊崇的大奚婆懊丧得不想看书的样子，阿莫蒲智很心疼。他觉得自己资质太低，无法体会大奚婆内心的失望和悲凉，驴唇不对马嘴的安慰对洞察一切的巴莫查查无济于事。阿莫蒲智想唱歌给他听，罗婺男人欢喜忧伤时总爱喝酒、歌唱。他轻轻唱起小时候跟随阿莫洛经过华竹部落时听过的曲调：

> 我快要死了，像个废物。
> 把旧皮囊拿去做成鼓，
> 拍手作歌，为离别亲人的士兵招魂。
> 骨头也拿去！做成撞击灵魂的鼓槌，
> 敲醒贪图享乐的兹莫、诺曲。
> 把我的心肝肺腑扔掉吧！它不是原来的样子，
> 已被困苦和欲望腐蚀发臭。
> 垂死的部落，让我们最后一次像情人那样拥抱吧。

阿莫蒲智流出了眼泪，心里充满绝望哀伤。巴莫查查一声不响地听完曲调，把头俯在膝盖上，像折叠长足的野鹤睡着般凝固在高高的木门槛上。

阿莫蒲智怀念他们一起到武定、禄劝、元谋、富民、会理山乡里讲经治病的日子，等忙完手头翻译的活儿就想再去。放下翻看半拉子的书本，脑袋里堆积的灵感就会长出翅膀飞掉，阿莫蒲智不能掉以轻心。关在柴房里，阿莫蒲智断绝了跟眼前生活的联系，连阿莫沙蒂跑了的事都不知道，甚至在此之前，没发现不对劲的预兆。

"没那么糟，我们可以去问问天神的谕示。"阿莫蒲智把双手举过头顶，装出高兴的样子。

大奚婆略显尴尬的眼神暴露出他已洞穿阿莫蒲智伪装快乐的内心，嘴角隐藏苦涩的笑，附和地说："我去问问，你继续吧。"他顺手带走了阿莫蒲智不久前翻译的《论语》，跨过门槛出了柴房。阿莫蒲智望着他高大孤单的背影，黑袍上留下两瓣鲜明的黄土臀印，像一只粘在那儿的巨型枯叶蝶。

阿莫蒲智被他带来的离奇消息干扰得无心看书，无法克制地想了会儿阿莫沙蒂和狄惹木嘎，又想起呷西阿姐和自己的爱情。他跟呷西阿姐在一起时很少想到爱情，他对她充满欲望，总想撩开她的蓝布裙，抚摸她紧实饱满的乳房，想进入她的身体获取快乐密匙。不能说在柳意儿那里阿莫蒲智没得到过快乐，但情感的细微差别难以用语言描述，正是这细微差别的感受和奇妙体验让他明白了爱情真谛。

阿莫蒲智对私奔的阿莫沙蒂充满羡慕嫉妒，同样从一个娘肚子里爬出来，血管里流淌着一样的血液，她的血液总比自己的滚烫。在他看来，她做事很少经过认真仔细考虑，莽撞又幸运，常常误打误撞地得到自己想要的东西。阿莫蒲智怨恨天神偏心。如果阿莫沙蒂是个男人，说不定会是个危险而有力的土司继承者。族人们不会知道他将把部落带向何方，他嘴里说着他很明白，但阿莫蒲智想他只看到玫瑰，没有看到尖锐的刺，他不明白通向希望的荆棘险阻。

可阿莫沙蒂是个女子，这让阿莫蒲智的心无端端变得柔软。她会过着与人隔绝的幸福生活，有英武标致的神射手丈夫日夜陪伴，靠狩猎为生。会在浓情蜜意的生活里变成孩子们的母亲，包着缝缀有飞鸟和花朵图形银饰坠子的黑色包头，穿着斜右襟棉麻衣服和蓝色布裤，赤着脚走在堆积枯叶的山路上寻找丢失的猪仔；或者背着一捆柴小心翼翼地蹚过冰冷溪流；或者挎着捡拾山菌的竹箩，浑身沾满清晨树叶上的露水。他们也许会在集市上擦肩而过，她认出了阿莫蒲智，低下头匆匆走开，连皮毛都来不及交换。他们将从此不得相认，直到斯补纽纽舍衰老得忘记自己的使命、信仰，重新记起她生下他们的那个春日早晨和寒冬夜晚。

阿莫蒲智变得越来越多愁善感，不知是不是与读书有关系。他痴迷于色彩和细小事物，对美怀有敬意。翻译难以进行下去的时候，他就走出柴房仔细端详一片逐渐由绿变黄的树叶，盯着一群蚂蚁来回奔忙。生命的秘密也许藏在这些不起眼的物种里面，他吹一口气或者伸出一根手指，对于它们的世界将是一场无法抗拒的大灾难。它们并不会因此而销声匿迹，它们会藏起来，像种子埋进了泥土，像汉人向蒙古军马垂下头颅。

待在柴房里的时光不完全都是静谧安宁的，有时候阿莫蒲智会变得烦躁暴怒，没有人刺激他，也不是书中圣贤们所说的话语令他厌烦。安静重复的生活流水过石般磨蚀着他的生命，他不由得对生存本身产生极大怀疑。生命有意义吗？像蚂蚁那样爬来爬去寻找腐烂果实、丢失的米粒和鲜嫩树叶；像阿莫蒲智这样趴在死人留下的发黄纸张上重复他们经历过的生活；像巴莫查查那样痴迷于某颗从未发现的星辰或者一株能使人产生幻觉的草药；或者像斯补纽舍那样披着黑袍端坐在白虎皮椅子上发号施令，打发丈夫死去后的寂寞长夜；又或者像阿莫沙蒂那样为了一时头脑发热狂热爱上、注定会在此后漫长生活里情意变淡的平凡男人离开人群。阿莫蒲智看不出不同生命殚精竭力为之献身追求的结果差别，死亡会夺走一切，或者未知的集体灭绝、杀戮和异殖，都能把此前拼命想留下来的痕迹轻松抹杀。如果失去太阳，大地一片黑暗，此前关于人类的传说唱给谁听？

阿莫蒲智坠入了过度思考的沼泽地，越是挣扎越是深陷其中不能自拔。他对成堆写满蒙古新字、回文、汉字、爨文的纸张，铺陈得到处都是的文字，几乎占据他生命大部分时光的书籍突然感到极度厌烦。糟糕的心情一直持续了好几天，无论散步、发呆或者睡觉，毫无消减。

月光洒满柴房的夜晚，阿莫蒲智看见一群瘦小灵巧的老鼠钻出洞，在刚换过的稻草堆里爬行。有一只特别胆大的老鼠爬到离他额头仅有一拃距离的地方，眼含讥诮地与他对峙。它不怕阿莫蒲智，不知道它从哪里来的勇气，他想伸手捉住它，用两根指头拎起它尾巴看它无望地挣扎。他太低估了弱小动物的灵活性，在略带甜腥味的稻草上扑来扑去，累得满身大汗，它总能从他指缝里溜走。等阿莫蒲智气喘如牛地瘫倒在稻草堆上，它却才变得严肃正经，眨眼消失在稻草堆里，在隐秘而让阿莫蒲智无可奈何的藏身之处发出细小声响。它们弱小卑微，在此地生存了多久？说不定它们才是这里的主人，人们把柴房建盖在它们的土地之上。不是它们打扰了阿莫蒲智的清静，而是阿莫蒲智侵占了它们赖以生存的家园。

次日清晨，浓雾还未散去，土司府回到最初的混沌状态。阿莫蒲智看不清来路，望不见同伴，从白茫茫的烟雾中摸索着走出土司府的六层大门，离开让他获得力量和成长的书籍，离开成为历史的情感过往，无牵无挂，像失去尾巴长出腿的蝌蚪变成青蛙跃出池塘。

阿莫蒲智成了手无寸铁、身无分文的平民——他一直想为奴隶们争取到的身份。

初出藩篱的轻松自在感觉没持续到白雾散尽，饥饿、焦渴、茫然轮番袭击了阿莫蒲智。土城似乎比他曾经站在楼门口往下望时小了不少，街道狭窄破旧，混合细砂石的土路很费脚，走出城门口不远，脚上的棉布鞋底就磨破个大洞。来往的族人们看阿莫蒲智的眼神也发生了变化，不像从前他骑在大理马背上或者跟在巴莫查查身后看到的情形。他们眼睛挑衅地斜睨着他。阿莫蒲智绕开可能激发他们愤恨的路线，顺着房檐下低头走路。有个衣着褴褛的年轻女人突然从低矮的土房门冲出来，迎着阿莫蒲智的脸吐了口唾沫，还脱下草鞋追打他的头。她莫名其妙的举动激起了更多女人孩子的响应，阿莫蒲智忍受着一路追打、诅咒责骂，慌不择路地抱头鼠窜，奔跑中想起柴房里带有讥讽表情的老鼠，忍不住大笑。他最终获得胜利，成功逃出土城。

阿莫蒲智能克服其他困难，比如泥泞烂路、高峰险滩或者生病发烧，却无法克服饥饿和恐惧。他起初用睡觉来对抗饥饿，取到很好的缓解作用，可惜不能反复使用。肚腹里的馋虫经过多次身体蒙混变得精明起来，不往嘴里填送食物，它们就誓不罢休，折腾得他浑身无力、眼冒金星。所幸云南林密箐深，只要钻进深山总能掏到不少抵制饥饿的好东西，像罗婆祖先那样采摘野果、爬树掏鸟蛋、火烧蜂巢、到溪流里抓虾捞鱼，再不济就东刨刨西找找捉到肥美可口的竹虫、土蚕、蚱蜢打打牙祭。

勉强填饱肚子后，随之而来的每个恐怖夜晚让他提心吊胆，担惊受怕到不由自主地把尿撒在裤裆里。他不会乞讨，在没有食物的情况下只能钻进密林，密林里除了野果还有野兽、毒蛇、蚊子和蝙蝠，嗷嗷乱叫和稀里唰啦的恐怖声音此起彼伏，他曾在睡梦中被一条粗壮的眼镜蛇缠醒，在奔跑时差点踩到浑身通红的毒蛙。密林生活里的每一天都让他害怕得无法安睡，对未来不抱希望。他感谢智慧勇猛的祖先建立城池，让族人生活在安全的集镇，通过不同的分工协作和人口密集的力量创造了与野兽区别开来的社会生活。

阿莫蒲智开始对阿莫沙蒂隐居后的生活感到担忧，远离人群不是爱情导致的后果，而是不被阿依所容纳的爱情引发的悲凉结果。女人不擅长打仗、争斗，身为土司家族的女人为家支所做的牺牲普遍体现在联姻上，她们不得依照自己意愿来定终身，只能依靠运气得到幸福婚姻。阿莫沙蒂跑了，她带走的不光是自己的爱情和身体，而是阿莫家支巩固壮大的另一个绝好机会，也许是重振家支繁荣的唯一机会。刚刚失去爱情的阿莫蒲智完全能理解阿莫沙蒂悖逆的行动，但她也再一次验证了自己不计后果的轻率和鲁莽。他不是承袭土司之位的好人选，为爱私奔的她也不是，可惜阿莫家支已经别无选择。

成为不存在家支谱系中的部落平民之后，离开土司府亲人们的庇护，阿莫蒲智的生存成了大问题。他的年纪和性别唤不起善良族人的同情心，而除了清谈、采药、歌唱，他不会干别的。他曾在村寨中干过的蠢事一直被他们记挂着，他们无情地驱逐他，忘记了他也曾给他们摔断腿的儿子包过草药，只记得他杀了他家的黄狗和乌骨鸡。不记事的小女孩会偷偷塞过来几张发霉的千层饼，阿莫蒲智吃得狼吞虎咽，热泪盈眶。

阿莫蒲智很久没洗澡，脑袋被头发和胡须包裹严实，为了看清脚下的路，他剪掉了脑门前的几坨头发。它们看上去不像毛发，像女人手里捂烂的棉绒线球。破破烂烂的吊裆裤发出浓烈尿臊味，身上裹着油腻发黑的棉麻披毡，及至膝盖的长流苏脱线打结，像害了子宫脱垂的女人。棉底鞋烂得不成样子，阿莫蒲智找来龙须草紧实地绑在脚上，毛毛糙糙的，很管用，只是看不出是草鞋还是布鞋。没办法，他的脚在土司府养得娇气，试过赤脚走在密林和土路上，疼得泪花乱迸。有时候他坐在路边草丛里，敬仰地盯着赤足走过的男人们，他们

164

厚实的大脚掌长出鞋底似的硬茧，就算走进刀山也无所畏惧。

从土城出发向南走，漫无目的。阿莫蒲智的翻译没有完成，最终还要回到土司府的柴房里去。除了饥饿和恐惧，沿途上他领略到了震撼身心的自然风光，烦躁焦虑的心情渐渐平息。他在浩瀚无垠的夜空下遇到过近在咫尺的月亮，伸手可触，大得叫人害怕，鼻尖能感受到月光的清凉，是雪花和冰川的气味，跟雪山混杂冷风和草木气味不同，有甜蜜的食物味道。他在铜鼓般巨大的月亮旁行走，想起了研究历法的巴莫查查。他曾说过《尼添些媄查》记载过戈施蛮奘婆用虎、水獭、鳄、蟒、穿山甲、麂、岩羊、猿、豹、四脚蛇纪年月日。在月光似雪的山岗上，他的大脑被清洗过一般忘记了时间和知识，只记得亲人们。

他想念呷西阿妞和她肚里已经成形的孩子，跪坐在光秃秃的枯草地上蒙着脸失声痛哭。他只敢怀念他们在一起的温情时光，一遍又一遍，像刀刻一样深。他失去了她，才懊悔在一起时应该更爱她些。他知道他们今生不会再见面，但他不往那里想。流放之地大多选在高寒的无人区，云南不缺雪山，梅里雪山、玉龙雪山、高黎贡雪山，积雪长年不化，被部落抛弃的族人就居住在四面灌风的冰屋里。不少人不到山脚就冻死在半道上，押送他们的罗罗兵克扣他们的食物和水，长途跋涉让身体虚弱的女人死去大半。阿莫蒲智不敢想象呷西阿妞拖着笨重身子走　个月的路程去严酷高山生下族人容不下的孩子，他自知罪孽深重。

思念和哀痛只在夜晚击倒他。当新一轮红如鸡血石的太阳照亮大地，阿莫蒲智又会感到欢欣鼓舞。青翠茂密的山林里鸟叫兽走，一帘雪白的瀑布梦幻似的挂在山崖，溅珠洒玉地奔腾到峡谷。他不知怎么走到中庆路母打鲁部落去的。腰间裹着兽皮的本地人在滇池边捞螺蛳，他们喜欢吃这种有坚硬外壳柔软肉质、带有淤泥味的水生物。他们像罗婺人一样热情大方，如果不招惹他们的话，他们会搂着他肩膀，不嫌弃他身上散发出呛鼻臭气，把他带到家里去喝酒、烤粑粑吃。

阿莫蒲智很幸运，跟随他们进村后，遇到一个会说爨语的汉人老者。老者听他会说中原话，亲热地把他迎进家中，割下一块腌肉煮在豆锅里，香喷喷地熬足时辰，跟他喝酒闲聊。老人听阿莫蒲智讲《论语》，更加欢喜，挽留他在家中住下。

阿莫蒲智在老人家里调养数日，沐浴洗衣，剪短头发胡须，每日和当地族人去滇池边捞螺蛳，回到家中剪去螺蛳壳帽，用清水煮沸，再用铁锅架到火上翻炒，加入盐和酸料，味道鲜美。老人说螺蛳肉能利尿去肿，阿莫蒲智接连吃了几日，果真消了双脚浮肿，却又因食寒腹泻，一拖便拖了一个多月。阿莫蒲智每天捞回的螺蛳多得吃不完，跟村里女人换了麻布衫和棉布鞋，留下一份，其余都送给老者。老人待阿莫蒲智胜似父亲，每日用积攒下的稻米和荞麦面熬粥给他吃，积攒的腌肉都让他吃光了。阿莫蒲智到山中寻找草药替老人医治风湿变形的手脚，没几天家里就挤满了瘸腿眼瞎的人。

老人以为阿莫蒲智是个流浪汉，想把老木屋留给他。一天晚上，老木屋被蒙古保长放火烧掉，村里十七户的木垛房全被烧光。保长从人堆里挑出了眼生的阿莫蒲智，把他扒光衣服吊在老榕树上。脸上沾满黑灰的老人想要放他下来，被三个肥壮的蒙古男人围着拳打脚踢，直到躺在地上一动不动。蒙古保长临走撂下狠话，三天之内再不交够"笑脸税"就带走村里所有女人。

阿莫蒲智被村里人从树上放下，全身骨肉像被撕裂打碎，疼得他无法站立。老人满脸血污，一双浑浊大眼暴突出眼眶，张着嘴像是在呐喊，已经没有气息。阿莫蒲智抱起枯柴般的老人尸体走到老木屋被焚烧剩下的废墟上，将他轻轻放下。空气中弥漫着浓烟灰烬的气味。他搬开滚烫的焦木，徒手挖掘一个大坑，决心把老人葬在这里。

老人告诉过阿莫蒲智他是宋人，本以为离开河南到边远的蛮荒之地，就能躲过元军追杀，保住一家九口人性命。赶着牛车进入云南的艰险路途上，他的家人陆续患上了寒热症，一个个发烧、呕吐，死去。他心灰意冷地寄居在母打鲁部落，得到了村人的照顾，教授村里孩童识字以度残年。不想遇到了阿莫蒲智，性情温顺、惯于忍受欺凌的老人竟为自己送了命。阿莫蒲智以为早已经哭干的泪水又像夏天的水塘暴涨，爬满脸上。老人的故乡邻近汉中，魏敦礼师长说过，魂归于地，入土为安。人死后，像树叶从树枝上凋零飘落化作泥土，滋养大树的根系往更深的土壤里扎下去。

安葬好老人，阿莫蒲智趁着夜色离开了无所依傍的村里人，沿着来时的路途返回土城。一路上他心里充满哀痛、愤怒和恐惧，在断断续续的睡梦中反复多次见到死去多年的父亲。他比阿莫蒲智现在的容颜还年轻，意气风发地骑在马上，一只警惕的鹰盘旋在头顶。他扬起手中的户撒刀，指向不同地方，高山、峡谷、平原、沙漠和府衙。阿莫蒲智不明白他暗示的意思，茫然无措地站在原地。他骑着白马慢慢靠近阿莫蒲智，阿莫蒲智看见他眼里流出红色泪水。他静静地看着阿莫蒲智，像小时候见到唯一的儿子等待他狩猎归来那样伸出手亲热地拍拍阿莫蒲智的头。阿莫蒲智鼻子发酸，只想扑进他怀抱紧紧拥抱着他不让他离开，他总是突然间在阿莫蒲智眼前消失掉，像沙尘被风吹散，消失在空气里。

阿莫蒲智没有可去的地方，牵挂柴房里未完成的翻译书籍，总想回到罗娑土司府。他想对愁眉不展的母亲说，一定要不惜任何代价找到阿莫沙蒂。

阿莫蒲智已被家支除名，阿莫沙蒂才是部落未来的希望。没有光亮的世界只会产生无法收拾的混乱、明目张胆的虚伪和只顾眼前私利的争斗，让人心生邪恶、绝望。现在这个愿望非常迫切，压倒其他一切。

18

阿莫蒲智重返土司府，情形与他所想的完全不同——他被禁止回到自由穿行了二十五年的家。他倒不稀罕府内的荣华富贵，只是放不下里面凝结了他智慧和心血的书籍。同他私交甚好的护卫面有难色，不敢看他眼睛，将他围在中间，低头弓腰地不停作揖，说是奉夫人之命不让他再进入土司府。

天下之大，何处容身？阿莫蒲智思前想后，无处可去。

接连四天，阿莫蒲智只好绕着土司府徘徊，时不时有不认识的女人过来呵斥他几句，还好没用鞋底打他的脸。挑着担子、牵着马过往的男人们对他不那么仇视，只是显得冷漠，窥视着他的一举一动。

阿莫蒲智等不下去了，土城让他感到窒息，空气重得像砸不烂的铁板。巴莫查查肯定又去给平民们讲经治病去了，不然早该听说他被挡在门口，一定会赶来帮他。

阿莫蒲智硬着头皮去求护卫："让我进去把书搬出来，我只要书，别的都不要。"

护卫还是弓腰作揖，摇头说不行。

"去告诉夫人，不然我就硬闯进去，除非你们杀了我，我就要我的书。"

护卫实在磨不过阿莫蒲智，低声说："夫人不在府内。她临走前说了不准您再踏入府内半步。您，您出行前没跟夫人道别。"

"她去哪儿了？我去找她！"

"她……夫人和小姐去了雷波府。"

"小姐？阿莫沙蒂回来了？"阿莫蒲智激动地抓住护卫手臂摇晃。

"小姐早就回来了。"

"她一个人回来的？"

"一个人。"

"她们去雷波府做什么？"

护卫四下看看，凑近阿莫蒲智压低声音说："夫人为小姐许了门亲事。"

果然如此。斯补纽纽舍不会有更高明的手段，除了与强大土司家族联姻别无他法，这也是皇帝、酋长惯用的最直接有效、最牢固可靠的古老手段。

阿莫蒲智放下心来，比拿到书还高兴。他用力拍着护卫肩膀，快活地大声说："等过几日我再来。我会来拿我的书。"

阿莫沙蒂又回来了。阿莫蒲智不知道她遇到什么事离开了狄惹木嘎，不管什么事都无所谓，只要她能回来，杀了狄惹木嘎，母亲也干得出来。阿莫蒲智从母打鲁部落回来后更能深刻理解书上的真知灼见，如以前摇头晃脑背诵、不解其意的"学而不思则罔，思而不学则殆"，不屑一顾以为谄媚的"死不难，诚能安社稷，救生灵，死而可也"。是最为平实的社会生活和亲身经历的磨难悲伤把生硬的知识有力催化成自己的喜乐悲苦，说起别人的痛苦绝望，感同身受。

阿莫蒲智不着急，慢慢在土城里混日子等她们回来。早晨挪到地势陡斜的平民土房下晒太阳，中午到平坦的土城街道口捉破衣服上的虱子，跟喝醉酒的男人们聊天，夜晚跑到土司府门楼下隐蔽处睡觉。也许是看到昔日的土司继承人沦落到这般悲惨地步，同情他的人越来越多，大家似乎都认可他的出现，他常去的几个窝点还留下些发硬的荞面粑粑、破棉絮被褥和破洞的羊皮褂。

不知多少天后的黄昏，阿莫蒲智跟几个赶集猎户坐在土城东门口喝鹿茸泡酒，酒味香醇，大补，还没有醉意鼻血就流个不停。他们围坐一起，边抹着鼻血边喝转转酒，转来转去的大土碗被鲜血染成红色，变成喝血酒，最后豪气干云地望着文笔山插草为盟结拜兄弟。他记不起是七个还是八个弟兄，只记得自己排行老三。他们叫他"阿且"，是按照"嗳、哺、且、舍、鲁、朵、哼、哈"宇宙八方来称呼长幼顺序的。

阿莫蒲智鼻孔里塞满棉花还是止不住鼻血滴滴答答往下掉，只好仰起头看灰蒙蒙的天。巴莫查查背着药草篮子出现在眼前，拦住了他视线内的大半个灰色天空。

阿莫蒲智离开刚结拜的兄弟，顺从地跟在巴莫查查身后。巴莫查查年长阿莫蒲智近二十岁，自阿莫蒲智从汉中回来见着他，感觉时间在他身上不起作用，他没有变得更老。阿莫蒲智因连日的半饥半饱，加上流了半天鼻血，头昏脑涨，走起路来像冷风里的茅草两边倒。巴莫查查走在前面健步如飞，神情凛然。到土司府门口时，护卫又挡下了阿莫蒲智。巴莫查查轻描淡写地说："出什么事由我担着。"

护卫乖乖退到一边，像岸边两排河柳，头垂到胸口去。

阿莫蒲智跟着他进了门，心里惦记着书，不想去他的院子，冲着他的背说："我拿了书就走。"

巴莫查查像没听见，只顾往前走。阿莫蒲智停下脚步，从现在起，他不想再受人摆布，即便是自己所敬仰的大奚婆。巴莫查查听出了阿莫蒲智语气中的不悦和叛逆，转过身来盯着他不说话。

　　阿莫蒲智被他毫无内容的目光看得身上发冷，一直没好好吃过东西，又流了两个时辰的鼻血，脸色肯定不好。

　　"好好吃点东西补补身子，洗个澡，换身像样衣服。我找了个好地方，到时候让奴隶把你的书全搬进去。"

　　巴莫查查说的好地方就是狮子山的一个山洞。五天后，他们离开土司府，斯补纽纽舍和阿莫沙蒂还没从雷波土司府回来。阿莫蒲智跟着搬运书籍的奴隶走入山洞，恍若到了另一个安静祥和的世界。

　　山洞原本短浅，经人开凿后形成状若庙宇般的洞府。洞壁请匠人雕刻出大黑天神像，另有分别执掌金、木、水、火、土、风、雷、电和生育的神像与供台。大黑天神位居正中，足踏祥云，头顶洞顶，黑脸长臂，一双铜铃怒目俯视芸芸众生，与山洞浑然一体。四壁镌刻有爨文传说，从创世纪、火的由来、洪荒时代、游牧时期到农耕年代，三言两语地节选《查姆》《梅葛》《阿黑西尼摩》《尼迷诗》《勒俄特依》《策尼勾则》等经文。洞壁每五步便安置一个莲花青铜灯台，灯火不灭，光线明亮。山洞左侧布置有大火塘，火焰映红半个山洞。从洞壁垂下的铁钩挂着铜壶，里面的水哗啦啦响着。山洞右侧是敞亮的睡处，排列整齐地放着三席羊皮，像是有人在里面住了不短日子。

　　两个相貌俊秀的小奚婆抱着劈好的木柴进来，为首的阿莫蒲智早已熟悉，后面的倒是眼生。当年到村寨去给人治病，巴莫查查总带着为首这个徒儿，名叫阿资燕。阿莫蒲智以前很瞧不上他，倒不是因为他是白骨头孤儿，而是他身为男人，胆子比满街跑的耗子还小，为人懦弱，从不跟贵族子弟去干坏事。他们偷来鸡让他做荷叶烤鸡，他吓得脸都变绿，哆哆嗦嗦要去告诉巴莫查查。他们揍他一顿，又往他嘴里塞烤糊了的鸡腿，他还是跑去告状，相当不仗义。阿资燕跟他们上山采草药磨磨蹭蹭，攀崖过壁时吓得哭哭啼啼像个黄毛丫头，弄得大家不胜其烦。回到村寨大家都累坏了，最累的活计就是给各自采来分好类的草药碾磨舂粉。大伙儿都怕干这个活，成堆的药材要磨或者舂

170

成细粉，简直是要命的乏味事情。他们把这个苦活儿全推给阿资燕，他敢不干他们就揍他一顿。那时候，阿资燕的胳膊总是因舂磨太久肿得抬不起来，泪水在脸上从没干过。巴莫查查太忙，不是每回都能顾上他。他爱告状，只说他们打架闹事、偷鸡喝酒，欺负他的事从不说。后来他们对他也不错，花钱请山寨平民来干这苦差事，阿资燕才得以解脱。不久，阿莫蒲智就离开他们去汉中读书了。

眼前的阿资燕长高不少，瘦得像竹条，脸上还是凄风苦雨的倒霉相。他深得巴莫查查的喜爱，现在是洞里的主事。

阿资燕见到阿莫蒲智并没有流露出熟络的亲热劲，而是谦恭客气地把阿莫蒲智引到山洞右侧一个较为隐蔽的洞口，那里是山洞的环形部位。这个小洞应该是巴莫查查的卧房，密密麻麻的书被整齐地码放在木头架子上，堆满了洞壁。阿莫蒲智走过去随手抽出几本，全是经自己翻译的《农书》《回回药方》《授时历》《大学》《中庸》《论语》的爨文手抄本。

阿莫蒲智惊讶地问阿资燕："谁抄的？"

"大奚婆传给各处奚婆们抄阅的。等奚婆们到兹莫、诺曲府上给子弟们讲学时，可以教授更多知识。"

阿莫蒲智恍然大悟，难怪巴莫查查老往柴房跑，每次都不空手回来，借的书很长时间才想起归还。自己怎么没想到呢？各处奚婆都是当地贵族的座上宾，识文断字都由他们传授，他们不受贵族官府管制，行动较为自由。官府不加管制的原因主要是大奚婆自古就与土司家有着千丝万缕的关系，从前的土司具有大奚婆般的神权，后因部落间为扩张领土不断开战，部落土司的重心从对族人的管束转移到军事力量的增强，土司家族中无继承权的贵族以神职教化民众，神权渐渐同政权分离出来。如有不明来路、识习旁门左道者必要与大奚婆斗法，若是斗赢了，可在部落中占得教派的传播权利，不受驱逐。若败下阵来，巫师则要经受过刀山火海之刑，赤脚爬上用锋利刀刃排成的楼梯，走过烧得通红的火炭堆，撑过刀山火海就算留下一条命。但巫师之名将在奚婆间传播，远至大黑天神的所有信徒，永被驱逐。长期居住在土司楼内的阿莫蒲智忽略掉了另一种力量，一种远比王权更加持久有力的民间力量。

巴莫查查是想给阿莫蒲智一处安心翻译的居所，这职位在汉中叫译史或者通事。在阿莫蒲智心里，巴莫查查比勇猛的阿莫基蒲更像自己的父亲，他对母亲似乎也怀有阿莫蒲智不能理解的情意。他教授阿莫蒲智所有土司继承人该学习的本族知识，天象、地理、历法、气候、医术和为人道理、为尊之志，阿莫蒲智愧对他赠予自己的一切。

阿莫蒲智曾梦寐以求一处清幽住所得以终日修学养身，然而待在静谧安稳的山洞中，又没心思继续翻译《传道图》《伊洛发挥》，这类研习程朱理学的著作尤受当今朝廷推崇。阿莫蒲智一心惦记着母亲和妹妹的归期。虽然他明白她们回到土司府，自己依然见不到她们，也无须过多担忧阿莫沙蒂的亲事。既然她愿意回来，就会去承担应该担负的责任。尽管如此，阿莫蒲智还是感到无边的空落，像天空缺了一角，大地留个巨坑。

阿莫蒲智不理会洞里的奚婆们，他们大多时间都在干杂活儿，挑水、劈柴、浆洗、采摘、收集草药，还要耕种洞外半坡的土地，只有夜晚才静坐抄录和诵经。阿资燕几次走近阿莫蒲智，阿莫蒲智佯装忙碌于书中不抬头去看他。眼角余光望着他犹豫不决的脚，进进退退，像跳锅庄舞。阿莫蒲智还不想跟人闲聊从权贵跌落平民的心情，也不想接受毫无用处的同情。想必阿资燕心思细腻，了解了阿莫蒲智的心思，犹豫再三，退了出去。

阿莫蒲智喜欢山洞里的夜晚，火光跳跃，诵经声细小，不觉得寂寞也不感到喧闹。这美妙时刻常使他从书中抽离出来，摆脱掉日渐沉重、衰老的肉体，往过去和呷西阿妞在野外巡查的路上追索一小段快乐时光，然后去往土司府探看阿莫沙蒂，想象他们相见的情形。

巴莫查查没有带来阿莫沙蒂的任何消息，他匆匆赶来医治这里快要死去的、德高望重的老族人或者为他们摆脱病痛折磨的灵魂念《指路经》，冲阿莫蒲智微笑点头，很少交谈就离开。阿莫蒲智猜想阿莫沙蒂和雷波家的男人已举行了婚礼，只有土司府发生重大红白事，主持仪式的大奚婆才会忙得脚不落地。巴莫查查还曾匆忙地跟阿莫蒲智提到阿莫土司家的传家宝——金葫芦项链。他本应在离开土司府时把传家宝交还母亲，以便她传给确立后的土司及后人，代代相传。他没忘记，只是没法还，金葫芦项链不在他手里，他把它送给了怀孕的呷西阿妞，那时候她被吓得够呛，他努力想让她平静下来。金葫芦项链很管用，呷西阿妞把它紧紧抓在手里，泪水哗哗地流，她心情紧张地抚摸着尚未显山露水的肚腹，不像母亲抚摸儿子，更像奴隶捧着土司的心爱之物小心翼翼又卑微胆怯。阿莫蒲智没来得及给未出生的孩子取名，等他向阿莫沙蒂确定呷西阿妞母子平安的消息就想好好取个名字。

很长时间没有阿莫沙蒂的消息传来，阿莫蒲智打听到母亲给她安排的丈夫是雷波土司家英俊的小儿子。雷波土司有五个儿子，个个英勇好战，狭小的部落容不下日渐长大、心事重重的儿子们。老雷波土司挑选了阴骛沉稳的二儿子为土司继承人，并不是二儿子具有过人之处，而是二儿子的阿依最得老雷波土司的欢心。老雷波土司有三个妻子，其中大儿子和三儿子是长妻生育的，小夫人生了二儿子和四儿子，二夫人则生下最小的儿子——雷波鲁龙，阿莫沙蒂的新婚丈夫。斯补纽纽舍一定为攀上乌蒙路富裕的雷波土司家感到高兴，她可能希望能与雷波老土司的长子联姻，长子、三子的母亲是芒部罗德土司的女儿，她的二姐是大理总管府土知州段平的妻子。斯补纽纽舍做梦都想跟大理搭上关系，那也曾是父亲的心愿。

阿莫蒲智在与世隔绝的山洞里生活时间越长，就越是牵挂土司府里的状况，无法摆脱从家支谱系中被清除的羞惭、失意。她们已经忘了他，人世间有没有阿莫蒲智对谁都不重要，这种虚无感几乎让他感到无法继续生存下去。他强迫自己把心思花在研究书本上，翻译的汉文爨书通过奚婆们的手抄渐渐传入部落贵族家中，阿莫沙蒂会看到她带回来的书正在发挥着神的谕示作用。她应该及早为繁荣周边贸易，尤其是对中原交流敞开门户，取消斯补纽纽舍定下的妨碍中原文化、人口流入的重重关隘和屯兵严查的层层站口。阿莫蒲智希望她能打破阿依制定的森严血统制度，更多异族人的流入可能会使本族人受到冲击和伤害，像汉中的汉人和南人，也可能会为当地带来强劲的发展动力，像依靠色目人和鞑靼人组织强大军事力量的蒙古人。关键要看谁是土地上的主人。

从北边传来的全是不痛不痒的消息，一些试探性的小改革几乎是失败的。诸如把牛羊从大贵族的栏圈里分赶到小贵族、土官们的后院，转悠一圈再赶回大贵族的钱袋和铜锅里去，顺手带走更多贡品和棉布，而平民不仅没有因此减轻赋税，反而增加了贡品。让阿莫蒲智失望的信息一个接一个传来，阿莫沙蒂从私奔路上跑了回来，却仍与狄惹木嘎保持着不体面的来往。穷猎户因为出众的相貌和神射技艺，从百户之职迅速蹿升到了土司亲卫队首领，相当于万户之职。他俩的狂妄贪婪真让人受不了，整个部落都流传着他们床笫之欢的窃窃私语，奇怪的是阿莫沙蒂的新郎没有因此闹出难堪的丑事，斯补纽纽舍也对此容忍三分。阿莫蒲智猜想坚硬强势的母亲经历过儿子的彻底背离，心肠变得柔软，态度也温和多了，他没有为此感到高兴，反而心疼起她来。要承受多重的失望悲痛，才能把心如顽石的母亲变得如此无奈忍让。

阿莫沙蒂的心思没有花在扩大贸易上，她似乎更关心农耕收成，捧着《农书》到乡野间巡查，悬赏选拔大火头。她向固有的贵族轮流担任大火头制度伸了一指头，改大火头田一年制为无限期制，奖励挑战现任大火头。从农事竞技中胜出的人即可担任大火头，唯才是举，不论血统。原本从贵族子弟中选任的大火头允许平民通过农事技能遴选担任，告示贴满每片松林、河岸和集市，平民们的心被大红帖子搅乱了，火塘边、田埂上、榕树下、睡梦里都在议论这件与他们息息相关的事。腿上沾满黑泥的平民青年埋头在水田里栽插、挑水、捉虫、赶鸟和收割，贵族们手忙脚乱地拾起早已荒废生疏的农耕技艺，很快就被淘汰出局。参加遴选的人数很多，几乎家家户户都有跃跃欲试者，竞技比赛持续了两年。两年间各府、州、县的农夫来往频繁，你邀我请，田地和半坡上聚满了兴致勃勃谈论农耕技艺的平民，每天都像在过尝新节。

阿莫沙蒂像个贪玩的孩子，一门心思挑选精于农事的贵族、平民充实到各州、县任职，成为她培植的新贵。斯补纽纽舍对此并未横加干涉，也许她跟阿莫蒲智一样，不明白阿莫沙蒂到底想做什么。

阿莫蒲智跟巴莫查查提起要筹办汉学堂，大奚婆饶有兴味地望着他说："你和沙蒂一样，都是满脑袋奇怪想法的孩子。"

他们没有对这事进行过讨论，阿莫蒲智想他这句话的意思是说自己不是出这主意的好人选。阿莫蒲智清楚自己的身份，他只是部落里的一个影子，连平民拥有的交租税义务都不配拥有。

没人建议阿莫蒲智去寻找呷西阿妞母子，他也从未产生过要去找到他们的念头。阿莫蒲智和他们被迫分开后，思念变成咀嚼橄榄似的苦涩中带有回甜，不同于他们在一起时黏稠窒息的甜蜜，比那时更令他感到幸福充实。阿莫蒲智喜欢现在这样自在的生活，虽然少了可以参与的快乐，但比起身处土司府焦虑烦躁的自己，他更喜欢躲在暗处窥视、研究、思考和发问。

巴莫查查带来一封阿莫沙蒂用寻常白纸写就的信，字迹潦草匆忙，没有署名：

> 亲爱的阿牟，我嫁给了雷波土司的小儿子。回来顶替您的位置，让我非常不安。在您离开之后，这是我必须做的事。阿依对我感到满意，她已经从土司楼搬进侧院，我感到十分孤独。
>
> 呷西阿妞在路上难产而死，我很难过。她已经结束了她的苦难，并不是坏事。
>
> 设置汉学堂之事，我已经在议事厅里和其他兹莫、诺曲们商议，此事交由大奚婆来办。

巴莫查查嘱咐阿莫蒲智看完书信后，当着他面烧毁。他严肃的表情和不容分说的语气让阿莫蒲智对自己的身份更加怀疑，也许在罗婆部落贵族、土官眼中，自己不仅是个被除名的阿莫家支子孙，更有可能是个完全不存在的人。烧完阿莫沙蒂的书信，阿莫蒲智不禁打起寒战。巴莫查查让阿莫蒲智去躺一阵，他似乎有话要说，却欲言又止，默不作声地从阿莫蒲智身边走开。

受到母亲处罚之后，阿莫蒲智一直心存侥幸，相信自己不会受到像对待呷西阿妞那样的惩处。这个怪念头源自他高贵纯正的血统，而这又正是他想通过神秘爱情力量打破的坚固堡垒。如果不是阿莫土司的儿子，阿莫蒲智违反族规与白骨头奴隶私交产子，早就被捆在行刑柱上受鞭刑和暴晒，若是熬不过去，尘世间早没了他这个人。如果阿莫蒲智的身份地位如同呷西阿妞一般卑贱，就像他从阿夏身边抢走她一样，会有垂涎她的贵族把她从自己身边抢走，玩腻之后扔掉。无论前者还是后者，与生俱来的高贵血统在整个事件中保全了他。阿莫蒲智不但不感激这种狭隘严苛制度的保护，反而更加憎恶它随意抢夺、践踏、掌控、侮辱、损害生命的邪恶。因为它不可更改的不公，自己的女人和孩子才会被夺走珍贵生命。阿莫蒲智没有流下一滴眼泪，他早预料到呷西阿妞不可能挺着沉重肚子走到人迹罕至的莽野、雪山，她的性命在离开自己的保护后就变得如同离开皮肉的羽毛，随时随地都可能消失得无影无踪。

阿莫蒲智也消失了，虽然他还活着。他的身份被清除了，成了一个影子，站在部落人群里的透明人。如果失去巴莫查查的照料，阿莫蒲智犹如空气，不会有人关心他的死活，也没人会在乎他所说的话。在土城遭人唾骂追打的情形不时浮现眼前，阿莫蒲智不知道自己怎么就变成了让族人厌恶的人。一夜之间他丧失了权势、财富，失去了让人耐心倾听和服从的魔杖，可灾难没让他的肉体受到任何损害，相反颠沛流离的生活让他长得更加壮实和少病。但阿莫蒲智觉得这种无力感糟透了，比丢失魂魄的沙里诺曲还要糟。这种感觉太可怕了，阿莫蒲智站在称量器上，每个人都能看到他，可他这么大个人竟翘不起杠杆那头被人啃了一嘴的野果，实在太令人绝望抓狂。阿莫蒲智惊恐地用手揪住自己的头发和脸颊，疼痛能让他暂时缓解身份消失的惧怕。

阿莫蒲智一遍遍地在心里咀嚼阿莫沙蒂的书信，令他感到害怕的还有按捺不住的嫉妒。是的，阿莫蒲智嫉妒她，她也嫉妒阿莫蒲智，他们像两只互相啃咬的蟋蟀。阿莫蒲智嫉妒她获得一展抱负的宝座，她嫉妒阿莫蒲智拥有正宗血统继承的名声。她恼怒宝座下的族人窃窃私语，流传她私通猎户的丑闻和真正继承者被流放的事实。她的书信没有让阿莫蒲智感到难堪的字眼，却总在提醒他要正视执迷不悟的真相——他已被排斥于部族之外，没有田地、牛羊、房屋，没有姓氏、身份和阶层，像水沸腾之后冒出的水汽，是水，也不是水。

阿莫蒲智敏感地回忆起与奚婆们的接触，巴莫查查谨慎地改变了称呼，从以前的"大人"转变为现在的"孩子"，没有人称呼阿莫蒲智为"蒲智大人"，他们总是延用族语的称谓"阿牟"或者"阿恩"。阿莫蒲智的一生已被人为遮盖，无论他做什么，如何努力，没有人会记住一个没有名字的人，他不能再使用原来的姓名，他只是活着，像鸟兽猪狗那样活着。这想法让他既愤怒又恐惧，他从未认真考虑过被清除出家族谱系的严重后果，因为这条祖制在此之前从未被执行过。

不是阿莫蒲智的他是谁？他不知道。

阿莫蒲智不再是阿莫基蒲和斯补纽纽舍的儿子，不再是被剥夺继承权的阿莫蒲智，不再属于罗婆部落的黑骨头、白骨头或者奴隶中的任何一个阶层。阿莫蒲智变成了空气、烟尘、流浪狗和路边冻死的寒号鸟。阿莫蒲智的来来去去不会再有人关心，或者即使关心也毫无用处。阿莫蒲智留在此地有何用处？不如趁早离开。

族人会说阿莫蒲智是个傻瓜，为了愚蠢的爱情抛弃了权杖。可他到此时都不后悔爱上呷西阿姐，她的出现让他的生命变得饱满丰富，不再是躺在官府软床上的无所事事者，闲得发慌就琢磨着去掠夺周围小部落。她让他了解了不一样的生命，他们生活在同一个屋檐下却过着截然不同的两种生活，如此隔绝不公的两个世界正是手握权杖的人制造的。他们会制造出更多的栅栏、牢笼、巨网和坟墓，他们也能制造无数繁盛幻象，把牛羊变成工具、飞鸟走兽变成食物，或者把人变成空气和露水。

阿资燕觉察出阿莫蒲智的绝望和放弃，带着食物和安慰走近他，被他口气冷淡地赶走。

阿资燕没被他的态度吓退，一次又一次地走到他床边坐下。

"我早想对您说。"阿资燕不是个口齿伶俐的人，他费劲地挑选适合的词语，以免伤害到阿莫蒲智，"如果我是您，我就远离熟悉的人群，开始新生活。"

"你说得轻巧。"

"用个新名字，成为另一个人。"

阿资燕的说法打动了阿莫蒲智，他继续说："您没有身份就出不了关隘，罗罗兵没有看到您的证件不会放您出关。要成为部落里任何

177

一个集镇和村寨的人，须有出生和拥有官府登记造册的证件，不然客栈也不敢收留您。您其实早被困在这个山洞里了，如果不是大奚婆一直保护着您，您在部落里连奴隶都不如。"

"我该怎么做才能变成另一个人？"

"您可以向大兹莫——您的尼冒要一个身份。"阿资燕的脸凑近阿莫蒲智，眼睛睁得比平常大，里面冒着滚滚狼烟。他说完话退到原来位置，把一碗热腾腾的羊肉汤端给阿莫蒲智："火把节到了，山下宰了羊，趁热吃吧。"

阿莫蒲智不知道自己在山洞里住了多久，洞壁上的时刻痕迹表明他在洞中生活超过七百天。记得在土司府时每个火把节他都过得非常快乐，那种单纯快乐自他离开土司府去往汉中后就没再出现过。那是成人礼之前的日子，和什么人一起度过火光照亮田野、山丘，通宵达旦地唱歌跳舞喝酒的好时光已经记不起来了。羊肉汤的香味让他想起年少、久远的幸福，他含着泪水喝光了羊肉汤，味道很鲜美，只是舌头两侧有点发酸。

阿莫蒲智听从了阿资燕的建议，给阿莫沙蒂写了封简短的信，信中只向她要求一个名叫"商无定"的汉人身份，这样他可以随意出入中原和云南其他地方。阿莫蒲智不能再以罗婺人身份出现，他想她会爽快同意。

巴莫查查回山洞的时间不固定，有时几个月不回来一次，有时一个月回来两次，阿莫蒲智一刻也不敢离开山洞到更远的地方游荡，怕错过请他带信给阿莫沙蒂的机会。巴莫查查对待阿莫蒲智依然如同父子，只是他注视阿莫蒲智的时候，更像一位冷静的智者观察蚂蚁如何翻越巨石。

这封信的回复比阿莫蒲智预计的时间要长得多，每次见到巴莫查查，他都向阿莫蒲智摇头。阿莫蒲智不能催促决定自己命运的土司赶紧回信，即使她曾是亲密无间的小妹妹。他只能待在山洞里继续翻译能令注意力集中的词曲，已经不想再翻译让他脑瓢子疼得要开裂的算学。

过了三个多月，阿莫蒲智忍不住又给阿莫沙蒂写去一封信，口吻比上一封更加恳切急迫。巴莫查查带回了口信，他说阿莫沙蒂生下了一个男孩，静心在第八院落里调养、哺乳，阿莫蒲智要求的事会遭到斯补纽纽舍的反对，只能等她抽出空来托给心腹之人去办。巴莫查查说："她是个女人，承受的比你还要多。"他的话有效缓解了阿莫蒲智的焦虑和埋怨，是自己把这副重担扔给了她，他在那把铺垫着白虎皮的位子上坐着，不见得会比她做得更好。

又一个火把节前夕，巴莫查查递给阿莫蒲智一块烤羊肉和一叠厚实的纸张。没有阿莫沙蒂的字迹，她给了他一个从蜀地进入罗婆部落的汉人脂粉商身份，名叫"商鱼胜"。阿莫蒲智吃惊得跳了起来——这是他曾给她取的名字，她竟然以此种难堪的方式还给了自己。

巴莫查查在一旁观察着阿莫蒲智的神色，淡然地说："'商无定'是夫人赐给阿莫蒲智的汉名，您不能再用了，我的孩子。"

"就这样吧。"

"您成了另一个人。需要大奚婆的祝福吗？"巴莫查查露出慈爱微笑，他手里正端着撒有新鲜米粒的清水。

阿莫蒲智放下被翻乱的能证明自己重生的纸张，跪伏在大奚婆脚下。巴莫查查口里念念有词，向天神祈祷对"商鱼胜"——一个新生异族人的祝福。清水从他圣洁的指头撒在阿莫蒲智的头顶、肩膀和背部，阿莫蒲智的泪水止不住地流淌。巴莫查查扶起阿莫蒲智，阿莫蒲智闻到了他身上散发着衰老的、类似烘干菌子的不好气味，这更让阿莫蒲智感到无限悲苦凄凉，一头扑进他怀里小声抽泣。

阿莫蒲智要离开山洞了，这里将是巴莫查查的归宿。阿莫蒲智看见他的眼睛澄澈冷静如同冬天滴水崖下的寒潭，仿佛一切如他所愿般自然。他给阿莫蒲智很少的银两和至正宝钞、一条没睁眼的小黄狗和他写的《爨医书》。阿莫蒲智带走了《论语》、关汉卿的《西蜀梦》以及所有关于罗婆部落的记忆，从此将四海为家，游历天下。

下山之前，阿莫蒲智向北遥遥眺望。人生真是艰险莫测，八年前的阿莫蒲智从汉中学成归来，望着千山苍茫、鹤飞鱼潜的大好河山踌躇满志。他以为自己知晓了人生真谛，譬如与生俱来的身份、天赋，以及所能享受到的学识和财富，满心是如何强大部落的手段计策，最终成为成吉思汗那样的英雄。他从未向任何人透露过这令人不安和羞愧的野心，当他拥有别人无法企及的一切资源时，狂妄地认为它们无足轻重，甚至鄙视和憎恶天神为他安排的生养之家。他自以为拥有永不衰竭的精力和无可取代的权位，相信只要耐心等待和假以时日，就能按照自己的设定不可一世地奔腾不息。如果早一点有人指出移风易俗需要多么漫长艰难的奋斗，不可能一蹴而就，也许需要数代人的努力，可能他不会如此不知天高地厚地向部落中最坚固的核心制度发起挑战，害了呷西阿妞和孩子，一败涂地。

阿莫蒲智的心情在失去故土族别的怅惘和获得重生自由的快乐中回旋，随着山岭的坡度忽高忽低。暖绒绒的小黄狗在他贴胸的布袍里磨蹭着脑袋，像是挠痒又像给他安慰。阿莫蒲智感谢巴莫查查，令人尊敬的大奚婆有着过人的智慧和发丝般细腻的心思，留下一条柔弱生命陪伴他漂泊无依的流浪。

阿莫蒲智一直向北不停地走，经过土城和己衣大裂谷，一刻不曾停歇。过了弄积寨，他将离开故土。

"去往何处？"关口罗罗兵对照通关文书狐疑地质问。

"去往中都。"

"你是汉人？"

"我，我是汉人。"

"我看你明明是个罗婆人，哪来的汉人文书？"

阿莫蒲智指了指通关文书上盖有的金印戳子，这枚金印只在自己手里停留了四十九天。

另一个年老的罗罗兵仔细端详阿莫蒲智的容貌，走过来附在年轻的罗罗兵耳畔低语。阿莫蒲智低头看着怀里的小黄狗，它刚刚睁开双眼，欣喜地望着他摇尾巴。

年轻罗罗兵把文书递还阿莫蒲智，语调低沉地说："快走吧。"

阿莫蒲智收回通关文书，稍微迟疑。眼前似乎无路可走，又有千万条路通达交错。

所有过往都须抛下，纵然有万般不舍和伤痛，它们都不再属于满面胡须、剃去天菩萨、拥有高耸鼻梁、深凹大眼罗婆人面孔的阿莫蒲智，一个无中生有、盘髻于顶、身穿直筒长袍的汉人脂粉商"商鱼胜"将重新体验新的人生。

<h1 style="text-align:center">19</h1>

阿莫蒲智被部落遗弃了，像鱼被水抛弃。

从罗婆部落逃离在外整整十八年，阿莫蒲智遇到过不少有趣的人和事，但内心被排斥的恐惧一直伴随着他，它甚至比对饥饿、战争和死亡的恐惧不差毫分。他应对即将铺陈在眼前的纷繁复杂的世界，完全依靠少时与巴莫查查走村串寨的野外经验，以及在汉中生活学习的知识积累。通晓蒙古语、汉文消除了语言沟通障碍，他进入蜀地在罗罗斯部落生活了一段时间。罗罗斯人与卢鹿人山水相连，语言相通，他们居住在更为险峻雄奇的大山，对异族人警惕怀疑，但他们看了他的通关文书，知道他曾在罗婆土司府居住，勉强允许他在有限范围内留下。

开始一切顺利，阿莫蒲智像回到了自己部落，和罗罗斯人喝酒、唱歌、做牛羊生意，他还不适应新身份，骨子里仍认为自己是罗婆人，以致罗罗斯贵族用鄙夷的口气叫唤"商鱼胜"时，他完全不加理会。他曾想在罗罗斯部落定居下来，事情很快就出乎他的意料。他在一次散集之后邀约熟识的罗罗斯人到草地上露营，那时候他赚了不少钱，豪爽地宰杀了牛招待过路客人。那是罗婆人的习俗，因为某件高兴的事，罗婆人总会大方地挥霍钱财，烹牛宰羊招待相遇的陌生人。没有争端和冲突的温和时期，人们变得温良热情，只要从身边经过的族人，都认为是修来的未尽缘分，应该珍惜。他们在草地上点起篝火，搭起草棚子，狂欢了七天七夜。他在泡梨酒和久违的部落温暖气氛下难以把持，忍不住掏出了羊皮囊里的书，给半醉的罗罗斯人讲《西蜀梦》。

故事非常有趣，说的是关羽和张飞被杀害之后，冤魂双双去找诸葛亮、刘备哭诉做鬼后的凄惶。生前为蜀国基业立下丰功伟绩，死后却恓恓惶惶，无处安魂。人生无常，恰如他此时的心境。他还趁醉学着汉人唱腔加上族人曲调味儿唱起了张飞的唱词："俺哥哥丹凤之躯，兄弟虎豹头，中他人机彀，死的来不如个虾蟹泥鳅！我也曾鞭及督邮；俺哥哥诛文丑，暗灭了车胄，虎牢关酣战温侯。咱人'三寸气在千般用，一日无常万事休'，壮志难酬！"在场的五十多个罗罗斯人笑得前仰后合，有的躺倒在草地上笑出了眼泪。《西蜀梦》本是个悲曲，却被他的怪腔怪调唱成了喜歌。

他醉得太厉害，醒来时只有小黄狗守在身边呜咽，羊皮囊被人翻找过，只剩下书没人要，银子、宝钞和拴在麻栎树上的大理马不见了。烤肉的火架子吊着几根光骨头，柴堆熄灭，黑烟和灰烬被山风吹得似雪片般纷纷扬扬。他晕晕乎乎地坐起来，把小黄狗紧紧抱在胸前，如果它长成大狗，恐怕也会被人带走。他抱着它，像抱着人世间最后的眷恋，头埋在它腥臭的乱毛里，任它伸出湿润温热的舌头舔舐他已悄然长出皱纹的脸。他给它取了名字，叫"无定"。既然命运难测，既然阿莫蒲智叫"商鱼胜"，它为何不能是生死相依的血肉同胞"商无定"？小黄狗非常喜欢新名字，在他一声声"无定，无定"的召唤中摇头摆尾，欢吠蹦跳。

他们在一片狼藉的草地上继续享乐，晒着太阳躺在草地上胡言乱语。不多久一群气势汹汹的罗罗兵挡住了他们的阳光，"无定"预感到事情不妙，钻进他长袍里。当地土知县以他聚众妄议为由把他关押在牢里，他们破例让他带着小黄狗，他们是难以分离的整体。他没什么可惦记的，他们焚烧了他的书，书里的内容早已记在他脑子里。他们拿走了他的通关文书和其他身份公文，不久他们会还给他的，那些东西对他很重要，对他们却毫无用处。

他在遍地蝇虫的牢房里待得不错，可以找虱子为乐，观察苍蝇交配取食，也可以跟"无定"相互取暖。观看阳光从高高的牢窗照射进来时，无处遁形的尘埃、草屑、细毛的不规则舞蹈。他没有火烧眉毛很重要的事要去做，这情形似乎让他又回到了汉中的梨花院里。夜晚伴有蛐蛐鸣叫和囚犯痛苦呻吟的牢房，更令阿莫蒲智专注地凝望木棉树梢上的月亮、星辰，他想起了巴莫查查教的《突鲁历咪》："有了宇宙生化的定局，把白道比为蓝天中的鹰，喻黄道为大地上的花虎。雾罩则细雨绵绵，雷雨则河水滔滔，风吹雾散宇宙才显出高下。这样白道才会灿烂，黄道也有明朗。如此定局后，乾天生荣日，坤地有耀月，荣日展翅飞，耀月如虎行。如此拟喻后，凤为日禽星，虎为月替身。禽星是威荣的象征，有了威荣犹如雁立显身高照。宇间日高，太阴月亮随着转，日晴夜降，苍天金灿灿。日月好似宇宙的耳目，苍天圆而大，黑夜相应宽。两者之间，建起银白金黄的路和桥，天上的明星轮回运行，日月也不断轮转，天下实索氏族像众星。五行占据中央称诺濮。天地南北，日转一周，月明同道，如此作定局。"

有时候人会产生错觉，感到眼前的困难和痛苦无法安然度过，为此悲痛绝望到自杀。可三十年的生活经验告诉阿莫蒲智，一切过去都成回忆，曾经的春天和冬天还会成为转瞬即逝的现实。什么事不做，不会加重或者改变损害程度，仍然能让人安然度过眼前灾难，时间会帮忙带走一切欢笑和苦难，只要没染上不可治愈的疾病，顽强地活下去，心灵伤痛总会结痂愈合。他只需耐心地等待时间静静流淌，该哭就哭，该笑还笑，心灵的甘泉就没那么容易干涸。

事情就像他预料的那样。没过多久，他就无法享受到悠闲懒散的监牢生活。在等待那些乱七八糟的公文期间，他发现罗罗斯人看自己的眼神变得异样，像土城里的罗婆人，他们厌恶、提防他，流露出想赶他出去的迫切愿望。为了不给善良勇猛的罗罗斯人造成不必要的困扰，拿到公文他就带着"无定"迅速离开了罗罗斯部落。

穿越广阔平坦的西蜀坝子，偶尔见腰挎镶有红宝石青铜匕首的蒙古人和头披黑蓝棉布的色目人傲慢地从眼前走过，人数不多，杂在别有气韵的蜀人中却显得突兀。土著汉人表情或漠然麻木或焦虑忧郁，对经过他们土地的异族人视若无睹。深切的排异感和陌生感让阿莫蒲智不想在此间逗留，虽然他通晓当地话语，但甚少与人交谈。总觉得晴空万里的天空有看不见的乌云压顶，空气滞重，让他这个来自群山之地的人也感到空气稀薄，喘不上气。难怪刘备当初选中蜀都建立国度，崇山之间沃土之野，令他这等闲人也眼热垂涎。只是他走过这块风水宝地时还不知道十年后，曾参加过西系天完红巾军的明玉珍元帅集结乡兵千余人屯青山，自称陇蜀王。后被刘桢等人拥立称帝，建立大夏国，定都重庆。改朝换代居然是弹指之间的事，之前竟看不出半点异常，该耕地时耕地，该收割时收割，男女相欢，娃娃生了半土坡。

翻越秦岭并非易事，但心无所挂、万念俱灰的阿莫蒲智很痴迷充满危险性的挑战。秦岭的浩瀚无垠会逼迫狂妄自大之人谦卑，苍苍莽莽，无边无际的森林、峭壁、峡谷、河流，让他觉得此生永远也翻不过去。没有马、随从、向导和充足食物，他和"无定"差点死在半道上。幸好遇到一群贩卖茶叶和盐巴的马帮，跟着清脆响亮的马铃铛声，他们苟延残喘地坚持到了山顶。

他们爬上终南山站在崇山之巅，感觉像骑乘在朦胧而又辽阔的苍龙之脊，身旁有无数青龙和银蛇在瞬息万变的云烟之中欢腾、飞舞。连绵山峦在淡蓝和乳白的雾风里时隐时现，凉丝丝带有水星的雾气飞速穿越他们庸常的身体。阿莫蒲智被壮美从容的大自然激荡得神魂摇曳，振臂欲飞，忽然看见几条浑浊闪烁金光的大河模糊不清地隐匿在众山之间，青山两岸处处生机勃勃。他泪眼婆娑地凝望着眼前的山川河流，内心正经历一场风暴——在生与死、坠落与飞扬之间，唯有自然之生命与美从未改变。他渺小如沙粒，如烟尘，如水珠，不及它们坚韧坦荡的万分之一。

进入平缓之地，他们与马帮告别。经过生死考验的艰难跋涉之后，阿莫蒲智想过一段不听铃铛号令的闲散日子，和"无定"在碧草萋萋的旷野休养一阵。

翻越秦岭，对他和"无定"都是无比珍贵的成长经历。"无定"的成长比他明显，已经长成一条他抱不动的大黄狗，毛色闪亮金黄，立起前爪，舌头轻易就能舔到他的脸颊。阿莫蒲智跟它分享自己不那么显而易见的成长心路。他对它说："我曾以为人生不会再有希望和欢乐。现在看来反而是好事，经历过最糟糕的事情就不会再有更糟的事出现。我开始不太在意那场灾难了，阿姐已经死了，我还继续活着。过往经历让我明白真正的我是谁。我只是个流浪汉，不是坐在白虎皮宝座上殚尽竭力又无所适从的大兹莫。""无定"点头伸舌，表示赞同。

阿莫蒲智和"无定"面临的最大问题还是食物。他们对财富和物质的要求降到了最低，替人出苦力吃些残羹冷炙只要能填饱肚子就行，这样反而让他们活得更单纯快乐。只是吃饱喝足躺在松林树下闻着松脂香味，仰望蓝天白云时，会有莫名的寂寞虚空感从天而降。此后这种情绪越来越频繁地袭扰着他，他和"无定"不一样，他还有另一个它无法到达的世界，那个世界丰富绚烂、令人痴迷，是无所羁绊自由翱翔的、只属于自己的精神世界。

"无定，你会做梦吗？会爱上另一条狗吗？一只漂亮的母狗。"

这些话太傻，却是他唯一想了解的真相。

他原本打算绕过汉中城，自上次狼狈逃离这个城池，真不知如何面对魏师长。他没绕过去，不由自主地向它靠拢。一个与他有关、填充了他七年生命的城池对他具有强烈吸引力，他不可能跳开它，装作视而不见。

汉中城变化不大，他熟门熟路地找到了凤仪学馆。孤零零的临河门楼，挂满红色酒旗。六年过去了，老房子仍在原处，没有更破旧，也没有重新修葺，只是比上次见到时感觉孤单冷清。

阿莫蒲智和"无定"一前一后慢吞吞地走着，它感受不到他的紧张兴奋，毛茸茸的脑袋因无法配合他迟迟疑疑的步调不时撞到他的腿、膝窝上。他不停地想见到魏师长该说什么？邱子朔和颜红珠过得怎样？烂醉如泥的夜晚，酒馆掌柜和酒保是否关心过他后来的下落？他吆喝着跟在身后的"无定"，让它走快些，自己却磨磨蹭蹭地退到它后面。

他的感觉是对的。走到学馆跟前，才看出这里已人去楼空。没有酒馆，也没有学馆，一把铜制大锁拦腰横在朱漆斑驳的木门上。

阿莫蒲智找到了安忠，他仍混迹在贩卖马匹的集市，"天菩萨"隐藏在高耸的发髻间，用流利地道的汉语吆喝着买卖。安忠看见他，咧开大嘴，高举着瘦长双臂向他走来，好像遇见他是意料中的事。

安忠热情地拥抱了他，这说明他知道阿莫蒲智现在的身份，不然他不敢对土司做出随意的亲热举动。阿莫蒲智跟着他去了他新的居住地，是间邻郊不错的平房小院，干净馨香，一闻气味就知道有女人居住。安忠比阿莫蒲智年长几岁，家人都在万德土城。离家时他还没结亲，只听说订了门娃娃亲，等跑几趟马帮赚够钱就回土城成亲。后来待在汉中就不愿再回去，阿莫沙蒂准他留下，说不定还给了他一顶不值一提的官帽。

阿莫蒲智进到房间里感觉哪里不对，站在房屋中间无法坐下。狭小整洁的房间到处铺着绣有花团的棉布巾，他身上从未洗过的布衫与之对比更像是臭河沟里捞上来的腐烂水草。很久没有洗澡，在野外游荡时觉不出有味儿，一进小房间，浓重恶臭的体味如同荒漠里的热浪滚滚而来，一阵胜似一阵，别说安忠不能忍，他自己都忍不了。

"我让豆娘做饭、烧水。商爷路途劳顿，吃饱了洗个澡，在此好好休息。"

"这里？"阿莫蒲智大摇其头，这么干净怎么躺得下去。又问："豆娘是谁？"

"是贱内。原是工部侍郎汤大人的侍女，因以下犯上之罪被查没家产，奴仆发配各处。我花了三头牛的价钱才买下了豆娘。"

"是汉人？"

安忠担忧地望着阿莫蒲智，谨慎地说："贱内虽是汉人，但温良贤德，持家有方……"

"你敢带回去吗？土城定下的那门亲事呢？"安忠一定知道他和呷西阿姐的事，所以才敢对他说实话，没有把豆娘藏起来。

安忠低下头说："我是决计不回土城的。当初出来就为了逃掉那门亲事，我不喜那女人，阿普（爷爷）牵走了她家三条牛。现在我让他们还人家六条，那女人就是不退亲。阿莫兹莫也不知豆娘的事。"

"尼冒知道我要来汉中？"阿莫蒲智不想听豆娘的事，别人的幸福只会勾起自己的伤痛。

"阿莫兹莫早就带口信和一只大木箱子来，说让我转交给您。"

阿莫沙蒂怎么会猜到他一定会来汉中？阿莫蒲智心里分不清悲喜，叹口气让安忠带他去看木箱子。

"按阿莫兹莫推断，您应该半年前就到汉中。我见不到您，心里一直打着闷鼓，担心出什么意外，不敢跟阿莫兹莫禀告。这下好了，我得赶紧给大兹莫写封信。"安忠指着阿莫蒲智左手边的角落，靠墙角有个铺着嫩绿色棉布上面绣着深蓝色龙胆花的方形物体。揭开绿棉布，是个漆有黑红黄相间花样的大木箱。阿莫蒲智打开木箱，里面有三捆至正宝钞和自己翻译过的手抄书。

"她带什么口信给我？"

安忠眨巴着眼睛费劲地掏出随身带的一沓纸，指头沾着唾沫翻找用毛笔记下的话，一字一句郑重地念给他听："西汉有张骞，罗娑有商胜。"

"你知道她什么意思吗？"

安忠老实地摇摇头，小心收起那沓白纸。

"她想让我继续为她卖命。她叫我'商鱼胜'，我叫这条黄狗'商无定'。商胜就是商鱼胜，我只是一条狗。"阿莫蒲智满嘴胡言乱语，安忠不明白哪里刺激了他，讷讷不敢接话。阿莫蒲智自己也不知道有什么不满，如果能有张骞的功勋，也不枉为罗娑人。他就是怨恨她把自己一笔抹杀，成了她的影子。他讨厌用自己给她取的名字生活，谁都不想以别人的身份活着。

阿莫蒲智和安忠喝了不少高粱烈酒，说到了柳意儿和学馆。阿莫蒲智没想到柳意儿自己赎了身到汉阴去开了一家桃花院，如今成了腰缠万贯、巧舌如簧的老鸨子。他六年前悄无声息的离开，让学馆断了费用来源。郑师长死后，魏师长失踪了。监礼太监的眼珠不见了，全怪罪在学馆上。郑师母被过了堂，打得皮开肉绽说不出子丑寅卯，便屈判了邱子朔坐监。学馆被查没了，后来又被蒙古将军买下，因战事连连，顾不上照管门楼，便成了空楼。

阿莫蒲智听完安忠的讲述一句话也没说，使劲灌酒，只有浓烈酒气能焐热冰凉漫长的黑夜。

阿莫蒲智在汉中待不下去，这里让他感到无法呼吸，虽然满街货物，人来人往，却如同死城，弥漫着让人活不下去的寒气。与他有关的人死的死，散的散，他已无可留恋。

"您打算去哪儿？"安忠问他。

阿莫蒲智想起了阿莫沙蒂的话。西汉时张骞为汉武帝踏出一条东起长安，出玉门关经天山南北路，越过葱岭，到达中亚或更远地方的凿空壮举令后人仰慕不已。他虽不才，也曾有凌云志向，如今闲散不定，来去随意，倒是阿莫沙蒂点醒了他。

"我先去中都。曾听阿依说过，都城金碧辉煌，灿若天庭，汉白玉柱础粗壮，殿宇巍峨，街衢纵横，不逊于大都。"

"商爷只是去游览，无其他打算吗？"

阿莫蒲智感觉安忠话说得蹊跷，要他有话直说。

安忠单膝跪地，恳求说："我想随商爷四处游历。以前听人说起马可·波罗《东方见闻录》，对游历一事就存下心思。那时尚无家室子孙，有事未了，不敢随意。如今安环长大了，豆娘一人也能照应店里生意，趁着腿脚好使，想跟随商爷出去长长见识。"

阿莫蒲智被安忠的请求弄得烦躁兴奋，连喝了三杯酒，拍着木桌说："就这么定了。"除了游历，他还能干什么。

阿莫蒲智、安忠带上无定与阿莫沙蒂给的宝钞和爨书从汉中城出发，经过长安城、开封府、濮阳府，过了野狐岭，终于到达旺兀察都。要不是一路上看了不少城阙楼宇，见识过华美富贵的殿台，准会被中都城楼处处精雕细琢、奢华铺张的气势吓倒。中都"回字形"城池，三重城垣，由宫城、皇城、外城层层相套，城墙外部两侧包砌青砖或者夯土筑城。皇城多采用汉白玉雕巨柱和张目须动的螭首装饰，城中四角建角楼，南城建有影壁式汉地建筑，气势威武雄壮。城西设有离宫，建造了失剌斡儿朵（棕毛殿），可容纳几千人进宴；南北一线两侧建有大大小小的城楼，雕梁画栋，飞檐转角。东北至西北一路遍布色彩艳丽的蒙古包，多是蒙古贵族聚集之地。

安忠眼睛忙不及看路，走得踢踢绊绊，几次撞到阿莫蒲智身上，害得他差点摔倒。"无定"夹着尾巴，埋头紧紧跟随着阿莫蒲智的步伐，不时发出害怕的呜呜声。

他们在中都到处游走，安忠还画了点线相连的地图。阿莫蒲智对这座壮丽城池突发记录欲望，每天总要向客栈掌柜多讨要灯油，熬夜书写。这一记便一发不可收拾，养成了每到一处就要用爨文记录当地人文风俗的习惯。

中都聚集了天朝之外的使者、商人、旅行家和传教士，阿莫蒲智由此学会了简单的阿拉伯语，远远看见白色圆顶寺庙，还跟着手握十字架的达屑（基督徒）们进到尖顶教堂，里面庄严肃穆的气氛和被钉在十字架上的上帝独子让他心生崇敬。

阿莫蒲智跟着一群穿着白袍的阿拉伯人坐在台阶下的空旷地带，他们好像无所事事地等待太阳落山。阿莫蒲智看着"无定"的脑袋依在腿上睡着，呼吸匀称，腹部微微起伏，内心感到平静满足。他们闲聊中反复提到一个阿拉伯名字——伊本·白图泰，他在柏柏尔人中大名鼎鼎，汉人中很少有认识这位来自摩洛哥的旅行家，更多的人知道意大利的马可·波罗。

安忠是学习语言的天才，他只要跟异族人厮混两三天，就能结结巴巴地跟他们交流。他对不同语种怀有强烈好奇心，随心所欲地跟着模仿，很快就能用陌生语言表达自己意愿。刚到汉中时，阿莫蒲智非常嫉妒安忠的语言才能，他只是个任人驱使的白骨头，却聪明能干得令黑骨头贵族羞惭。在阿莫蒲智接触太多能人奇士之后，妒忌之心才慢慢平静下来。个体的奇妙差异让不同种族更加丰富独特，保持有利于平衡有序的进步，而非独有、霸占地集中于某个高明智慧的族群。否则的话，天地间只有一个族群存在就足够了。安忠告诉阿莫蒲智，伊本·白图泰正好留在大元，阿拉伯人说他此刻应该在杭州。安忠对旅行家们充满了狂热的敬仰之情，远胜过对部落里的贵族，甚至掌握他家族命运的土司大人。

阿莫蒲智被安忠磨叽得无法安生，只好遂他心愿辗转颠簸经过大都，去往杭州。他预感到这将是场无果之行，可眼下也没有其他要做的事，不如四处看看也好。他们到杭州的午后，安忠放下行李就跑得没影。阿莫蒲智和"无定"去了西子湖畔，他们惊诧于西湖之娴静端庄，如人之眉眼，三面环山，双塔交映，三岛鼎立，三堤横陈，五湖连波，美不胜收。坐在湖边品不够浓绿淡蓝间的韵味，时光倏地悄然溜走。

阿莫蒲智和"无定"摸黑回到客栈，安忠还没有回来。

过了两天，安忠胡子拉碴地跑到灵隐寺找到阿莫蒲智和"无定"，急吼吼地拖起他就走。阿莫蒲智还没看到五百罗汉堂和济公殿，心里很不高兴。"无定"也上前来帮忙，咬安忠的小腿。安忠急得眼睛都暴突出眶了，看着十分吓人："商爷，我好容易才找到这个阿拉伯人，他快要回家了。您得去见见他。"

　　阿莫蒲智不明白安忠为什么这么死心眼，恼烦他得很，他压根儿不想去见什么阿拉伯旅行家，照他看来都是像他这般落魄无依的人才四处闲逛。多年后回头看，安忠帮了他很大的忙。

　　阿莫蒲智老远就瞧见安忠要去见的那个人，他面容憔悴，胡须灰白，神情恍惚地坐在人群里，白袍、白包头、浓密花白的胡须使他从乌泱泱的人堆里凸显出来。阿莫蒲智走过去跟他搭讪时，他露出温和的笑容。这个看上去有点沮丧、表现怯懦的大胡子竟然是横穿沙漠、海洋、高山，从遥远国度来到中土的阿拉伯旅行家伊本·白图泰。

　　安忠跟他比较熟络，他毫不掩饰身心疲惫的倦怠和强烈的思乡之情，但他不确定哪里是自己的家。他说："我二十一岁离开摩洛哥丹吉尔去麦加朝拜，一走就二十五年，现在很想回家。"

　　阿莫蒲智听不太懂他说的话，安忠作补充翻译时也听得混乱，他们分不清他说的是人名还是地名，或者是国名、年号。只知道他才二十出头时想去麦加朝圣，这类活动在他们国家非常盛行。他走在路上遇到了一位圣人，圣人对他说，除非他先去叙利亚，否则永远到不了麦加。他非常相信圣人的话，去了大马士革，沿途参拜了耶路撒冷，再去往麦加。在那里过了斋月后，他停不下来了，穿过了内志王国、巴士拉、伊斯法罕，抵达巴格达。他还遇见了伊尔汗国的大汗不赛因，跟着去了首都大不里士，然后回到麦加。他有时随着季风转向，经过埃塞俄比亚、也门、阿曼，再回到麦加。过了一年后，他受到德里的苏丹邀请他去德里苏丹国，塞尔柱人统治着小亚细亚，他搭乘一艘热那亚船到了奥斯曼帝国港口阿兰雅，穿过整个安纳托利亚，到达黑海港锡诺普，穿过黑海抵达克里米亚的卡法港，再往东穿过大草原，遇到了金帐汗国大汗月即别。二十八岁，他到了君士坦丁堡，第一次见到了东罗马帝国皇帝安德洛尼卡三世和索菲亚大教堂。伊本·

白图泰说到索菲亚大教堂的宏伟雄奇，眉飞色舞，黑黄的脸颊上涌起淡粉的血色。

　　阿莫蒲智和安忠邀请他到客栈，继续听他带有夸张成分的演说。他非常了不起，但有的经历听起来不太真实。安忠不同意阿莫蒲智的说法，他觉得伊本·白图泰受的苦难和伟大的游历经验用什么溢美之词都不过分。伊本·白图泰在德里苏丹国受到重用，被任命为卡迪（相当于刑部尚书），他抱怨说国王一边对他极其宠信，一边又猜疑重重。所以国王要派使出访大元，他毛遂自荐，得以出行。这趟出行从开始就不顺利，他们遭到印度教徒袭击，差点丢了性命。好容易到了古里港口，出航船队尚未出发又遭遇风暴，两艘沉没，剩下一艘在两个月后被苏门答腊岛的统治者擒获。当时他正在清真寺祷告，幸免于难，但又不敢回德里复命。后来印度教徒推翻了穆斯林统治，伊本·白图泰从苏门答腊逃出流落到马尔代夫，由于他的名声太大，被国王任命为当地大法官，娶了国王女儿。他不愿过多提及这段往事和他乐意早点离开的女人，他最终被赶出了马尔代夫。他说是他想离开，故意胡判乱裁惹得全国上下愤怒。他去了锡兰国，乘船遇到了风暴和海盗，只好折返古里，停留在马尔代夫。他非常难受和孤独，好容易找到一艘来自大元的船只，顺利经过马六甲海峡，沿大越海岸到达泉州。他在泉州、广州、杭州停留之后，跟随阿拉伯商人到了中都，他已经饱尝思乡之苦，厌倦了游历，只想尽快回到家乡。

　　伊本·白图泰给他们看他肿得像马蜂窝样的膝盖，以及腹部、腿部、手臂上的伤痕，像展示老树干上的节疤、砍痕、虫洞和掉皮。他手掌布满了又黑又深的纹路、又厚又黄的茧皮，看起来比他们还惨，却对他们说："真主保佑您。"

　　此时正是元至正六年的秋天，从枯败柳树间穿过的阳光像一匹匹绚丽的锦缎从天空铺呈到客栈的木质地板上，给暗淡的房间涂抹上奇异曼妙的色彩。伊本·白图泰的笑容像他的牙齿一样洁白炫目，阿莫蒲智和安忠、"无定"都被他神秘、强大的气息感染了。他们决定跟他一起去摩洛哥。他说在十八年前，大元有位叫汪大渊的旅行家先后两次从刺桐港出发，穿越阿拉伯海、波斯湾、亚丁湾和红海，到过摩洛哥和坦桑尼亚。他没能遇到那位可敬的东方旅行家，但遇到了他们。他高兴地说："感谢真主。"

他们的目光和灵魂随着伊本·白图泰的讲述，穿过波涛汹涌的大海和熙熙攘攘的港口，向明媚如阳光的更远处无限延展。他们所不知道的遥远地方——北方的山东正发生一场持续七天的大地震，河南、广西、云南发生农民起义，战火总是很快被扑灭，又在另外的地方熊熊燃烧。法国军队在克雷西战役中惨败，英国国王爱德华三世提出他才是法国王位的合法继承人。鼠疫在中亚小城中发作，鞑靼人包围卡法城久攻不下，恼怒的鞑靼士兵把病死者尸体扔进城内，病死者长着青黑色疱疹，溃烂腐臭，被称为黑死病，由此迅速传入欧洲。可怕的黑死病在欧洲爆发，将持续十五年之久，伊本·白图泰的父母也将死于黑死病，他的家乡没能躲过灾难，他将归无所依。但这些悲惨命运他们还不会知道，伊本·白图泰为他快要回到家乡跟父母团聚而喋喋不休。

在大元的秋日暖阳里，阿莫蒲智感受不到更遥远地域发生的灾难，沉浸在想要看到更广阔世界的兴奋中。他们的命运表面上似乎毫无关联，然而却像在池塘里投入一块石头，投放点的波澜和涟漪层层圈圈扩展推进，晃荡水面的浮萍，摇动莲叶和莲蓬，惊起水底鱼虾，漂漾着岸边木船，弄醒了木船上正在打盹的渔夫。他们都在这个小池塘里，只要石头产生的震动力足够，谁也逃不过被波及的影响。

他们决定向北出发，经过广袤荒凉的沙漠地带和高寒的天山地区进入中亚国家，穿越阿富汗和叙利亚到达地中海，再沿罗马到达摩洛哥。离开四季如春的云南到世界各地进行漫长旅行，首先要克服的就是寒冷天气造成的困难。安忠似乎毫不担忧，他兴奋极了："我以为中都和大都就是天地中心，竟然还有更大的天地，跟大元一样繁华的国度，真让我等不及要去看看。"

伊本·白图泰点着头："去看看伟大的东罗马帝国，它正在消逝。"他言语里的叹息和沉痛让阿莫蒲智猛然想起罗婆部落夜晚微凉的风和簌簌落下枝头的梨花瓣。

离开壮观宏伟的城池，他们——被家支除名的黑骨头贵族、罗婆白骨头平民、柏柏尔人后代和一条血统混乱的黄狗在通往广阔世界的路途中逐渐丢弃了固有身份。翻过森林茂密的山岭，他们变得更为亲密，手牵着手攀爬陡峭山壁，或者身体合抱一起滚下土坡。穿越沙尘肆虐的沙漠无人区时，他们仅是努力存活的四条脆弱生命。伊本·白图泰每天都做祈祷，不断鼓励阿莫蒲智和安忠坚持下去，"无定"发挥嗅觉特长找到了水源地。在一望无垠的漫漫黄沙里，"无定"不停地修正路线。它已经长成强壮矫健的大狗，在恶劣环境中把失去方向的人类带到安全地带成了它的使命。它保持高度警惕和四处奔跑的能力，像个威风凛凛的国王保护着这支小队伍。阿莫蒲智是队伍里身体最为孱弱的，咬牙坚持八天后，神志渐渐昏聩。他常常听到伊本·白图泰和安忠在争论路线，却无力发表意见，后来阿莫蒲智所有的气力只能支撑机械般的行走，时刻提醒自己不要在绵软炙热的细沙里连续摔倒。沙漠里的摔倒极其可怕，不经意间活蹦乱跳的生命就会消失在黄沙之中。

好容易走出沙漠地带，他们又陷入战乱的草原。到处是凄凉荒草、呛人的狼烟和残缺不全的尸体，秃鹫、黑鸦阴森森地盯着他们，眼睛里恶狠狠的渴望让阿莫蒲智不敢抬头。他们遭遇到小股战斗，分不清是塔吉克人还是塔塔尔人，冷箭扎进了安忠右手臂，他们只敢夜晚走路，白天躲在沙棘和刺槐灌木丛里睡觉。安忠的伤势不太好，伤口迟迟未能愈合，在没有草药的荒漠和戈壁滩之间，阿莫蒲智无计可施。安忠疼得小声呻吟，"无定"会为他舔舐伤口。他们都担心自己能不能活着回到家乡，伊本·白图泰每天都向初升的和将要落下的太阳做虔诚的祈祷，阿莫蒲智也想起了巴莫查查念的经文，嘴里默默祝告。

伊本·白图泰和阿莫蒲智没有就各自教义进行探讨交流，他们小心翼翼地避开谈论各自的宗教信仰，忌讳谈论各自教派。他们说起过也里可温教、萨满教、印度教，但对自己的宗教只字不提。没有适合的食物，伊本·白图泰谢绝和他们共进肉类，阿莫蒲智和安忠怀着歉疚心情快速地吃下烤肉和各类沙地虫子，"无定"找到一些富含汁水的草茎费力地咀嚼。

对战乱、饥饿和野兽的恐惧远远超过了当初头脑发热的出行决心，阿莫蒲智崇敬伊本·白图泰的勇气，也理解他归心似箭的心情。他们摇摆在继续前进和掉头回家的抉择之间，要不是回家的路同样凶险难料，说不定他们早就退缩了。伊本·白图泰似乎觉察出他们的犹豫和胆怯，在一次他们出去找寻食物时，他带着自己的包袱离开了他们。他们在《论语》里找到了他的字条，看到了一句熟悉的话："真主保佑你们。"

阿莫蒲智说不清当时的想法，伊本·白图泰的好心让他们觉得羞辱，也许他认为他们吃不了这份长途跋涉、风餐露宿的苦，不如早点打道回府。阿莫蒲智却铆上了劲，安忠的伤口在"无定"的舔舐下奇迹般地愈合了，他们决定一直向前走。阿莫蒲智对安忠说："如果是罗婆人说这话，我还能听进去。可被柏柏尔人这么说，真让人受不了。"

他们经历千难万险到达了君士坦丁堡，它的城墙非常坚固，据说只有十字军攻破过。他们在集市和港口看到大量的丝绸、毛皮、奴隶、粮食、贵重木材、香薰料、染料、象牙、宝石、珍禽异兽和其他奢侈品源源不断地通过马帮和船只运进城堡，玻璃、马赛克镶嵌画、高级丝织品、锦缎、武器、葡萄酒、金银货币、珠宝首饰和工艺品又不停地运送出去。他们被大秦（东罗马帝国）的辉煌瑰丽搞得晕头转向，安忠说："这里又有一个大都、中都。"这话必定会引来罗马人的讥笑，可没人听得懂他们的话，他们也听不懂罗马人说些什么。

经历了生死考验的漫长旅程，阿莫蒲智和安忠决定要好好休息，剩下的两捆宝钞成了废纸，幸好安忠带了些金银，他头脑灵活，很快就在集市里找到赚钱机会，开始做玻璃生意。阿莫蒲智曾在斯补纽舍房间里见过琉璃花瓶，听说来自遥远王国。现在站在一堆晶莹剔透、色彩斑斓的玻璃器皿前，有种恍如隔世的眩晕感。

他们待在君士坦丁堡越久，越能体会伊本·白图泰当初沉重的叹息。大秦的大部分土地被奥斯曼帝国侵占，威尼斯商人拥入城堡，帝国境内异族人虎视眈眈，由于罗马人的傲慢，斯拉夫人、塞尔维亚人和保加利亚人仇视罗马人。罗马皇帝用紫金冠征服了东正教皇的法杖，人们背叛了自己的信仰，相互猜忌，失去生存信念，甚至不愿繁衍后代，堕胎、自杀几乎成了普遍现象，帝国人民陷入一团混乱。

他们听到一位记录了约翰五世加冕典礼的罗马史官哀叹说："皇帝的大多数皇冠和冕服只是看起来像黄金珠宝，其实都是染上金色的皮革，饰以彩色玻璃冒充宝石。前朝皇帝用来品尝美酒的、缀满红绿宝石和珍珠的高脚金杯，已经被换成了白锡杯或陶土杯。……到处可以看到类似具有天然美丽的宝石和多彩绚丽的珍珠一样的东西，但是这些都骗不过众人的眼睛……罗马帝国的繁荣和辉煌竟然颓败到这种程度，昔日的荣光完全消失了……"他说这些话时，阿莫蒲智神差鬼使地想到了中都和罗娑土司府。

阿莫蒲智没有向人打听过大元的情形，似乎很长时间都没思念过自己的家乡。他们为了生存下来，在地中海温和多雨的冬季和炎热干燥的夏季拼命干活。晶莹剔透的玻璃在他们眼里变成了金币。他们和罗马人一样努力抗拒威尼斯商人的打压排斥，日夜在地中海海岸线上忙碌，从一个拥挤的港口辗转到另一个受诅咒的集市。他们坐在风信子花旁吃着多籽微甜、紫褐色的无花果。安忠说："这里全是褐土，结出来的果子也是褐色的，真奇怪。"

"无定"进入君士坦丁堡时还生龙活虎的，如今已经老得走不动路，整天躺在无花果树下睡觉，站起来摇摇晃晃无比沉重的样子。它不理睬城堡里的异族人，只有阿莫蒲智和安忠走过时，才躺在地上懒散地摇摇尾巴。安忠问阿莫蒲智，"无定"有几岁？阿莫蒲智记不得了，只说是见到安忠前一两年抱的小狗。安忠掐指算算，说"无定"大概有十五岁了。阿莫蒲智悚然一惊，难道自己离开故土已经十五年了？

安忠说："我想回家了。不想去摩洛哥，到处是黑死病人。"

阿莫蒲智也想回家，可他回不去。他刹那间明白了刚见到伊本·白图泰时旅行家的复杂迷茫心情。阿莫蒲智比那时的伊本·白图泰更糟，柏柏尔人从未忘记朝圣的初心，每到斋月必要斋戒。他却忘了阿吒力教教义，忘了罗娑部落，忘了阿依和尼冒，完全沉溺于水仙花、迷迭香混合的奢靡香气和紫色锦缎环扣黄金的陌生国度。

我是谁？阿莫蒲智又再次迷失。

安忠没有催促，赶着马帮继续运送玻璃。他们在的黎波里遇到了来自大元的汉人商船，安忠像看见了亲人般飞奔过去，他拉着身穿直袍、发束于顶的汉人问个不停，还请船上的十四个商人、船工吃烤黑鱼。他们得到不好的消息，中原一直在打仗，最初野心勃勃的蒙古人想打过东海去占领日本国，不想在大越陈朝、高丽国都遭遇到剧烈抵抗，元军巨大的军事损耗加重了国中民众赋税，反抗暴动像春天的麦浪一波未平一波又起。他们还没离开国土以前，大元就已是到处冒起狼烟的破房子。

"蒙古人快撑不下去了。红巾军的人遍布各地，明玉珍控制了四川，方国珍控制了浙东地区。"商人吃着烤黑鱼，像谈论一件与己无关的事，没有流露兴奋也没有忧伤神情。

"蜀地是汉人的天下了？"安忠跳起来，再也坐不住。他围着他们不停地走来走去，双手搓揉，激动得连耳廓都变得通红。他含着泪水对着阿莫蒲智几乎是嘶喊："商爷，我必须回去！豆娘和两个儿子不知怎么样了。"

阿莫蒲智忘了这件事，安忠的亲人距离四川最近。眼下奥斯曼帝国攻陷了亚得里亚堡，君士坦丁堡失去了跟巴尔干半岛的联系，快成为一片漂游在包围圈中的孤岛，这里也待不下去了。阿莫蒲智脸上带着笑，淡然地说："我们一起回去。"

"你们可以搭乘我们的商船回去，顺便带点玻璃。我只要你们每人二十五个东罗马金币，带你们到撒马尔罕。"

"用船？"

"船和骆驼。"

"你们不去长安或者中都？"

"我们在撒马尔罕有生意做。"

"成交。"

"两天后午时到港口来。"

安忠太兴奋了，他不停地摆弄着为豆娘和儿子们准备的礼物，不管堆在后仓的玻璃。"无定"虚弱地躺在木板上喘气，它连门口都走不到了，从君士坦丁堡到的黎波里的路上，被装进竹筐里和玻璃一起在骆驼背上摇晃。它一路上都在呕吐，每次胃痉挛抽搐得它干瘪的身体发抖不停，其实吐不了什么，它几乎吃不下任何东西，只是舔舔水和烤肉，舔舔阿莫蒲智的脸颊。

它的时间不多了。阿莫蒲智只想守护着它，也不去管没有处理掉的玻璃。"无定"连抬头看阿莫蒲智都感到吃力，阿莫蒲智盯着它的腹部，有时那缕生命气息会中断好久，让他误以为"无定"不在了。可转眼它又悠悠吐出一口气，像万念俱灰的老人重重地叹气。如果两天后它还没死，阿莫蒲智会把它带回狮子山洞里。在那儿，巴莫查查把毛茸茸、还没有睁眼的"无定"抱给阿莫蒲智，从此它陪伴了他十五年，一天也没离开过。

"无定"在夜里安静地离开了。睡到半夜，它忽然能起身走到阿莫蒲智的竹席上，在他怀抱里躺下。阿莫蒲智抱着它入睡，直到早晨感到它的身体微凉。怀里的"无定"眼睛半张，已蒙上青灰色的雾霾。

"把它烧了吧，按罗娑人的习俗。"安忠红着眼圈说。

阿莫蒲智依照汉人习俗，把"无定"用竹席裹起来放进大木盒子里，还放入几颗它玩耍过的大玻璃球，将它葬在背阴的沙丘下。这里没有浓密的树林和叮咚流淌的溪水，只有它熟悉的黄沙和阴冷的海风。木头做成的墓碑上用爨文刻着：义犬商无定之墓。

去往撒马尔罕路上，阿莫蒲智沉浸在怀念"无定"的悲痛中，每次抬头总能看见翻着浪花的海水、漫漫黄沙和墨蓝色夜空上金黄月牙儿。归乡的路好像长得没有尽头，他们不是在腥臊恶臭的船舱里摇晃，就是在坚硬溜滑的骆驼背上起伏，没完没了。

他们抵达撒马尔罕时，西察合台汗国王族忽辛登上可汗宝座，没有大动荡。安忠说："来的时候，我在这里中了一箭，差点丢了小命。"那时候他们惊慌失措忙着保命，没问伊本·白图泰所处位置。只听他说这里常常打仗，鞑靼人、波斯人、蒙古人打来打去很不安定。阿莫蒲智记起来是"无定"为安忠舔舐伤口才让他保住命，如今"无定"的魂灵却回不来了。

他们以为很快就能回到长安，窝阔台汗国、钦察汗国、察合台汗国、伊利汗国都是大元帝国的汗国，他们不用说希腊语、阿拉伯语，尽管是天南地北的差异，看到蒙古字旗还是不由得感到亲切，情不自禁地拥抱一起。然而他们高兴得太早，蒙古兵带走了同船商人和船工，连同阿莫蒲智和安忠一起扣押在牢门里。

　　"为什么抓我？"阿莫蒲智一生中到底有多少牢狱之灾，斯补纽纽舍把他幽禁在柴房，罗罗斯人抓他坐牢，蒙古人也让他坐牢。阿莫蒲智和安忠像关进牢笼里的鹩哥左突右撞，摇撼着木栅栏般的牢门，歇斯底里地大叫大喊。

　　"别费力气了。"吃过他们黑鱼的商人冷淡地说，好像坐牢是家常便饭。

　　"我们马上就能到长安了。我还要去汉中，我的妻儿都在那里等着我。"安忠抱着脑袋，哽哽咽咽地啼哭，"我已经离家十六年了，十六年了！说不定都当上阿普了。"

　　阿莫蒲智的心情也很糟糕，但还没完全崩溃。他相信表情平淡的商人有办法帮助他们离开牢笼，他们进出牢门肯定不比阿莫蒲智少，说不定早摸透了牢头们的口味。

　　阿莫蒲智掏出一直珍藏的两捆至正宝钞递给商人："这些宝钞以前可以买一栋房子。现在还是至正年吧？"

　　"至正二十三年。不过这些宝钞买不了一栋房子，只能买匹马。"

　　阿莫蒲智简直不敢相信自己的耳朵，就像听到有人说黄金变成了石头一样。他又掏出剩下的十二块东罗马金币，反正它们以后派不上用场了。

　　商人接过宝钞和金币，露出诚恳的神情说："成吉思汗的儿孙们为了汗位打个不停，你看撒马尔罕的回回人和鞑靼人多得数不清，帖木儿不会这么乖。等着瞧吧，过不了多久，他们就会忙得顾不上我们。"

　　果然没过几天，他们被放了出来。商人们备完货物准备去伊利汗国，阿莫蒲智和安忠劝他别为了金银丢掉性命，中亚地区实在太乱了，人们闭上眼睛就不知道能不能再睁开眼睛。这会儿在眼皮底下兴高采烈地数着钱呢，立马就成了倒在地上的尸体。商人神秘地说："你们快走吧。这里很快就会打起来的。"

安忠拽了阿莫蒲智一把："别管了，他是个爱打仗的人。"

哪有爱打仗的人？阿莫蒲智心里嘀咕。

阿莫蒲智和安忠夜以继日地赶路，安忠一直唠叨不停，一会儿用阿拉伯语，一会儿用汉话，一会儿用爨语，阿莫蒲智耳朵一刻也不得安宁。阿莫蒲智在安忠话语中跌跌撞撞地奔跑、趴下和匍匐静卧，忍受烈日暴晒、饥渴和夜晚的清冷，一个又一个的荒岭沙丘，失去水分和叶片的植物似乎永远都看不完。偶尔能遇上骆驼队，安忠付给他们不少的波斯银币能搭乘一段。他们筋疲力尽又急切忍耐地走着，用棉布一层又一层地裹着血肉模糊的脚，脚趾间的老茧摩擦着新肉，每走一步都钻心地疼。

在葱岭山坡下，他们得到了好心的塔吉克牧民帮忙，在温暖的帐篷里喝到热乎牛奶，吃到了鲜儿克鲁齐（奶粥）和喜儿太里提（奶面片）。大片翠绿绵延的草原让阿莫蒲智心情好了起来。他们在牧民家里休养几日，带上充足食物才鼓起勇气翻越葱岭。这么多年，阿莫蒲智爬过无数山峰和峻岭，却始终无法忘记当年站在秦岭终南山头的激越情怀。

他们离开善良热情的塔吉克人后两天，在爬下陡峭悬崖时，安忠突然捂着肚子蹲在地上，脸色青白无血。阿莫蒲智以为是饥饿太久的肠胃吃到新鲜牛奶不适应，毕竟安忠的身体一直非常强壮，他的须发浓密乌黑，比阿莫蒲智充满力量。安忠的腹泻并不严重，开始只是一天两三次，偶有腹痛，他还自嘲说狗肚子装不了三两牛奶，生来贱命一条。后来拉的次数渐渐增加，他还是挨过了天山，到了玉门关。

安忠看着题写着"玉门关"的关隘，欢叫起来："我们到玉门关了！"

阿莫蒲智心跳得厉害，能听到血液在身体里流动的轰鸣声。望着碧天黄沙间耸立的黄土城门，喃喃念出："黄河远上白云间，一片孤城万仞山。羌笛何须怨杨柳，春风不度玉门关。"两行热泪滚落下来，他蒙住脸扑倒在黄沙里，火热的沙粒烧灼着他历经沧桑的脸。

阿莫蒲智想紧紧抱住安忠，他们的交情融进了彼此生命里。阿莫蒲智想和他面对玉门关结拜兄弟，饮下彼此鲜血。阿莫蒲智满面黄沙，快乐地冲安忠叫嚷："阿牟！阿牟！"安忠突然脸色大变，背靠着胡杨树坐下，两脚伸直，疲惫地呜咽一声。阿莫蒲智听出他声音不对忙跑上前去。安忠的脸像泡在寒潭里太久的树叶，白里泛青，只剩下叶脉般瘦削可怖的脸骨和皮肤。他挣扎着对阿莫蒲智说："此去长安三千六百里，我怕是走不到了。"

阿莫蒲智忍不住哭泣起来："安忠，我们走了何止几千几万里，都走到家门口了，你别胡说八道。我去给你找草药，找医士，拉肚子死不了人。豆娘和安环都眼巴巴等着你回家呢。"

安忠虚弱地笑了笑，说："我希望您叫我曲比约莫，蒲智大人。我想回家，回罗婆部落去。"

"我会带你回去。"阿莫蒲智扔下他，慌忙起身去找人，守卫关隘的蒙古兵或者过往玉门关的汉人、鞑靼人、塞尔柱人、回人、希腊人，什么人都可以。

幸得骆驼商队帮忙，进入玉门关门，阿莫蒲智把半昏迷的安忠安顿在客栈，又请了当地草医上门诊断。草医开了药方，抓了几副草药熬制成汤灌给安忠服下。一天天过去，安忠仍昏昏沉沉，水米不进，腹泻稀白，不见好转。阿莫蒲智原本记在脑子里的《回回药方》多年不温，忘得干干净净。只记得年少时巴莫查查曾用侧柏给自己治过腹泻，便忙着出门找寻。侧柏只能去寺庙里寻，调制成汤药，给他喝下还是不见好。

客栈掌柜的胖夫人见安忠不好，担心他死在客栈里，骂骂咧咧赶他们走。阿莫蒲智好说歹说，客栈掌柜为难地多容了一天。阿莫蒲智身上的宝钞和金币为了保命，全给了带他们去撒马尔罕的商人，眼下连住店的钱都给不出。万般无奈阿莫蒲智只得去搜安忠的身，他一路上没露过财，阿莫蒲智知道他攒了不少金币。

阿莫蒲智摸到安忠腰上系的羊皮囊，他在汉中多年居然没学会使用钱布袋子，还用羊皮囊装物品。阿莫蒲智跟他一起十六年，从未见过他用羊皮囊，这家伙藏钱真藏得紧。阿莫蒲智笨手笨脚去解羊皮囊的皮带子，左手忽然被人死死抓住，吓得汗毛都竖起来了。阿莫蒲智看清是安忠的手，定下神来，安忠睁着一双白多黑少的鸡腰子眼睛瞪着屋顶，右手紧紧地攥住阿莫蒲智的左手。阿莫蒲智挣不脱，生气地说："掌柜不让住店，我身上的钱都花光了。"

安忠放开手，做个让阿莫蒲智近前些的手势，他连大声说话的力气都没有了。阿莫蒲智俯下身子把耳朵贴着他的嘴，听见他说："金梳子给豆娘，两只金碗给……给儿子。剩下的，一定要带我回土……土城。"

"我把你交给豆娘，等你治好了病，自己回土城。"阿莫蒲智听不得他说丧气话。他们走了十六年的路，爬过葱岭，穿过荒漠和大海，遇到过战乱、黑死病、大地震，几碗牛奶就把他撂倒了，说得铁树开了花阿莫蒲智也不相信。

阿莫蒲智打开安忠的羊皮囊，里面黄金可真多。除了他交代的镶嵌大红宝石的黄金梳子和两个镶满小红宝石、蓝宝石、绿宝石的金碗外，满满半袋子金币。阿莫蒲智兴致盎然地数金币，数着数着，十多年的辛酸悲凉袭上心头，泪水模糊了视线，泪珠豆子般往下掉，再也数不下去了。

阿莫蒲智跟掌柜结了账，用十个金币买了一辆马车。在东罗马驾驶的都是四轮马车，关里的马车全是两轮的，难怪跑得不快。阿莫蒲智一边驾着马车，一边跟安忠说话："曲比约莫，你太能攒钱了。我们一起做玻璃生意，每次分利都是对半开，怎么我的少你那么多？如果你不拉稀，我就成了瞎子。你太狠了吧，我俩比我结拜的七个兄弟还好，你背着我攒这么多金币，太可恶了。你要是能站起来，我要跟你打一架，你这种坏蛋白骨头，我得把你吊在高台刑桩上，让整个部落的人都知道你干的坏事！"

安忠毫无反应，无论阿莫蒲智如何咒骂，他都像个死人样一动不动地躺在发出粪便味的棉布堆里。阿莫蒲智心急如焚，恨不得插上翅膀变成只大雁，背着安忠飞到汉中去。让他见见他的女人和儿子，十六年没见了，哪怕见最后一面也好。阿莫蒲智嘴里乱骂着，见山骂山，见树骂树，骂石头挡路，骂麻雀聒噪，呼呼呼地挥舞着马鞭子用力抽打天山马，就像一个疯狂追杀马匹的人。马车跑得飞快，在山路上颠簸得阿莫蒲智坐不住，他不管安忠被颠得拉了几回稀，也不管马车铁箍木轮快要飞起来。他嫌不够快，上坡时跳下马车跟天山马站在一起拉车，下坡仍不停挥动马鞭。

安忠死了。阿莫蒲智不知道他什么时候死的。阿莫蒲智早晚都在赶路，憋得尿急，跳下马车就站在原地撒尿，跳上车又继续赶路。有一回撒完尿，阿莫蒲智跳上马车时朝车厢里瞟了一眼，见安忠被颠到车厢后面蜷成一团，就进去搬他。他仍半睁着眼睛，身子又冷又硬，手脚缩在肚子上，怎么按都按不直。阿莫蒲智生气了，费了这么多气力全都没用。阿莫蒲智大声咒骂安忠，最后几百里路都等不到，黑死病都拿你没办法，几泡稀屎就要了你的命。你命真贱啊，就是个贱骨头！阿莫蒲智边骂边哭，荒郊野岭最后只留下身体羸弱的一个。活蹦乱跳的"无定"老死在的黎波里，强壮精明的安忠病死在回长安的半道上，只剩下又瘦又老、孤苦伶仃的阿莫蒲智。

阿莫蒲智独自戚戚哀哀地哭了大半天，擦干眼泪，撒开缰绳，任由马车向前忽快忽慢地跑，像他们在里海的商船上航行，忙不停地做玻璃生意。在山林间奔跑着，忘记了时间。时间不重要了，死人没有什么紧急事情要去处置。一条翻滚着白浪的溪流从密林尽头流淌出来，溪流里乱石丛生，水流撞击着青黑色的石头发出响亮的哗哗声。阿莫蒲智忽然想起要给安忠净身，车厢里正发出恶心的、未消化充分的排泄物气味。

阿莫蒲智把天山马拴在樟树上，半拖半抱地把安忠放到溪流旁。清幽幽的山泉水最适合为他这样聪明能干的人净身，洗去他的遗憾，冲走他的怨恨。安忠像个没发育的小男孩害羞地蜷曲身子，阿莫蒲智唱起了歌，大部分调子他都忘光了，只记得巴莫查查教的经文。阿莫蒲智为好兄弟唱《赛玻嫫》："马缨花树下端清水，清水洗娃娃，娃娃比云彩白，娃娃就像马缨花。"洗完身子，安忠的手脚又变得柔软，恢复懒散静卧的样子。阿莫蒲智把沾染秽物的棉布和衣物都洗干净晾晒在杜鹃灌木丛上，自己跳到溪水里洗澡，然后和安忠并排躺在溪流旁沙堆上晒太阳，睡了过去。

阿莫蒲智本想把安忠完整地带给他女人，可尸体开始变黑发胀，散发出浓烈臭气。阿莫蒲智往他身体上涂抹石灰浆，他看上去像萎缩干瘪的黑木人。后来他又变了，像煮久的黑糯米团子，看不出人形了。阿莫蒲智知道他已经走远，等不得天山马慢吞吞的脚步。阿莫蒲智对他说："你现在倒好了，没有肉身坠着，想飞多快就飞多快。你攒了那么多金币给女人，现在跑得飞快去见女人，把我丢在后头。我还想跟你结拜兄弟，你眼里只有女人。"阿莫蒲智知道这样说他不对，他丢下女人陪自己在外流浪了十六年，可阿莫蒲智就想这么骂他。骂够了，才寻个僻静地方把安忠丢弃在人间的皮囊烧掉，用白棉布包着半把骨灰带回汉中城。

豆娘仍守候着老房子。安忠的大儿子安环因腿瘸没被抓去充军，娶妻生子，接管牛马生意。小儿子被抓去镇压红巾军杳无音讯。豆娘已是两鬓斑白，眼睛半瞎，神情木讷，经安环几次催促才颤抖着双手接过骨灰和羊皮囊。阿莫蒲智帮她拿出那把镶嵌大红宝石的黄金梳子，对她说安忠想回土城去。她似乎没听到阿莫蒲智说话，双手紧紧摩挲着金梳子，倒是捧着金碗的安环连声道谢，答应会满足父亲遗愿。

阿莫蒲智把安忠送还给他女人，一个人空落落地走出豆娘家，牵着天山马车慢慢走在汉中城的窄巷里。

天上下起小雨，雨丝轻柔，落在脸上毫无感觉，只有落在眼睑上感觉微微清凉，身后响起踢踢踏踏、失魂落魄的脚步声。豆娘追了上来，眼睛里一片死寂，没有光，也没有泪。她喘着气跑到阿莫蒲智面前，把怀抱着的骨灰包塞进他手里，喉咙里咕噜噜滚动一串含混的声音，最后才艰难地说："蒲智大人，您带曲比约莫回家去吧。"

20

元至正六年，阿莫蒲智抱着"无定"离开弄积寨，带着安忠骨灰驾乘马车归来是明洪武元年。这期间发生了不少大事件，汉人朱元璋将蒙古人逐出中原，建立了新王朝。但对豆娘、阿莫蒲智和曲比家族来说，那些大事件的影响抵不过安忠去世带给他们的悲痛。

阿莫蒲智和安忠一起见识过太多战争，混乱、惨叫、密密麻麻的尸体和街面上闲逛的无主奶牛。战乱击碎了生活里许多东西，比如安宁、平和、信任、缓慢、从容、坚强。就像巨石投进湖水打破了湖面平静，但不久之后，宁静庸常的生活仍将继续，上山打柴、到草地上放牧、收割麦穗、酿制美酒，爱上一个眼波流转的人，生下孩子——生活不会因为大事件停止，不会因此发生改变，但人们很快就会适应猝不及防的变化。

阿莫蒲智游历了不少王国和地域，见识过荒漠、雪峰、大海和森林，接触过也里可温教、东正教、伊斯兰教、拜火教、萨满教、印度教，每个地方都滋养出不同的信仰和生活，像不同土壤长出的花和果实，东罗马的水仙花和无花果、奥斯曼的郁金香、地中海的黑鱼、天山的雪莲和玉门关的锁阳。人们沉溺于各自生活中，有野心的人急于让世界了解和接受他们的生活样式，不停地发生冲突，但他认为用郁金香的美去剥夺水仙花的美是不可取的。

纵然阿莫蒲智看见过太多美丽新奇的事物，再看见布满松林的山头时，他的心情仍旧无法抑制地激动起来，泪水一次次流淌，弄得关隘罗罗兵以为他正遭受着什么大难。

守卫不是阿莫蒲智出关时认识的那两个罗罗兵，而是个长着山羊胡的歪脖男人和还没长出胡须的招风耳男孩。招风耳疑惑地围着阿莫蒲智转圈，把公文举到鼻子前大声念："商鱼胜，汉中人，做脂粉、香料生意？"

歪脖子对天山马感兴趣，他正眼都没瞧阿莫蒲智一眼，只呆呆地盯着白马看。

阿莫蒲智用罗娑语说："我以前叫阿莫蒲智，不是汉中人，是罗娑人。"

招风耳不知道未出生以前发生的事："胡说！我从没听说过有阿莫蒲智这个人。"

阿莫蒲智上了年纪，变得很固执，不再想隐藏在"商鱼胜"这个不属于他的名字下面。快二十年过去了，阿莫蒲智就是阿莫蒲智，是阿莫基蒲的儿子，与土司之位无关。

"阿莫蒲智？"歪脖子费劲地把视线从天山马转移到他身上，上上下下仔细地打量他，突然做出个放人的手势。

招风耳飞快收起公文，疑惑地瞅瞅歪脖子，赶紧把公文塞在阿莫蒲智手里，挥了挥手："进去吧。"

阿莫蒲智先去狮子山找寻巴莫查查。安忠的魂魄在玉门关到长安的路上飘荡太久，找不到回武定万德土城的路。

"你怎么知道大奚婆回到了山洞？"眼袋青紫、身形瘦长的阿资燕认出了他。

阿莫蒲智不想跟他说太多，径直进了山洞。阿资燕略略显得有点兴奋，不停地倒水、给火塘加柴、为灯台添油，在山洞里走来走去，火光映照得他瘦长身影像一根竹竿不安地搅动平静池水。阿莫蒲智安静地等待巴莫查查，大奚婆不喜人打扰修习经文，休息、吃饭时自会到火塘边来。

等了三四个时辰，巴莫查查才走出内洞来到火塘边，他须发皆白，像被雪花覆盖着的青松，精神很好。仍沉浸在古经文义中的他没认出阿莫蒲智，这令阿莫蒲智感到局促不安。他很长时间没照过铜镜，不知自己变成什么样子，让慈父般的亲人都认不出自己面目。

巴莫查查看到阿莫蒲智滚落的泪水，恍然点头："蒲智，我的孩子。"仿佛阿莫蒲智从未离开过他的身边。

阿莫蒲智讲述了在外的经历，巴莫查查沉吟不语。他让小奚婆们告知曲比家族的人来到狮子山，将为曲比约莫举行法事，招魂指路。在阿莫蒲智看来琐碎困难如水里捞油的事务，不到三天就被遍布在各地的奚婆们轻松做好。曲比约莫的兄弟姊妹、族亲、宗亲、邻人和听说消息的族人扶老携幼乘坐马车或者徒步，一趟趟赶往狮子山头。

阿莫蒲智看见密密麻麻的人赶着牛羊、背着铜锅、举着火把，从四面八方爬上山来的情形感到触目惊心，就是阿莫沙蒂的权杖也没有如此神奇的号召力。络绎不绝的人群为着心中神灵而来，阿莫蒲智在所到之地见过同样令他震惊的情景：在东罗马，悲哀绝望的人群趴在冷雨浸透的街头亲吻铜十字架；在的黎波里，穆斯林蜂拥进入白色清真寺，铺天盖地地坐满整个寺院默默祷告；在麦加朝圣途中，无数匍匐在地的圣徒前仆后继，用身体铺满道路。如今如同潮水涌来的族人令他仿佛又回到了君士坦丁堡或者的黎波里，时空变幻容易使人头脑混乱，阿莫蒲智朝着慢慢靠近山洞的族人大叫："天神保佑！"激动得涕泪泗流。

一条白色的闪电劈开了阿莫蒲智混沌的头脑，神奇感受像雪花伴随耀眼的白光轻轻飘落。他突然明白了伊本·白图泰心中的真主、罗马人胸前的十字架和汉中人暗中供奉的佛祖神像，发现了解救部落的秘密钥匙和这片地域赐予的神秘力量。也许这不是唯一的钥匙，在不可预测的未来还存在很多解救自我的钥匙，但此时此刻，阿莫蒲智只发现了这一把。

曲比约莫配得上一场隆重的仪式，罗婆部落的大奚婆巴莫查查亲自为他招魂指路，这是死在外乡的族人无法拥有的葬礼。没有人质疑，也没有人提出大奚婆自己坏了自己规矩的反对声。他们眼里流露出对大奚婆神力的无比信任，闪耀着良善之光。

巴莫查查跳起与神灵沟通的舞蹈，铜铃有节奏地响起。篝火的火焰越烧越长，长长的火舌像条在风中扭动的灵蛇。大奚婆全身颤抖着，不时发出痛苦的叫声，像青蛙一样跳动，转头扭身，笨拙沉重。阿莫蒲智盯着曲比约莫的骨灰，它被放置在一碗清水旁，灰白，安静。很长时间供桌上什么都没发生，巴莫查查的舞蹈太冗长了。直到绑在龙树上的红绸带忽然像被看不见的手拉扯着在半空横成一条直线。巴莫查查大汗淋漓地拍手跳脚，向空中欢呼，手里的铜铃响个不停："曲比约莫回来了，回来了，平平安安回家转，莫在樟树边张望。"

巴莫查查跳跃着捧起曲比约莫的骨灰，手指蘸着清水弹洒在骨灰上。灰白的骨灰慢慢变成灰黑，像木炭灰似的。人群里发出惊奇的咂舌声，阿莫蒲智被搞得更糊涂了。巴莫查查闭着眼睛发出另一个低沉衰老的男声，与他平日的嗓音完全不同，那个奇怪的声音不容置疑地说："曲比约莫是天神派下的黑骨头，要让他经过人世磨炼，就把他变成白骨头。功到修成日，天神接他回家转，还他黑骨头真身。"阿莫蒲智完全迷糊了，曲比家族的人欣喜万分地跪倒在地上磕头。

巴莫查查打个激灵般浑身乱颤，睁开眼睛，疲惫地把骨灰交给曲比约莫的兄长说：“天神的话你都听见了么？”

“听见了，听见了。”曲比约莫的大哥慌忙点头。

巴莫查查的黑袍被汗水浸透，看上去累极了。他收拾好法器，摇摇晃晃地回到洞里。

阿莫蒲智见过巴莫查查做法事，始终猜不透其中玄妙。这一次感觉更加诡异深刻。他改变了曲比约莫在族群中的身份地位，不是单纯玩把白色变成黑色的简单儿戏，他让曲比约莫从低贱的下等人变成了上等人。招魂法事离奇到了荒谬地步。它能改变罗婺人与生俱来的血统地位，这原本是不亚于通过战争改变社会阶层的惊天大转变，旁观者们竟然平静地接受了。

在土司府议事厅里，为了把一个黑骨头平民任命为千户，手握生杀大权的贵族和土官们会吵得把楼顶掀掉。阿莫蒲智听说阿莫沙蒂拔擢加巴惹这个白骨头平民为大火头，足足花费了三年时间，而且凭借自身精湛农事技艺才获得土官们支持，毕竟提高粮食产量无论对拥有土地的贵族还是急于向朝廷表功的土官们都是无法抵挡的诱惑。而现在，在阿莫蒲智眼皮子底下，巴莫查查仅用了眨巴眼的工夫就改变了一个人力无法改变、不可想象的身份事实，用虚幻法事嘲讽了他一直帮助斯补纽纽舍苦心维护的血统制度。阿莫蒲智感到天旋地转，日眩神迷，有高山崩裂、碎石飞溅的奇幻感觉。

黑骨头就一定高贵？白骨头为什么就贫贱？这是当权者的谎言，还是祖先们的游戏？部落里有谁敢剖开贵族尸体，看看他们的骸骨真的是乌黑透亮的？一连串疑问被这场吊诡奇特的法事催生出来，满满当当挤进阿莫蒲智脑袋。

整个晚上阿莫蒲智翻来覆去无法入睡，各种问题在脑海里翻腾，像一条不安分的大鱼闹腾得他睡意全无。

一大早他迫不及待地把问题抛给了刚刚起床的巴莫查查。巴莫查查白发映衬的青铜面容显得呆板木讷，目光呆滞迟钝，跟昨天具有神力的大奚婆判若两人。他像是听不明白阿莫蒲智的话，不停地重复发问："白色变成什么色？"

"黑色。"

"这很容易。"

"我说的是骨灰。"

"这真是奇怪。骨灰不应该变色。"

"您把白骨头变成了黑骨头。"

"绝不可能！人的身份是不可改变的，就像鱼生来是鱼，鸟生来是鸟，树生来是树一样。"

"可是真的变了。"

"你说是天神的谕示？我还没想透。"巴莫查查坐在石凳上心神不宁地寻找羊骨卦，阿莫蒲智帮他在羊皮囊里找到。他认真地打了卦，低着头看一目了然的吉卦面，没有回答。

阿莫蒲智没催促他，他是虚弱年迈的老人。如果没有穿上法袍，他的面容如同所有行将就木的老人一样孤苦无助。

过了一顿饭光景，他忽然抬起头来问阿莫蒲智："我们真的住在一个球上？不是葫芦、簸箕，或者天神手掌上？"

一个疑问回答无数个疑问，阿莫蒲智觉得他回答得很好。他回答了阿莫蒲智所有疑问，只要天地是个球，是个鸡蛋，它就充满变化。它真的是个球吗？阿莫蒲智不知道，但他愿意尝试着去相信，只要有人能证明给他看。

"您也不赞成现有的家支血统制度？您是怎么做到的？"阿莫蒲智不依不饶地追问慢条斯理的巴莫查查。

大奚婆没理会他的问题，抠了坨盐放进嘴里仔细地搅动，把盐粒涂抹在发黄松动的牙齿上，吐出嘴里的盐水，然后含混不清地问："做到什么？"

"把白骨头变成黑骨头。"

巴莫查查轻轻推开挡在面前迫切期待答案的阿莫蒲智，走过去靠近火塘，那里已经备好了蜂蜜水和烤芋头。他们边吃边谈论法事，他不会透露骨灰变色的秘密，阿莫蒲智也只想从中了解他的真实意图。

"我只是做到既不让您失望，又不想破坏大奚婆的规矩。大奚婆不会为白骨头平民做法事，但曲比约莫是您挚友，他的故事让我感到敬佩。"巴莫查查的目光平静慈爱，他总是这样古井不波地看着蒙昧的族人，仿佛一缕安详恬淡的月光照进他们空洞的心里，顷刻间变得柔和宁静。他吃完烤芋头站起来拍打沾染炭灰的黑袍，对阿莫蒲智说："去看看沙蒂。"

阿莫蒲智本打算办完曲比约莫的事再去看阿莫沙蒂，多年不见，那份流动温暖的亲情从未断过，想起来就不由得让他嘴角露出微笑。

"尼冒为什么不让您继续住在罗婆府里？"

"不是她不让，是我不想继续住在那里。我迟早要回狮子山，这里才是我的归宿。她也是我的孩子。"阿莫蒲智不相信他的话，用怀疑揶揄的眼神盯着他。巴莫查查像甩掉讨厌的绕眼蠓虫一样甩掉阿莫蒲智的目光说："她和夫人有点小矛盾，我没有给她足够力量。我让她警惕异族商人和说教者，还有蒙古人的纸币。我是个老人，唠唠叨叨让人烦。"

阿莫蒲智立刻明白了——阿莫沙蒂把巴莫查查当作斯补纽纽舍的心腹清除了。

阿莫蒲智心里升起不好预感，她不见得想见到自己，至少不会像自己想见她那样想见他。

傍晚的山野在夕阳最后的血光喷溅下被涂抹成金红色，阿莫蒲智极力克制着想要爬出眼眶的泪水，与巴莫查查告别。赶着天山马拉的车去往万德土城，巴莫查查在车厢里堆满了书，都是奚婆们手抄的译本，让阿莫蒲智带到土城交给那里的小奚婆们。阿莫蒲智不经意地回头跟洞口的奚婆们挥手告别，发现瘦高个的阿资燕站在原地，目光里的东西让他深感不安。

熟悉的茂密松林和裸露出榕树根系的红土让阿莫蒲智心旷神怡，他在飘散松脂香味的草径泥路上牵马行来，诸多过往旧事被静悄悄地封存，他憧憬着就要见到阿莫沙蒂的明天。

到达土城后，阿莫蒲智把手抄译本送达各个小奚婆手中，他们平日是商贩、农夫、樵夫、渔夫、屠夫、铁匠、银匠、酒保、马帮头、商人，听到天神之命时纷纷脱下肮脏布衫，换上神秘法袍悄悄聚集。阿莫蒲智与他们盘膝而坐，静默地相对读经。他们平和虔诚的面容比俯首跪拜的土官们更让人信赖，命令无法到达的地方，神谕能轻松抵达。

在土城大街小巷、平民土屋里盘桓数十天，阿莫蒲智没见着阿莫沙蒂。土司府戒备森严，他连门口台阶都上不去。阿莫沙蒂自小喜欢夜晚出来游荡，整个部落的族人都知道她是个昼伏夜出的女土司。阿莫蒲智只好像个幽灵般趁着天黑悄悄靠近土司府第八院落，接连多天依然没遇到她，反而被几个蟊贼抢走了身上仅剩的宝钞和天山马车。

蟊贼们因为抢夺得到的财物太少，怒气冲冲地打伤了他的眼睛，两只眼睛青肿得无法睁开，只好成天躺在土司府门前台阶下的阴凉地。阿莫蒲智曾在这里跟七个兄弟结拜，幸运的是他又遇到了其中两个。他们先还不敢与他相认，阿莫蒲智的容貌变化据说太大了，像个装扮怪异的老乞丐。除了跟阿莫蒲智失去联系，他们七人一直保持着亲密联系。听说阿莫蒲智又回来了，七个结拜兄弟很快聚拢到他身边，亲热地对他说："阿且，我们以为你被天神请去抄书了。"

他们每天都带着美酒和食物来看阿莫蒲智，喝得醉醺醺的，跟他抱怨阿莫沙蒂打开关隘，一览无遗地敞开怀抱拥抱异族商人，让至正宝钞完全替代了金银、贝币、牛马易物的交易方式。越来越多花花绿绿的宝钞从商人手里流进罗娑人的羊皮囊，带走了牛羊、粮食种子、茶叶、蚕丝、棉布和兽皮。刚开始部落族人对轻软便于携带、交易的宝钞十分喜爱，他们甚至埋怨斯补纽纽舍没有全面放开宝钞的流入。慢慢地他们发现日子越过越艰难，牛羊和粮食变少了，相同币值的至正宝钞能换到的物品越来越少。他们忧伤地对阿莫蒲智说："纸钱会吃人，部落的牛羊和族人的血汗都被纸钱吃掉了。"

阿莫蒲智摸着良心说，就算自己继承了土司之位，也不会比阿莫沙蒂做得更好。栈道和驿站的修建就像大剪刀打开了深山肚腹，无数马帮源源不断地在群山之间穿行。罗娑部落的变化会让天上的祖灵感到羞愧，也会让他们感到不安。过去数月才能到达的村落，如今只需一个多月就能抵达。马帮运来了琳琅满目的物品，有的物品连贵族们都没见过，却成为平民家中的日常用品。从沉重单调的农耕生活中腾出零星闲暇时光的男人们活得更久，拥有女人和孩子数目也比从前更多。部落里涌入了回回人、契丹人、羌人、汉人和其他部落的些莫徒人，日子变成铜镜碎片似的各有各的活动区域，不融合也不抵触，相安无事地拼凑在一起。平民们习惯了陌生人不断掺杂进来的生活，需要被分配的土地需求让大火头制度承受压力，无所事事的穷人偷盗抢劫行为增加了护卫队的任务。所有变化有好有坏，让人困惑不解，但最令人心疼的还是至正宝钞的无节制涌入和迅速贬值，无声无息地掠夺了部落族人的血汗。

阿莫蒲智跟族人喝酒唱歌，也和汉人、回回人闲聊。山外面的世界逐渐由混乱变得有序，山水相连的忧患既让人兴奋又让人沮丧。朱元璋在南京称帝，改了朝换了代，但北边忧患还未解除，无法腾出兵力对付云南的元朝残余势力。梁王把匝剌瓦尔密依然掌控着云南，各部落首领心存割据独立之愿，这是天下皆知的公开秘密。但混沌孤立的局面迟早会被打破，天下之势莫不是如此，由弱变强，盛极而衰，分分合合，此长彼消。像南诏时期罗婺人阿历祖先吞并周边大小部落，壮大罗婺部落，尔后经过数百年发展终至蒙古人踏入云南，罗婺部落在一次次抗争中日渐衰弱。阿莫蒲智看到的所有战乱本质都一样，越深刻的改变和重新界定越能激起更猛烈的战争，或者是越猛烈的战争带来越全面深刻的变革。

阿莫蒲智着急来见阿莫沙蒂，除了想念她的缘故，更有未雨绸缪的考虑。没想到想尽各种办法仍然见不着她，在土城无望的等待、消磨时光让他心灰意冷。

初秋的寒露刚下，阿莫蒲智离开了土城，没有回狮子山，而是循着记忆里跟巴莫查查出城替人治病采集草药的路线，沿途讲学，教授汉文和讲解医书。有户富足人家请他为其子侄授学汉文，供养了他三年，末了还送他一架黄牛车。阿莫蒲智便以牛车为家，边讲学边写自己在外十八年的游记。

阿莫蒲智在牛车上讲学和写游记，在风雨交加的崎岖路上回味地中海边炎热的夏天，搜集草药、了解对粮食种植有害的虫灾，记录乡间民情和天气变化，过得充实而愉快。当阿莫蒲智用棉线把游记分札缝钉起来，往里面夹进红色五角枫和黄色银杏叶片时惊奇地发现，自己已经在牛车上度过九个春秋，转眼就到了明洪武十三年秋天。

阿莫蒲智打算到洒普山顶猎户家度过一个慵懒、隔绝农耕生活的寒冬。生活看似不可逆转地向更富足安定的方向奔流，没有人和事能阻止这洪流般的前进，也没有人知道它会在什么时候停滞、衰减、消亡。牧民、猎户们纷纷放下手中的弓弩拿起了锄头，他们不想继续过追逐绿草、风餐露宿的孤独的游牧生活，不想天天到充满威胁和恐惧的丛林里与野兽搏斗。人们会抱怨农耕生活的琐碎麻烦，重复单调的栽种、收割活动让族人变得逐渐丧失改变的勇气。有些人会突然想停下来向曾经的生活张望，沉浸其中一段时间，认真考虑不同生活方式带来的不同感受，但过不了多久，他们又会义无反顾地回归不必冒生命危险就能获得食物和财富的农耕生活。

在山顶上的大部分时间里，阿莫蒲智喜欢坐在树木下发呆，眺望远处色彩由苍翠浓重而青灰朦胧的连绵不绝的山峦，仰望飘浮在蓝宝石般天空之上层层叠叠的云朵变幻，凝视覆盖着树木、石头、河流的红土地，等待月光如水般淹没大地，清风轻抚脸庞，欣喜如同藤蔓密密麻麻爬满心房。

阿莫蒲智每天傍晚都跟老猎户们围坐在火塘边烤火、喝酒，谈论动物皮毛的存储办法和酿酒诀窍。有时替摔下树干的猎户们接骨疗伤，做些劈柴、生火的小事，偶尔会去帮忙难产的母羊分娩，挤羊奶制作乳扇或者到山箐里采摘成熟的冬梨。压在心头的焦躁和想见阿莫沙蒂的急切随着时间推进而慢慢消散，阿莫蒲智渐渐对山顶寒冷刺骨、水源稀少、食物匮乏的生活生出恋恋不舍之情。

洒普山顶开满细小浅淡颜色的野花，苍凉荒野竟也透出鲜嫩绿色，夏天很快就到了。和平常一样，阿莫蒲智跟猎户们坐在火塘边喝酒。山下有人来请他去给一个生病的小姑娘治病，她的经血流起来没完，一月中难得有几天干净利落的时候。最初小姑娘的母亲并未在意，只是教她如何应付讨厌的经血，小姑娘的脸色变得越来越不好，身体迅速瘦下去，脸上的肉慢慢不见了，最后连路都没办法走，吃喝拉撒需要人照料，每天躺在床上瞪着无助的双眼等死。她父亲听说阿莫蒲智住在山顶，带着炒面找上山来，请他去看看自己可怜的女儿。

阿莫蒲智随他下山去给小姑娘调养了三月，依照药书和经验治疗，病情有很大好转。小姑娘能下地走路、干点轻巧的农活，月事时间也缩短不少，虽然还未痊愈，继续用着草药汤会慢慢恢复过来。小姑娘的父亲非常高兴，杀羊谢阿莫蒲智。村寨的族人都来敬酒，把阿莫蒲智夸得像个活神仙。阿莫蒲智开怀畅饮，喝得酩酊大醉，去隐蔽处大解时，竟醉倒在山林里不省人事。

等他睁开酸涩的眼睛才发现自己躺在雕花木窗下的竹床上，房中摆设的楠木桌椅、檀香盒子和棉布帘，处处显示主人的新贵身份。他赶紧翻身坐起，头疼眩晕感消失后腰腹疼痛又让他难以忍受。他疑心自己曾摔下山崖，全身没有一处好肉，连忙扒拉开身上布袍来看，发现手臂、胸口、大腿也许还有背部没来由的青紫红肿，像是被人痛揍一顿。谁打了他？谁救了他？阿莫蒲智哼哼唧唧倒在床上直纳闷。

手脚粗壮、腰身肥厚的女人笑吟吟地端着米饭、羊肉、荞麦粑粑、酸菜元根汤进来，引得他饥肠叽里咕噜响似蛇皮鼓。她叫他"蒲智大人"，说自己曾是阿莫沙蒂的贴身女奴，如今得土司恩准成了平民，名叫沙玛芝娜。阿莫蒲智认识妹妹身边的那个沙玛芝娜，是个温柔寡言的女奴，为他包扎过受伤手指。眼前这位沙玛芝娜几乎没了从前窈窕模样，足足长出了以前的三倍肉还要多，把脸上秀气的五官挤得变了形，难怪他认不出来。她还说这里是狄惹木嘎的院子，她现在是狄惹木嘎的妹妹。

这是个好消息。斯补纽纽舍手里的奴隶身份永不会改变，哪怕是她的贴身女奴。阿莫沙蒂宽厚地对待沙玛芝娜让他高兴，他想起了呷西阿妞，与其爱她，不如让她自由，拥有平民之身，像现在的沙玛芝娜长成个快乐的大胖女人。阿莫蒲智发现自己并不真正了解阿莫沙蒂，她没去过更远的地方，却天生具有高贵善良的灵魂。

阿莫蒲智太想见到妹妹了，他对她的记忆常常停留在她从巴莫查查的黑袍里爬出来的样子，眼睛溜圆，头发凌乱，嘴唇红润，像只刚睡醒的小黄雀。他想拜托狄惹木嘎向她转达自己的消息，沙玛芝娜说狄惹木嘎最近惹得大兹莫不高兴，被罚到华竹部落去做个百户，不常回家。阿莫蒲智只得待在房间里无期限地等着，读书、喝酒、著书、闲逛，打发时光。

出乎阿莫蒲智的意料，没等来狄惹木嘎，却见到了阿莫沙蒂。她几乎认不出他来，走进房间又犹豫着退出去，阿莫蒲智只好叫住她。

大黑天神巧妙英明地安排了这次会面，通过谈话让阿莫蒲智洞悉了过往不被发现的天意——偶然又必然发生的事是潜藏在不同命运里的密码。阿莫沙蒂不是天神最初选定的继承人，却主动承担了家支命运。

21

阿莫沙蒂后悔一时冲动来到这里，已经过去多少年了，眼前的邋遢老头并不是她想见的人。他拥有阿莫蒲智的躯壳，却不再有他的力量和智慧。她悄悄朝门口倾斜移动，不想惊动形如破庙的哥哥。

"你为什么来？"披散着白花花头发的头颅在书籍上方抖动，又忽然静止，悠悠后仰，"又为什么要走？"

犹如来自幽暗夜空以外的声音像光束一样迅疾璀璨地传递给阿莫沙蒂，她的脚步被无形力量定在原地。这是她哥哥，是那个癫狂桀骜的土司继承人，是令她忧伤又惧怕的亲人——阿莫蒲智，他就在这里。虽然他换上衰老沧桑的皮囊，但是灵魂比从前更加饱满，充满神奇力量——他只用一句话就接通了隔断二十四年的兄妹情意。

"阿牟？"阿莫沙蒂鼻腔酸痛，扑簌簌滚下两行热泪。

阿莫蒲智转过了身，那是张完全无法辨认出熟悉线条的脸庞，岁月和灾难改变了他皮肤的颜色质地，甚至五官的形状间距。他笑了，露出尖尖的虎牙，目光像两只温暖的手将她合抱。她听见年少时他对着自己耳朵吹气，他说："阳光这么好，你却在睡觉。"

"阿牟！"她又叫了一声，原本昏暗的房间里顷刻间充满了清晨的阳光，她闻到合欢花的香气，听见哥哥的笑声。他以前太爱笑了，像一株听见歌声就摇曳枝叶的跳舞草，到处都洒满亮闪闪的笑声。

阿莫蒲智的白发闪着银光，眼角泪光点点。他低沉隐忍地唤出声："沙蒂，我亲爱的尼冒。"

阿莫沙蒂激动地向小木桌前走了两步，又突然停下，她没弄明白失踪二十多年的哥哥为什么这时出现在狄惹木嘎府？狄惹木嘎到底受命于谁杀死了元廷大臣？托帖木儿的尸体还停放在大青棚里，她得给司徒平章达里麻一个合理的解释。他会不会成为梁王的说客？也许，母亲又使出什么手段，让他来刺探自己的真正意图？

"你怎么会在这里？"阿莫沙蒂语气里夹杂着飘忽不定的寒意，房间里的阳光渐渐暗淡下来。

"我是个自由平民。"阿莫蒲智敏感地意识到女土司话语里的诘问，"如果主人欢迎，我可以去任何地方。"

"托帖木儿被人杀死。梁王守在中庆，达里麻奉命调集主力军队驻扎在曲靖。段世拥兵大理冷眼旁观，大小部落的兹莫们都给我写信，要先联合蒙古人赶走汉人，再把大势已去的蒙古人赶出云南。"

阿莫蒲智把身体斜倚在小木桌上，半仰起脸，像直视强烈的太阳光般眯缝起眼睛，心不在焉地听阿莫沙蒂说话。

阿莫沙蒂所说的不过是不公开的众所周知的事实。阿莫蒲智像头吃饱喝足正在晒太阳的野猪，甚至闭上了眼睛。

"商鱼胜！"女土司不能容忍公然挑衅的傲慢，无论是谁都不能在她面前无礼。

"大兹莫，您说的这些事连沙玛芝娜都晓得。"

阿莫沙蒂的脸微微发烫，他还是一眼就能看穿她的哥哥。她试探地问："托帖木儿的事是不是狄惹木嘎做的？"

"您是想问，是不是我做的吧？"

阿莫沙蒂怔了怔，两步跨上前去坐在小木桌另一侧。她讨厌跟哥哥玩文字游戏，他喝过汉人的墨汁，喜欢在象形会意字里游弋。她却觉得说话不通比打猎还累，既然房间里只有他们两人，他们就该像兄妹那样说话："我了解狄惹木嘎，没有别人撺掇，他绝干不出这种事。不是你，就是雷波鲁龙要他这么干的。"

"不是我。"阿莫蒲智审视着妹妹的表情，轻描淡写地回答她的

215

提问。他忽然又笑了，发出粮食撑破麻袋般的声音，豆子滚得到处都是。

"眼下不能跟蒙古人闹翻，他们不信任我。"

"异族之间在生死上达成同盟很难让人相信，你最大的障碍不是雷波鲁龙，是阿依。她是躲在灌木丛里伺机给你下绊子的人，你该依靠罗婆人，新贵和平民。"

阿莫沙蒂惊异地望着阿莫蒲智，他的表情不像在发疯，可他说的话仍然像疯话。"你让我依靠平民和奴隶？他们只不过是一群忙得团团转的蚂蚁和下苦力的牛马，每天想的是怎样取悦主子，不挨处罚、鞭打，怎么能顺利得到荞麦和芋头。他们不知道也不关心外面发生了什么，家支会遭受什么危险。他们吃饭、干活、睡觉，像耗子一样生下小奴隶，脑袋里除了粮食和主子，没有其他。"

"你要把实话告诉他们，让他们自己选择怎么死。你有权利告诉他们现在的真实境况，家支有可能被消灭。家支会解体、消亡，到处是汉人、蒙古人、色目人、鞑靼人、契丹人。卢鹿人、些莫徒人、罗婆人、磨察人要么被杀掉，要么和其他人混合。就是这样。"

"你又在发疯了。"

"我不是疯子。"

阿莫沙蒂厌烦极了他自以为是的腔调。她没想那么远，不，现在不需要想那么远，得先解决眼前蒙古人和汉人的问题。"我没办法告诉他们，我治下的所有平民和娃子合在一起，还不够阿莫洛的兵丁射杀一晚上。他们手无寸铁，毫无战斗力。"

"没有目标才没有战斗力。你这么看你的平民？你跟阿依一样。"

"我跟阿依不一样！"阿莫沙蒂被他激怒了，"她想拥戴段世割据云南，眼下已是洪武十四年，蒙古人的兵力不足二十万人，罗罗兵合力集中不足十万人。十年前汉人就攻打蜀地，一口吃掉了大夏。现在汉人东西北边都消除了顾虑，她以为云南能守得住吗？"

"自封建变为郡县，有天下者，汉、隋、唐、宋为盛，然幅员之广，咸不逮元。汉梗于北狄，隋不能服东夷，唐患在西戎，宋患常在西北。而元，则起朔漠，并西域，平西夏，灭女真，臣高丽，定南诏，遂下江南，天下为一也。如今明起，逐元于莽原，是元为明平定了天下，高枕无忧矣。"阿莫蒲智低声碎碎念，像聒噪的苍蝇吵得阿莫沙蒂头疼。不等阿莫沙蒂说话，他迅疾地看了她一眼，语气笃定地说："你的忧虑很对。我可以助你实现合而共融的计划。你只管对付好阿依和鲁龙，底下的平民就交给我办。"

"你办?"阿莫沙蒂不相信他的承诺。阿莫蒲智的名字在罗婆部落早就不存在了，他只是一个商姓的异族脂粉商人，这身份还是她念在兄妹情分上给他的。

"阿莫兹莫有多久没去过庙堂了? 罗婆人常说，万物有灵，人死后有三个灵魂，一个向天，一个往地，还有一个通与祖先相聚。倘若没有大奚婆的指引，去往祖灵之路就会被蒙蔽阻塞。"

"你是说求助天神的力量? 像沙子一样的平民和奴隶能对抗千军万马?"

"平民和奴隶都是沙子，狂风卷起沙土，自成沙暴。别说千军万马，就是万户千山也会被漫漫黄沙吞没。贵族子弟护卫兵和阿莫洛麾下的罗罗兵难道是从天上掉下来的? 他们父母不也是平民、奴隶? 如果重走阿纹的老路，罗婆府真的会从这崇山峻岭间彻底消失。"

"你就是专为这个回来的?"阿莫沙蒂仍然不能相信他说的话。

"到处都一样。沙蒂，天下都一样，即使走到东罗马帝国去也一样，所有的土地和平民都在遭受痛苦。"

"东罗马帝国? 比汉区或者鞑靼人居住的荒漠还远? 你可以走得更远，离开这里。"

阿莫蒲智的瞳孔像山猫的一样缩小，沉默片刻，他坐直身子，问阿莫沙蒂："我已经走得够远够久了，现在我想回家，云南才是我灵魂所归的地方。"

"你以为权力和财富不是对女人的磨损吗? 如果我可以走，我会远远离开这里，永远不回来。"

"你不会。沙蒂，当初你跟狄惹木嘎跑了，为什么还要回来?"

为什么? 她拉着狄惹木嘎，用简单包裹打包了未来的美好憧憬，精选无人能追赶得上的大理马，向最南边驰骋。他们相互依偎，像孤单的狐狸一样在洞里取暖。狄惹木嘎是个好猎手，就像他说的，只要有山有水，从来不会让她感到饥饿。他们可以一路走下去，到处是山岭和树木，除了山鸡、鹧鸪、野兔、麂子、马鹿和野猪，还有青蛙、河虾、鳅鱼、蛇，以及野蓝莓、白莓、桑葚、黄泡儿、野山梨、野苹果和山菌。只要没有暴露的危险，他们就隐居下来，像黄骨头一样。

他们起初的确像一对逃离牢笼的斑鸠一样快活，出了罗婆土司府的管辖范围，他们不用急着赶路，他们还没有确切的目的地。狄惹木嘎说，只要阿莫沙蒂喜欢，他会跟她居住在任何地方，包括地洞里。所有的束缚和阻碍都消失了，他们是两匹甩掉笼头的马。他们走走停停，不时地亲热，躲在浓密树荫下接吻、抚摸、交欢。他们气喘吁吁，激情万丈，在任何时刻任何地点，只要情欲火焰升腾起来，他们就急切地抓住它，享受最原始的美妙。他们年轻的身体活力四射，放浪形骸时能把山峰摇撼得崩塌，把湖水搅动得波涛翻滚，鸟兽四处乱飞，鱼虾沉入湖底，不加节制的欲望烈火能烧掉千山万树。

他们走了很久，其实只有一个半月，除了肉体的亲密厮缠，他们变得无所事事。一天夜晚，他们在璀璨星空下的草地上燃烧殆尽。极度兴奋的阿莫沙蒂推开疲惫满足的狄惹木嘎，看到了硕大无朋的夜空。每颗星星都亮得吓人，大得如拳头，像保持永远飞速下坠的姿势向她俯冲而来。她忽然想起了魂灵和星星的说法，想起了父亲和哥哥，想到了母亲脸上灰败颜色和呷西阿妞双腿间可怕的鲜血。她敏锐地闻到了两人身上唾液、精液、腐殖土、霉烂草叶和口腔里烈酒、热气混合的腥臭味，令人作呕。突然间，她感到兴味索然。

"星星都掉下来了。"她抱怨说。狄惹木嘎没有回应，已背对着她沉沉睡去。阿莫沙蒂忽然觉得没有限制的自由所产生的空旷和无聊更让人无法忍受，她怨恨他的亲吻比以前潦草敷衍，有时他们亲热前他甚至不亲吻她，直接解开她的腰带或者掀起她的裙子。没有柔情蜜意的抚摸、摩擦和肢体交缠，他像扑到羚羊身上迅速吃完食物的野狼，粗暴、单调而又漫不经心。迟早总会这样。她知道平淡琐碎的生活就是如此，周而复始，每天都是重复，她感到莫名恐惧。她生来不是只关心粮食和牛羊的贫民主妇，她血管里奔腾着阿莫土司冲动、破坏和暴烈的血液。她见过没有星辰的墨黑夜空，阴郁、黑暗、邪恶、沉闷，没有一点光亮，到处漆黑一团，不知道方向，没有影子，也看不见别人。那里，就像他们一眼可以望见的未来生活。

他们经过破败萧索的村庄，跟罗婆土司府管辖的白骨头平民区域的村寨没什么不同。有的村寨只是胡乱用树枝搭建窝棚，成年男人和女人披散头发，赤裸上身，光着脚，穿着简单缝制的麻布围裙或者兽皮，采摘野果、打猎、下河抓鱼维持生计。小孩子们瘦骨嶙峋，成堆地拥挤在逼仄的窝棚边砍柴、咬手指。他们见到他俩时，眼睛好奇地盯住他俩，茫然无措地呆站着，像被猎枪指着的雉鸡，惊吓过度忘记了翅膀。就算出现更可怕的灾难，他们的举动也不会比现在更敏捷。

他俩在幽静峡谷发现了一具死尸，死尸有头，说明不是战争带来的死亡。尸体上的血肉被蛆虫吃掉不少，他俩到达之前，峡谷里飘散着令人窒息的恶臭，他们以为是野猪或者马鹿之类的动物尸体正在腐烂。有几只黑乌鸦一直忽远忽近地跟随他们，等他们靠近尸体时，尸臭让阿莫沙蒂不停地呕吐，越来越多的苍蝇聚集过来，到处是嗡嗡嗡的声音。

狄惹木嘎想绕开尸体继续前行，但峡谷的路仅此一条。阿莫沙蒂盯着那具已经分不出性别的尸体，被可怖现场吓得脸色发白。他们已经几天没找到水源，没有清洗身体，狄惹木嘎抱起疲劳不堪又受到惊吓的阿莫沙蒂快速离开那里。

好几天，阿莫沙蒂鼻尖总飘荡着可怕的尸臭味，吃不下肉类，拒绝和狄惹木嘎亲热。她总是呕吐，让他感到束手无策，焦急万分。她的脾气变得暴躁，不断地呵斥他，卖力讨好也不能让她顺心。她不许他接近，甚至不想看见他。

"我们都会变成那个样子。"阿莫沙蒂的叹息像风吹过，没在牵马去吃草的狄惹木嘎心上留下痕迹。

私奔后不到三个月，阿莫沙蒂开始想念土司府。如果她背弃婚约逃跑，母亲会如何应对失去儿子，接着又失去女儿的局面。她将得不到雷波家支的支援，过去十几年的窘迫让她多次求助于并不富裕的斯

219

补家支，甚至逼迫爱慕她的阿莫洛迎娶罗罗斯大土司的女儿罗罗斯丽，她已经借遍了姻亲东川阿蒙家支、阿雄部落、俄木家支、乌撒土司、芒部罗德土司，她没有可以交换的筹码了。她会怎样渡过眼前的难关？她会在深夜里如何诅咒自己？阿莫沙蒂不由自主地胡思乱想，心里像有根线扯着疼，走得越远心上的线绷得越紧，轻轻撩拨就扯得前胸后背钻心地疼。

她和狄惹木嘎隐居山林，从此过上幸福的生活。她曾经向往云淡风轻的日子，几乎唾手可得，经过两个多月的山水跋涉，她发现自己并不真正喜欢那样的生活。轻飘飘毫不吃重的状态，同样让人感觉如坠无底深洞。在她少不更事时遇到狄惹木嘎，她会毫不犹豫地跟他跑。那时候只想逃离熟悉的生活，像被困的相思鸟急于飞翔。可现在他们走不了了。她身上的血液开始造反，她的心与日俱增地抵抗，她的灵魂也不肯跟着肉体走了。她的身体里每天都有两个声音，灵魂跟肉体不停地嘟囔：去什么地方都没意思。他本来就是个猎人，你能永远做个蓬头垢面的农妇？他现在就不亲吻你了，将来几十年漫长的日子，你们都会厌倦对方，连一眼都不想多看。他会嫌你做的食物难吃，一脚踢翻煮饭的铜锅；他会整天烂醉如泥，气味难闻，他进入房间，你就得呕吐上一阵子。你们的孩子会像毛色古怪的混交小野狼回不到任何一个部落，就像所有的黄骨头一样遭人鄙视。

阿莫沙蒂不停地想起正在腐烂的尸体，脚步越来越犹豫、沉重，偶尔在睡梦中大喊大叫，浑身汗湿地把狄惹木嘎吵醒。他们最后都会变成那个样子。她从来没想过这事。他们正值人生最精力充沛的阶段，拥有使不完的力气，她自负地认为会永远强壮下去，即使她早知道人都会死，可从来没真正放在心上。现在她看见了面目狰狞、饥不择食的死神，它不仅吃掉走向生命终点的人，也会带走初生婴儿、堕入情网的少女和追逐野猪的壮汉，谁在死亡面前都没有特权。她和狄惹木嘎也逃不过去。死亡，迫使阿莫沙蒂重新思考她的选择。既然生命不是无尽的，而且不可更改，她就不能任意挥霍生命。她出生在土司府里，不是出生在马厩中的白骨头女孩，没有哪个土司家族的人会梦想成为烧火做饭的平民农妇。

你必须回去！再不回去就晚了，一切都来不及了。有个声音老是像蹲在黑暗丛林的猫头鹰发出尖利啼叫，扰得她心烦意乱，终于停下私奔的脚步，她对忧心忡忡的狄惹木嘎决绝地说："我必须回去，我不能跟你走。"

气昏了头的狄惹木嘎丢下她咆哮着冲进森林。她原路返回，翻过一座小山丘，狂乱的狄惹木嘎从树林里冲出来粗鲁地把她扛在肩头，不顾她的拳打脚踢，驮着她反方向行走。只要他把沉默的阿莫沙蒂放下，她就像泥鳅一样朝罗婆土司府方向奔跑。在羊肠子一样弯曲逼仄的山路上，他们痛苦搏击，无声撕扯，来来回回追逐抓打了整整一天，他甚至想用嘴唇、手指、胸膛和雄壮的阳具再次燃烧她，把她烧软、烧化。可她坚硬得如同黄金，抗拒得更加厉害，几乎把他的命根子掰断。他不得不妥协，送发了疯的女人回土司府。

"你不是山林里采摘野果的女人，你逃不过自己的命运。"阿莫蒲智一眼望穿了她的内心，她不由得轻微战栗。

她必须还击，能看穿别人心事的男人并不是无坚不摧的："你也逃不过，你挣扎过一阵子，还不是乖乖地回来了。"

阿莫蒲智移开目光，神情颓唐疲惫，仿佛跟她说一通话耗费了他大量体力，已无力应对她语气不善的话语。他向后歪斜身子，缩起皲裂、长满老茧的大脚，困倦地说："我从来就没想过离开部落，我只是在逃亡、流浪。"

阿莫沙蒂从房间里走出来，微笑着向手指沾染面粉的沙玛芝娜告别。

尽管盛夏快要过去，风攒着云，云蓄着泪，云南的雨季就要到来，阿莫沙蒂觉得所有将要发生的都没想象的那么可怕。

22

阿莫沙蒂陪同丈夫和儿子们打猎，他们已经很久没有享受过闲适难得的家庭时光。她能感受到警惕多疑的雷波鲁龙对此次出行感到由衷喜悦，儿子们更是欢呼雀跃，期望父母关系亲密和谐起来。表面上的和睦气氛曾令阿莫沙蒂产生一瞬间的愧疚心情，但她知道土司的家庭从来就不光有温馨快乐，尤其在儿女们成人之后。

她知道雷波鲁龙经常向斯补纽纽舍念叨她的不贞和冷淡，他的确保持着适度的与她亲近的意愿，但他也从未放弃听从雷波土司的密令安排。可恨的是他把利益争斗的野心归咎于她对婚姻的背叛，她才不会相信如果她贞德贤良，雷波土司家就会放弃趁乱吞并阿莫家支的野心。他们之间的温度从未越过冬季，只是在酷寒时节，为了缓和被冰雪封冻从而影响策略执行的时候，她为他生下了第二个儿子。但是不管她怎样对他，他们始终都是两条交叉而过的河流，一条汇入金沙江，一条消失在虫豸跳跃的湿地。

"别去大裂谷，那里刚死了人，不吉利。"雷波鲁龙撺掇两个儿子对阿莫沙蒂选取的游玩地址提出抗议。

"那里有羚羊和山麂子。"阿莫沙蒂倒想看看雷波鲁龙到杀人现场去的反应。

雷波鲁龙揶揄地说："你还没把凶手抓到，那里太危险。"

"狄惹木嘎已经承认了，现在就关在水牢里。"

"你真相信是木嘎干的？"

"不相信。木嘎的头脑里不会产生邪恶。"

"你是说他会被人利用？"

"我什么都没说。"阿莫沙蒂骑着马从雷波鲁龙身边飞驰而过，冷静的眼波冻得他毛孔收缩。阿莫久支和阿莫驰达欢笑着跳上马背，一前一后超过了跑在前面的母亲，丢下心事重重的父亲无可奈何地骑上栗色马。

午后的行进时光漫长而无趣，阿莫沙蒂骑在马背上昏昏欲睡，身体柔软地随着马背起伏前歪后倒，眼看快要掉下马背，猛然又坐直身子重新坠入时断时续的睡眠。大多数罗婆人继承了游牧民族的猎骑本领，能在马背上睡觉、吃饭、游戏。

"嗖"，一支呼啸而过的利箭擦过阿莫沙蒂的前额，接着又是两声闻之丧胆、撕裂空气的嘶嘶声传来。阿莫沙蒂翻身贴附在马腹的左侧，一支铮铮响着的羽箭插进了杉木马鞍上，枣红马受惊，高高扬起前蹄嘶叫，因为主人侧翻一边而受力不均，踉跄摔倒在地。

放冷箭的人被护卫队射中，痛苦地倒在地上抽搐，扭曲成一团。雷波鲁龙跳下马，急切地朝阿莫沙蒂大叫："沙蒂，你怎么样？"

"我好着呢。"阿莫沙蒂从马背上下来，要去看看这个胆大包天的杀手是谁。

雷波鲁龙先于她到达暗杀者面前，问护卫队："他是什么人？"

"他没说。"

暗杀者右手臂和腹部中箭，正疼得咧着嘴在地上打滚。雷波鲁龙抽出腰上的匕首，猛地朝暗杀者脖颈插去，嘴里恨恨地骂："竟敢暗杀我全家，我杀了你，杀了你！"

"住手！"阿莫沙蒂看到丈夫手刃暗杀者，心内大恸，尖叫出声。

雷波鲁龙像发了疯，一刀刀刺向暗杀者的要害。那人停止滚动和号叫，大睁着双眼瞪着雷波鲁龙，手脚软软地摊开，浑身是血。

看到暗杀者已死，雷波鲁龙愤怒惊慌的情绪慢慢平复，他冲着护卫队叫嚷："方圆一里以内严加盘查，别让同谋跑了。以前可从来没发生过这种事！"

血呼哧啦的尸体被抬了下去，阿莫沙蒂冷冷地将目光移到两个儿子身上，他们从未见识过真实的死亡，活蹦乱跳的人眨眼之间就变成遍身血洞的尸体，他们完全被吓傻了。阿莫久支和阿莫驰达远远地站着，像被淋湿受冻的麻雀紧紧贴着马腹，小儿子阿莫驰达用力抱住马头，哭泣着恐慌地朝她喊叫："阿依，阿依！"

护卫队分散成两组，一组护住阿莫沙蒂和雷波鲁龙，一组警惕地保护阿莫久支和阿莫驰达。阿莫沙蒂甩了下马鞭，冷静地说："走吧。"

"不要去了，太危险。"雷波鲁龙半蹲在地，仰起苍白的脸恳求。

"危险过去了。"阿莫沙蒂走向枣红马，身形矫捷地上马，打马朝前走去。

路上没有再遭遇变故。经过这一惊吓，孩子们的兴致大不如前，雷波鲁龙也耷拉着脑袋不再言语。进入己衣大裂谷，风势凶猛，像无数呼啸冲撞的怪兽，令人心惊胆战。阿莫沙蒂带着孩子们一同从山顶探头看大裂谷底，恐怖的感觉让阿莫驰达尖叫起来。如果有人被杀死，推下谷底很难被人发现。托帖木儿骑着高头大马进入大裂谷，他实在没必要从此危险路径进入武定。或许有人引诱他来到这里将他杀害，又把他的尸体放在路边，故意让人发现。同行数十人，除了四五个贴身侍卫，别的人毫发无伤。阿莫沙蒂盯着雷波鲁龙宽阔的背脊，她用不着一根手指，无意间的擦碰就能让他葬身谷底。暗杀者是谁派来的？没有人知道她今天的行程安排，除了最亲近的人。他疯狂地杀死了束手就擒、行刺失败的杀手，究竟出于一时愤恨还是心虚掩盖？

阿莫沙蒂慢慢接近雷波鲁龙，山顶上长满了坚韧蔓延的铁链草，星星点点的绿色小叶片间堆积着黄色细沙石，很容易让人脚底打滑掉下深谷。随山势改变方向的强劲风力从谷底倒灌而出，人探出头去看谷底就有飞速下坠的错觉。两个孩子适应了登高望底的眩晕感，被惊险的视觉刺激得快乐惊叫，围绕父亲宽大的裤腿嬉戏。

山风越来越猛烈，夹杂着沙粒尘土让人睁不开双眼，厚重的黑裙借助风力拖拽着她向悬崖靠近，她几乎站立不稳。"沙蒂，小心！"把孩子们带到安全区域后的雷波鲁龙跑来抓住她，不由分说地抱起她向松林里跑。她闻到了他因急促呼吸喷出的气息，像暗含毒素的野山菌气味。

他们一起下了山，雷波鲁龙和孩子们骑着马走在前面，她的枣红马跟在后头。她盯着看雷波鲁龙的背影越久越感到陌生，他们一起生活二十多年依然未曾了解对方，或者仅限于表面上的了解。他们有了两个孩子，但她没有爱过他，哪怕一瞬间。也许刚才他抱着她狂奔的时候，她的心热乎起来，但那也不是爱。她记得在狄惹木嘎怀抱里的感觉，酥软迷醉，像喝了太多的黄米酒。

她从私奔的半道上跑回罗婆府，母亲已经病倒多日。虚弱的母亲向阿莫沙蒂伸出恳求的手臂，要女儿坐到她身边去。

"沙蒂，罗婆部落没有希望了。"斯补纽纽舍的半个身子激动地向她靠过来，热腾腾的体温和泪水弄得她无所适从。

素来严苛冷酷的母亲变回曾经失去父亲时的模样，哭泣、颤抖、哽咽，不时晕厥过去。她断断续续向阿莫沙蒂讲述罗婺部落遇到的新危机——相距三百多里的雷波土司日渐壮大，眼瞅着昔日辉煌的罗婺部落逐渐式微，打起了吞并之意。雷波部落与罗婺部落间相隔三个小部落，若要强占，恐其相互联合，另外还有罗婺部的姻亲部落，怕到头来竹篮打水——一场空。于是就一边向梁王奉送广为搜集的奇珍异宝，象牙、虎皮、琥珀、玛瑙、翡翠，进谗言说罗婺部落因家支破败，频频袭扰周边部落，搅得滇中不得安宁；一边以粮食、美酒和牛羊诱惑斯补土司，怂恿他劝说女儿斯补纽纽舍归顺雷波家支。斯补纽纽舍在朝廷和娘家的双重施压下已不堪负累，再加上阿莫蒲智叛逆、阿莫沙蒂私逃，就此一病不起。

"现在怎么办？"阿莫沙蒂从未想过家支情形已到如此危急时刻，也慌了手脚。

"你愿意帮助阿莫家支渡过难关吗，哪怕献出你自己？"

阿莫沙蒂倒抽一口冷气："要杀了我？"

"为阿莫家支献身。"

阿莫沙蒂自懂事起就明白兹莫家女人逃不出的宿命，轻轻地点了点头："我愿意。"

"沙蒂，你阿牟离开罗婺府了。"

"他去了哪里？"

"我不知道。他关在柴房里看书，忽然就走了。我已经吩咐下去，不许他再踏进府门一步。"

"哦。"现在阿莫沙蒂顾不了行为乖张的哥哥了，若不是他的叛逆，她会有更幸福的生活。

等斯补纽纽舍身体渐好，她们一起动身去了雷波部落，在那儿见到了雷波鲁龙。一个月后，两人举行了婚礼。

孩子们热爱父亲，他们亲密无间地度过每天悠闲慵懒的时光，在孩子们的心里，他的印象镌刻得比她的要深。她能抹去他们一起生活的点点滴滴，却不能拔去孩子们心中父亲的形象。她三岁就失去了父亲，此后常在梦里见到面目模糊的父亲。她乐意听父亲的英雄事迹，只要族人说起她的父亲，她就骄傲得想要飞到枝头，对着日月山川高喊："我有个英雄阿纹，谁都比不过！"她和母亲总是无法亲近，她几乎没有感受过来自母亲的温情。她们像铜镜的两面，一面照出影像，一面雕刻花纹，看不到彼此的内心。

雷波鲁龙是否真正爱过她，也许他自己都说不清。他是老雷波土司安插在自己身边的一枚棋子，却谋算不过母亲，被她所控制。阿莫沙蒂忽然觉得有点冷，山顶上风太大。

阿莫沙蒂曾想让人在宵夜里下毒，腰袋里装着足够毒死一头壮硕犍牛，用断肠草、毒菌和蛇毒液配制而成的毒药。现在她改变主意，决定不在孩子们面前毒杀他们的父亲。在来大裂谷之前她想了许多办法，比如他们点燃篝火时，她想到用火烧死他。看到羊腿在火架上翻烤，空气里弥漫着烤羊肉香味，儿子们津津有味地撕扯羊腿，她觉得恶心，不能烧死他，不能让他变成一截烤羊腿。她听见孩子们说要到掌鸠河去凫水，抓鲢鱼，她想可以把他装进密封的铜桶沉入水底。儿子们叽叽咕咕地笑着说，那里的鱼牙齿厉害，能咬掉猪的半个头。她摇摇头，不能把他沉入水底，让他成为没有脑袋的水鬼。她可以一箭射穿他的心脏，也可以趁他熟睡一刀剁下他的头，可她无法跟孩子们交代母亲杀死父亲的原因。

他们从刀尖似的山顶上艰难爬下，在山脚下开阔的草地上玩耍。草地还算干燥，零星开着黄色、粉色、红色、紫色、兰色的波斯菊、金鱼草、百日草和三色堇，阿莫沙蒂在铺好的红毯上坐下。孩子们养成不去打扰母亲的习惯，他们像嗡嗡叫的蜜蜂围着雷波鲁龙追逐嬉戏。雷波鲁龙十分享受和儿子们在一起的时光，他们比赛摔跤和骑射，喝着米酒，远远避开她，免得打扰她沉思。他们不知道她在忧虑何事，她的眉心越拧越紧，像一把圆形的锁镶嵌在额头。阿莫久支偶尔会抱怨："阿依想的事太多。我真不想要一个当大兹莫的阿依。"

"我也不想要当大兹莫的阿依，她总是一个人，从不跟我们玩。"阿莫驰达附和哥哥的说法。

夜幕从大地上袅袅升起，像一面漆黑的大旗遮拦住光线。阿莫沙蒂坐在湿冷的草地上已经三个时辰，她原以为杀掉一个不爱的人会容易很多，然而望着渐渐沉入夜色中熟悉又陌生的身影，她感到了撕裂般的疼痛。他们此行的目的就是要杀掉彼此，暗杀失手后，沙里曲木更加警惕严苛，雷波鲁龙已经失去消灭她的机会。

露营是常有的事，帐篷已经扎好。躲在草丛里的灰蛾、蟋蟀、萤火虫开始享受属于它们的夜晚世界，储存记忆的神秘匣子不经意间被打开，像草丛里的鸣虫，白天的嘈杂遮盖住它们的声音，让人忽视掉它们的存在。一旦静下心来，沉睡的时光和破碎的记忆从幽深之处倾泻出来，和雷波鲁龙相处的点滴，隐忍的、疏离的、恼怒的、抗拒的、感动的、怜惜的、沉默的、柔软的片段，像蟋蟀、飞虫和蛾子四处乱飞，在脑袋里欢腾。

"阿依，您口渴吗？"阿莫驰达拿着水囊走近她，他已经长得有小牛犊高了，五官更像他的舅舅阿莫蒲智。

阿莫沙蒂微笑着接过水囊喝了口水，把水囊递给儿子。阿莫驰达磨蹭着不肯离开，怯生生地问："阿依，您不想陪我们玩会儿吗？"

"阿依在想事，你们跟阿纹玩吧。"

阿莫驰达失望地垂着小脑袋乖乖地离开她，小小的孤单的背影让她格外心酸。如果她再从他那里夺走他们的父亲，长大以后，他会体谅当土司的母亲的苦处吗？

阿莫沙蒂被动人的小身影牵引着从草地上站起身，加入了他们。她从雷波鲁龙闪现柔情的眼眸里看见一张浸润在母性光辉中的美丽的脸，她内心里有很多个不同的阿莫沙蒂，眼前这一个是她极少展露的容颜。

等孩子们睡下，雷波鲁龙把阿莫沙蒂抱到自己的床上。阿莫沙蒂没有拒绝，她将冰冷的脸埋在丈夫的脖颈间，发现他那里的皮肤松弛、皱纹密布，感觉软塌塌的。他们一起度过了皮肤富有弹性的青春，直到皮肉下垂的暮年，昔日对她来说可有可无的时光像溪水流淌，在两人拘谨笨拙的亲热中慢慢从眼前流过。

半夜醒来，阿莫沙蒂顶着寥落星辰悄悄离开了熟睡的亲人。

达里麻会再次派出官员到土司府，元廷不愿意在战争前夕听到反叛的消息，倘若露出行迹去，与其等到元、明交战时被罗罗兵们拦腰插上一刀，还不如及早清除隐患。她不能继续追查元臣被杀的真相，或者弄个死人去顶替罪名，在雷波鲁龙和狄惹木嘎之间，她必须趋利避害，像木船躲过礁石撞击粉碎的危险，宁愿搁浅在滩头。

狄惹木嘎被连夜从水牢里提审出来，衣衫完好，齐腰以下都湿透了。他站在房间中央，桀骜的嘴角挂着满不在乎的嘲讽的笑，等待审讯官的到来。

疲惫的阿莫沙蒂走进刑室，黑色的棉布百褶裙拖在地上，裙边沾染了土黄色的尘泥。她看都不看站在堂下的狄惹木嘎，只朝他扔去一张写满爨文的黄纸，让他在纸上摁个血手印就放他走。

狄惹木嘎不识字，他怨恨阿莫沙蒂羞辱自己，咬破手指，朝那堆蝌蚪一样乱爬的文字按下一巴掌。

阿莫沙蒂抬脚就走。狄惹木嘎无端地打了个寒战，在水牢里待着他也不觉得一丝寒冷。他狂乱地大叫："让我死！让我给那个蒙古官偿命！你怕死，我不怕死！"

阿莫沙蒂咬着牙齿，停住了脚步。她带着强烈的轻蔑和隐忍情绪走到狄惹木嘎面前，鼻息粗重，语调高扬地对他说："我就是要活着，我要让罗婆人全都活着。只有活着才能对抗命运，对抗不公正，才能继续寻找反击的机会。让自己族人去死的人才是混蛋，是胆小鬼。我绝不会像一只蚂蚁一样死掉！"

"你就是怕死！你不敢和你阿纹一样战死沙场，你是母山羊，不配做老虎。"狄惹木嘎瞪着血红的眼珠冲阿莫沙蒂叫嚷。

"我不想做一只死老虎。"阿莫沙蒂没被他激怒，反而冷冰冰地丢下一句，转头命令狱头："把他关进水牢。没有我的命令，任何人不得探视。"

"沙蒂，别用这种语气跟我说话。你还不如杀死我。"

"你一次一次又一次地反叛我，置我的希望于不顾。你早就杀死我了，在我心里你已经杀死我千百次了。"

"我爱你，在人世间还有谁像我这样爱你！"

"你的眼睛里只有你自己、你的爱、你的女人，除此之外，全都不如牛屎。你就是这样的人，你根本不懂什么叫爱。"

"沙蒂，我这样爱你也成了罪过？"

"你滚吧——去爱你的母马、母牛。"

"那张纸写了什么?"狄惹木嘎怀着极度惊恐问阿莫沙蒂。以前他打伤人都要受到鞭打或坐监刑罚,这次杀了人却只需要按下手印。

"你用不着知道。"阿莫沙蒂冷冷地扔下话,头也不回地出了刑室。

不等达里麻再派太守来到,阿莫沙蒂让雷波鲁龙护送托帖木儿的尸体前去曲靖宣慰府,向驻扎在那儿的达里麻说明情况——托帖木儿被大黑山里以抢盗为生的黄骨头杀死,身上的财物被洗劫一空。

雷波鲁龙不愿意去,他不能在两军即将交战之时离开策反之地。想来想去,别无他法,只能装病在床。阿莫沙蒂请了奚婆给他做了场法事,宰杀了牛羊,土司府上下禁食念经祈福,弄得面色红润的他无法继续装下去。阿莫沙蒂对即将上路的雷波鲁龙说:"我们目前不能得罪元廷,它是只关在云南的野狼,蛇和鹰都奈何不了它。你代表罗婆部落去表明我们的诚意,打消他们的疑虑。等赶走了汉人,将来大理和我们都需要你里应外合,合击梁王。"

"你真的会投奔大理?"雷波鲁龙半信半疑地问。

"我是罗婆人,不是汉人、蒙古人,和卢鹿人、些莫徒人是姻亲。"

雷波鲁龙没想到原本要给阿莫沙蒂施加压力,逼迫她向梁王表忠心的刺杀行动,最终演变成搬起石头砸自己的脚。无奈之下,临行前向女土司讨要封赏:"我这趟去是为着保全阿莫家支的族人。等我回来,你得让我像个男人一样领兵打仗。我可不想一辈子躲在你的裙子底下,叫人看不上。"

"我已向朝廷为你讨了个'武德大将军'封号,你这次正好去受封。"

雷波鲁龙前脚刚走,阿莫沙蒂就让加巴惹带上自己的亲笔信和狄惹木嘎按有手印的黄纸后脚赶上。达里麻看到阿莫沙蒂的亲笔信就会知道,托帖木儿是被雷波家支的人杀掉,他们心怀更大的于蒙古人统治非常不利的阴谋。既然自己下不了手,就让蒙古人动手除掉滚落阿莫家支田地里的大石头吧。

下过几场小雨的滇中地区微风变得凉丝丝的,蛇葡萄树、龙须藤、鱼藤、蜡瓣花、细槐从石缝、半上坡、墙角、崖边没头没脑地探出头来,农人们用镰刀和砍刀割去一茬,很快又会长出茂盛的一茬。

艾蒿、野茼蒿、碎米莎草、灰绿藜、牛筋草、虎尾草一丛丛长到荞麦、芋头、大豆地里祸害庄稼。农人们没日没夜地将它们拔掉，在田埂边、地头上堆成小山，或者沤成肥料，或者晒干后放火烧掉。坝区里的平民们整日在田地里忙碌，燃烧干草和秸秆，远远望去，山前屋后到处烽火狼烟飘散，充满烟火味道。

等待消息的安静午后，阿莫沙蒂陪斯补纽纽舍在房间里喝茶，接受她百般挑剔的目光，怡然自得地喝了三碗米糊茶。

阿和匆匆赶来，给夫人和女土司行完礼后，对着主人密语："雷波大人回来了，加巴惹还没有消息。"

米糊茶碗停在了半空，失去了先前浓香茶味，阿莫沙蒂震惊的神色落入了斯补纽纽舍眼中。她伸出手去接过阿莫沙蒂停歇在半空的茶碗，尖着嘴小心地喝下一口，轻挑眉毛问："怎么了，不好喝？"

"阿依，我，我得出去处理军机要事了。"

寻常时候遇到突发情况，斯补纽纽舍会宽容地让女土司离开。今天却像吃错了药，阴阳怪气地说："长辈不起身，小辈就离席，这是罗婆人的规矩吗？"

阿莫沙蒂只得愤愤坐下，眼睛挑衅地望着母亲。斯补纽纽舍不看她的脸色，自顾自地悠悠喝茶。几只苍蝇在房间里百无聊赖地飞飞落落，发出空洞聒噪的嗡嗡声。斯补纽纽舍不喝茶的时候，就煞有趣味地看着苍蝇飞舞。

"这样坐在一起喝茶的时光很快就没有了。"斯补纽纽舍惋惜地说。她抬起右手轻飘飘地拂弄从绿纱窗帘穿透进来的阳光，手掌上下翻转，阳光就像在她的手心里获得生命，成为一缕跳动摇摆的明亮烟雾。已露枯迹的手腕佩戴着鹰形金手镯，手镯环绕下垂精致细小的铃铛，随着手掌翻动，像雨点敲打干枯的香樟树叶般响动。

阿莫沙蒂没有心思听母亲说不咸不淡的话。该死的没死，该回来的不见回来，还有比这更糟心的事？到底是雷波鲁龙杀死了加巴惹，看到了那封密信？还是加巴惹把信件交给达里麻时，雷波鲁龙巧舌如簧骗取了达里麻的信任，杀死了加巴惹？不论哪种情况，加巴惹很可能已经死了，雷波鲁龙得知自己要杀死他的信息，定会说服元廷不再信任依靠她。也许他们会废掉阿莫沙蒂的土司之职，另立雷波鲁龙为罗婺土司，统领阿莫家支。虽然族人不会真的听命于他，可对她将要计划去做的事就添了更多麻烦和阻碍。

"是啊，很快就没机会喝茶了。你赶紧喝吧。"阿莫沙蒂不耐烦地回敬母亲隐隐得意的话语。

"遇到什么难题了，不能跟我说说吗？我可是你阿依。"斯补纽纽舍停下玩弄光线的把戏，耐起性子问女儿。

阿莫沙蒂认真地看着母亲的眼睛，深棕色的眼珠里水波荡漾，像漆黑夜晚下的湖水表面，看不清水面下的精怪鱼虾。"您到底关心什么，阿依？"

"我关心阿莫家支。"

"这是土司分内之事，您不用过分操心。"

"难道你真想投靠汉人？"斯补纽纽舍话锋突转，语气里的固执、排斥使得话语变成了硬邦邦的石头，令她有点吃不消。

阿莫沙蒂闭紧嘴巴，板起脸望着一拃高的门槛，打定主意不与母亲做无益的交流，她只想母亲赶紧离开，让她腾出时间应对狡猾的雷波鲁龙，追查加巴惹的下落。

斯补纽纽舍领教过女儿的倔强，女儿的内心像外表一样冷漠无情，她的心一定是白色的，像冰雪一样的颜色。"我正好想起来要去看看银匠新做的耳坠子，你去处理军机要务吧。"斯补纽纽舍款款站身，给自己找了个体面的借口离开。

阿莫沙蒂心急火燎地赶到议事厅，见到了加封为"武德大将军"的雷波鲁龙。他面泛红光，洋洋得意，正给贵族土官们看金符。土官们啧啧赞叹，竖起拇指把大将军夸得浑身舒服。阿莫沙蒂看不出他对借刀杀人的计划有觉察的迹象，倘若知道，一见到她他会愤怒得扑过来把她撕碎。

阿莫沙蒂向丈夫恭贺一番，望着他被闹哄哄的知州、知县、千户和罗婺贵族们簇拥着出了议事厅后，找来沙里曲木仔细盘问。沙里曲木没有接到境内刺杀人员的通报，也不知道加巴惹的去向。阿莫沙蒂密令他带着二十名精锐兵马在武定通向曲靖的驿站路途中寻找，她低沉地命令:"就是死了,埋了,也要把他刨出来带到我面前。"

事情很快调查清楚。沙里曲木带着幸灾乐祸的口吻说:"又是狄惹木嘎干的。大兹莫把他从水牢里放出当晚,他就在土司府四周转悠,不肯离开。等加巴惹骑着马出府,他一路尾随到了鹰嘴崖,在那里把大火头摁住痛打一顿,然后要把他扔在山箐里喂狼。我们赶到那里,大火头还没死,狄惹木嘎也没走开。我把他俩都带回来了。"

"我不想见他们。"阿莫沙蒂烦躁地挥挥手,"你让加巴惹来。"

"狄惹木嘎呢?"

阿莫沙蒂不能把妒火中烧的男人赶出部落,她也不想看见他:"让他回家闭门思过。"

沙里曲木忍住笑,弓着身子出去传加巴惹。

加巴惹低着头进屋见女土司,样子很狼狈。头上的英雄结被扯歪,像变软的木瓜耷拉在黑包头外面,上身的黑蓝棉布衫子被撕成披毡,成了前后两块没有连接缝好的布条,吊裆裤变成黄泥裤,发出动物粪便的臭气。真不知他能把她千叮咛万嘱咐的密信藏在哪里。他瘪着嘴欲哭不敢哭的模样让她哭笑不得:"把我给你的信件交出来,回去洗洗,换身干净衣服,臭死了。"

加巴惹哭丧着脸说:"信被狄惹木嘎抢走了。"

阿莫沙蒂气得脑袋里直冒气泡,一个个啵啵地炸响。她命人把已经离开的狄惹木嘎追回来,一见到他,就冲上去抡起马鞭子劈头盖脸地乱打。狄惹木嘎像拴马桩一样立着,任马鞭像雨点般砸落身上。他不觉得痛,不是阿莫沙蒂气力不足,几鞭下去,胸前、脸上的皮肉像石榴开花似的绽裂,鲜血顺着鞭痕流淌。只要阿莫沙蒂还肯打他,他能见到她就感到幸福。地域对他来说只有两种,能看到阿莫沙蒂的地方和看不到阿莫沙蒂的地方。它的美好跟花鸟虫鱼、山川气候没有关系,只跟眼前顽石一样的女人有关。

"信呢?"

"这事轮不着他办。"狄惹木嘎把密信从腰带里掏出来,两眼喷射着嫉妒的怒火。

阿莫沙蒂一眼看到羊皮信上的细麻绳已被断开,强压怒火地问他："信还有谁看过？"

"我让加巴惹念给我听。"狄惹木嘎向她走近一步，低声说，"你想杀他，我可以帮你。"

这话让阿莫沙蒂反胃。她嗅到狄惹木嘎身上散发的血腥味，与山箐里见到的腐烂尸体发出的气味相似，又想呕吐。这句话把她贬为谋害亲夫的通奸者，她忍不住强烈厌恶感，对着狄惹木嘎唾了一脸花。她不想和他待在一个房间里，就算相隔几步都让她感到难以忍受。

她想不通。以前自己怎么会为如此愚蠢粗俗的人着迷，甚至想抛下土司之位跟他私奔。他现在满身血痕的样子，非但不会让她感到心痛，更让她鄙视。他卷曲蓬松的头发令他显得轻佻油滑，深凹的大眼闪现贪婪的占有欲望；他漂亮的鼻子和嘴唇以及苍白脸色与硬朗的脸型轮廓极不相称，散发令人厌烦的阴柔之气。他衰老缓慢的脸庞和生长迟滞的智力一样，只会使她觉得可笑。她迅速仓皇地从他身边逃走，仿佛他是个散播瘟疫的病人，她要离他远远的，连空气中都不要留有他的气息。

她不会再去见他，无论他耍什么花招都不会再引起她的情绪波动。回土司楼的路上，她在前后护卫中仍走得跌跌撞撞，脚趾老是踢到坚硬的土地。她怅然若失又感到浑身轻松，突发其想地想在黑夜里走走，抱着粗壮的随便什么树哭一场。

23

斯补纽纽舍让奴隶给"武德大将军"雷波鲁龙送来一把纯金手柄的雕蛇户撒刀以示庆贺，雷波鲁龙用它将一棵樱桃树劈开，断裂的树干刀口平整，刀刃无痕。劈声清脆，闪烁金光。雷波鲁龙爱不释手，将一卷崭新的蒙古毛毯作为答谢礼带给夫人。

趁秋风未起，老胳膊老腿没有酸痛迹象，斯补纽纽舍派人请来了"奉国大将军"阿莫洛。年近六旬的将军跨进小院时，呆立在三合院童子面茶花树下满含热泪，距离上次他离开小院，已过去了十二年。那次来三合院并无重要的事，只是补贺嫂子迁居，两人坐着说了些话，因为斯补纽纽舍头疼，他才告辞离开。此后他们仅在议事厅里见面，私下支使奴隶们传递些物品。两人相识快五十年，能见着面的时间加起来不过三五年时光，可没有一天他不想念她。

早听人说哥哥阿莫基蒲迎娶了曲靖地区小土司斯补家美貌的女儿，等阿莫洛见到嫂子的真容，是她成为母亲后的事。他刚行完十五岁成人礼，斗败了体重四百八十公斤的壮黄牛，膝盖和手肘在泥沙地上蹭出了鲜血。他怀着成年后的骄傲去拜望哥嫂，沿路上族人都啧啧赞叹他的容貌和健美体魄，他的父亲、哥哥和他简直就是阿莫家支的日月星辰，是部落里闪亮的首领。他只看了一眼端坐土司身旁的嫂子，还没看清她的眉眼，就被体内莫名产生的强大热流弄花了眼睛，受伤的四肢像遭遇寒流般哆嗦，脑袋里咕嘟嘟冒出岩浆和浓烟，晕晕乎乎说了些不知所云的话，好容易才把僵硬的腿脚从甜蜜之地拔出来。

这次脑袋发晕后，阿莫洛就再没醒过来。五十年光阴，在他看来不过是弹指一挥间的事。现实中的征战、娶亲和议事更像是虚幻梦境，他长年生活在自己臆想的世界里。那个世界只有斯补纽纽舍和他，她对阿莫家支的维护和忍辱负重，都让他愿意为之献出一切。他苦练杀敌之术，熟读兵法，操演罗罗兵，不过是为了保障她想要的一切不会被人夺走。他娶亲生子，也是为了家支的发展稳固。家支间高层统治者联姻是千百年来的族规，也是她落泪的恳求。

那是他一生中最黑暗消沉的时光。他在蒙古人的牢房里一待就是三年，他知道哥哥战死了，噩耗早晚会有人传给嫂子。他顾不上考虑自己悲惨的境地，只为年轻美丽的嫂子担忧——她不幸成为一位反叛朝廷的战败首领的妻子，处境令他不敢想象。光线幽暗的牢房里，他依靠对她的思念和回到部落的信念度过不堪回首的时光，他记忆中的她仍是高高坐在土司位旁边的样子，端庄高贵，仪态万方，她的容貌秀美，并不清晰。只是土司位上没有人，空落落的位置像她柔情的眼波，她向他伸出手。他每次想到这里，脸上都露出迷醉的神色，仿佛全身被奇异的玫瑰花香笼罩，阳光、流水、熏香的烟雾、蜂蜜味的气息，小鸟在茂密树林里鸣叫，柔软宽阔的草坪从脚下向她延伸……美妙的愉悦如同春天湖面上的涟漪一圈一圈地向他袭来，孤零零、沁人心脾的哀伤混合其中，令他难以自拔。

阿莫洛从没想过再也见不到嫂子，他怀着盲目的信心忍受着蒙古兵奴役，抽打在身上的皮鞭、踢在脑袋上的皮靴和被人围殴的疼痛感在虚幻的嫂子的抚摸下减轻不少。他想念她的时候，她就在身边，成为他身体的一部分。他俩一起吃饭、剪羊毛、挤牛奶，他跟她窃窃私语，他逗她开心。他累的时候，她会走开一阵，也许去欣赏山坡上盛开的马缨花和杜鹃。关在同一间牢房里的些莫徒俘房们以为他被关疯了，他才十八岁，亲眼看到哥哥的头颅被蒙古兵砍掉，吓得整天胡言乱语，痴痴傻傻，像个等待情人回家的小娘儿们。

被幻念臆想包绕的阿莫洛对不断消逝的时光并不显得焦躁，他看上去像打算在臭不可闻，跑满耗子、蟑螂和臭虫的牢房里长住下来，甚至过得非常快活。他被不耐烦的蒙古兵赶出牢房时，还想赖在那里不走，围着牢房笨重的木门不停转圈，试图找到缝隙或者地道钻回牢房里去。蒙古兵被他吵烦了，着实给他一顿拳打脚踢，把昏死过去的他拖进树林，扔在一堆乱石岗上。打不死的阿莫洛被冰凉的霜露冻醒，他一动不动地躺在乱石堆上仰望星空和蓝天。天空又高又远，像美丽的嫂子一样遥不可及；夜空闪亮的星辰像嫂子头饰上摇动的银坠子，蓝天像一床松软巨大的棉被，温暖，柔软，如同嫂子给他包扎伤口的手掌，让人想永远深陷其中。

他不相信自由如此快而容易地得来，他害怕释放、驱逐是个圈套。蒙古兵会把他当成逃犯放逐在平坦荒凉的原野上，像捕杀狡猾的狐狸那样猎杀他，以此取乐。他表现得不愿离开牢房，他不愿意在奔向幸福快乐的半道上被人杀死。当他确信蓝天和自由呼吸的空气、飞扬的绸带般的山峦、幽静翠绿的密林重新敞开怀抱接纳他时，滚烫的泪水像山间瀑布般奔流下来。

阿莫洛见到了朝思暮想的嫂子，他仔细端详她的眉毛、眼睛、鼻子、嘴唇、耳廓和发丝的弯曲度，她浑身上下充满了甜蜜的诱感，美得像太阳照耀下闪动奇异光芒的黑土地。她很快会成为自己的女人，如果她愿意"转房"（罗婺族规有亲兄弟的妻子在丈夫去世后，转房给活着的其他兄弟以便照顾家族丧偶妇女和丧父幼子），他就会成为世界上最幸福的男人，成为阿莫土司和斯补纽纽舍的新丈夫。

斯补纽纽舍热情地拥抱了归来的阿莫洛，她听到年轻男人有力慌乱的心跳声，嗅到牢房里的霉臭，感触到他激动颤抖的身体。她眼前浮现出他红着脸，垂着眼睛，两只手几乎绞拧出水的样子。坐过蒙古人牢房的他更加沉默寡言，目光闪烁，他甚至不敢向她伸出亲人的手臂。他像丈夫的影子，眉宇间更添阴柔之美，再美也不过是影子而已。阿莫洛二十一岁，她快二十六岁了。依照阿莫家支的家规，眼下她有两条路可以选择，让儿子阿莫蒲智袭位或者转房给丈夫的亲弟弟阿莫洛。

事关阿莫家支前途命运，他们待在土司楼里三天三夜，紧闭房门，不见外人。族人们都以为他们的婚礼将会在不久后举行，这是三年来愁云惨淡的阿莫家支里出现的一缕喜气。神情严肃的大奚婆巴莫查查有时会出现在土司楼下，他凝望着那扇紧闭的乌门，既无欢喜祝福，也无悲伤忧愁，他每次离开前苍白细长的手指会抓紧黑色法衣紧紧裹在身上，像感受到极度寒冷一样。

阿莫洛满怀期待地倾听斯补纽纽舍的讲述，要不是嫂子温柔婉转的嗓音，他真想跳过烦琐乏味的政令田制，直接听到她的决定。他适应幽暗光线里的低语哭泣，这一切都跟他在牢房里的臆想一致。美丽女人眉梢眼角流露出的信任，几只飞过暗色光影区域的白蛾，跳动的烛台火焰，摇曳在纱帐和墙壁上的巨大黑影，他能在其中放松下来，像对自己女人说话那样不再紧张得颤抖。

斯补纽纽舍不停地诉说这场战争带给阿莫家支的灾难，朝廷撤掉了宣慰府的设置和封赏，现在只是个以观后效的小总管府，收回了金印和虎符，朝廷可以任意抽调部落的壮年劳力补充蒙古军队，加重他们的赋税。他们的疆域缩小了不少，丢失了牧场、果林、山地和牛羊，临近的俄木部落和阿华部落时常袭扰边界。她向所有的

236

姻亲土司家支都借过财物，但部落仍缺少粮食、种子、牛羊和奴隶。她为释放阿莫洛不断地向朝廷上贡求情，为此从悬崖上摔下去三匹疲惫劳累的大理马。黑骨头贵族对斯补纽纽舍的统领非常不满，她缩减了他们的土地，征用大量牛羊，不少土官和家支贵族躲在帷帐之后算计推翻她。她的泪水真多，像长流不息的掌鸠河水，擦也擦不完。他想用身体堵住泪泉，让她不再流泪，可她轻轻地推开了他。

"我会保护你。"阿莫洛不明白斯补纽纽舍的拒绝，眼下不是她最需要他的时候吗？她为了救他出牢房，花光了四处借来的财物。他猜不透女人的心意，他们朝夕共处一室，外面的人早认为她是他的人了，可他连亲吻女人的滋味都没尝到。

"你不光要保护我，还要保护整个家支。如果部落被分解了，我们就成无家可归的人。"

"我不明白。"阿莫洛不确定嫂子是否愿意转房，她话里有话，目光也另有深意。

"蒲智快成年了。如果基蒲在天上看到他的儿子承袭他的职位一定很高兴。"

"阿麦（嫂子）……"

"我为你相好了一门亲事，是罗罗斯兹莫的女儿……"

斯补纽纽舍在说着什么，阿莫洛听不进去了。他费劲地摇晃脑袋，猝然从木椅摔到地上，发出使人难堪的巨大响动。

"你怎么了？"斯补纽纽舍停止说话，被吓到了。

阿莫洛费力地从地上爬起，尴尬地原地转了个圈，眼睛慌乱地四处寻找。他无法回答她的问题，怕一张嘴，他装满整个身体的关于她的秘密就会倾吐出来。

"你在找什么，阿莫洛？"她的声音逼问着他，即使背对她，他还是无力抗拒她。

"我，我想出去。"他的语气里全是沮丧和委屈。

"阿莫洛，我知道你在想什么。如果我答应'转房'，我们的情况跟你待在牢房里没什么两样。我们只能自己吃自己，等着别人来把我们吃掉。罗罗斯土司是蜀地最富有的土司，他的权势让蒙古皇帝都睡不着觉，他拥有的牛羊像天上的白云一样多，粮食堆成高山，金银珠宝比星星还闪亮。你娶了他的女儿，我们就会有绵绵不绝的粮食和牛羊，会有一个强大的姻亲。这是多少男人巴望的美事，我费了多大气力才让罗罗斯丽对你动心。她是个——"

"我答应你，我答应。别说了，阿麦——求求你。"

"你真的答应了？"斯补纽纽舍把他的身子扳过来，双手托起他的脸。他俊朗的脸很像丈夫，只是更温存，更柔情，更阴郁。他光滑的脸上没有泪水，他看着她的眼神，却让她流泪了。

她颤抖着脱去身上厚重的衣衫，一层层，一件件。曼妙的身姿被慢慢雕刻出来，她正当芳华，肌肤如玉。衣衫落到地上，如同委顿的花泥。阿莫洛在她除去身上遮盖物时呼吸急促，血液从胸腔涌到脑袋，脸色血红。斯补纽纽舍身上只剩下单薄的白棉袍，雪娇茶花般灿然盛开在不断上涌的香气里。她泪光盈盈地走向阿莫洛，男人伸出又缩回的手指阻止了她。他小心地从地上捡起衣衫，一件件，一层层为她仔细穿好。他温柔的手指通过衣衫不经意地触碰到她的手臂、发丝、脖颈、胸、腰和臀、腿、脚趾，恋恋不舍地穿过乌溜溜的长发，缓缓地告别了她的身体。

他们坐下来继续说着阿莫洛大婚后的情形，他一切都听她的，等待恰当时机帮助阿莫蒲智继承土司之位。

在阿莫洛眼中纯白色的三天三夜，经过贵族、平民和奴隶的窃窃私语、交头接耳变成了桃花盛开的粉红色，他们认为这是阿莫洛的荣耀，而他也对此默认。

五十年后他又单独坐在她对面，仍旧看不清她的容颜。他还没老到眼花的地步，总感觉每次靠近她，她四周就会升腾起扰乱视线的烟雾，她如同太阳闪闪发亮，令他无法直视。她不会改变，变得更漂亮或者更衰老，她一直都是最美。凤仙花汁、炭笔或者野玫瑰花瓣的香气不会增添她的美丽，皱纹、色斑或者年老妇人身上散发的酸腐味不会减少她的魅力。他看到她，就会心安。

"雷波家的想杀了沙蒂。"

这话吓了阿莫洛一跳。他身经百战，阅人无数，听说过不少女婿、儿媳为了争权打打杀杀的事，没想到自己看着长大的侄女身上竟发生这种可悲残酷的事。他没法回答。

斯补纽纽舍轻描淡写地继续说："他也是昏了头，居然来找我商议对策。"

阿莫洛更无言以对，皱着眉头呆坐，连最喜欢的橄榄泡酒也喝不下去了。他活得真不算久，新鲜事情总是层出不穷。

"可见外面的人怎么议论我们母女俩的关系。"斯补纽纽舍听不到回应，看了看全神贯注聆听的小叔子，又说，"沙蒂爱胡闹，惹得女婿不高兴。我的话她也不听，我不知道她想什么。"

"你怎么想？"阿莫洛总能恰到好处地发问。

"阿莫沙蒂是罗娑人，胳膊肘总不能往外拐。"斯补纽纽舍不想在阿莫洛面前多加掩饰，如果她还能信任一个人的话，眼前见过她流泪的男人是值得信赖的。她忧心忡忡地说："沙蒂的表现越来越像雷波说的那样。"

"罗娑人、卢鹿人、些莫徒人、磨察人、羌人、女真人、汉人都被强悍的蒙古人打败过，现在汉人又打回来了。照眼下情形，蒙古人打不过汉人。"

"你怎么也说丧气话。你也被打怕了，害怕再次被捉到牢房里去？如果你是真汉子，四十年前就跟阿莫基蒲一样被蒙古兵砍了脑袋，还能坐在这里喝茶？"

从美丽女人嘴里吐出的每句话都像呼啸而来的羽箭，接连射中阿莫洛的旧伤，把他钉在那场战争死难尸骨堆砌的墓碑上。他讷讷无言，像个垂死的人看着斯补纽纽舍。

斯补纽纽舍不打算为这些话道歉，她扭过脸去，不愿看到他脸上让人心疼的绝望和悲痛。

他们僵持地坐着。院内的茶花树长势正好，攒着劲头为形成花蕾做准备。三合院外种有十多棵高大茂密的油桐树，过了九月，油桐树叶开始枯黄凋落，女奴们为扫凋落的油桐叶花掉大半天时间。及到午后仍不时有被风吹来的油桐叶子飘落进院心，大如蒲扇，沙沙作响。

两人都像是等着看下一片油桐叶子掉落下来，注意力从自身情绪转移到风物上。枯叶蝶一样的叶片在半空中旋转、翻飞、斜弋、飘落，卷曲或平展地在地上挣扎片刻，最终都归到灶洞里去化成一撮黑灰。人生短暂、死亡归途和虚无的存在感，有时让她焦躁不安，有时又让她冷淡如死水，她似乎永远做不到像他那样平和从容。

"我们祖先在这里生活有上千年了吧?"斯补纽纽舍先开了口。

"巴莫查查说不止一千年。"

"我们的子孙也应该能在这里生活下去。"

"你和沙蒂想的都一样。"

"我想要有尊严的活法。山林、河流、盐井、黄金、牛羊、奴隶都是我们自己的，为什么她不肯为此一搏?"

阿莫洛迷恋她经过繁华和快活后带有疲惫哀伤的眼神，爱恋她由鲜嫩多汁富有弹性变为松弛密布皱纹的皮肤，他了解每一寸肌肤老去的故事，她的孤独痛苦、乖张荒诞、暴虐残忍，只有他才深深懂得她内心的焦虑。她人生大部分旅程都与他的紧密不可分，她是他生命中的灯火和鲜花。但这次他不确定是否值得为此付出全族人的生命。

斯补纽纽舍等不到阿莫洛的应和，叹息地说:"人生是一次充满荣耀的历险。"

那是个人的人生，不是整个部落的人生，不是弱小的罗婺人的生命轨迹。阿莫洛内心抗拒着，却沉吟着问:"你想怎么做?"

"沙蒂真的要投奔汉人，就把她软禁起来。"

阿莫洛点了点头。他理解斯补纽纽舍做出每个艰难决定的理由，她为阿莫家支奉献了一生，比家支中其他人更有权利决定家支的生死。即使决定是错的，两个不同决定正确与否尚未可知，他内心是偏向她的决定的，誓死保卫故土也是大多数土著人的心愿。

"雷波家的要趁乱夺权，就杀了他。"

阿莫洛望着斯补纽纽舍右耳上叮当作响的黄金蛇形坠子，重重地点头答应。他手里握有阿莫家支七千罗罗兵，随令征调下级土官们的侍卫和家丁、奴隶。他本应听从阿莫沙蒂手中虎符的调遣，现在他不打算这么做。

他们之间的话似乎已经说完，阿莫洛仍不愿走。他默默地停留在女人身边，像泡在烟雾升腾的野外温泉里久久起不了身。院子里的油桐树叶越积越多，每片叶子都像他们曾经经历的美好瞬间，东一片西一片地散落在记忆庭院，无暇捡拾。

"罗罗斯丽给罗罗斯兹莫写信了？"

沉浸在往昔时光的阿莫洛被斯补纽纽舍的问话拉扯回小院子里，面前漆木桌上摆放的橄榄泡酒已不知不觉喝下两杯。唇齿间徘徊着苦涩和甘甜混杂的滋味，不由得又伸手去倒了一杯喝下去，热辣辣的液体从舌头烧到胃肠，口腔里留有醇香的橄榄余味。

"她写了信去问罗罗斯兹莫，建昌、德昌、会川、柏兴各府情形也是一样，月鲁帖木儿驻扎罗罗斯宣慰司，只等时机，意图再反。"

"胜算多少？"

"蜀地十年前就是汉人的了。只不过罗罗斯宣慰司尾大不掉，凭借山峦雄奇，易守难攻勉强苦撑罢了。"

"我们的境况跟他们也差不多。"

"自己弱小，怨不得挨打。"

"若他们不来进犯，我们怎会挨打？"

"没有蒙古人、汉人，也会有吐蕃人、东瀛人、高丽人、蒲甘人、印度人来犯。丛林里的野兔，没有豺狼虎豹捕杀，也有老鹰和蛇来吃。"

"我陪你喝一杯。"

阿莫洛咧嘴笑："你没酒量。"夺过酒杯，满饮一杯后，霍地站起身来说："我走了。"

斯补纽纽舍不理他，拎起酒壶倒酒，只倒出半杯来。抬头见院子里已无人影，满地枯黄油桐叶。斯补纽纽舍独自体味橄榄酒燃烧味蕾，穿过咽喉，进入胃肠的火辣感觉。她感觉阿莫洛没有完全离开，脸颊微红着向他曾坐过的木凳扬了扬酒杯，轻声说："橄榄酒确实不错，难怪你喜欢。"

24

没多久，阿莫沙蒂被达里麻雪片一样的催战书和隔三差五就跑到土司府来的枢密使、大都督、都指挥使弄得失去了耐心，变得沉不住气。

议事厅里的大将军、知州、知县们垂着脑袋不说话，有几个偷偷地互相传递眼色。"奉国大将军"阿莫洛闭着双眼假装打盹，"武德大将军"雷波鲁龙挺直腰板四处环顾，"文武大将军"沙里曲木对着前方——正好是阿莫沙蒂的裙摆处发呆。

"你们都说说。催战书怎么办？"阿莫沙蒂看到散沙似的土官们，气不打一处来。

磕碌府千户向前半步说："大兹莫，这得取决于我们帮谁。蒙古人？汉人？还是拥戴段总管？"

"这事不是议过多次了，没有定论。"雷波鲁龙眼睛斜瞟着阿莫沙蒂说。

沙里曲木说："现在火烧眉毛的是把梁王应付过去，久议未决的事还得从长计议。"

雷波鲁龙说："正因为火烧眉毛才要速速定夺，当断不断，反受其乱。"

磕碌府千户说："武德大将军所言极是。罗婺部落兵力有限，若一会儿帮蒙古人，一会儿帮汉人，最后又要拥戴段总管，如何应付得过来？依下官所见，定下未来大计，才能解开眼前难题。"

阿莫沙蒂说："眼下形势不清，你敢说定下未来大计，就不用更改了？如果梁王抵抗住了征南将军颍川侯傅友德的汉人军队，而段总管又打不下达里麻，你该如何定夺？"

磕碌府千户听出女土司语气威严，畏怯地缩了下脑袋，眼光朝阿莫洛方向溜了一眼，嘴里支支吾吾答不上话来。

沙里曲木说："大兹莫，只要蚂蚁闪躲得好，大象踩不死蚂蚁。

眼下只有派出一支队伍去协助元军，换取他们信任。等到形势明朗，再做商议。"

"好!"阿莫沙蒂从土司椅上站起，环视一遍议事厅，说，"就派武德大将军带领亲卫队三千人马去达里麻那里做做样子，等形势明朗，听我号令撤兵回府。"

"这，沙蒂——大兹莫，亲卫队，这，这不行。"雷波鲁龙没想到议事厅里串联好的土官们一个个像锯了嘴的葫芦——全哑巴了，无人声援他。他望了望阿莫洛，老家伙正睡得香甜呢，口水从嘴角流出挂在下巴上。

"怎么不行? 亲卫队是当初阿莫家支允许您带来防身护卫的贴身侍从，您贵为阿莫家支的兹莫夫婿，又新得了梁王的封赏，此次调兵只是应对之策，不必全力拼杀，由您带兵前去，是最适合人选。"

"大将军，奉国大将军!"雷波鲁龙急得顾不得多想，伸手去摇坐在身旁打瞌睡的老头。

"啊，哦，年纪大了，瞌睡多。"阿莫洛摇摇脑袋，嘴里喷出的气息酒味浓重，并不太清醒的样子，"议完了? 那就定下吧。"

雷波鲁龙急得恨不能腾出手去撑住他沉重的眼皮："大将军，我不能带走亲卫队。这仗眼看就要打起来了，我一走，阿莫家支就少了三千兵马。"

"走了三千，我那里还有几千。既然是大兹莫定下的，就要服从，军中无戏言呀。"阿莫洛反倒安慰起雷波鲁龙来。

"不行，不行，让别的人去。"雷波鲁龙急得口不择言，他的亲信蛇节告诉他收买了三个千户、两个知县、一个知州，现在这几个龟孙缩着脑袋不说话。他完全没想到阿莫沙蒂会出此一招，用他应付了梁王，又成功地把他的亲卫队调出阿莫家支，一石两鸟，他实在是低估了同床共枕二十多年的女人。

"武德大将军，您想违抗命令吗?"阿莫沙蒂冰雪覆盖的脸庞高高扬起，眼神如同冰檐下凝结的冰锥。

雷波鲁龙眼神绝望地恳求阿莫沙蒂："沙蒂，我要留下来保护你们，大战在即，我不能走。"

"您放心，打仗的事谁也逃不过。如果需要，我和儿子们都会上阵杀敌。"阿莫沙蒂在土官们的注视中少有地露出罕见柔情，她看了看雷波鲁龙，对方正殷切地望着她。她说："援助元军的事就定下了，退了吧。"

阿莫沙蒂回到土司楼，奴隶们又送来一堆达里麻的催战书和各部落土司的联合信。她草草地浏览一遍，在其中找到一封黄纸书信。达里麻给各部落的信笺全使用皮料纸，多数是羊皮纸，柔软昂贵。各部落土司来往信笺也多使用皮料纸和竹纸，一堆信件送来总伴随着浓浓的动物皮毛气味，保存不当容易腐朽生蛀虫。听说明朝官方使用黄柏汁浸泡白纸而成黄纸，黄色是汉人皇家专用之色。黄柏含有能防虫蛀的物质和香气，易于存放。汉人皇帝使用纸张很有讲究，黄纸用于朝中官方文牒，而对待外国通文，则采用洒金纸，富丽堂皇，描龙着凤，以示天朝威仪。

阿莫沙蒂手捧黄纸，喃喃自语："从用纸上看，朱皇帝早将滇地视为王土，志在必得。十三年隐忍，一朝挥师，恐难逆天。"

展开散发淡淡清香味的黄纸，上用纤细黑墨写着形方意圆的汉文字："朕建都距今十三载矣。而滇、黔执元臣节如故，朕遣使数次，俱被杀。终不可以谕降。诸夷部落，奉谕来朝，不烦兵下，以礼待之。"

阿莫沙蒂又细看了一遍，雷波鲁龙领着两个儿子未经通传就直闯进入，请求她另派他人领兵前往曲靖。阿莫沙蒂任他软磨硬泡，决不松口。阿莫久支和阿莫驰达双双跪倒在母亲脚下，身高超过母亲的阿莫久支啼哭流涕："阿依，您若是把阿纹派去帮助蒙古人，无论汉人胜还是蒙古人胜，阿纹都回不来了。汉人胜，必将助元者杀之；蒙古人胜，段总管必要伺机作乱，阿纹夹在其中，或被当作人质，或被处决。久支和驰达就没有阿纹了！"

年幼的阿莫驰达跪行到阿莫沙蒂面前抱紧她双腿，泪水打湿了她的黑色布裤，哭得眼肿腮红、哽哽咽咽，说不出话来。

阿莫沙蒂被儿子们的哭泣声扰得心乱，抱着阿莫驰达的脑袋流泪，却不肯改变心意。

阿莫久支眼含恨意，泪水长流，问母亲："阿依，外面传言您想借此除掉阿纹从雷波土司带来的亲卫队，是不是真的？"

"胡说！"阿莫沙蒂望了望坐在一旁形容凄惶的丈夫，软下声气说，"罗婺部落世代久居滇之中土，如同井底之蛙，安逸山野。然我生于兹莫之家，必有守土护民之责。我阿纹阿莫基蒲为保世权而与元兵抗争，丢下年仅三岁的我和十岁的阿牟。我从不曾与人为敌，奈何人欲夺我疆土，不得不与之战。此时你们的阿纹不过是先遣队伍，我们也将迎来恶战。两虎相争，地动山摇，野兔、山鸡安能独保全身？将来你们也会面临如此艰难境遇，望你们能放下一己之私，以部落为重。须知部落尽毁，阿莫家支哪有栖身之所？"

两个儿子抱住母亲哭成一团，阿莫沙蒂说完这番话，心中反而没有了悲戚，她望着失意愁闷的丈夫轻声说："一旦战事稍稳，你就回府，我为你烹牛宰羊欢庆三日。"

雷波鲁龙看到妻子眼里的泪光，充满温情的面容和话语，倒分不清议事厅里面若冰霜的她和此时柔情蜜意的她，哪个才是真实的阿莫沙蒂？他犹犹豫豫地点点头，领着擦干眼泪的儿子们离开土司楼。

阿莫沙蒂站在木窗前望着父子三人离去，心里隐隐作痛，像是胸腔里某个地方断裂了。

一只栗腹矶鸫冷不丁飞到木窗边上，抖动墨兰色的翅羽，平板状的尾巴上下摆动，胸腹上深棕色的羽毛非常显眼。它旁若无人地歪歪脑袋，东看看西瞅瞅，摇摇头，又飞走了。

"这是我的地盘，别以为飞过来看了看就成你的。"阿莫沙蒂冲飞走的栗腹矶鸫鸟嘀咕，索性把木窗关上，埋头看土官们用竹纸报来屯兵和粮食情况的公文。

文案上的公文堆成一个个小山丘，曾几何时，土官们要说的话也变得多了起来。换到十年前，公文不及现在一半多，再往前推算，斯补纽纽舍掌权的时候，她很少看到母亲埋头看公文。艳丽招摇的女人只会命令备好马，打扮齐整，嘚儿嘚儿地跑到想要看的地方转悠一圈，和当地土官吃顿烤全羊，看看当地姑娘们的绣品和银饰，傲慢地扔下几句让土官们感激涕零的话，打马就回。现在她有多长时间没有到偏远的村寨去了。垦田的命令下达后，各地土官的抱怨也跟田地一样日渐增多。没有水，缺少粮食种子，田地垦荒出来干烤太阳，过不了多长时间，又变成长满茅草的荒土坡。

尤其元谋一带已经三年干旱，蚂蚱和松毛虫轮番袭扰当地居民。元马千户抱怨说，民以抓虫为生计。水，又是水。滇池有水，洱海有水，也得够得着。武定府的水也不多，域内有木土达河、黑鲁拉河、水城河、掌鸠河、香水河，情形是沿河族人比高山族人富裕些，未加修渠引水的河流作用比不上惠泽普民的几场及时雨。

阿莫沙蒂看完公文，疲乏地伏案睡着。

恍惚间来到一处金碧辉煌、灯火通明的地方，曲桥回廊，河柳成排。长街上穿着各样式衣衫的游人如织，直筒长衫、对襟小褂、斜襟宽袖棉服，有耳旁编发辫绕成环的蒙古人、有黑袍胸配十字信奉也里可温教的达屑、有白衣白袍信奉伊斯兰教的回回人、有留天菩萨的卢鹿人和罗婺人，有挽髻披发的汉人。她忙低头看看自己，不是九层繁复服饰的土司打扮，只穿了游山玩水时的斜襟袍子，发辫挽起裹有青色包头，包头上缀满鸟形银饰。环顾四周，没有相识的人在身旁。

阿莫沙蒂努力在记忆里搜寻她去过的地方——这绝不是元大都。可除了元大都，她没到过华丽至此的地方。街上人流又颇似在元大都所见情形，打扮各异的人会聚于此。她感到兴奋而恐惧，随着人流漫无目的地边走边看。远远望见土筑高台上建有高大的皇城，样式跟元大都景象一致。她知道城内东西南北四角建有角楼，在南城阙内建有一座影壁式大型建筑，东北到西北的大片土地上建有华贵的蒙古包。她心里想，元大都早被朱元璋占了，至正帝跑到草原上去了，怎么还留着大片大片的蒙古包？

过了雕刻石狮的廊桥，眼前景象让她大吃一惊，肥沃土地变成了望不到边的草场，成群结队的牛羊悠闲自在地吃着青草，汉人楼阁和田地变成了牧场。阿莫沙蒂想起阿莫蒲智在汉中的师长魏敦礼说过，蒙古人不习惯中原生活，想把草原搬到中土来。她往河边仔细寻找，果然找到了哥哥曾经就读的风仪书馆，破败简陋得像河边穷渔夫的茅草屋。她正要推门进去，突然被人抓住手腕往外拖着跑。定睛一看，拉她的人是哥哥的学长邱子朔。她拼命挣扎，呵斥他："你拉着我跑做什么？"

邱子朔脸色发绿，眼袋下垂，眼睛里布满了血丝，表情痛苦地说："红珠被他们抢走了！我的新婚妻子被他们从洞房里抓走了！你也快点逃吧。"

"你胡说什么？"阿莫沙蒂完全听不懂他说的话。正疑惑，不是在元大都吗？怎么又到了汉中？难道两个地方只隔着一道廊桥，这完全不对，两个地方她都到过，要走很长很长的路。沿路的驿站不太多，但是方便休息，给马添料。她在土司府辖区内建了不少驿站，并在驿站周围屯有兵马，令他们垦荒种地，给予补助奖励。

邱子朔是个文弱的汉人书生，此时却力大无比，手指如铁钳，把她拖到河边，使劲推她："饿死事小，失节事大，你赶紧跳河吧，保得家门清白！"

"放开我！"阿莫沙蒂半蹲下身子，用手指用力抠他的手，不让他把自己推下河去。她的双脚被拖离地面，半个身子歪向河里。河面上刮起冷飕飕的风，浑浊的黄水卷着可怕的漩涡，深不可测，她急得大叫："我是罗婺人，不是汉人！什么失节不失节的鬼话，也拿来骗我！"

"比汉人还低一等的南人，难怪活得没廉耻！"阿莫沙蒂失去重心，被他抛下河去。

阿莫沙蒂在下坠中惊恐醒来，跌坐在地，茫然辨不清身在何处。

木窗不知什么时候被阿和打开了，窗外吹来凉丝丝的风，身上披着厚实的察尔瓦，被噩梦一吓，耷拉半边拖在地上。

25

云南的蓝天像开屏的绿孔雀尾巴，自然大方中暗藏妖娆魅惑。今年秋天比以往来得匆忙，踢踢绊绊地跑进滇中大地，惊落一地黄叶。

大奚婆摇响铜铃，跳完出征勇士的送别祝福舞，把一碗碗鸡血酒端给亲卫队罗罗兵。蛇节满腹疑惑地望着垂头丧气的雷波鲁龙，他们的将领并不理会他的疑虑。雷波鲁龙只是抬头看着站在妻子身后的两个儿子，喝完鸡血酒，冲他们微笑，像准备射杀多余太阳的支格阿龙，摔碎酒碗，跨上大马，不再流露依依不舍的情绪。

"走吧，勇士们！"雷波鲁龙甩响马鞭，大吼一声。将士们"啊呜——啊呜——"地高声应和，送别的人群喜笑颜开，像是送别赶集的人离开家门。

先是骑马的将领和骑兵数十人，后面的罗罗兵挎着弩箭、扛着铜矛和盾牌缓缓前行，亲卫队慢慢跟混乱人群分离开来。

阿莫沙蒂站在高台上看着熟悉的背影慢慢消失在清晨薄雾中，阿莫驰达紧紧抱住她的腰，强忍哭音轻声念叨："阿纹，阿纹……"阿莫沙蒂感到肢体撕裂般的疼痛，尽管那是她决意剔除的人，尽管这是第二次死别，也是她生命中深切粘连的部分被割除的时刻。

"等一下，等等！"有人气喘吁吁地从模糊潮湿的白雾中跑来，声音听上去中气十足，充满热情。那人径直冲向雷波鲁龙的马头，张开蝙蝠皮翼般的黑袍拦在马前，仰着头说："武德大将军，不能贸然出兵支持元廷。您忘了，我们已成神灵的基蒲兹莫是被谁杀死的？"

雷波鲁龙勒紧马头，俯下身说："这是大兹莫的命令。你敢不从？"

阿莫沙蒂远远看清神秘男巫的轮廓，烦恼地蹙紧眉头。他必定是从狮子山下来的，被驱逐后的巴莫查查就在那里研习经文。他身材高瘦，披着法袍孤身前来，想来是巴莫查查座下大弟子、大名鼎鼎的阿资燕。

驱逐巴莫查查比对抗母亲命令还令她感到痛苦，阿莫沙蒂从记事起就把这位黑衣奚婆当成自己的父亲，他比亲生父亲还要慈爱亲切。他的侧院成了她成长的乐园，庄严神圣的法袍变成她躲藏和撒娇的隐蔽地，她常常听着他的经文入睡，他每天都为她念经祈福。等她长大后，披上和黑色法袍同样宽大的金丝滚边黑色土司服，他却站到了母亲那边，把她当作提线木偶，令她恼怒成恨。

刚上任的阿莫沙蒂理不清家支事务，繁杂无绪的公务令她非常厌倦。她见不到心爱的狄惹木嘎，也不能骑马跑到密林去找他，母亲禁止了一切她认为最有趣和向往的活动。她只得保持着与巴莫查查天马行空般的闲聊打发难熬的时光，白天不顾母亲反对责骂蒙头大睡，夜晚就满山野地闲逛。有时候她厌烦了漫无目的的游荡，星辰全无的黑暗夜晚，就跑到巴莫查查的侧院去。那里没有门首和奴隶，巴莫查查的门永远对族人敞开，他会在任何时间解答族人的困惑。

她常常像只灵活的狸猫，悄无声息地进入他的侧院。巴莫查查房间内的火塘终年不灭，像是天上的太阳回到了这里安息。

"巴莫查查，醒过来。别点灯。我，阿莫沙蒂，想和您说话。"

巴莫查查被微风般叹息的声音唤起，黑暗中昏眩的脑袋重重撞击在圆松木垛成的墙壁上。

在神灵飘荡的夜晚，所有人类都该沉默睡觉。她却偏不肯睡觉，又来扰他清梦。

"巴莫查查，黑夜才是最真实的白昼。没有阳光下的幻象，没有相同的早晨、黄昏，没有随便支配我行动的强权。"

巴莫查查居住在土司府时常觉得像生活在野兽出没的荒岭，即使穿再厚重的衣服睡觉，仍会没来由地感到赤裸和威胁。下一次，他得再加一层衣服睡觉，以免突如其来的冷风让他害了感冒。

"尊贵的兹莫，您说得对。黑暗让我们看到内心，寂静让我们听到内心发出的声音。"

"巴莫查查，我有时候能听见神灵的声音，但是很模糊，听不清楚。就像，就像我阿纹冒着血的嘴里吐出的声音。"

巴莫查查打了个寒战，嘴里开始念叨祝告词："万能至上的祖灵，您听到我们在此谈论您，愿您能原谅您的子孙的蒙昧无知——"

"咯咯……"清脆的笑声像领头羊脖子上的铃铛，由近而远，无论近处远处都听得如同山泉水哗啦啦流淌。

"巴莫查查，您解答不了我的疑惑，神灵从来没有真正到您这里来过。"

是该添加一层布衣了，最好用马尾编织一件厚实的衣服穿在身上，只露出鼻子呼吸。他的眼睛看不透黑暗，看不见黑暗里游走不定的女土司，长着眼睛没有用处了。她总是能撩拨起他对已知世界的怀疑，比如他的经文和巫术。有时候他觉得这些他曾以为能让人变得聪明的知识确实有用，能指导、预判人们未来的生活；而有时候他又感觉所有知识都存在很大疑问，用知识来解释知识就像用一个更大的疑问蒙住小的疑问，等问题大得用现有知识解释不了，就顺理成章地推给无所不知的天神。是否真有天神存在于四周，以万物的形体姿态展示给愚蠢无知的人类？一切事件的运数究竟是人类努力拼搏的结果？还是天神早已设定结果的迷局？因为有时候努力是管用的，达到了所想到的结局；有时候努力完全没用，即便快要成功，也会发生预料不到的突发事件将结局改变，白费气力。

"我看见过神灵。阿纹飘浮在我的头顶上，清凉凉的，我够不到的地方云雾翻涌。他忧郁地望着我，叹着气不说话。脸上像着了火一样烟雾缭绕，看不清楚。我感觉到他担心我，他不相信我，我不是他选中的继承者。"声音像一根细细的蜘蛛丝从空中垂下，在风里摇曳，断断续续，让巴莫查查疑心自己的耳朵也出了问题。

"您以为黑暗中无法行走，因为看不见路。可是黑暗中的选择才是自由的，您可以往任何一个方向走，每条路都一样，您是看不到路，不知道每条路的尽头会有什么奇迹等着您。我们每次选择都是一样，以为是结局的结局并不是真的结局。您只有去做了，做到底才会知道。"巴莫查查听着阿莫沙蒂梦呓般的话，觉得她和他一样陷入了摆脱不掉的迷茫，只是她对他表现出来，而他必须拼命压制住。

"巴莫查查，不要睡过去，别浪费掉选择的机会。太阳升起来，若是看清一切，您还有选择吗？"

微风不经意地吹过去了？夜晚恢复了变幻无常的黑。木屋里没有声音，巴莫查查仍能感觉阿莫沙蒂的存在。她还在这里，黑暗中全是她的气息，带着山间清泉流淌的水味儿。

"如果我睡在大奚婆的床上，会不会也碰巧具有聆听祖灵的能力？"

巴莫查查想打个喷嚏，气温的骤冷骤热让年事已高的老人难以承受。鼻孔里像爬进一条千足虫，细弱众多的步足弄得他只想做回凡人，而不想忍耐成神的使者。

"尊贵的兹莫，即使您拥有无上的权贵，神灵也只认识敲开彩虹门的羊皮鼓。"

"那您就用羊皮鼓请下神灵，保佑我部落族人永得安宁。"

"年轻的兹莫啊，神灵与部落同在。"

"您能告诉我阿纹，我做大兹莫很不快乐，为什么他担心我，不相信我，命运还是选择我做了他的继承人，而不是智慧超凡的阿牟？我想听听他的答案。"

"神灵的答案藏在时间里，尊贵的阿莫沙蒂。"

"时间在哪里？"

"时间像水。我们在水里，却看不见它。"

阿莫沙蒂没听他念叨时间，她总是随兴而至，尽兴而归。那时候她太年轻，不想听他说时间、神灵、记忆、想象、瘟疫、死亡之类的话题，她对爱情、战争、财富、享乐兴趣正浓。

阿资燕的突然出现说明站在母亲一边的巴莫查查在黑暗中找到了光线，是阿莫蒲智在他困守的洞壁上凿开了个洞。她应该把真实意图告诉巴莫查查，像哥哥说的，她忽略了民众的力量——那些连生存都无法保障的平民和奴隶的愤怒和积怨。

阿莫沙蒂把儿子们交给阿和，趁雷波鲁龙和阿资燕纠缠，悄悄离开了高台。这原本是场因误会引发的闹剧，她可不想在众目睽睽之下面对尴尬质问，让他们闹去吧，原本就不属于部落的亲卫队必须调离罗婆土司府等待命运的裁决。

过了几个时辰，正在大木桶里泡澡的阿莫沙蒂听到院子里阿和慌慌张张的声音，不知闹出了什么事，让阿和进来说。

阿和像被可怕事情刺激得发了疯，竟然拉扯全身赤裸的女土司手臂，嘴唇哆哆嗦嗦说不利落："兹……兹莫大……大人，快……快……快去看看，吓死人了。"

"放肆!"阿莫沙蒂扬手打了阿和一记响亮耳光。

阿和被打蒙了，阿莫沙蒂很少打骂奴隶，这是她第一次打贴身女奴。阿和抱着脑袋，披散的头发被手指抓成乱蓬蓬的鸡窝。她痛苦地摇着头说："阿资燕、阿资燕自焚了。"

"啊!"阿莫沙蒂赶紧从木桶里出来,裹进白色的察尔瓦,边命人给自己穿衣边听惊魂未定的阿和讲述。

"阿资燕劝说武德大将军不要援助梁王,说梁王是做困兽之斗,总会被明军打败。又说蒙古人执政,滇人被视为第四等人,禁止习用蒙古文字,连色目字也不准使用,每年征收各部落的金银粮食大多成了军饷,用沾有族人血汗的金银制造大船从刺桐港开到鞑靼人、波斯人、印度人那里换回香料和药材。可是我们族人生病老弱,却要靠神灵庇佑。他们搜刮走了我们的一切,牛羊、盐、皮毛和药材,把没用的我们扔下等死……"

"阿和!"阿莫沙蒂从不知阿和这么饶舌,她说起蒙古人对族人所做的事怨愤难抑,话语中的怒火和仇恨让女土司不寒而栗。

阿和眼里的火苗跳了跳,慢慢减弱:"武德大将军说军命不可违,让阿资燕让开道路。阿资燕站在马头前不动,嘴里还不停地说话。有人告诉他,找不到大兹莫。武德大将军突然催马前进,左闪右躲让不开阿资燕。马头被勒得向后仰,鞭子甩得噼啪响。武德大将军的战马嘶叫着立起前腿,马蹄子都快踢到阿资燕的脑袋了,他依旧不让。后来蛇节打马从队伍后面飞奔过来,从阿资燕的头上跃了过去,武德大将军的马撞倒阿资燕,后面的马接二连三地从他身上、旁边踏过去。围观的族人都惊叫起来。骑兵过完后,阿资燕又站起身,唱着大家都听不懂的经文,从衣衫里掏出松明火把,点燃了就往身上烧。没人敢上去扑,全都跪倒在地上。"阿和纤弱的身体因为恐惧和悲伤微微颤抖。

阿莫沙蒂穿好衣衫,没听阿和说完就跑出府门。远远望见黑糊糊一截人形木桩立在出街口的道路正中,把人群分成多少不均的两半,平民和奴隶黑压压跪倒大片,泣不成声;贵族和兵勇们像草地上零星的几丛灌木,站在原地呆若木鸡。

阿莫沙蒂忽然停下脚步,转身走回土司府。阿和不解,悲伤地追着问:"大兹莫,不去看吗? 阿资燕奚婆怎么办?"

"把阿资燕用尸布裹好,用青松枝架送回狮子山巴莫查查大奚婆处,让加巴惹陪你去办。你告诉大奚婆,这是个误会。阿莫沙蒂以后会向他赔罪。"

阿和迟疑地继续跟着，她不明白阿莫沙蒂的话又不敢细问。

"你一字不漏地跟大奚婆说，快去办吧。"

阿莫沙蒂回到府内，吩咐女奴们再取热水还要沐浴。她除去衣衫再度进入漂荡着白菊花瓣的温水中，闭上眼睛，半个脑袋沉浸在水里，想要洗掉阿资燕带来的烦恼。

没过多久，阿和又上气不接下气地跑进来："大兹莫还是去瞧瞧吧，外面打起来了。平民们都吃了豹子胆，不让我们带走阿资燕的尸体。"

"谁和谁打起来了？"

"贵族打了平民，亲卫队也打了平民。亲卫队去搬动阿资燕的尸体时，平民们就造了反，跟着奴隶们也闹起来，现在打得团团转。"

阿莫沙蒂急切地跨出木桶，脸上的表情似喜非喜，让阿和更加迷惑。女奴们慌着给她穿衣，她只裹起察尔瓦就催促愣在一旁的阿和快走。

阿和怯怯地说："大兹莫，您这样——"

"快走，我倒要去瞧瞧。"阿莫沙蒂顾不上擦掉脸上的水珠，发梢滴滴答答淌着水，明净的脸上现出喜悦神色。

女土司没出现在高高的土台上。她爬上门楼走廊，随便打开其中一扇木窗就能把整个城郭一览无余。土台下的混乱仍在持续，似乎有愈演愈烈的趋势，土城外围的各条街道上都奔跑着稀稀拉拉、通风报信的平民。有的人家不再纠结共穿一条布裤出门，男人们扯下半截羊皮扎在腰间就向高台聚拢。女人们惊慌失措，她们用条长布把婴儿斜拴在身上，或是用布条把幼小的孩子捆在背上，东跑西撞，跟着人流慌乱地跑向亲人。

土台下已经横七竖八地躺倒满身是血、分不清死活的平民和奴隶。蛇节带着亲卫队用弓箭和长矛对付手无寸铁，或是手拿棍棒、炊具、农具的平民，更多的平民像收割后的麦子一排排倒下。惨叫声像穿过云层布帛的利箭不断刺入她们耳膜，阿和禁不住发出尖叫，捂住耳朵不敢探头张望。

阿莫沙蒂蹙紧眉头，一声不吭，紧紧抱着遮不住脖颈下大片肌肤的察尔瓦。

阿和背对着木窗，抱着脑袋顽强地抵抗瘆人的痛苦号叫声。

他们反抗了！不可思议。他们贫贱得几乎无法在风雨中遮拦住自己，浸泡在泥水里像不起眼的虫子般蠕动，从不发出半点声响。他们匆匆忙忙、辛辛苦苦，像蚂蚁一样谨小慎微，从日出没命地干到日落，在荒坡上开垦，在磨盘上打转，在沟渠里摸索。他们是睁着眼睛看不见土城之外的风景，害怕皮鞭和竹板的惩戒，在权贵面前永远深深趴在地上的比草卑贱的生命。他们子子孙孙把命丢在这里，一加再加的赋税只会让他们低下头去，重新爬在泥土里挣扎。他们面无表情地掩埋过早死去的妻子和夭亡的孩子，不停地往土地、河流里填埋亲人的尸体。干枯的眼眶里没有一滴泪水，愤怒和仇恨的光芒更是少见，连同痛苦和悲伤都统统从他们脸上消失。贵族的皮鞭打裂他们的血肉，让他们的鲜血汩汩流淌，不值一钱的生命在娱乐中白白浪费。除了恐惧，他们一无所有。

阿莫蒲智提到他们的时候，"平民"这个字眼让阿莫沙蒂眼前出现躲在沙土里的土蚕，藏在竹子里的竹虫，伏在地上永远看不清容貌的穿着破衣烂衫的人。他们是一群数量众多的能够供应贵族们需求的人形牛马，抛掷给他们任何命运，他们都能吞咽进去。他们的躯体是巨大空洞，可以容纳所有悲惨和凄苦。他们没有思想，黑幽幽的脑袋里除了粮食和牛羊，别无他物。也许有一两个平民拥有灵魂，微弱的闪烁着蓝幽幽光芒的魂灵，哭泣忧伤的灵魂，连走向祖先的路都找不到，在漆黑的夜晚蹲在灌木丛下呜咽的野鬼。她知道他们的存在，但从未真正用心体察到他们，她嘴里提到最多的就是他们，但她从未把他们的喜怒哀乐和模糊面容放在心上。

她第一次看到平民愤怒地扬起手里的棍棒、铁铲、粪叉、竹篾子、火钩冲向贵族、军队，用力击打穿着锦衣绸缎的黑骨头贵族，贵族们抱头鼠窜，样子非常狼狈。但为了这无关痛痒的一棍子，打人的平民付出生命的代价。亲卫队手里尖锐的铜矛戳穿了平民的胸膛，像烤肉串那样穿透他们的血肉之躯。更多的平民拥了上来，女人和孩子们也加入了战斗。阿莫沙蒂嘴角的笑意慢慢消失，脸色凝重如铁。

女人们团团围住阿资燕的尸体，即使男人们倒下了，她们哀号着却不离开圆圈半步。几个因惊吓啼哭不止的孩子因为父母倒在血泊中变成愤怒的小野兽，不顾危险撕咬士兵而被铜矛刺中，软软地倒在地上。

"够了！"阿莫沙蒂咬紧牙齿，对阿和怒吼，"传我号令：亲卫队延迟出发，不许再伤害一个平民，违令者杀。阿资燕就由平民们来处理吧。"

阿和得令，飞奔出府门，站在土台上大声传令。亲卫队吹响牛角号，乱糟糟如同羊汤沸腾的打斗局面慢慢冷却下来。罗罗兵排列成队，撕扯着他们的平民像泡得太久的脚皮从他们身上脱落下来，无力地瘫倒在地。

贵族和亲卫队离开后的场地散落着受伤和死去的平民，幸存的亲人们围拢在他们身边。一个女人拖着四个大小不一的孩子，怀抱着死去的男人仰天哭喊，那模样如同当年怀抱父亲左手的母亲。尖锐的疼痛像突然奔跑的牛群轰隆隆闯进阿莫沙蒂的心里，它们闹腾、踩踏、顶撞、割裂、刺刻，用尽各种方式激发起她所有的痛苦回忆。她也像他们一样有血有肉有情感，她的亲人也曾死于无穷无尽的战争，她为了战争带来的贫穷压抑了爱情和享乐。她所做的一切，难道就是让更多人去体验她的痛苦，让恐惧占满族人的生命空间？

她和阿莫蒲智不能脱离，不能斩断联系，必须阻止无谓的流血事件再度发生。阿资燕像解冻的河面上裂开的第一条细缝，在铁板一块的部落等级间引起不小的震动，更唤起了阿莫沙蒂内心依靠更弱小的民众完成更替变革的自信。既然自上而下的革新无法完成，就试试自下而上的方式，她对阿莫蒲智预见性的高瞻远瞩由衷佩服。

记得小时候某个阳光柔和的清晨，阿莫蒲智送给她一个鸭蛋。她正在睡觉，最讨厌有人跑来打扰。哥哥是个例外，他总会带给她惊喜。那时候他还没去汉中，已经学习了蒙古文和汉文。鸭蛋上有道细细的裂纹，焐进被子里有股淡淡的肉腥味。阿莫蒲智对她说，他们一起看最神奇的变化。阿莫沙蒂明白哥哥的意思，不屑地说："不就是看鸭蛋孵化小鸭子吗？值得一大早跑来扰我睡觉。"

"我知道你早就看过，但是你没认真想过。"阿莫蒲智钻进妹妹的被窝里，趴在枕边托着下巴若有所思地说。

"想什么？小鸡小鸭小麻雀都这么来的。"

"生命的力量和奇迹。"

"力量？"

"必然有神秘力量促成不可思议的改变，把蛋清和蛋黄变成血肉和毛发。它们悄悄在蛋壳里面变化，我们急不得。如果我们帮助它们改变，用热水会把它们煮熟，用衣服也会焐出臭蛋。它们成熟以后，自己打破蛋壳从里面出来，就完成了神奇的蜕变。"

"阿牟，你在说什么？"

"我在说力量，看不见的力量，无法掌控的力量，不得而知的力量。"

"阿牟，我先睡了。孵出小鸭子就交给我来养。"阿莫沙蒂抛下独自沉思的哥哥继续睡觉。她中途醒来两次，只是询问小鸭子是否出壳。阿莫蒲智一直守着被窝里的鸭蛋，他的侧影孤单又悲伤，但他一直趴在床边绞尽脑汁冥思苦想。

她这个满脑袋奇思怪想的哥哥被母亲的重拳毁掉了，她用权杖敲打他的脑袋，把脑仁都打出来指给人看——瞧，我儿子的脑子就像豆腐，不堪大任！

她知道他小时候干的糗事，厌恶马术和射箭，骑在马背上毫无安全感，歪歪斜斜，像个中箭垂死的人。整天怀揣着羊皮经文跟在巴莫查查身后到处晃荡，大讲天圆地方、万物变化。后来被送进学堂，他和她就生疏些，他迷恋文字和竹简，她只对森林和河流感兴趣。她和狄惹木嘎打得火热时，阿莫蒲智还不知女人的好处，分不清女人的美丑。他对她说，每个女人都长得一样，只是耳环不同而已。

他去汉中念书之后，他和她的世界慢慢被分开了，有个无形的栅栏把他们分装在不同地方。再后来，他那惊世骇俗的爱情挟风裹雷地摧毁了他芳草萋萋无比广阔的世界。从此以后，她完全不懂他了，他变成了族人口中的疯子。他在她眼中成了长满荒草的乱坟岗，墓碑上写着阿莫蒲智的空穴。

26

斯补纽纽舍对女儿近期做出的一系列动作保持警惕。女土司在亲卫队延迟三天出征之后，再次命令雷波鲁龙亲率亲卫队前往曲靖援助元军。她果断地去除了大权外落的可能隐患，这原本是斯补纽纽舍暗中支持的好事。

接下来的事情让斯补纽纽舍和少数土官、黑骨头贵族们非常不高兴。阿莫沙蒂将家支囤兵由原来的两权分为四权，"文武大将军"沙里曲木所统的护卫队兵马未动，将"奉国大将军"阿莫洛的兵权另分成三权，起用和曲府和禄劝府的新晋土官阿利具和安慈各统三千兵马。阿莫久支被编入阿莫洛的军队，封为副使。军权变动让斯补纽纽舍始料未及。阿莫沙蒂手中握有元廷授予调令辖区内罗罗兵的金虎符，她不用通过议事便可独断罗婺土司府的军权。尽管如此，自袭位以来，她从未绕开商议使用过这一特权。

阿莫洛还告诉斯补纽纽舍一件怪事：不久前，有位衣着邋遢、来历不明的年轻人进入罗婺土司府辖地，被护卫队罗罗兵捉住。年轻人叫嚷着有大事要面见女土司。罗罗兵将他押解到阿莫沙蒂面前，他声称是阿莫蒲智的儿子，名叫阿加，并从颈上取下金葫芦项链证实自己身份。阿莫沙蒂立即将奴隶们打发出房间，关上房门。后来，阿莫沙蒂把阿加幽禁在第九院落侧房，饮食起居都是阿和亲自照料，外人不得插手。

"阿加？"斯补纽纽舍震惊地从木椅上站起来，"不可能是阿莫蒲智的儿子。他的名字一听就是贱名。当年沙里诺曲向我报告已将呷西阿姐杀死，还带回了一颗腐烂的女人头。"

"可是——金葫芦项链是阿莫兹莫家的传家宝，传给阿莫蒲智就不知所终了。"

"他说遗失在汉中了。难不成是这个蟊贼的家人偷了阿莫蒲智的金葫芦项链，现在不知从哪里听来的胡话，知道了信物来历前来冒诈？"

"这个就不知了。"

"无论真假，这个野蛮贼绝不能留。"

"他现在被关在土司府内，谁都无法靠近，无从下手。如果他真是呷西阿妞留下的孩子，那就是您的亲孙子，血管里流淌着阿莫兹莫家的血液，谁敢杀？"

"如果他真是呷西阿妞的野种，就是不该活在世上的黄骨头，更留不得了。留下他，阿莫兹莫家祖先的颜面何存？羞死先人了！"

"唉，造孽呀。"

"阿莫洛，沙蒂不光是削你的权，还帮你找好了接管人。她表面上是对你动手，其实是跟我决裂。她明白我的心思，我们必须及早做好防备。如果她只是嫌我碍事，本意是拥戴段总管，我宁愿撒手不管。如果她是放些烟雾，实则投靠明军，那我们就只好取而代之。"

"我一切听从阿麦安排。"

阿莫洛从斯补纽纽舍身边走开，穿过茂盛的茶花树在门口停下回头张望。站在屋檐下的斯补纽纽舍形单影只，独自仰望蓝得让人目眩的天空，久久不动，寥落孤单的身形掩饰不住岁月的残酷。他看着她，就像在看一朵春天里即将凋零的山茶，叫人心疼。

斯补纽纽舍被阿加的突然出现折磨得寝食难安，她明白自己被属下欺骗了——老狐狸一样的沙里诺曲一定是听从阿莫沙蒂的命令，拿着一个死女子的头颅来骗她。阿莫土司家的纯正黑骨头血统里冒出了肮脏下贱的黄骨头野种，这真是莫大耻辱。她和所有土司维系家支命脉的血统等级制度被阿莫蒲智捅了个窟窿，又被阿莫沙蒂撕裂个口子，纯净的血液变得浑浊肮脏，带来的是血统混乱和等级界限的模糊。趴在地上的奴隶会顺着这个可怕口子抬起脑袋，挺起胸脯，对黑骨头贵族们的田地和牛羊想入非非，觊觎他们的权位、财富和娃子，像一群野猪闯进老虎的领地。

"不！我必须杀死他！"斯补纽纽舍从被奴隶们撕扯的噩梦中惊醒，她咬牙切齿地诅咒，"我要让他变成孤魂野鬼，永远找不到去人间的路。"

她没有叫醒守夜的女奴，摸索出锋利的匕首，悄悄遁入黑夜。

在第九重院落值守的女奴被急促的敲门声惊醒，打开房门见到披头散发、穿着白色棉袍的老夫人状若鬼魅地站在门前，吓得魂飞魄散。

斯补纽纽舍推开魂飞天外的女奴东寻西找，低声逼问："阿加在哪里？"

"阿加不在这里，老夫人。"女奴看到严苛待人的老夫人神情癫狂，吓得变了嗓音，几乎哭出声来。

"你敢骗我？"斯补纽纽舍用力掐住女奴的脖子，把匕首逼到她眼睛前，咆哮着说，"你再不说出阿加的住处，我把你眼珠子挖出来。"

"老夫人，我没骗您。阿，阿加被大兹莫带走了。说是陪她在夜里走走。我确实，不知，他们去，去了哪里。"女奴的脸色由白而紫，眼球因极度恐惧暴突出眼眶，呼吸从短促变得如同游丝般虚弱。

斯补纽纽舍闻到一股热腾腾的尿臊味，低头一看，女奴的宽裤腿下湿了大片。放开手，吓得昏死过去的女奴像烂泥一样瘫软在地。

"沙蒂，沙蒂。"斯补纽纽舍恨恨地念叨，扔下匕首，顿时觉得秋夜寒冷，瑟瑟发着抖沮丧地回自己的院落。

整夜未眠的斯补纽纽舍清晨闯进土司楼，刚刚睡下的阿莫沙蒂来不及穿好衣衫，无精打采地面对位高权重的闯入者。

眼前的母亲更像是个与己无关、历经风雨沧桑的老妇人，厚重脂粉、锦衣和满身银饰遮掩不住她脸上成堆的皱纹和卜垂的眼袋，憔悴的脸像怪须纷乱的老树根。她的眼睛一夜间失去鲜活光芒，只有蒙上尘埃混沌的微光闪现。她从未见过这样衰败的母亲，她的母亲冷艳高贵，永远像琉璃杯里的绘画，不经时光雕刻。现在她看到了真实的母亲，生活在阳光、雨露和空气中，变得倦怠苍老的女人。她太老了，不禁让她想起巴莫查查讲述过拥有神秘可怕力量的老女巫，下巴上的赘肉拖到了肥厚胸脯，整个人像正在融化的冻肉，看上去黏糊糊一团。她在如此不堪的母亲面前不再紧张，她直视母亲的眼睛，里面充满了怨愤和狂怒，像隐约听见狂啸的沙尘暴正在向她扑来。

"我听说一个偷窃了金葫芦信物的蟊贼被你抓起来了。"斯补纽纽

259

舍始终不肯相信黄骨头孙子的存在。

"他是阿莫蒲智和呷西阿妞的儿子,不是蛊贼。"阿莫沙蒂轻描淡写地说,好像把桌上的灰尘扫落在地一样轻松。

"我的天神。"斯补纽纽舍喃喃自语,嘴唇因恐惧和绝望变得僵硬,像野蓝莓一样乌紫。片刻她就挣脱了可怜的消极情绪变得歇斯底里,冲阿莫沙蒂喊叫:"杀了他!这是莫大的耻辱。阿莫家的祖灵会为了这个野种终日不安。"

"不安的是你,阿依,不是祖先们。这没什么了不起。"

"什么?你没睡醒吗?"

"我还没睡呢,阿依。比阿加存在更可怕的事是汉人打进来了,我们却在帮助蒙古人。"

"你想帮助汉人?"

"我想帮助我们自己。"

"太好了,你终于想通了。"斯补纽纽舍的情绪缓和下来,她兴奋地摇响手腕上嵌满铃铛的银镯子,发出笑声般的脆响。只要家支存活下去,可以慢慢收拾阿加,事情总有轻重缓急。她和颜悦色地继续说:"我正要跟阿莫洛商议怎么劝服你呢。你马上给段总管回信。我们罗婺人、卢鹿人、磨察人、些莫徒人打了祖祖辈辈的仗,总是在自己地盘上打,都是阿普笃慕的子孙,血管里都是一样的血。蒙古人和汉人掺和进来,我们还能做自己的主?"

"阿依,我们只有活着才能谈做主。我们不能帮段总管。"

"为,为什么?"

"昔日大理国败落之时,已然段运不回。段氏掌权之时,也多由高氏行执政之实。及到元军溃败,梁王无时无刻不紧盯着大理总管段氏势头,段世祖父段功曾得享云南行省平章政事之职,到了其父段宝之时,只是镇守大理的总管。囤兵、集会更加严密监控。段氏已无力回天。即使我们拥戴他起兵,兵败之时,只能落得叛逆贼寇之名。大明初建,中原未定,云南又僻远山险,朱元璋不欲用兵,但迟早是要用的。如今明军挥师南下,并非皇帝头脑发热之举,想必是深思熟虑之果。阿依,保住家支命脉才是首要之责。"

"不行！难不成蒙古人来打，我们降了。如今汉人又来打，我们也要降？将来不知是色目人还是蒲甘人来打，我们也降？你若是罗婆部落的大兹莫就该有些血性，不要被风吓破了胆！"

"阿依！我阿莫沙蒂也征战过沙场，从来就没有临阵脱逃过。如今这仗也不是打不得，鸡蛋碰石头的仗也打过，可这次跟阿纹打的那次一样，血性和不怕死改变不了家支命运，只会把家支拖向万劫不复之地！金沙江的水要流入水城河，谁能挡得住？"

"你阿纹是阿莫家支的太阳，他就是死了，也是文笔山的神灵。"

"阿依，阿纹是阿莫家支的太阳，可如果没有了阿莫家支，谁还会把他的英勇事迹传扬下去？巨石从天上滚落，大树都纷纷倒下了，只有小草能从夹缝中生存。"

"活着没有那么重要。我这样年纪的人经历了人生的大小险滩，已经听得见你阿纹的呼唤，还惧怕死亡就真是无耻了。"

"您是没什么可留恋的了，可阿莫家支还有多少刚刚睁开眼睛看蓝天白云的孩子，有多少血气方刚学会射弩的男人，有多少肥沃土地等待孕育新生命的女人？您为他们想过吗？"

"沙蒂，这是我和阿莫家支兹莫、诺曲祖先历尽千难万险建造的堡垒，大兹莫有权决定家支的命运。人与其像狗一样活着，不如体体面面地死在战场上。"

"如果汉人也像您这么想，就不会有现在的雄兵巨阵。他们早就该全部死在蒙古人的马蹄子底下。"

"汉人能保证继续给我们自治权吗？像蒙古人那样只上贡赋，保存各个家支土司袭职之权，管理各家支内务和囤兵。如果他们能，我们就帮汉人。"

阿莫沙蒂抬头望了望母亲灰败的脸，她彻底忘记了来这里的目的，这很好。她没想到母亲狂妄到了天真的地步，慢吞吞地说："阿依，您不明白汉人挥师南下的目的吗？他们准备了十三年，不会跟蒙古人一样。这是强者的天下。"

斯补纽纽舍没说话。她扭头去看墙角一丛白菊，几只黄色的菜粉蝶围着菊花乱飞。不久，蝴蝶们钻出白菊花心，飞上紫玉兰的花瓣。她呆看着长有漂亮翅膀的小虫子们在桂花、油茶、百合、芙蓉花树上爬来爬去，露出厌恶的表情说："蝴蝶被掐掉翅膀是最丑陋的虫子。"

斯补纽纽舍背对阳光站在栏杆前望着女儿，仔细看来阿莫沙蒂其实长得也很漂亮，是完全不同于她的另一种美，像秋天的红叶或者宁静的水面。她不想让女儿看穿自己内心的悲凉，她们各自有各自的命运和责任，像两条不同轨迹的曲线，开始一段像交配的蛇缠绕在一起，最终渐行渐远，被未知力量推动着奔向自己的方向。

阿莫沙蒂目送母亲的背影消失在院门处，才对着空旷的院落说："再美的生命死了都丑，还臭。"

27

和阿莫沙蒂交谈后，阿莫蒲智就赶往狮子山去找巴莫查查，大奚婆有观测天象的慧眼，也有借风雨雷电应合世事的能力。他终日藏在黑袍下的身体孕集着平民和奴隶的想象和愤怒，他能像调动自己情绪般撩拨起平民压抑太久的风暴，也许，他早就等待着这天的到来。

面对卧病在床、沉默抗拒的巴莫查查，阿莫蒲智意识到要真正了解一个人是多么困难，即使他们相识相伴了一生。巴莫查查病得不轻，在阿莫蒲智印象中他很少生病。病得如此深重以致摧毁了他的明智和狡黠，只剩下一副衰老躯壳和昏聩意念。

阿莫蒲智的失望无法用言语形容，眼前火塘里的火光冒着幽幽冷气，被火光映照的经书和洞壁闪耀着怪异蓝光，热腾腾的心掉进了冰窖。阿莫蒲智无法逼迫身染重病的老人，只能仇恨病痛，不能苛责曾与阿莫家支有着多年情谊的可敬的大奚婆。

他神色黯然地走出洞口，不是要离开病重的巴莫查查，只是想出来透口气，洞里太闷，气氛沉重得像铁板让人无法呼吸。

"你想劝大奚婆帮哪边？"阿资燕阴沉的声音从他身后冒出来。

阿莫蒲智被他突然出现吓了一跳，并不想告诉他真实想法，阿莫蒲智拍着胸口说：“你吓着我了。”

阿资燕轻声笑了，阿莫蒲智从未看见过他笑。他走近阿莫蒲智，没有了从前的小心翼翼和试探猥琐，变得理直气壮，大大方方。

阿莫蒲智反问他：“你猜我会帮哪边？”

“帮你自己。”他的口气毫不含糊。

“我自己？”

“你为什么带着曲比约莫的骨灰从汉中回来？曲比约莫在汉中有妻儿，他死后却要跟着你回来。他在部落里是个不值一提的小角色，以前你是兹莫继承人，现在你也是只小蝼蚁。”阿资燕继续说，“你们离不开部落。无论你们走多远，都是水面上的浮萍，这里才是你们的根。”

“你说的有道理。”

“难道不是这样？”

“我们能离得开部落。我们已经离开很多年了。”阿莫蒲智无法找到恰当的表述方式让他理解，他的脸上堆满了不屑和狐疑，他可能以为阿莫蒲智只是想反对他，即使被他说中了阿莫蒲智也不会承认。

“可你们回来了。”

“我们回来并不是因为离不开部落。我们经历了太多磨难，有些意念始终放不下，常常困扰我们的生活。我们生活得不是不好，我们能适应各种生活，只是想弄明白自己的疑惑和迷茫。”

“你们有什么疑惑？”

“我们存在有什么特殊意义？”

“存在意义？”

“你从来没想过？不是作为兹莫、诺曲、丈夫、父亲或者将军存在的那个自己，没有身份的自己，最重要的那个自己。”

阿资燕费劲地思索一阵，泄气地说：“我听不懂你说什么。人不能跟身份分开，分开后就会被别人变成一头猪。”

阿莫蒲智的话匣子被关上了，舌根发苦，一句话也不想说了。

话不投机的谈话之后，阿莫蒲智再没见过阿资燕。没过多久，从土城传来噩耗，阿资燕为阻止雷波鲁龙派兵协助元军在阵前自焚了。

这个消息让大病初愈的巴莫查查再次犯病，山洞里像刮进了终日呼啸的飓风，咳嗽声密集得叫人害怕。

"不是，咳咳咳，不，咳，是我，咳咳，派去的。"巴莫查查的眼睛潮湿得像滴水崖上的青苔。

"他不知道自己要干什么。您别内疚，他只是想从洪水里冒出头来确定自己的位置。"

"什，咳咳，什么?"

"小时候我们经常欺负他，他不敢得罪我们，只好拼命捣药想要赢得您喜欢。他不知道您是不会轻易流露情感的。他一直跟着您，做的所有事都是想让大家对他另眼相看。他不知道自己该怎么做，我想他这样做只是不想再被洪水裹挟着朝前走。他想做一次自己真的想要做的事，做不到就毁灭自己。"阿莫蒲智竭力去理解阿资燕的行为，其实他一点也不理解。

巴莫查查听了阿莫蒲智的话，痛苦地挺起身子迎接下一场暴风骤雨般的咳嗽。他咳嗽时眼睛暴突，胸膛传来巨大回响，像有个庞大怪兽要冲破他的胸膛从里面一跃而出。

阿莫沙蒂传来口信，让阿莫蒲智火速到土司府去。

阿莫蒲智以为是阿资燕的事，正好向她说明不是巴莫查查的意思。阿莫蒲智怕自己走后就见不到巴莫查查，特意去向他辞行。

巴莫查查的咳嗽时好时坏，阿莫蒲智这次去看他又能坐起来看书，咳的间隔时间更长些。他看着阿莫蒲智，像看远行归来的长子，将大奚婆法器牛角杆鹰爪羊皮鼓交到阿莫蒲智手里，叮嘱说："去帮她。"阿莫蒲智点点头，他又不放心地追加一句："不要伤害，她。"阿莫蒲智又点点头。他伸出左手放在阿莫蒲智前额抱怨说："把天菩萨留起来。"然后又坠入密不透风的剧烈咳嗽里，咳得全身抽缩成一团，脖颈上的青筋涨得有小手指粗，脸颊潮红如血。这场持久的咳嗽让他支持不住，朝阿莫蒲智挥着手倒向木床上去。等他咳嗽稍微停歇，却又无力同阿莫蒲智说话，疲倦地闭上眼睛，脸上因咳嗽涨起的红潮开始慢慢消退。

阿莫蒲智带着牛角杆鹰爪羊皮鼓骑上大理马下山，到了山脚才忽然回过味来，觉得大奚婆的交代含混不清。既然他让阿莫蒲智帮助阿莫沙蒂，阿莫蒲智怎么会伤害她？或者他并不是要阿莫蒲智去帮助沙蒂，而是去帮母亲？这说不通，他知道能不用说出身份需要帮助的是土司，而不是反对土司的其他人。他所说的"她"有可能不是同一个人，前者是妹妹，后者是母亲，或者恰恰相反。以睿智通灵著称的大奚婆最后对阿莫蒲智的叮嘱原来是一道情感混乱的谜题，说不定他不知道自己想要帮谁，又或者是他身体里有两个声音撕扯着他，才对阿莫蒲智说出自相矛盾的两句话来。阿莫蒲智花了很长时间才摆脱这个问题的困扰，权当他在病痛中说了句胡话。

阿和早早等候在土司府门前，见阿莫蒲智来到立即迎上前来，带他从月门进入，穿过第八院落直接去了第九院落。阿和让他在宗庙旁的一间香房内等待，轻轻关上门出去禀报。

阿莫蒲智又困又饿，不知等了多久，竟然睡了过去，等听到耳边有人呼唤才睁开眼睛。穿着土司服盛装的阿莫沙蒂站在眼前，没容阿莫蒲智开口说话，她伸向他的手掌里掉出一串金葫芦项链在眼前摇晃。金葫芦项链如同巨锤在阿莫蒲智胸口"嘭嘭嘭嘭"一通乱砸，几乎让他难以支撑倒在地上。他仿佛听见呷西阿妞的声音："蒲智，救救我，救救我们的孩子！"凄厉悲惨的叫声从门缝、窗台、床下传来，他赶紧闭上双眼，怕继续出现可怕幻觉。

"阿牟，你忘了这条项链吗？"阿莫沙蒂逼迫着阿莫蒲智，她不是找他来说阿资燕，也不是谈论部落的奚婆和平民，她是来揭他的伤疤的。

阿莫蒲智紧紧闭着眼睛，尽量平静自己的呼吸："忘不了。"

"前几天有个来历不明的少年找到罗婆府，自称是阿莫蒲智的儿子。他手里拿着这串金葫芦项链非要见你，在府门口大吵大闹，被护卫拿下。我暗中让狄惹木嘎去了趟黄骨头之地，呷西阿妞还活得好好的，她儿子阿加不听她劝阻非要来寻找阿纹，确有此事。阿牟，阿加就是你儿子。"

阿莫沙蒂的话犹如一团团火球从天而降，在阿莫蒲智眼前噼里啪啦炸成一朵朵绚烂花朵，太过耀眼的光芒让他意乱神迷，精神恍惚。

"阿牟？"阿莫沙蒂轻轻摇撼呆怔在原地的阿莫蒲智。

"你不是写信告诉我，他们都死了？"阿莫蒲智不知是气愤还是激动，身体颤抖不停。

"我只是隐瞒和保护他们，你当时什么也做不了，知道和不知道都一样。以为他们死了，更能帮我骗过阿依。"

"是你叫人保护他们？"阿莫蒲智完全糊涂了。

"我让沙里诺曲暗中救下了呷西阿妞，用一个病死的女人头颅骗阿依，需要有你配合。如果你知道他们还活着，说不定会忍不住去找他们。这样的话，阿依会把你我都赶出部落。"

"阿加在哪里？"

"就在院子里。我让阿和看着他。"阿莫沙蒂把金葫芦项链递给阿莫蒲智，"阿牟，你现在还不能跟他相认。阿依已经暗中联合阿莫洛意图拥立段世为云南王，罗婆部落的新贵和平民一时间不会接受黄骨头为将军首领。我需要你的帮助，大敌当前，你不能动摇军心。"

"我，我明白。"阿莫蒲智拿出牛角杆鹰爪羊皮鼓呈现给她看。

阿莫沙蒂露出欣慰的笑容："巴莫查查大奚婆，我以前误会他了。"

阿莫蒲智走到门前透过门缝看见一个头发蓬松、身穿短衫的少年，身材单薄，打扮干练，裤腿扎进从下往上层层裹起的布条里。他是阿加，阿莫蒲智和呷西阿妞的儿子，在去往黄骨头之地的旷野出生，幸得阿莫沙蒂暗中接济，他们母子俩才活以存活。

阿莫沙蒂在他身后说："阿牟，你要亲自打消他想认你的念头。我让他进来，你们好好谈谈。"她越过快要站不稳的阿莫蒲智打开木门，走到院子里去跟阿加说了几句话。

阿加向阿莫蒲智走来，他没看到站在门后的亲生父亲如此痛苦。阿莫蒲智的额头、手心、背脊和腋窝冒出虚汗，凉阴阴地浸透布袍，全身像打摆子般战抖，两条腿又酸又软，支撑不住越来越重的身体。

木门被"吱呀"地推开，阿莫蒲智看到阿加的影子像被拉长的酒神摇摇晃晃地走了进来。

阿莫蒲智分不清照耀在阿加身上的是阳光还是月光，洁白的光线映照得拥有呷西阿妞清澈眼眸的少年光芒夺目。在他急切寻找的眼睛还未看到阿莫蒲智时，阿莫蒲智慌忙垂下双眼，狠心不去看他。

他愣在门口，似乎不敢相信眼前白发苍苍、佝偻身子的老人就是日思夜想的阿纹："你是阿莫蒲智？"

阿莫蒲智迟疑地沉默片刻，慢吞吞而又艰难地摇了摇头。他口气冷得像腊月里的北风："我是阿莫蒲智，可我没有女人，更别说有儿子。我的金葫芦项链在汉中被人偷走了。也许你阿依得到了这条项链，就拿它来欺哄根本没有阿纹的你。"

那可怜的孩子被阿莫蒲智的语气冻住，半天没有反应。

阿莫蒲智强忍着想要抱紧他痛哭一场的心情，把金葫芦项链递给他："如果你想要回去做念想，就送给你。这东西没多大用处。"

阿加的脸上写满了失望、羞辱、不甘和痛苦，一把抢过金葫芦项链把它扔在地上，脸色发白，踉踉跄跄地接连后退，声音因哽咽变调："我不要。你的就还给你！"

阿加飞快地跑出土司府第九院落。他原本可以在宗庙里受到大奚婆向阿莫土司家族祖灵的祝告，得到阿莫家支贵族的献礼，现在却只能像条流浪狗一样跑出本属于他的府邸。

本以为再不会哭泣的眼里又流出热辣辣的泪水，阿莫蒲智像被挖走内脏的青蛙般痛苦地抽搐着身体，仰面向天竭力抑制想要悲号、呐喊的冲动。如同水洗过的蓝天上没有一丝轻薄的云彩，烈日当空，阳光明媚，他却眼前发黑，一头栽倒在寒冷彻骨的无尽黑夜里。

28

阿莫蒲智还在土司府第九院落房间里昏睡，窗外已阳光遍地，鸟雀啁啾。

第八院落的土司楼上，阿莫沙蒂接到达里麻的紧急书信，看完后，伸手拈了块漆盘里的红糖糕放进嘴里。手指上沾染了糕块碎屑，她用信笺仔细地揩净手指。阿和端着铜盆进来，把清水放在木茶几上问："大兹莫，要叫醒蒲智大人吗？"

"让他睡吧。快要打仗了，阿牟自小身体孱弱，不喜武艺，叫醒也没用。"

"夫人和奉国大将军在城外召集兵马旧部，要围打土司府了。"

"叫沙里曲木来。"阿莫沙蒂坐在椅子上舒展双臂伸了个大大的懒腰。用清水洗了洗发涩的眼睛，顿觉神清气爽。

"文武大将军在楼下候着呢。我去叫他。"

沙里曲木急匆匆走进房间，神色严肃地禀报："大兹莫，夫人和奉国大将军反了！"

"他们有多少人马？"

"不到五千。"

"哦，有这么多人反了。"

"大多是老诺曲们的家丁护院、奴隶，还有易笼县和南甸县的两千多兵马。"

"文武将军听令，沙蒂以阿莫兹莫金虎符号令阿莫久支为前锋将军驻扎弄积寨，镇守通往巴蜀各关隘驿站；禄劝州知州安慈镇守通往贵州各关隘驿站；和曲州知州阿利具立即封堵出武定入大理各关隘要塞，截断叛军联合其他部落的粮草供给。未反叛的土官将领和兵马集结土台下由将军统领，阿莫沙蒂要亲自征战老夫人和奉国将军。"

"得令。"沙里曲木步履矫健地走出土司楼，依令而行。

阿莫沙蒂让阿和为自己梳洗，更换戎装护甲。阳光如白纱倾泻在铜镜面上，她慢慢走到铜镜面前，端详着镜子里那个愁眉紧锁的女将军。暗自感叹这一生戎马生涯，从喜爱戎装到厌倦打仗，征战无数，从尚武斗狠到期盼安宁，这期间死了多少人哪。

她记得第一次穿上铠甲是她刚袭任土司之后的第五个年头，石旧县土知县因强征青壮扩大屯兵，不听土司府号令，意图自成一支，脱离禄劝州管辖。阿莫沙蒂奉朝廷之命征讨，亲自率五千兵马出征，不到三日就生擒土知县，押解到中庆复命。那时她意气风发，昼夜不休连战两城，所到之处叛兵弃矛丢弩，伏地称降。她与俊美英武的狄惹木嘎情投意合，两处相思，狄惹木嘎以元马千户身份配合阿莫沙蒂内外夹击，硝烟滚滚的战场成了两人纵马驰骋的快意演练场。

以此为戒，阿莫沙蒂开始用心培植自己的亲信，从黑骨头平民中挑选武艺超群的忠心之士补进百户、千户、土知县、土知州和总管之职，又适当增加白骨头新贵优异者的职位。新旧土官形成牵制，互为监督，让她不至于坐在议事厅里无所事事，只能听阿依侃侃而谈。

记不清此后又披过几次战袍，慢慢觉得打仗不那么痛快了，虽然开疆拓土依然让她热血澎拜，但鲜血漫过草地和河流也令她触目惊心。最近一次披挂盔甲是七年前，梁王手下一名医官强行霸占老贵族之女。老贵族一家到斯补纽纽舍跟前哭诉，此事被提到议事厅里争论，连同此前朝廷蒙古流官与罗婺贵族黑骨头联姻、税赋加重、娃子闹事集体自杀、纸币一再贬值、物资匮乏等事宜，老贵族们向阿莫沙蒂一再发难："血统乃部落生存之根基，大兹莫允许族中诺曲与朝廷官员联姻，虽为巩固部落地位，也是侵害千年罗婺之下策。如今大开关隘，纸币通兑，商贸流通，平民增多，奴隶不安，诺曲不贵。梁王崇武嗜马，为搜罗天下之利器良驹，税赋年年深重，今又逢大旱，灾民遍野。大兹莫，长此以往恐有负先祖遗训，愧对罗婺族人。"

"大兹莫，我富民一带常受磨察人、回人、僚人袭扰，屯兵终日围堵、疲于奔命，百姓怨声载道、攻击县衙，声称要驱逐异族人。"

"唉，黑鲁拉河一带百姓拒收至正宝钞，每逢集市只物物交易，物人交易，贫民卖儿换取粮食。"

"大兹莫，前日万德大村闯进一群盗马贼，专偷牛马，手法娴熟，神不知鬼不觉就盗走村中十三户人家的牛马，弄得人心惶惶，谣言四起。"

……

阿莫沙蒂起初耐着性子听下去，听到后面，芝麻绿豆的事全扯了出来，原本归千户、县府、州府管辖之事也呈报上来，旧土官们相互撺掇着把矛头指向"打开关隘，筑达中土"之政，心中恼怒。新补进的土官们插不上话，竟无一人为她解围。阿莫沙蒂只得郁闷地坐着任由土官、贵族聒噪。斯补纽纽舍面带微笑，悠然坐在一旁喝起了香糊茶。

只有大火头加巴惹结结巴巴说了句："异族人也给部落带来了新培植的粮食种子、扦插技术，粮食收成比从前好。"

加巴惹的话点醒了和曲州知州阿利具，他报出历年旧土官给各大贵族家征办的粮食、布匹、牛羊和腌肉数目，税赋加重份额不及贵族家派收的物品重。武定府总管也说，万德大村的盗贼四处流窜，已被罗罗兵抓获三人，正在审讯中，并不是蒙古人，而是逃难的契丹人。

阿莫沙蒂看了看脸色阴沉的斯补纽纽舍，对被霸占了女儿的老贵族说："此事涉及梁王府，须慎重处之。本兹莫亲自到中庆去，定会给您个答复。"

议事厅里的风雨虽已停歇，但乌云并未散去，细小雷电隐隐闪现在山峦般的云层中。阿莫沙蒂派沙里曲木到中庆梁王府打探消息，她则到老贵族家加以安抚，送给抱病的贵族老夫人三木箱子各色丝绸、香料和漆器。

不多日，沙里曲木回土司府禀报，梁王府确有位医官刚纳了妾，正是老贵族的女儿。

"纳妾？可曾下过聘礼？吃过定亲酒？"阿莫沙蒂疑心老贵族故意弄出事端针对大政。

"不曾下过聘礼、吃过定亲酒。"

阿莫沙蒂心烦意乱地发了火："小小医官也敢放肆，抢到阿莫家支的头上来了。"

"医官曾救过梁王夫人的性命，梁王府待之如贵宾。他是波斯人，没有抢老诺曲的女儿。"

"什么意思？"

"此女大约是随波斯人私奔。"

阿莫沙蒂面上一红，想起自己曾与狄惹木嘎私奔开了不良的头，又体谅姑娘坠入爱河的心境，说："木已成舟，随她去吧。"

沙里曲木不便多说，抢亲之事就此放下。

谁知老贵族对此事耿耿于怀，不甘受辱，私自纠结了亲友、家丁赶到梁王府要人，被梁王府的家院打得爬不起来，连医官的面都没见上。老贵族吞不下这口气，又跑到奉国将军府上向罗罗斯丽求助。原本老贵族与罗罗斯丽并无关系，只是多年前的插花节上，求子心切的罗罗斯丽被漂亮可爱的老贵族女儿迷住，带着她玩耍三天。老贵族夫

270

人趁机让女儿拜罗罗斯丽做干妈，两家结了干亲，逢年过节走动频繁，便存下一段情意。说来也奇，罗罗斯丽当了干妈后，竟然在结亲二十四年后怀孕产子，生下儿子阿莫切可。

罗罗斯丽暗中帮助老贵族找回自己女儿，此事弄得不可收拾。梁王府外闹得飞浪击石，梁王却毫不知情。医官自恃身份高贵，由得他们闹，从不露面，还对新纳小妾隐瞒了消息。老贵族想到事已至此，自己在族人前颜面无存，便暗暗下了玉石俱焚的决心。在月朗星稀的午夜，带兵攻击了梁王府，红彤彤的火把从山野一直映照到梁王宅院，吓得梁王躲进了地道。医官得到讯息，带着小妾从月门逃脱。梁王救兵赶到，追杀老贵族所剩百余罗罗兵至富民一带。残兵们躲在高山密林间与梁王亲兵周旋十数天，首尾不见，无处擒拿。

梁王以反叛之罪责令罗婺土司府剿杀部落叛逆，那是阿莫沙蒂最不想披上盔甲的一次。沙里曲木、雷波鲁龙都愿代替出兵，阿莫沙蒂最终还是决定亲去见自己的属下。

没想到年过半百的阿莫沙蒂今日又再一次不情愿地穿上戎装。记得上次追捕同宗老贵族，她不忍射杀怜爱女儿的父亲，纠缠多日用兵合围整个馒头山才逼迫老贵族自杀谢罪。那回出征归来，她闭门反思三天，意识到近年来出征大多将矛头指向自己周边的族人，一个个曾与自己有过交往、情义的属下、朋友死在自己刀口之下，令她痛苦难当。她从驰骋疆场、英姿飒爽的女首领慢慢变成了痛恶刀枪剑戟、喜爱读书的女土司。这一次更加不同以往，她要征战的敌人是给了她生命的阿依和情同父女的阿恩。

阿莫沙蒂望着铜镜里的自己——灰白长发、腰身粗实，面容刚毅果断、神情悲痛凄凉的老妇人，叹了口气。

阿和半跪在地上，满头大汗地为她整理戎装。女奴费了很大力气都无法将铜环扣扣上，只好泄气请罪："大兹莫，腰扣没办法扣上。"

阿莫沙蒂接过双蛇缠绕的铜环扣腰带，深吸一口气，用力将环扣上的铜针别进象皮扣洞，上腹部松弛的赘肉覆盖了环扣的上半部分，只露出两截闪亮亮的蛇尾。

阿莫沙蒂转过身来背对铜镜，发现阿莫蒲智不知什么时候来到了土司楼，正含笑抱臂斜倚在门边，朝铜镜张望。兄妹俩默契地凝视着铜镜里的对方，相视而笑。

29

清晨乳白色的浓雾弥漫在山林河流间，世界混沌一团，模糊不清。衣衫单薄、看不清方向和退路的罗罗兵感到丝丝寒意，在潮湿阴冷的雾气里瑟瑟发抖、吸溜鼻涕，等待随时可能传来的军令。

斯补纽纽舍无法安睡，这已经是围攻土城失败后退到水城的第三天了。阿莫沙蒂的万余罗罗兵驻扎在与水城河相邻的卧璋山，她给斯补土司、雷波土司写的联络信送不出去，沙里曲木的旧部千户莫察在黑鲁拉河沿线把守，粮草后继不济，进退两难。

"我倒希望朱元璋大军早点进来，到时候梁王顾不上我们，阿莫沙蒂也有军令在身，分兵乏术，我们就可以冲出她的势力范围。"斯补纽纽舍咬着右手拇指指尖，望着军帐内跳跃的烛火无奈地说。

阿莫洛从绘制地形图的羊皮纸上抬起头，镇静地看看蹙眉冥想的斯补纽纽舍，安慰她说："就这样也好。"

"粮草撑不了多久。"

"别担心。出不了关隘，部落里要些粮草不是难事。"

斯补纽纽舍从木桌一侧移向阿莫洛，将头靠在他肩上。

阿莫洛握住她冰凉僵硬的手指，放在嘴边呵气搓揉，直到变得暖和。

斯补纽纽舍低声说："最近几天我老是睡不着，总在想我这一生如果不是为了家人亲友，打到最后只剩自己，那打仗还有什么意义？我不相信沙蒂为了族人而战的鬼话，她是为了她自己。我们都是为了自己。"

阿莫洛沉默着放开斯补纽纽舍的手，他正了正身子，巧妙地和她隔出一掌间距，望着她闪烁不定的眼睛说："也许沙蒂真是那样想的。"

"为了罗婆族人的未来？"斯补纽纽舍讥诮地说。

"她是个不一般的孩子。天神选择了她。"

"是我选择了她。"

"你也是天神选择来指派她的。"

"你说她走的路就是天神旨意,那我走的呢?"

"也是天神旨意。"

"照你这么说,天神为什么要有两个相悖的旨意?"

"我不知道。"

"你不是天神,不知道他的旨意。那你的选择呢,你后悔了?"

"我不后悔,我为着自己的心。"

斯补纽纽舍温存地碰了碰阿莫洛肩头,侧脸看他:"你的心?"

"我的心。"满脸皱纹的阿莫洛目光澄澈地凝视着她,她心里跳动起喜悦的小火苗,"那罗罗斯丽和阿莫切可呢?"

阿莫洛沉默不答。斯补纽纽舍背对着阿莫洛慢慢站起身,重新坐回木桌后面正中位置低头看书,没再看他一眼。

阿莫洛专心研究地形图,忽然听见斯补纽纽舍喟叹似的喃喃自语:"我为了谁?"他手中的炭笔在标示水城的地方重重戳了个黑点。

军帐里沉闷的寂静被斯补纽纽舍的追问打破:"你说,这个时候沙蒂和蒲智在做什么?"

"我不知道。"阿莫洛希望两个孩子赶快到来,结束让人失望的一切。

此时卧璋山军帐内,阿莫沙蒂正嗑着松籽听阿莫蒲智念朱元璋的谕文:"朕历览群书,见西南诸夷,自古及今莫不朝贡中国,以小事大义所当然。朕受天命为天下主,十有五年,而乌蒙、乌撒、东川、芒部、建昌诸处酋长犹桀骜不朝。朕已遣征南将军颍川侯、左副将军永昌侯、右副将军西平侯率大军往征。犹恐诸酋长未谅朕意,故复遣内臣往谕。如悔罪向义,当躬亲来朝,或遣人入贡,摅尔诚款,朕当罢兵,以安黎庶。尔其省之。"

阿莫沙蒂问他:"你说这谕文有用吗?"

"没用。"

"这个自称朕的汉人皇帝不懂卢鹿人、些莫徒人的心思。口气如此倨傲，连我都想用谕文来擦弯刀，其他兹莫就更不用说了。"

"谕文没用，兵力有用。出兵前朱元璋早对云南山川形势、历史人文都做了详尽了解，定然有详细明确的进攻战略和战术。"

"云南群山险峻，易守难攻，他有几成胜算？"

阿莫蒲智展开自己绘制的云南地形图，指给阿莫沙蒂看："谕文中说他将遣三侯南征，可能自永宁率一军以向乌撒，大军自辰、沅入普定，分据要害，然后进兵曲靖。他料定梁王将遣重兵把守此咽喉之地剧烈抵抗，大军会于此决战。如胜，便分一军向乌撒，应合永宁之师直捣中庆。两军彼此牵制，必使梁王疲于奔命。云南被克，便会分兵大理、鹤庆、丽江、西渡澜沧，下金齿。"

阿莫沙蒂正色地问："他会遣多少人马南征？"

"此番南征，志在必得。定然不下三十万兵马。"

"梁王手中不过十几万兵马，加上各部落人马也不足二十万兵马。云南地形复杂，气候多变，山高水急，密林深箐，屏障坚固，汉人恐难以适应，以此兵力优势怕也不见得胜券在握。昔年天宝之战便是例子。"

"今时不同往日。唐时北有鞑靼虎视眈眈，西有吐蕃剽悍不驯，远征云南实为无奈之举。有史以来，中国疆域以元最盛，起朔漠，并西域，平西夏，灭女真，臣高丽，定南诏，遂下江南，天下为一也。大元为明铲除了周边忧患，朱元璋平定中原，逐元于大漠，现今可一心一意平定云南，斗志昂扬，士气振奋，锐不可当，更何况云南酋长们各怀心思，观望等待，料无济于事。"

"如此看来，你我哪有其他路可走。"

阿莫蒲智扔下图纸，叹气说："滔滔洪流磅礴而下，顺之则存，逆之则亡。世间之事，莫过于生死之间。"

阿莫沙蒂像没听出语气中的无奈悲凉，握着右手伸到阿莫蒲智面前，展开手掌，里面是满满一捧去了硬壳的新鲜松籽仁。阿莫蒲智接过去一颗一颗慢慢咀嚼，他爱这熟悉的浓郁松脂香味和清甜肉质。

"我们真可怜，出生在风云更替的兹莫家族中，注定有一场骨肉厮杀。"阿莫沙蒂说。

"平民和奴隶更可怜，他们不知道做了什么就被洪流卷走，甚至来不及为亲人哀吊和难过。"

　　"平民？"阿莫沙蒂笑笑，"他们永远不知道拔刀砍向自己骨肉的痛苦。等战事平定下来，我亲自去把呷西阿姐和阿加接回部落。"

　　阿莫蒲智听了这话感到喉头发紧，眼眶红热，吃不下最后几颗松仁，眼泪像决堤河水泛滥成灾，抽抽搭搭啜泣不止。

　　阿莫沙蒂不理会他情绪失控，自顾自地说："我记不得阿纹的样子了。现在又要和阿依打仗。我不爱雷波，却为他生了两个儿子。狄惹木嘎爱我，又不懂我的心事。加巴惹能让我感到温暖踏实，可我仍旧感到孤独。阿牟，跟你在一起，我才觉得舒服安宁。"

　　阿莫蒲智止住哭泣，擦干泪水，慢慢走向阿莫沙蒂，紧紧拥抱忧伤的妹妹。

　　阿莫沙蒂在他耳边呜咽着说："我不想为了祖先规矩让我的儿子们送命。人只有活着，才有实现自由自治的可能。阿依死守僵化的祖制族规，自己想当族制的祭品，不惜把我们和族人的命都搭进去。"

　　阿莫蒲智惊诧于她的敏锐："你并没受到旧制伤害啊。"

　　"我们同处一张网里。"阿莫沙蒂情绪又恢复如常。

　　"你是因为我被驱逐，或者是你不能和狄惹木嘎在一起？"阿莫蒲智仍想找到答案。

　　"我们在土司府穿着绸缎，吃着四滴水筵席，以为这就是自古以来的祖制族规，我们的身份配得上享用宫殿和尊贵礼遇。我们去到汉中，突然变成了下等人、南蛮子，穿着麻布衣衫，被上等人呵斥、使唤、限制行为，我们有钱也买不到尊贵，连名字都要隐藏。如果有心爱的姑娘，还要忍受她被夺走。我那时很害怕也很矛盾，分不清哪个才是真实的我？或者我是被属地或者王命划分了，不再是个整体。我是谁？为什么同一个我在不同的地域过着两种截然不同的生活？如果我是平民，挣扎在生存线上任人欺辱，又当如何？我不愿让我的儿子们重受一遍沦落之痛。比起亲眼目睹阿纹的手，我宁愿让儿子们像汉人那样忍受，起码还有零星破碎的快乐幸福，不至于变成一堆血肉。没有生命，尊严、荣誉、自由、快乐、使命都是虚妄。"

她内心流淌出的话语触动了阿莫蒲智，他想到自己的经历和感受，沉浸在往昔回忆中，思绪缥缈，也不顾一切地向她倾诉："我差点去了摩洛哥，在里海和黑海上漂荡，海浪几乎吞了我们的船。穿过望不到尽头的沙漠时，我快要渴死了，体力不支倒在滚烫的黄沙堆里，想念最多的是亲人和土城。"

　　"'无定'死在的黎波里，曲比约莫拉了几天肚子还没到长安城就死了。大奚婆病得很重。我以为呷西阿妞和阿加早死了。"

　　"我们能做什么？族弱必要受欺。我们打不过梁王，更打不过朱元璋，打赢了又怎样，还有别的部落会打败我们。战争无休无止，打到最后打到同宗族人上，打到自家门上，打到阿依和阿恩上。"

　　"只要人活着，就能想出办法解决危机，不管什么危机。以前缺粮食种子，有人就发现更多可以替代荞麦的粮食种子；缺牛马，有人用木头做成了马车牛车；缺金银，就造出了纸币；缺衣物，就造出了麻布、棉布、丝绸。我们从来都不缺恐惧、痛苦、战争、病痛，仍然有数不清的灾难等着我们。曲比约莫多聪明啊，他要是活着，一定能学会更多种语言。"

　　"黑死病害死了那么多人，我害怕极了。我们从铺满街道的无数尸体上跨过去，那些人死得太惨了。我全身发着抖，想着自己染上了病，也许活不到明天。我们活下来了，到了君士坦丁堡，幸福得哭起来。稳定生活总是不长久，'无定'和曲比约莫死了，我的心死了一大半，像被尖刀戳出了血窟窿补不好了。我见到阿加，所有希望又都升腾起来。我又想喝酒、唱歌，想读书了。"

　　"沙蒂，我已经以大奚婆法器发出告示，召集辖区内奚婆以天神的谕示向平民和奴隶传达征讨夫人和奉国将军意愿，让他们规劝参与反叛的亲人，脱离阿依和阿恩的掌控。我们可以为自己打仗，也可以为自己不打仗。"

　　"阿牟，太好了。"阿莫沙蒂的眼睛闪动着美丽光芒，"但愿我们能避开这场可怕的战斗。"

　　"多给他们压力和时间，让阿依回心转意。"

　　"我愿意等到最后时刻。"

斯补纽纽舍心烦意乱地看着阵营里频繁出现的奚婆们，恨恨地说："巴莫查查还没死吧，他躲到哪里去了，竟然让奚婆跑到军营里游说。"

坟墓般的营帐间篝火旁，奚婆们低沉婉转的嗓音日夜不停地唱起《招魂经》："千重山福厚，逝者病莫回。魂从白云山，千重山之巅。逝者有腐味。回来虎魂回，逝者有臭味。魂从黑云山，逝者莫回来。逝者有异味。黑云山起身，是有生之母，幸运要招回。白云山中回，是有运之母，虎魂招回来。黄云山中回，是有生之父，从露水中回。青云山中回，是有运之父，有大小露水。阴间屋起身，起来运至来。尔从天地来，莫害羞地回。为逝者招魂，从虎地回来。招家中亡魂，虎从天地回。悬崖招灵魂，生者自顺畅。虎魂招回来，十二渡口回。虎魂招回来，逝者山屋回。虎魂招回来，从悬崖中回。为逝者招魂，尔巡大地来。悬崖高耸处，生者得礼规。招逝者室魂，有大小悬崖。为招回虎魂，生者得观礼。招辕门之魂，一魂归阴间。久病不愈的，招完尽之后。九眼泉水处，从中返回来。要看放魂处，五口悬崖水。招尔之病魂，逝者魂三个。悬崖水中回，招尔之亡魂。一魂守家中，从中返回来。南方真美丽，一魂守坟山。崖中死亡的，南方长又大。从南方招魂，南方长又大。有恐才有惧，从南招回来。从南方招魂，亡魂招回来。招尔之病魂，魂已招回来。招尔之亡魂，招尔恐惧魂，莫随逝者去。南方真美丽，招尔恐亡魂。逝者病莫随，逝者有腐味。主神回来了，虎魂招回来，逝者有异味。家神回来了，从东方之山，逝者有臭味。族神回来了，从白云山回。吉运回来了，从西方之山。稼神和粮神，北方之山下。君神回来了，南方之山出。呜呼又哀哉！逝者生者隔，黑豆隔离下。虎魂招回来，逝者隔离下。黑粮黄粮隔，从吉祥山回。回来虎魂回，黑粮隔离下。逝者发腐味，绿叶黄叶隔，黑膀红膀隔。逝者有异味，黄叶隔离下，黑膀隔离下。逝者有臭味，黑豆黄豆隔，黑线红线隔。黑线隔离下，回来虎魂回！"

如泣如诉的歌声唱得罗罗兵心里发毛，从未想过的前世今生在经文中辗转轮回。等待军令漫长无聊的时间里，思乡思亲人思前程的罗罗兵无心玩耍、操练，灵魂被奚婆们带有磁力的声音吸引得晃晃悠悠出了窍，在凉丝丝、如同乳汁般白茫茫的雾气里穿梭飞升，看不见来路寻不着归途，凄凄惶惶、孤零零地悬在半空，等待奚婆们诵经声、羊皮鼓声、铜铃声、火光的指引。

胆大的罗罗兵趁人不备，在奚婆们帮助暗示下，扔掉长矛弓弩悄悄钻进山林，趁着浓重夜色和繁茂树林的遮掩，一路飞奔投向亲人怀抱。胆小怕事的罗罗兵七嘴八舌地悄悄议论起来，军营里满是流言蜚语，许多人都坐不住了。

"我总觉得要出事，眼皮跳个不停。"

"才进秋季，天气怪怪的冷。我嗓子眼又干又燥，总要含着水。"

"听说大兹莫把我们粮路截断了，根本跑不到大理去。"

"去了大理又怎样，段总管终究是白子，会向着罗婆人？"

"横竖都是没路。"

"山林里有树也有草，有兽也有鸟，难道草原和中土就容不下蒙古人、汉人，偏偏跑到云南来？"

"前几年，高山上的磨察人不也跑到平坝子来么？"

"不是为了土地和牛羊吗？"

"还有女人。"

"多好的女人。想到女人，我就手软不想打仗。"

"打仗还不是为了有更多女人。哈哈。"

"我只要一个。像糯米粑粑一样又软又香的女人给我生下一背箩娃娃。"

"我也想要个糯米粑粑女人，又软又香，说得我都流口水了。"

"我想我阿依，想她亲手做的糍粑和腌菜。"

"我也想，阿依和女人。"

"我想喜莫，她缝的千层鞋不磨脚。"

……

淡白色的月牙儿像女人掐在男人手臂上的指甲印子，勾起罗罗兵藏匿心底深处的柔情。他们无精打采地相互依靠，斜倚在长矛、铁棒、长柄刀、剑戟上，瞪着空洞的眼睛听奚婆们唱念《招魂经》。

"咚咚咚"的战鼓声敲碎了士兵们拥抱母亲的残梦，罗罗兵列队站立。各千户头目清点人数后向奉国大将军禀报，阿莫洛身披盔甲骑在大理马上，花白鬓发从银头盔里披下，木刻般凸出眼眶的眼睛望着远处山坳，人和马犹如从青灰色黎明里剪出来的战斗者的皮影，岿然不动又悲壮怆然。

"请奚婆们不要妨碍军务！飞鹰不会袭击猛虎，神旨不会干预王权，奚婆们也不能违抗兹莫之命。"传令官干巴巴的声音从队伍前面传来，奚婆们从熄灭的篝火堆前稀稀拉拉地站起。

"既然奚婆不能违抗王命，请问如今罗婆部落的兹莫是谁？"

阿莫洛定睛看去，奚婆堆里慢慢走出了身穿灰袍、留起"天菩萨"的阿莫蒲智。他策马向前几步，故意问："你是谁？"

"我是大黑天神的使者。"

"你不是奚婆，也不是罗婆部落的族人。"

"天神庇佑之处，皆是我足迹遍布之地。"

"你叫什么名字？"

"名字和皮相一样变化多端，不过是张面具。"

阿莫洛眉毛轻挑，阴郁苍老的脸上现出一缕阳光，他极力掩饰嘴角流露的笑意不被人发觉。如果不是两军对峙的阵前，他真想跳下马去拥抱命运多舛的亲侄子。他微微俯下身来说："天神使者，现在可不是练嘴皮子的时候，刀箭不长眼，您的肉身难道可以刀枪不入？

"把他们统统赶走！一个不留！"军帐内传出斯补纽纽舍冷冰冰的命令。

"你们不能赶走奚婆，天神助运阿普笃慕的子孙。凡有阿普笃慕子孙处，不可对奚婆无礼！"

"等打完仗，我自会向天神请罪。赶走！"

"谁敢逐我，必遭天谴！"阿莫蒲智瞅瞅蠢蠢欲动的四周，声色俱厉地发出毒愿。他挺直身体，左手指向天空，像一柄寒光闪闪的铁剑矗立于天地间。众兵将被他不同寻常的身份和姿态吓住了，军营里鸦雀无声，连小动作都停止了。

奚婆们涣散了军心，却挡不住铁骑金戈。斯补纽纽舍拔营而起，阿莫洛带两千罗罗兵奔袭莫察营帐。莫察手下不足千人，平日无战事，罗罗兵不做训练，扛起锄头上山垦荒种地。他未料到阿莫洛会绕远路袭击黑鲁拉，眼下又逢收割季节，不少罗罗兵脱下军服换上布衫到田地里挥舞镰刀割稻谷去了。

莫察未做过多抵抗，他下马拱手见过阿莫洛，礼让三分才劝他退兵归府。阿莫洛与他酒过三巡，摇头不语。莫察不愿与他交战，又不愿族人自伤，把千户印章用漆盒装好，挂在府衙门楣之上，赤脚回乡种地去。屯兵见莫察千户卸职也作鸟兽散，竟走去大半罗罗兵，只剩下不到百人守在府衙。

阿莫洛护卫斯补纽纽舍一路向西，沿途不断有族人和散去的罗罗兵加入，有意绕过威楚万户府，往欠舍千户所辖区去。路上有人投奔，非要见奉国大将军讨个差使。阿莫洛正缺人手便叫人将叫嚷者带进大帐，斯补纽纽舍和阿莫洛一见两人，吃了一惊。

前来投奔的是罗婺部落神射手、盐井监事狄惹木嘎和黄骨头阿加，两人如何碰面结伴来投阿莫洛的倒在其次。阿莫沙蒂的情人竟然投奔她的反叛者，令斯补纽纽舍疑窦丛生。

"来人，把这两个细作关押起来随军前行。"斯补纽纽舍想着到了紧要关头可将两人当作人质逼迫阿莫沙蒂放行，暂且不杀他们。

帐内冲进来六名护卫，依令把狄惹木嘎和阿加用麻绳捆扎结实。狄惹木嘎冷笑说："我知道夫人不信，认为我是阿莫沙蒂派来的。"

"就算你不是她派来的，也是为了她来的。"

"我确实因她而来。罗婺部落无人不知我狄惹木嘎对阿莫沙蒂的一片赤诚忠心，可我的心换不来她的情。上次在洒普山我打了加巴惹那个白骨头，沙蒂就再也不理我了。我知道我在她心里早已经死了，她讨厌我。既然她不把我放在眼里，我也要按自己的意愿活一回。我狄惹木嘎是罗婺部落的黑骨头，绝不去当汉人的狗，我敬仰基蒲兹莫。我们罗婺男人是一座座山，天塌了，有高山撑着。"

斯补纽纽舍满腹狐疑地盯着狄惹木嘎发红的眼睛和紧抿着的嘴唇看，又把目光转向默不作声的阿加身上："你呢，你也说点好听的来听听。"

被茫然哀伤之色笼罩的阿加说："我没什么好听的要说。"

"你为什么投奔我？"

"我只想杀人。"

阿莫洛悚然一惊："你跟阿莫沙蒂也能杀人。"

"我不想见阿莫蒲智。"

斯补纽纽舍咬紧下唇说："我如果收留你就成了笑话。你是个黄骨头。"

"那我就杀了你。"阿加肩膀猛地向上耸，身体抖动，像爬上河岸抖去皮毛上水滴的狗。绑在身上的麻绳被他暗藏在袖口内的匕首悄悄割断，如同截断的蛇身三三两两掉落在地。他双手各持一柄寒光闪耀的牛角匕首，紧咬牙关，两腮鼓起愤怒绝望的硬包，飞身扑向斯补纽纽舍。

近旁的狄惹木嘎连忙抬腿横踢阻止阿加。阿加被踢歪了方向，索性丢下斯补纽纽舍转扑阿莫洛。阿莫洛早有准备，侧身让过阿加，顺势伸出右手扣住刺向前方的阿加的左手，用力把他回旋到离斯补纽纽舍更远的地方。阿加用力过猛，一时收不住身体，踉跄在原地打转，还未醒过神来，只见阿莫洛右腿踢上左耳侧，忙伸出双臂来挡。阿莫洛见他右边空出破绽，右脚落定，便把力量转移到左前臂，扭身全力挥出，把猝不及防的阿加横扫在地。

阿莫洛夺过阿加手里的匕首，横跨在他身上，正要挥动匕首戳伤他手臂使他丧失攻击能力。忽听斯补纽纽舍大声尖叫："别杀他，他是我阿本（孙子）！"

阿莫洛连忙收住拳头，松开对阿加身体的束缚，气喘吁吁地坐在地上望着满脸血糊糊的阿加，惊骇地问："你是阿莫蒲智和呷西阿妞的孩子？"

"呷西阿妞是我阿依。我没有阿纹。"阿加悲愤地回答。

"放了他们，让他们走。"斯补纽纽舍疲惫的口气里难掩伤悲。她一心要杀死这个孽障，此刻却不知为何失去了那曾经的强烈欲望。阿加火暴的脾气和不低头的性格多像阿莫基蒲啊。

"我不走！我要让沙蒂亲自来杀我！"狄惹木嘎倔强地站在原地，脸上透着决绝的悲怆神色。

281

"我也不走!"阿加恢复了体力,坐起来瞪着阿莫洛说。

"过了欠舍所就出罗婺土司府地界,离大理不足百里路。"阿莫洛把匕首扔还阿加。

"我们不去大理。"斯补纽纽舍静静地望着阿莫洛。

"不去大理?不是要投奔段总管么?"

"投奔段总管,总不能两手空空吧?我们仓促行进大理,别人还以为我们是逃难过去呢。"

"夫人想怎样?"

"如今我们的兵马已近万人,沿路族人拥护,可见民心所向。方才狄惹木嘎的话点醒了我,身为罗婺人,哪有情愿做汉人狗的?我们掉头抢占威楚府,他们总以为我们一心要逃去大理,没想到我会倒逼阿莫沙蒂,杀个措手不及。"

"然后呢?"

"威楚路万户是个脑满肠肥的老东西,三个儿子皆在大理,能即时调动的兵马不过三千,我们杀他个措手不及,攻占了军事要塞威楚府就可与罗婺府分庭抗争,胜负在谁尚未可知。一旦我们擒住阿莫沙蒂便能号令罗婺部落投奔大理。段总管收到这份大礼,不会在建都时忘了我们。"

威楚府万户果然没料到斯补纽纽舍会在各部落联盟对抗异族时对他们发动攻击,阿莫洛带领罗罗兵杀进威楚府时,只见街衢安静,巷中传出几声野狗争食咬架低低的吠叫。闯进府衙内,从热被窝里揪出万户的小妾。吓得花容失色的女人结结巴巴说,万户大人听见响动早就跳窗逃跑了。

斯补纽纽舍和阿莫洛、罗罗斯丽、阿莫切可搬入威楚府内,分院而居。他们在院落中设立军事总部,大肆招兵买马、填充军饷,扩充军队建制。阿莫洛时时到斯补纽纽舍的小院谈论军事,罗罗斯丽不愿见斯补纽纽舍,陪刚满六岁的儿子阿莫切可在院里嬉戏读书。多年前,罗罗斯土司被明军收服,罗罗斯丽失去了娘家靠山,渐渐变得不喜言语和热闹,性情冷淡孤僻,不喜与人相交。没想到二十多年未孕,近不惑之年喜得贵子,一心维系爱子,对阿莫洛也怠慢疏忽起来。

斯补纽纽舍和阿莫洛整日忙于军事部署，无暇顾及周遭因战乱而颠沛流离的民众。被煽动的罗婺平民和走投无路的些莫徒人、磨察人加入不少，后来还有色目人、回回人参加进来，队伍日益壮大，以"伍"为组的兵丁不得不改为以"什"为组。兵力强盛没有让斯补纽纽舍喜上眉梢，反倒眉头紧蹙，命知事给芒部、东川、乌蒙各部落土司和大理总管写信。

阿莫洛不敢问她对于决战的态度，母女阵前交战，让他感到可怖残忍，不忍相问。

鉴于上回水城教训，阿莫洛加强防范戒备，设立流动哨所，严禁奚婆和可疑族人混入。阿莫蒲智带领奚婆们无法再次进入威楚府驻地，只好通过给平民治病、做法事躲避在族人家中，伺机有所动作。自从他被斯补纽纽舍软禁在柴房之后，就没有再见过她。他从阒寂的府城巷道走过，经过府门时不由自主地停留在那儿等待一小会儿，说不清是什么心情，他既盼望能见到阿依，又害怕看她责备的眼神。他们一起品尝新米、谈论水墨画和波斯地毯、赏花烤肉的甜蜜过去已经离他很遥远。他仍怀着不切实际的期盼，想看到美艳大方的阿依打开威楚府门，走到他面前说："不管什么原因，我们都不会分开，我的惹依（长子）。"

很快他就没时间独自到街道上闲逛了，府城里连续有两户人家染上了伤寒病，先从老人开始发作，然后是孩子和女人，每到傍晚他们就发起高烧，浑身无力，腹痛腹泻。奚婆们轮流去了不少回，用了几种专治伤寒的药剂，依然没有止住发病势头，所幸传染速度不快。阿莫蒲智和奚婆们不让两户染病人家外出、与人交往，他们帮忙带荞面和牛肉粒回来。每次从病者家出门，总要用清香叶焚烧熏遍全身。

斯补纽纽舍没有等来大理总管府段世的回音，却等来了她最不想见的人——阿莫沙蒂得到阿利具报信，听从了沙里曲木的劝告，率领万余兵马从卧璋山赶到威楚府城外。

"阿莫沙蒂来了。"

斯补纽纽舍头也未抬地坐在漆木桌前翻看羊皮书，阿莫洛没有看到她的反应。她现在所做的应该由像他这样身经百战的男人来做，他以为她坚持不了多久，她一贯强势，但仍不失柔情，无论年轻时怎样坚强倔强、一意孤行，现在已是风烛残年的老人，大多都会为了享有最后一点亲情而放下执念。他相信有一天她会对自己说："阿莫洛，我累了，我们回家吧。"

阿莫洛从坎坷凶险的前半生经历中懂得了一点人生真谛，虽然说不出它是否正确，甚至说不出它的具体标准，但他确切知道他不要战争，他痛恨战争和战争带来的痛苦、诀别、羞辱和残缺不全。她应该能体会到这一点，可她还是选择了战争，他无法理解她。他自以为很了解她，临到人生尾声却还是不了解她。他所知道的只是她的表面，他从未钻进过她内心，她也没有给过他一次机会。他不明白的是自己，曾在心里下过无数次决心要远离她，尤其在罗罗斯丽生育了阿莫切可之后，羞愧内疚的心情逼迫他一次次疏远斯补纽纽舍。但他无力自拔，每次疏远只会让他陷入更加疯狂的思念、渴望中，他一想到她，就会忘了在她身边时产生的不快。他对她的情感变得奇怪难懂，他在她身边看到她的贪婪、冷酷、自私、疯狂和虚伪，总会产生离开她、厌恨她、忘记她的情绪。而在他远离她的时间里，又无时无刻不在想念她，想念她嘴角轻蔑的微笑和眼睛里柔婉的波光。她声音低沉甜美，一声声深情呼唤简直像一道道闪电瞬间就能击穿他，他又会毫无抵抗力地顺从于她。

她忽然放下书抬起头，像第一次见到他那样露出向日葵般明媚的微笑，说："阿莫洛，你总是这样紧张。"

"这次不会跟上次一样。"

"我们母女间迟早都要兵刃相见的，自从她下决心投靠汉人，这场仗就在所难免了。"

"可你们是母女，她是你身上掉下来的肉。"

"不，她只是借助我的身体来到人间的对头。如果天神这样安排，我们只能接受和祈求。"

"你可以避免。"阿莫洛冲口而出的话让情绪平静的斯补纽纽舍变了脸色。

她突然间变得异常暴躁，气愤地拍打着木桌说："我什么也做不了，这是天神的旨意。你如果害怕，现在就离开威楚府！马上给我滚！"

"我不离开。我打过仗，见过鲜血和死亡，不想看到你和沙蒂刀兵相见。"

"我坐在白虎皮檀香椅子上不是为了炫耀兹莫的尊贵，我也见过死亡。"斯补纽纽舍的情绪从愤怒变为哀痛，疲惫、憔悴的脸上滚下两串泪珠，很快又控制住自己情绪，像从来没流过泪一样。

"好吧。我去准备。"

斯补纽纽舍双手撑着木桌半站起来，冷淡地说："你早就该做好准备了，奉国大将军。"

阿莫洛调集了弓箭手、投矛手、盾牌军和投石炮手，分成交叉排列的三队，每队各领三千兵马昼夜备战。留下一千人守护威楚府城，不让奚婆们趁机混进来离间、蛊惑军心。

斯补纽纽舍面前有两条路可供选择，带着万余兵马的部队离开罗婆部落去往大理，她知道阿莫沙蒂不会真阻拦她，只不过列队追赶做做追捕叛军的样子。或者她发起攻击，两军交战，母女间生死对决，她同样知道阿莫沙蒂一直在等她回心转意，不会主动发起战斗。

斯补纽纽舍只想等待有利时机，不会回心转意。只要想象一下罗婆部落将在她眼皮底下被分成一小块一小块不同区域，更多汉人流官进入辖区，甚至自由进出土司楼，对他们的祖制族规、风俗习惯、礼仪文化、宗教信仰、服饰饮食、节庆指指点点，失去她享受了大半辈子的优渥待遇和可靠纯净的部落氛围，任何改变都令她无法忍受。她宁愿失去生命，也不愿冒险向不可知的未来妥协。

阿莫洛次日遵照斯补纽纽舍的命令，带领狄惹木嘎和阿加出城宣战。

阿莫沙蒂收到战书，沉吟不语。沙里曲木向她请战，她也似听不到一般，怔怔不言。

两军对阵，各进五里。阿加年轻气盛，主动向阿莫洛请战。阿莫洛知他身强力壮，武艺平平，血气方刚，莽撞粗鲁，首战对双方都十分重要，万一有个闪失结下深重心结，以后即便想和而不战也无回旋之地，便不予允准。狄惹木嘎神情悲绝，嫉妒和哀伤最容易损害神射

285

手的理智，恐有差池，挫伤士气，也不准担当首战之帅。四下环顾，再无稳妥之人可担此大任。自己年过六旬，虽体力下降，经验和武艺都在两人之上，只好提枪在手，打马备战。

阿莫沙蒂骑在马上看到阿依军队里竟然有狄惹木嘎和阿加的身影，心内剧痛，身子摇晃着险些栽下马来。

沙里曲木再次请战，阿莫沙蒂说："让阿莫驰达担当先锋，往后还有更多的仗要打，将军不必心急。"

阿莫洛没料到迎战的对手居然是自己孙辈，催马向前又勒紧缰绳，反复多次。白马被缰绳勒得团团转圈，扬蹄嘶鸣，腾起阵阵黄灰。

阿莫洛竖枪在肩对阿莫驰达说："回去告诉你阿依，让她派个我下得去手的勇士来！"

阿莫驰达迎战年幼时曾教过自己舞枪弄棒的舅爷，心里七上八下，出枪不是收枪不成，只好委屈地说："阿依让阿匹和阿普回府，一家人不要打打杀杀。"

阿莫洛不言语，打马回了城下队伍。

阿莫驰达的人生第一仗如此草草收场，又紧张又难过，垂头丧气地骑马回到阿莫沙蒂面前，带着哭音说："阿普不跟我打。"

阿莫沙蒂下令沙里曲木前去挑战，那边仍是阿莫洛出战。阿莫洛熟知沙里曲木的枪法，他与沙里曲木的阿纹沙里诺曲曾并肩与阿雄、俄木、阿华、华竹部落作战，两家人私交甚密。阿莫洛没想过第二次迎战的对手依然是自己晚辈，长叹了口气，笑着对沙里曲木说："看来我果真是老了，连个同辈对手都找不着。"

沙里曲木恭敬地在马上向阿莫洛行礼："老将军如我阿恩，没想到会在战场上遇到。军令不可违，刀枪无眼，老将军保重。"

阿莫洛横枪一指："来吧，废话少说。"

两人终于打了起来，先还像模像样地过了几十招，越打越惺惺相惜下不去重手，更像是两个正在切磋武艺的拳师点到即止。

这场不合时宜的较量一直打了三天。两人每次出战都显得兴致勃勃，像去赶赴喜庆酒席。动手之前，还有礼有节地探讨上一次交手的心得，让远远观战的罗罗兵等得心焦。迟迟动不了手，说来说去没个完。好容易动起手刀来枪往，虎虎生风，却毫无杀气。看得阿加按捺不住，立在马前跺脚抱怨说："这哪是打仗，简直是女人绣花，磨磨蹭蹭要拖到什么时候？"

战事正酣，无人注意阿莫蒲智背着布囊从城内绕过军队，到了城外进了阿莫沙蒂大帐。

他不打听战事，没朝战事中心看一眼，见到阿莫沙蒂就向她伸手要人参。

阿莫沙蒂的确有一支从山西重金买来的千年上党人参，听说能替人续命还魂，一直藏在祭祀厅内由专人看管。两军交战的节骨眼上，阿莫蒲智要人参做什么？

"我要救人。威楚府城内的伤寒重症眼看就治不住了，若是传开那还了得。"

"我就算愿意把千年人参给你，也得回万德土城去取。你看这情形我能脱身回府吗？"

阿莫蒲智这才向远处两个打得难舍难分的人和马影子看了看，问："这要打到什么时候？"

阿莫沙蒂哭笑不得："你去问问天神，我还想知道呢。"

阿莫蒲智讨要不到人参，只好寻找三七代替。平常不时有人采挖三七到集市去卖，巴莫查查收了不少，眼下急着使用，却一株也寻不见。无论去土司府还是回狮子山都路途遥远，远水不解近渴。阿莫蒲智左思右想只好回到威楚府城内，向平民家找寻搜集。

得了伤寒重症的两户人家先后去世了三人，两个不足十岁的孩子发病最重，没熬到喝口三七汤水就闭上了双眼。略小的孩子腿上出现了红疹，不仔细看，只当是淤血忽略过去。

阿莫蒲智脸缠白布，像东罗马帝国的医士那样仔细研究孩子尸体。悲伤欲绝的孩子父母每日催促阿莫蒲智及早给幼小的灵魂指路作法，烧掉快要腐烂的肉身，让他们可怜的魂魄回到祖灵之地。阿莫蒲智只当没听见他们的恳求、念叨，依旧每天盯着变色、开始发胀的幼尸看，往白纸上写写画画，拿些蒿草艾叶在房间里熏。

尸体气味臭得引起巷间平民们的抱怨、猜疑、咒骂，阿莫蒲智才将逝去的老少三人用马车拉到城外山林凹地，依照罗婆族规用青松枝搭好尸架，为他们作法指路，亲手点燃松枝。

望着熊熊火焰舔舐着曾经和他说笑、玩耍、学习的可爱孩子，阿莫蒲智哀伤低回地唱念《指路经》："为尔来指路，不得善终者。竹根伴自身，恶狗绕道走。父母多悲伤，尔今得升天。高山无数座，河水凶又急。祖先等尔去，路上莫停留……"失去生命的身体又小又弱，一动不动，慢慢消失在如同神灵之手的火焰里。

30

斯补纽纽舍正为得不到阿莫洛的捷报而烦躁担忧，听到院门外喧闹更加恼火，命人将吵闹者就地处决。

男奴战战兢兢地回禀："是奉国将军夫人吵闹着要见夫人。夫人说过太阳未到桑树头，不许放进一只苍蝇来。所以门首没让奉国将军夫人进来。"

"罗罗斯丽？她找我做什么？"

"奉国将军夫人说，阿莫切可大人病重，让奉国将军回城。"

"胡闹！大将军正在打仗。让医官去看看，她总是大惊小怪。"斯补纽纽舍差派身边医官去替阿莫切可看病，连日颠簸又逢换季，养尊处优惯了的孩子可能会染病。不过罗罗斯丽对独子的宠爱关注超出了普通母亲的正常表现，常常一惊一乍，阿莫切可发烧也跑到议事厅里哭闹，硬把商议国事的阿莫洛拽回府去，这都不是新鲜事儿。

罗罗斯丽带着医官离开后，斯补纽纽舍感到心绪不宁，她派人去打探过几次阿莫洛的战况，回来报信的护卫总说，阿莫洛将军与沙里曲木将军正在激烈交战，不分胜负。三天了，天天如此，不知两人要交战到什么时候。

斯补纽纽舍对阿莫沙蒂的兵力了如指掌，将帅中除了沙里曲木能和阿莫洛交手外，多是阿利具、安慈这样武艺平平的土官。而她手里还攥着狄惹木嘎这张令阿莫沙蒂将士敬仰的神射手的王牌，他很有可能会影响阿莫沙蒂的情绪、判断。斯补纽纽舍对狄惹木嘎的战斗力很有信心，他曾在罗罗兵中发出挑战，那时候为了阿莫沙蒂他能豁出命去，除了他，没人能骑在马背上在快速移动过程中射穿吊在松树枝上的小鲫鱼。她只是对狄惹木嘎是否能对阿莫沙蒂产生破坏性影响拿不准，阿莫沙蒂最近几年总是躲着狄惹木嘎，她厌弃了昔日一起私奔的老情人，喜欢上了开垦荒地、擅长耕种的白骨头平民。

"我一点也看不透她。"斯补纽纽舍烦躁地揪下红釉瓶中插上的杜鹃花瓣，放在手里揉搓，粉红汁水染红了手掌，又抛丢一边重新掐花。她在院子里走来走去，不停地催派护卫去打探战况。

次日清晨，天边刚绽出一线惨白，罗罗斯丽不顾护卫劝阻提着长刀疯了般闯进院来。斯补纽纽舍还未起床梳洗，满面泪水的罗罗斯丽顾不上尊卑礼仪，哭叫着要出城去请巴莫查查。从前罗罗斯丽再猖狂也不敢在她面前放肆，罗罗斯土司被大明收服后，她更加收敛，此时怕是阿莫切可病重让她发了疯。斯补纽纽舍的心猛地乱跳起来，忙披上察尔瓦去探望阿莫切可。

阿莫切可经过一夜高烧，脉象下沉，嘴唇乌紫，两颊潮红，气息微弱，已人事不省。斯补纽纽舍拉过他手臂时发现几簇暗红疹子，心里生出不祥预感。她忙命令护卫首领："快到城里去找那个疯子，派人到狮子山请大奚婆来。无论大奚婆怎样，只要不死抬也给我抬来！"

护卫首领疑惑地抬头看看斯补纽纽舍，又低下头去拱手，不敢动。

"怎么还不去？"

"哪个……疯……疯子？"

"被我除名的那个！别以为我不知道他和奚婆们藏在威楚城里。"

护卫首领面有难色，支支吾吾地说："如果出城遇到兹莫兵马，我们断无冲出去的可能。"

斯补纽纽舍取下拇指上的祖母绿扳指交给护卫首领："遇上阿莫沙蒂就据实说阿莫切可生病，她不会阻拦。"

护卫首领得令走到门口。斯补纽纽舍又叫住他："不要把阿莫切可生病之事告诉奉国大将军。"

罗罗斯丽眼中滴泪跪倒在斯补纽纽舍面前哭求哀告："夫人，让阿莫洛回来吧，我很害怕，我求求您。您没瞧见昨晚切可发病的样子，我快要被吓死了。他烧得浑身通红，汤水不进，不停地哭叫着喊我：'阿依，救救我，救救我。'我的心都要碎了，吃了这么多药都不管用啊，我该怎么办？后来他不说话了，小手揪着我衣服不停发抖，我吓得只有紧紧抱着他哭喊尖叫，我杀了草医，这该死的庸医！他救不活我阿么就要赔命！我的切可啊，双手双脚僵直打挺，眼珠上翻，嘴里流出白色泡沫，我吓得要死，恨不能替他去死！夫人，我求求您，求求您让阿莫洛回来，让他看看……"

"阿莫洛回来也于事无补。他是将军，现在在战场上杀敌。你让我去叫敌人莫打了，放将军回家能行吗？阿莫切可生病，我也很着急，只有医士和奚婆能救他。"

"夫人，我实在害怕啊。求求您，让我男人回来，我一个人受不了啦！阿莫洛是阿莫切可的阿纹，他只有一个儿子啊。"罗罗斯丽扑倒在地，哀痛号哭，长发像披毡上的流苏在蜷缩抽泣的身体上散开，已经白了一大半。

斯补纽纽舍命人将悲伤过度几乎昏厥的罗罗斯丽搀扶到隔壁房间休息，她亲自看护阿莫切可。多夜未眠、意识昏沉的罗罗斯丽虚弱地挣扎着，被女奴扶进房中灌下镇静汤药睡了过去。

阿莫蒲智背着收罗到的三七走进威楚府。想象过无数次的母子相遇场景并未发生，斯补纽纽舍侧坐在阿莫切可床头没有抬头看他，他目光在母亲身上停留片刻，就转移到静静躺卧的阿莫切可身上。

阿莫蒲智替阿莫切可把完脉，蹙紧眉头气愤地问："怎么拖延到此时才来找我？"

斯补纽纽舍被他的质问吓着了，不祥预感像迅速堆积起来的乌云占满胸膛："切可怎么样？救不活了？"

阿莫蒲智没理会她，他所医治的病人中，孩子病情最为凶险，变化极快，但及时治疗后大多能脱险，倒是老人病程延长，时好时坏，最易丧命。

"威楚府有多少人染病？"

"难道是瘟疫？"

"水井和溪流都投放药包没有？"斯补纽纽舍抓住阿莫蒲智的手，脸上露出恐惧焦虑神色，完全没有平日冷酷平静的仪态。

"不像瘟疫。染病的也不多，城内最多五六户人家十多人染病，已经死了七人，三个孩子四个老人。"

"阿莫切可会怎样？"

"用'还魂汤'吊命，每日用艾蒿熏蒸擦身。我没有人参，很难说。如果能醒过来，服用黄米粥，再配用汤药，兴许能活下来。"

"人参？我有，我有高丽参。"

"太好了，阿依。阿莫切可有救了。"

斯补纽纽舍回到存放贵重物品的院中，用随身佩带的铜钥匙打开一只红豆杉木箱子，包裹严实的锦缎盒子里空空如也。她明明记得有三支上好的高丽参放进锦缎盒里，钥匙由自己随身保管，怎会突然变成了空箱子，顿时慌了手脚，一口气打开全部红豆杉木箱子，大件的黄金饰品、珠宝玉石、瓷器丝绸都在，就是少了从高丽、印度、东瀛、蒲甘等地来的小件药物、香料和扣饰。

斯补纽纽舍召来院落服侍自己的奴隶们，发现少了两个女奴和一个男奴。两个女奴不可能接近她的身体和钥匙，一点机会都没有，但她们知道红豆杉木箱子里有贵重物品。那个男奴，她毫无印象。她留下男奴领头细细盘问，来威楚府至今她只召唤过两次男奴，被宠幸的男奴不知道红豆杉木箱子的所在和里面藏有何物。

男奴领头不敢抬头看震怒的斯补纽纽舍，他的头几乎贴在地面上，嘴巴里呼出的气息吹得地上的黄尘像有了生命般跳跃："阿夏曾服侍过夫人。他，他不见了。"

"阿夏？"斯补纽纽舍记得最后一次召唤男奴的夜晚她感到心神荡漾，莫名其妙地浑身燥热。那晚折腾了大半夜，她像腊月天贪吃田鼠还未进洞躲避的白头蝰蛇被男奴的竭力讨好冻住，一直沉睡到第二天日照当空。起床后她仍感觉头沉甸甸、混沌不清，像被人下了过量迷魂散似的全身酸痛，整天懒懒地躺在竹席上看羊皮书。如今想来，那晚情形最为可疑，更像是个圈套。两个女奴在饭食或者饮水中下了药，被选中的男奴趁机盗取了她身上的钥匙，他们合伙偷了名贵的小件物品，选择恰当机会逃跑。

斯补纽纽舍怒不可遏，如果女奴们下的是毒药，她早就命丧黄泉了。她下令将女奴和男奴的领头斩首以儆效尤，奴隶们吓得趴伏在地瑟瑟发抖。不多时，护卫们捧着血淋淋的两颗人头到奴隶面前训话。斯补纽纽舍经过这番折腾累得虚汗直流，没了精神，让人回复阿莫蒲智没有高丽参了，想到可怜的侄儿又悲又怕，靠在卧榻上默默流泪，竟睡了过去。

"阿莫洛！"斯补纽纽舍被凄厉的尖叫声惊醒。这让人听来可怖的声音像是邻院的罗罗斯丽发出的。

她想起重病的阿莫切可和高丽参，慌忙爬起来去邻院探望。

她以为自己睡了很久，其实不过很短时间。阿莫蒲智刚把艾蒿放置在铜炉上灼烧，屋子里的烟还不算浓重。罗罗斯丽扑在床榻上又昏厥过去，被女奴们扶向阿莫切可的房间。阿莫蒲智专注于堂弟的病情，没注意到羞愧的斯补纽纽舍站在门槛外不敢进来。

阿莫蒲智失望地把手里冒烟的艾蒿交给女奴，看来只好用三七汤替代，但效果并不见好。

"切可怎么样了？"斯补纽纽舍小声问儿子。

阿莫蒲智面无表情地从她身边走开，没搭理她。

她追上去，抓住他的手，忧伤地问："切可到底怎么样了？"

阿莫蒲智在斯补纽纽舍脸上看到了女人无助害怕的眼神，心软了，说："他又发作了一次，烧得像滚水一样，抽风间隔越来越短，又吐又泻。"

"怎么办？"

"我让人去土司府取人参，恐怕赶不上了。"

"蒲智，这是你阿恩唯一的血脉，无论如何要把他救活。"

"没有药，天神也救不了他。"阿莫蒲智不想骗她。

"天神？"斯补纽纽舍说，"我怎么没想到呢？护卫，快去把城里的奚婆都找来，日夜为阿莫切可诵经祈福。"

阿莫蒲智摇摇头，默默地退出房屋。

夕阳像充血的眼球不怀好意地瞪着拼杀了两夜又三天的两位将

军，它看穿了他们用尽力气拖延的良苦用心，久久不肯下山。它把周围的云霞和山岭染得红艳艳的，像是要把秘密到处渲染传播。最终它厌倦了观看苦撑下去的打斗游戏，困乏地沉到青山底下去，顺手把天空的蓝色被单一把扯了下去，夜立刻黑得密不透风。

阿莫洛手臂酸麻得举不起青铜长矛，趴在马背上呼哧呼哧喘粗气。沙里曲木咬牙强撑着身体坐直，他实在打不动了，就算是切磋打斗，他都无力把点位找准，弯刀像漂在水面上轻飘飘地毫无准头。

"奉国大将军，您真是老当益壮，令人佩服。"

"你也不弱啊。现在可以一刀砍下我脑袋了。"

"不行啦，您就是再凑上前来，我也砍不了您脑袋，说不定还会把自己的脚趾砍掉。"

"哈哈。文武大将军，回去告诉沙蒂，明天狄惹木嘎领兵攻打。我是再拖不下去了，老骨头都散了架，不听使唤了。"

"后会有期，奉国大将军。"沙里曲木一抡马鞭，纵马返回营帐。

阿莫洛等沙里曲木的战马消失在山坡凹地，才骑马回到城下营地。迎着狄惹木嘎众多将士疑惑的眼光，回帐喝酒睡觉。

入夜，四野被无边无际的黑夜包裹住，只听见从旷野里吹来的狂风撕扯着军帐棉布。阿莫沙蒂把金虎符暂时交给阿莫驰达保管，如果她遇到意外，希望阿莫驰达把金虎符交给长子阿莫久支。她的小儿子流着眼泪说："阿依，您何必要亲自出马呢。"

阿莫沙蒂望着儿子手中黄澄澄的金虎符，若有所思地说："明天是个不寻常的日子，有些事是到了该了结的时候。"

"我不明白，阿依。"

"我已经是风烛残年的老人，做过不少傻事蠢事，也干了不少自己觉得骄傲的事。我一生只听从内心召唤，少有遗憾。人世间最难懂的不是战术、医药和治理方略，而是人内心的情感，特别是深沉又不得善终的感情。"

"没有比荣誉、智慧和胜利更重要的了。"年轻的阿莫驰达说。

"不，驰达，我不这么想。你前面是望不到边的道路，我已经能看见人生路的尽头了。"

"阿恩也这么想吗？"

"我不知道。我们很难了解自己，更难了解别人。"阿莫沙蒂停顿住，若有所思地说，"你阿恩是个内心极其丰富的人，他见过大海。"

"大海？"

"对，等打完眼下的这些仗，让他给你们好好讲讲大山外面的事。"

"阿依，"阿莫驰达手握金虎符，低下头不安地说，"我怕会让您失望。"

"如果我遭遇不测，我相信你能把金虎符交给你阿牟。"

入冬的清晨像汉人水墨画，天青色的烟雾妩媚地缭绕在密林和城楼间，赭红色墙角、青黑色屋檐下的铜铃被雾气冲淡了艳丽色彩。等天边青山外一缕金线般的晨光闪过，朦胧悠远的意境就被黄色光芒打乱，雾气消散，显现出山峦、草地和城楼来。

阿莫沙蒂骑在马上，只在腰腹部束了皮革铜扣饰，手提长柄刀，看着从对面斜坡上骑马冲来的熟悉身影。双腿用力夹住马腹，马靴后跟使劲顶着马肚子，作战经验丰富的枣红色大理马得了命令，像投掷出去的槊一般扑向越来越近的对手。

狄惹木嘎打马奔到坡脚，看清与他交战的对手竟是阿莫沙蒂，忙勒紧缰绳，收住长矛，呆立在原地。

阿莫沙蒂没有止住战马脚步，反而催促它全力向狄惹木嘎冲杀过去。掠过狄惹木嘎时，她大力向他劈砍，都被他本能地闪躲开。

"你就这么厌恨我吗？"狄惹木嘎强忍心碎的疼痛朝疯狂的阿莫沙蒂呼喊，她的刀法就像暴怒之下追打顽童的羊倌，毫无章法，破绽百出，却刀刀凶狠。

"是啊，我恨你，你为什么背叛我？"

"你不需要我了。你不见我，还把别的女人塞给我。"狄惹木嘎越说越悲愤，用长矛费劲地拆解阿莫沙蒂纷乱有力的刀法。

"我是大兹莫，你能给我什么？"阿莫沙蒂的刀儿乎削去狄惹木嘎的天菩萨，她毫不手软，抡刀再砍。

狄惹木嘎绝望至极，他大叫着，把手里的长矛舞得枪花乱飞，想要制服这个让他爱得神魂颠倒又痛不欲生的女人："我只能给你爱，比命还贵重的爱!"

阿莫沙蒂纵马上前拼杀,逼得狄惹木嘎几乎掉下马去,他佯装进攻,将长矛往刀法间隙处刺。两人胶着之时阿莫沙蒂忽然收住长刀,挺胸迎上,狄惹木嘎的长矛刺穿皮革铜扣饰插进她腹部,鲜血像龙泉眼冒出的泉水汩汩喷涌。她仰面从马背上跌落在地,发出沉重巨响。

狄惹木嘎来不及收势,眼看着手里长矛刺进阿莫沙蒂腹部,胸口像被铁锤重重地击打一下,脑袋轰然爆裂。他翻身滚下光溜溜的马背,连跪带爬地到了阿莫沙蒂身边,抱起她四处乱摸,不敢动插在血窟窿上的长矛,嘴里不成句地哆嗦:"你为什么不躲开?你这样干还不如杀了我。沙蒂,坚持住,我带你去找巴莫查查。不要害怕,不要睡着。我不会让你死。我从来没想过要杀你,我就是杀了自己,也不会杀你。我现在就带你去,你千万不要睡觉,不要丢下我。"

阿莫沙蒂喘息着伸出沾满鲜血的右手捂住他说个不停的嘴,微笑着说:"我打过你,现在你刺我一枪,我们扯平了。以前,以前,我老是怪你不懂我的心思,没有远见卓识。我,我从来没想过要去了解你的心思,让你快乐。我错了,带我回家去,我们回家吧。"

狄惹木嘎泣不成声,清鼻涕沾在唇须上。他不敢搬弄她流血的身体,又害怕她的血会流干,抱着越来越虚弱的阿莫沙蒂像个孩子一样坐在地上失声痛哭。

阿莫沙蒂中枪倒地的情形被阿加看在眼里,千载难逢的机会让他不等阿莫洛发出军令就抢起手中铁棒,嘴里叫嚷着打马向城外兵马扑去。不明就里的罗罗兵没听到阻止号令,也随他冲杀过去。

阿莫驰达见阿依被长矛刺中倒在血泊里,吓得目瞪口呆,又见野蜂一样密密麻麻的罗罗兵冲杀过来,大叫:"保护大兹莫!"举刀打马冲下坡顶。体力严重透支的沙里曲木来不及阻拦阿莫驰达,连忙打马跟了上去。

两股罗罗兵厮杀在一起,阿莫沙蒂看着周围喊杀声震天的族人,竭力劝阻:"不要打,不要自相残杀!"

狄惹木嘎怕刀剑、马蹄伤到阿莫沙蒂,使出全身气力用力拧断铁枪头的长木柄,抱起昏迷过去的女人冲出乱哄哄的拼杀地。他把阿莫沙蒂轻轻放在草地上，抢下一匹战马把垂危的女人横放上马鞍，跃上马背将她抱在怀中，左手握住缰绳，催马爬上山坡准备进城。

阿莫洛骑马横刀站在山头冷冷地望着狄惹木嘎，只要他一出手，阿莫沙蒂即可手到擒来。

"她快不行了。"狄惹木嘎泣不成声地央求阿莫洛，"我要带她去找奚婆。放过我们吧。"

阿莫洛面无表情地盯着不断流血的阿莫沙蒂，不言语，也不让开。

狄惹木嘎咬牙打马冲过去，从阿莫洛身边掠过时，大将军依然保持岿然不动的姿势，黑色的察尔瓦像旗子般翻卷飞扬。

快到城门，阿莫沙蒂突然苏醒过来。她脸色灰白，眼里露出凶恶怨恨的光芒，双手攥住狄惹木嘎的布衫，拼尽全力说："我不进城！你杀了我吧。"

"我要带你找到阿莫蒲智。他能救你的命，他和奚婆都在城内。"

"让他来见我，我是大兹莫！"她见狄惹木嘎不肯听话，用手握住插在腹部的枪头说，"你胆敢再往前，我就死在你面前！"

狄惹木嘎慌忙勒住缰绳，停止向前。他将阿莫沙蒂抱在怀里，被她不停流淌出来的鲜血吓得六神无主，抱着头呜呜咽咽哭泣起来："你想让我怎么做？你想让我去找谁？"

"去找阿牟。"

"我带着你去不了，我不能离开你。"

"我等你回，回来。"

"不，我一走开你就会睡着，再也醒不过来了。"狄惹木嘎望着脸色越来越灰败的女人，心疼得狂乱起来，仰头大叫大喊，"救命啊，救命啊，谁来救救我们！"

两个罗婆女人听到声音跑出来探头探脑地看，见有人负伤，忙从家中拿出棉布和热水。狄惹木嘎请求她们照顾阿莫沙蒂，帮他找到奚婆。年长的女人说正有奚婆在家中给老人治病。狄惹木嘎抱起再次昏迷过去的女人随她去了家中。

两个奚婆正准备离开，见又有伤者进来都围拢过来。两人看了看伤者，惊讶得叫出声来："大兹莫！"

"求求你们救救她。"

"你不能把她带到威楚城里来。如果让夫人知道，她会把大兹莫软禁起来当作人质以令大军的。"

"我去找阿莫蒲智。请奚婆们照顾好她。"

"阿莫蒲智被请进威楚府里，已经去了三天，不见出来。"

"那我就进府里去找。"

"好吧，你也是他们的人。"狄惹木嘎面上一红，望了望紧闭双目的阿莫沙蒂，低头离开。

狄惹木嘎急匆匆往威楚府赶，距离府门不足百步的土木房子前见有人正在垂首落泪，身穿灰袍的样子十分眼熟。他停下来仔细打量，正是阿莫蒲智。忙上前去一把攥住阿莫蒲智的手，拖拽他往回赶。

无力救活阿莫切可的阿莫蒲智正在悲伤，突觉有人抓他，情绪失控地在地上乱摸，捡起块有棱角的土石砸在来人头上。狄惹木嘎前额被砸得流出一股鲜血，他松开阿莫蒲智的手，不由分说，一把将灰袍人横扛在肩上大步向罗婆女人家里跑。

阿莫蒲智心里惦念着阿莫切可，不肯就范，在狄惹木嘎肩头踢打挣扎。狄惹木嘎边抹着拦住视线的鲜血边喘着粗气说："阿莫沙蒂要死了！你别乱动。"

阿莫蒲智吃了一惊，挣扎得更猛烈了："你放我下来，跑得快些。"

两个男人披散头发在长巷里疯跑，有事出门的族人被撞得跌跌撞撞，女人装着豆子、草纸的篮子被撞飞几米远，吓得大叫大喊起来。狄惹木嘎在巷子里转来转去跑了一阵，忽然停住脚步迷茫地四处转圈。阿莫蒲智喘着气追上来问："你不会这时候突然迷路了吧？"

狄惹木嘎不理他，急得团团乱转，四处张望。阿莫蒲智瘫坐在地上，只顾大口喘气，一句话也说不出了。

正在沮丧，原先碰上的两个罗婆女人慌慌张张地跑过来拉住狄惹木嘎："还不回家去，病人快死了。"

狄惹木嘎和阿莫蒲智心急火燎地跟着两个女人穿过纵横交错的巷道，找到了阿莫沙蒂。

阿莫蒲智看到奚婆们已为阿莫沙蒂清洗伤口，取出枪头，敷上创口愈合的草药，替她包扎好伤口。奚婆们说并未伤到要害，只是流血过多导致昏迷，这才稍稍放下心来。

"要连夜把她送出城去，夫人就住在城里，如果她知道沙蒂在城里就麻烦了。"

狄惹木嘎点点头："我一步也不会离开她。"

阿莫蒲智说："我要留下来。尼冒兵败，形势非常不妙。不过威楚府里今天是个不幸的日子，恐怕他们暂时无心理会别的事。说不定将有一场变故。大奚婆受阿依相请出了狮子山，我担心你们会错过。"

狄惹木嘎一心惦念着阿莫沙蒂的伤情，没听他絮叨，出门寻找马车去了。

31

阿莫洛带着将士得胜回城，马蹄踏碎了湖面般的平静。他脸上没有喜色，嘴角下垂，反而多了几分忧伤。阿加以为他对沙里曲木救起阿莫驰达逃走、狄惹木嘎救了阿莫沙蒂不知所终的事耿耿于怀，一路上不敢表露出兴奋激动之情。

进了城门，阿莫洛只是让阿加带着罗罗兵回兵营安歇等待军令，说完就骑马回了府门。

阿加等他走远，愤愤地说："拼杀了数天，连赏酒的话也不说一句，白替他们卖命。"带着困倦得东倒西歪的罗罗兵回兵营歇息，等缓过神来，点燃篝火喝酒烤肉，通宵达旦地狂欢。

威楚府与往日不同，寂静得可疑，一群黑鸦从楼门屋脊上飞起，空气里留有羽毛和鸟粪的气味。青白色的天空淡得分不出底色和云朵色彩。阿莫洛感到隐隐不安，无数次离家、回家，从来没有如此让他心慌胸闷的不祥之感。到了府门，阿莫洛跳下马，忍不住快步跑上台阶。门口护卫见到阿莫洛都慌忙避开眼睛，垂下脑袋，不像迎接战胜归来的将军，倒像是做了什么错事愧对将军。

阿莫洛心里打起了鼓，莫非是斯补纽纽舍出事了？他大踏步经过自家院子往隔壁院子来，忙碌着准备白幡、草纸和祭品的女奴们停下手中活计，错愕地呆愣在原地。

阿莫洛看到白纸麻布，心又乱跳起来，克制地问："出了什么事？夫人呢？"

女奴们被他的问话吓得哆嗦，悄悄向后移动脚步："夫人、夫人在将军夫人院里。"

斯补纽纽舍在自家院子里？这是从来没有过的事。莫非是罗罗斯丽又打死奴隶了？阿莫洛转身回到隔壁小院内。一跨进拱形门，小院里低声哭泣和忙碌于丧事准备的奴隶们让他心里一沉，难道是斯补纽纽舍杀了罗罗斯丽？

他晕头转向地找不到人问，每个人见到他都像躲瘟神一样。他无法克制内心越来越强烈的惊惧，烦躁地大声叫嚷起来："究竟出了何事？"

"将军！"身穿兹莫家族隆重服饰的斯补纽纽舍形容憔悴地走出门口，泪水像山涧溪流从眼里流淌出来，挂在下巴滴滴答答，水帘子似的，"快进来看看阿莫切可。"

阿莫切可？阿莫切可怎么啦？他离开家时，儿子欢蹦乱跳地扯着他的察尔瓦要跟着去打仗。他许诺等打了胜仗，就送给儿子一匹纯白色的大理马。儿子把他送的小弓弩斜挎在背上，拉着他的手出府门，乖乖地望着他上马，挥舞胖乎乎的小手笑着说："阿纹，得胜，得胜！"阿莫切可是他的骄傲，是他一生的最大荣耀，任何胜利都无可比拟。阿莫洛的膝盖发酸，小腿软得打绊，他越想快点进入房间越是走不动，看上去显得磨磨蹭蹭，犹豫不决。

"将军，快点啊。"斯补纽纽舍忍不住伸手来拉他，催促他。

阿莫洛咬牙奋力迈出双腿，感觉像走在齐腰深的水里，有股向后拽他的力气非常大。他走不快，使出多大劲才能向房门移动一步。

好容易走到房门内，身如铁塔的阿莫洛只往床榻上看了一眼，像是耗费了他打仗所剩下的全部力气，背脊流出冷汗，虚脱地瘫倒在地。

奴隶们慌忙把他扶起，身上的甲胄硌得全身疼。身体变软了，套个硬壳有什么用。他看到目光呆滞、紧紧抱住阿莫切可小身子的罗罗斯丽，她不向他看一眼，仿佛完全不知道阿莫切可的阿纹——她的男人回来了。

"切可，切可。"阿莫洛糨糊般浓稠的泪水模糊了视线，下巴抖个不止，喃喃自语着想从罗罗斯丽怀中抱孩子。

坠入绝望虚空里的罗罗斯丽只想永远地怀抱儿子，突然感觉有人要抢走自己孩子，眼神涣散，凄厉地尖叫起来，左手不停地扑打来人，右手死死抱住孩子，像是掉进深潭里不会凫水的人。

斯补纽纽舍急忙把阿莫洛拉到一边，哭着说："切可往生一天了，罗罗斯丽就这么抱着不让人碰一下。"

"为什么不派人叫我回来？"阿莫洛不看斯补纽纽舍，直愣愣地盯着阿莫切可耷拉在罗罗斯丽腿边两条软绵绵的小腿。

"我派人去了，你正和沙里曲木交战。怕你分心受伤。"

"你就不怕我见不到孩子伤心更重吗？"阿莫洛咬着牙齿，满眼怒火地瞪着她。

斯补纽纽舍见向来性情温和的阿莫洛瞬间把她当成仇敌，心灰意冷地松开他手臂，用丝绢捂住想要哭叫的嘴出了房门。

阿莫洛摇晃着沉重身体走向罗罗斯丽，他张开双臂把自己的女人和孩子搂抱在怀中，脸埋在她披散的白发里哭泣——这个为孩子付出一切、不足五十岁的刁蛮女人几天之间头发全白了。

罗罗斯丽被丈夫的拥抱和泪水融化，她的脸摩挲着他皮肤松软的颈项，轻声说："你终于回来了。"

阿莫洛哽咽着点头："我回来了。"

"我们的小切可被祖灵接走了。"

阿莫洛闭上眼睛，痛苦地张大着嘴无声号啕，泪水汹涌而出，浸湿了罗罗斯丽的右边白发和肩膀。

"我也要走了，阿莫洛。"罗罗斯丽轻飘飘的声音更像一声长叹。

阿莫洛没听明白她说的话，只用大手痛苦地捏揉她双肩，不敢触碰到儿子早已冰凉的身子。罗罗斯丽突然闷声闷气地呻吟起来，向后仰去的面容现出从未有过的柔美光泽，似乎陶醉在热烈美妙的臆想里。她右手已经放开孩子捂住左胸口，上面插着一把他送给她的白玉手柄匕首，鲜血汩汩冒出。

阿莫洛惊慌地摇撼着眼睛缓缓闭上的女人："罗罗斯丽，罗罗斯丽，你怎么啦？"

罗罗斯家的女人傲慢执拗地倒在床上，一大一小的两具尸体紧紧依偎。阿莫洛不敢相信自己的眼睛，他见过无数死人，唯独这次让他无法承受。他僵坐在床边，耷拉着脑袋痴痴地看着这两个生命中最重要的人离开自己，一个比自己小十四岁，另一个只有自己年龄的零头。"我才该死啊，为什么死的不是我？"阿莫洛守着他们，他们一家从来没有如此不受打扰地在一起。

阿莫洛抱起女人柔软却已失去生命活力的身体，心痛地感到一切都来不及了。他以为他们还有很多时间在一起，以前总觉得跟罗罗斯丽在一起的时间让人烦恼，有时候小孩子也很烦人。现在时间又太快了，一眨眼，吵吵闹闹的他们就离开了自己。他还没准备好就被孤零零地扔在了荒漠雪野般的人世间，天塌地陷、撕心裂肺的感觉让他难以理解。他以为自己从未爱过罗罗斯丽，只是为了阿莫家支的昌盛，他们不得不联姻度过平淡一生。现在痛彻心肺的感觉特别不真实，就像他一直生活在斯补纽纽舍的生活里，回头看自己的世界时，它已分崩离析、支离破碎，无法弥补。

他呜咽着发自内心地挽留她："不要丢下我，我不想一个人活着。"可惜她听不见自己最想听的话了。

罗罗斯丽和阿莫切可合葬在薇溪山中，坟前栽有两大蓬正在盛开怒放的杜鹃花。阿莫洛久久站在坟前，恍如一场美梦刚刚醒来。

斯补纽纽舍听说狄惹木嘎刺杀了阿莫沙蒂，半是心疼担忧半是欣喜激动。她期望阿莫洛能早点从哀痛中走出，这正是反攻土司府的最佳时机。

然而她的算盘全落空了。阿莫洛在薇溪山的两座新坟前待了七天七夜，回到威楚府时像变了个人，他不理会斯补纽纽舍的哀求和柔情，轻轻拂去沾在衣袍上的落叶，像隔岸看繁花那样看着斯补纽纽舍说："我老了，打完那场仗耗费光了我所有精力。我不会为任何人、任何事打仗了。"

"你连罗婆部落的存亡都不关心了？"斯补纽纽舍流着泪追问，她感到追随她近半个世纪的阿莫洛心中竖起了她再也焐不热的层层冰川。他冷酷厌恶的目光明明白白地说着他抗拒她，甚至憎恨她。

"没有家，哪来的部落？"

"不，没有部落，哪里来的家？"

"一个男人、一个女人和孩子，就是一个家。不管部落还是城郭，朝代总在更替，政权不断易人。我是谁？我的女人在哪里？我的孩子呢？我的家没了。"阿莫洛眼神飘忽地看看她，闪现出最后一缕柔光，"斯补纽纽舍，你一直活在阿莫基蒲的世界里，我却一直活在你们的世界之外。"

阿莫洛向府门外走去，斯补纽纽舍拉住他衣袖哭泣着问："你要去哪里？你也要丢下我吗？"

"我丢掉了自己，要去找回来。你好生保重，我再也帮不了你了。"阿莫洛用力扯下被她死死攥住的衣袖，头也不回地离开威楚府。

斯补纽纽舍揪住从衣袍上脱落下的衣袖蒙着脸，站在空荡荡的院落里号啕大哭。

这是个绝好的反攻机会。可没有人能帮她。她哭了一阵，擦干眼泪去了营帐。一切都会好起来的。只要熬过最艰难的现在，到了大理，她就能得到有力支持和保障。

营帐里狼藉一片，酒气飘散，正在发生剧烈群斗。

"住手！"斯补纽纽舍尖厉的声音湮没在刀枪戈戟的撞击声中，无人听从号令。

阿加赤裸上身与阿莫洛旧部的千户扭打翻滚在地上，不少受伤的罗罗兵躺在地上呻吟，喝醉酒横冲直撞的兵丁东倒西歪、骂骂咧咧。将士们衣衫不整、蓬头赤足，满嘴胡话，一语不合就拔刀相向，全然不顾军规军纪。

没人理会斯补纽纽舍声嘶力竭的号令，她手里没有调动兵马的金虎符，她不是土司。她只是个从未握过兵器的女人，战场从来就不是她的地盘。她含泪怅然踉踉跄跄地回到府中，发现奴隶们全跑光了。

302

"这是反攻的好时机。明天，等明天我就去找阿加。"斯补纽纽舍痛苦地喃喃自语。

灰黄色的风刮过威楚府，空旷院落和房间发出呜呜的回响。斯补纽纽舍从未经历过如此难熬漫长的夜晚——即使失去丈夫的那段时间，她还有母亲、儿子、女儿在旁劝解安慰，还有愿为她付出生命的阿莫洛。现在死一般的寂静比钻进骨缝里的冷更叫她难受。没有人，身边一个人也没有，一双儿女要消灭她，奴隶们跑了，阿莫洛走了。死的死，散的散，再没有高低贵贱之分，所有一切，只有她一人独享。

次日清晨，躺在横七竖八的罗罗兵中间的阿加被人摇醒，看到了疯婆子般的夫人。她白发凌乱，眼神疯狂，黑袍沾染黄泥，没涂脂粉的面容皱纹密布，像一张布满黑点的蛛网。

"阿加，现在是杀死阿莫蒲智的最好时机。我知道你恨他，他抛弃了你阿依和你。他为了荒唐的土司之位，抛弃了你们母子。我可以帮你杀了他。"

阿加笑了："你？你拿什么帮我？你为什么要帮我？阿莫蒲智是你骨肉至亲，我是你最痛恨的黄骨头。"

"你带领余下的罗罗兵，我们去大理。段世总管给我回信了，他会让我们拥有独立部落，像从前一样。"

阿加拔出右腿绑带里的匕首抵在斯补纽纽舍脖颈间，恶毒地诅咒她："滚开！你这个疯婆子。我不会回到大理国去，你想恢复旧制，为你们高贵血统建造独立王国。到时候，我们这些血统混乱的黄骨头又会被你们驱逐残害。"

斯补纽纽舍挺直身子向刀尖上一送，吓得阿加赶紧缩回手。斯补纽纽舍脖颈上已被戳破肌肤，冒出血珠来。她喉咙里滚着笑声，双目含着泪花逼视阿加："你不帮我，就杀了我。你血管里也有阿莫家的血液，你杀了我！"

阿加跳起来，离她几步远，拍打着身上土尘，不屑地说："你疯了，疯婆子！"

斯补纽纽舍继续纠缠他："快把兵马集合起来跟我走！"

"你的奉国大将军呢？"阿加躲闪着她，跑到更远的地方说，"他的旧部我可号令不动！你有金虎符吗？你是大兹莫吗？你什么都不是，凭什么号令军队！"

斯补纽纽舍被一连串的反问击中要害，颓废地坐在地上喃喃自语："这是最好的机会。阿莫沙蒂受了重伤，沙里曲木被阿莫洛战败，我们占领了威楚府，只要拥兵围困土司府，罗婺部落就在我掌控之中。我们西进大理，联合斯补部落、阿华部落、芒部部落、东川部落，还有其他很多部落坐等明军把梁王赶出云南，然后以合围之势与明军对峙，逼退汉人，偏安一隅。过着部落间相安无事，拥立云南王的割据自主生活……"

阿加丢下没用的、只会说疯话的老太婆跑回罗罗兵营里探听阿莫洛消息，阿莫洛旧部万户、千户们都茫然不知奉国大将军的去向。他们吵吵嚷嚷向威楚府打探消息，只看到人去楼空的凄凉景象。

"奉国大将军的儿子和夫人全死了。"老门首从门楼僻静处走出来，"奉国大将军走了，老夫人也走了。"

"老夫人没走，她让我号令大家去投奔大理。"阿加站到台阶高处说，"我不投奔大理。我是黄骨头，就是要砸烂旧制的。我要去投奔汉人，跟随他们建立新国度。可有愿往的随我前去！"

阿加的话像冷水滴落热油中——炸开了锅。群龙无首的罗罗兵七嘴八舌地议论开了，像群在滇朴树叶里窜来窜去抢食的麻雀，聒噪得令人心烦。

万户头激动地挥舞手中弯刀，大声说："我们跟随奉国大将军戎马一生，出生入死，如今大将军心灰意冷不要我们了。我们背叛大兹莫回不了罗婺部，不如奉行大将军给我们指的路——护卫老夫人投奔大理！我们是罗婺人，绝不与违反族规的黄骨头混在一起。"

"对，对，不跟贱民混在一起！"

阿加被失去主张的罗罗兵推搡着，有人对他拳打脚踢，还有人向他吐口水。他被人推倒在地，无数拳头、脚踢打在身上。他抱着头，把身体曲蜷起来，任由蔑视、仇恨、狂暴、绝望雨点般砸在身上，沉默坚忍地抵抗着与生俱来的粗暴对待。不知谁抡起了木棒朝他耳朵重重打了一下，他顿时感到热浪像地下温泉从耳朵眼里喷涌出来淹没了周围疯狂的叫嚷声。眼前一片血红，模糊的血影子像从黑暗中走出来的恶灵不停晃动。痛楚渐渐减少，阿加感到恶灵从阴冷之地带来了冷风，紧紧包绕着他。他打着寒战，哀伤地轻声呼唤："阿依，阿依。"

沙里曲木和阿莫驰达带领七千余兵马隐蔽在距离威楚府不远的碜碌山中，久等不见阿莫洛的兵马向罗婺土司府进发。他们脱下戎装，扮成打柴换盐的樵夫进威楚城打探消息，才知道斯补纽纽舍的强大军队因阿莫洛离开而树倒猕猴散，成了一盘散沙。兵丁们不愿跟随斯补纽纽舍和万户头投奔大理的大都解散回乡，只有不足百人的千户头守着威楚府终日饮酒滋事，闯进平民家中抢劫粮食、肉类和器物，成了人人恨而不敢反抗的城中祸害。

阿莫驰达和沙里曲木暗自高兴，决定立即起兵夺回威楚府。醉醺醺的千户头见闯入威楚府的沙里曲木以为见了鬼，涕泪泗流地趴地磕头求饶命，早就觉得无聊的兵丁们纷纷解甲投矛，愿意归降。阿莫驰达不费一兵一马重新夺得威楚府，并从亲信随从中选拔骁勇善战的千户头担当威楚府总管。

不到一天时间，阿莫驰达派人打听到斯补纽纽舍残兵去向，得知三千多罗罗兵拥护她出了镇南州府进入大理境内，追赶不及，心中牵挂受伤的阿莫沙蒂，只好和沙里曲木一同带兵回土司府去。

32

阿莫蒲智送走狄惹木嘎和阿莫沙蒂，继续留在威楚城中替人医治。奚婆们往水源地投掷药包，隔离病患集中治疗，伤寒坏症渐渐被控制住，没有更多人家染病。病者中除了五人反复发作，低烧不断外，其余十七人都已慢慢好转，能喝粥汤，身上有了气力。

病好之后的平民日子并没有好起来，他们甚至比害病前更不敢出门。阿莫沙蒂兵败，阿莫洛失踪后威楚城里散兵像无头苍蝇四处乱转，只要出门上街就必遭抢劫，女人们更是包裹严实，往脸上涂抹黑灰躲在家中，不敢轻易开门放进生人。阿莫蒲智和奚婆们打算去威楚府教训一下这群乌合之众，他们不通刀剑之术，只能依靠天神的力量。正在商议对付罗罗散兵的计策，忽听从街市回来的族人说起威楚府门口聚集了几千罗罗兵在那儿争吵不休，快要打起来的架势。他和奚婆们赶到威楚府门口时，那里早已没有人影，只剩下躺在府门口台阶上一个血肉模糊已经不能动弹的人。他们把不知是死是活的血人翻转身子，阿莫蒲智看清了这个人的样貌，猛地一激灵，扑上去把他抱在怀里，没来由地觉得寒气上升，冷得下巴不停地抖动，说话困难。

阿莫蒲智背着昏迷不醒的阿加回到族人家中悉心调养，好在阿加年轻体壮，伤情并无大碍。次日清晨，阿加苏醒过来，想吃烤肉。阿莫蒲智喜滋滋地去猎户家换取，返回来时，阿加不见了。阿莫蒲智知道儿子不会原谅自己，只是担心他受伤未愈，在威楚城里等待两天，不见阿加回转，料他必定向北迎接朱元璋大军去了，只好先去狮子山探望巴莫查查和阿莫沙蒂，再想办法。

行至禄丰一带，听说阿莫驰达和沙里曲木的兵马将从河西经过，阿莫蒲智在当地族人家住下，边为族人医治边等待大军到来，节省脚力，又多些平安。

阿莫沙蒂被狄惹木嘎送到狮子山中，却在路上与巴莫查查错过。幸好洞中懂得医术的奚婆不少，阿莫沙蒂在此疗伤，又得狄惹木嘎悉心照料，伤势恢复得很快。

阿莫沙蒂问狄惹木嘎："你可还记得遇仙洞？"

狄惹木嘎熬好了粳米粥汤，粗笨的手指端不住光滑小巧的漆木碗，索性把粥碗放在膝盖上，边吹凉边喂给她吃："自你大婚后，你就没去过。我每月总要到里面住上几天才感觉踏实，怎会忘记。"口气平静，没有从前的嫉恨幽怨。

阿莫沙蒂乖顺地吃下半碗粥汤，不想再吃，斜靠在木枕上望着他说："我自以为我们分不开，无论我嫁给谁，我阿莫沙蒂都是你狄惹木嘎的女人。可后来慢慢变了。不是我们的心变了，是本来我们就是不同的两个人，终会露出自己的真实面目。我是阿莫兹莫家的女儿，兹莫女儿生下来就是要嫁给其他兹莫家族的，为了壮大部落联姻而生，无可抱怨。"

狄惹木嘎安静坐在她身旁，侧着脸微笑，不说话。

"我想了很久，如果没有阻碍我们结亲的家支制度，我们会不会一直好下去。我不确定，你和我有太多不同的东西，落在我身上的责任，注定会把我从跟你私奔的路上拉回来。我们不能在一起是祖制限制，但能不能一直在一起跟祖制族规没关系。"

狄惹木嘎握住阿莫沙蒂的手，淡淡地说："我晓得，你不用说。"

"我不说，你不会懂。你永远无法体会兹莫家中长大的孩子需要多坚强，有多孤独。我一直埋怨你气量狭小，目光短浅，只能装山洞，不能装部落，不愿与你发生争执，慢慢疏远你。那天看到你从对面山头冲下，我才懂得你的绝望。你想尽一切办法，拼尽一身力气，最后用命来博取的不过是我对你深情的回应。你没有我这样的身世，自然不会有这般复杂的感受，无法理解我的做法也在情理之中。我若是你，也未必做得如你这般好。"阿莫沙蒂眼眶通红，泪水浸泡着的眼睛明亮透彻，如同有束光照耀在脸上。狄惹木嘎俯过身去，将含泪的女人整个地拥入怀里。

入冬的山林越发清幽寒冷，伤情渐好的阿莫沙蒂整天困在山洞中心情烦闷，不时有明军入滇的消息传来，令她更加无法静心养伤，常常催促狄惹木嘎带自己回土司府去。狄惹木嘎拗不过她，又护送她回到武定万德土城。

阿莫沙蒂收到贵州土司奢香的信笺，得知明军征南将军颍川侯傅友德、左副将军永昌侯蓝玉、右副将军西平侯沐英亲率大军自辰、沅入贵州，克普定，下普安，将要进兵曲靖。奢香不愿水西族人血染沃野，承诺世代子孙不滋生事，凿壁开路，迎接明军，已被朱元璋封为"顺德夫人"。奢香在信中言明天下之事于式微小族者，顺逆皆无碍于大势，然对族群部落而言，既可是浩荡洪福，亦可是塌天大祸。何去何从，要及早决断，以免情形被动，无益于长远。

想到年少于自己二十多岁的奢香有此共通心愿，阿莫沙蒂心里多了几分暖意。阿莫沙蒂猜想奢香有如此决断其因有二：奢香正值青春，年仅二十三岁新丧丈夫承袭职位，从四川永宁嫁入贵州水西，少有藤萝织网的利弊权衡和瞻前顾后的犹豫徘徊；她年少志高，有着一腔子热血澎湃，不惧夫家族人阻止反对，只管奔着目标去，若是失败大不了带着儿子回四川永宁，总有去处。阿莫沙蒂已是年过不惑、执掌罗婺部落二十多年的女土司，生长于斯，沉浸于血脉织就的阶层巨网中，深知牵一发而动全身的惨痛后果，事事力保平稳，处处求得心安，不愿伤人误己，跨出每一步都无比艰难。此中苦楚无奈，奢香怎会明白？

"是时候做出决断了。"阿莫沙蒂强忍腹部疼痛咬牙坚持下榻行走，几次疼得晕倒在狄惹木嘎的怀里。

阿莫蒲智和巴莫查查前后脚回到土司府，沙里曲木、阿莫驰达前来复命，交还号令军队的金虎符。

议事厅里气氛沉重，女奴们添加了两次木炭，微甜的糯米酒凉了又温。阿莫沙蒂环顾四下，低垂下眼帘说："如今大势已明，要降要归，都宜趁早决断。这于罗婺部落来说，实在是迫不得已。自笃慕分封六国各自为政，及至爨氏施行鬼主，称雄一时。滇国没落，为秦、汉所灭，设立郡县，屯兵垦田。后为西晋之宁州。唐扶持六诏归一，而成南诏国，大理国段氏向宋称臣纳贡，受封大理王。元囊渡江之后，父辈曾多做牺牲，终是难挽狂澜。如今大明三十万大军从四川、贵州沿江纷纷而下，老夫人欲作以卵击石之势维护旧制，我则要保全家支部落免于涂炭，归顺大明。诸位皆是家支英才、部落栋梁，何去何从，沙蒂自当尊重。"

众人皆沉默不答。巴莫查查不时发出的剧烈咳嗽声更增添了屋内揪心的压抑感。炉间燃烧的木炭炸裂，火星乱迸，扰得人烦躁不安。狄惹木嘎将漆木碗中米酒一饮而尽，重重地将碗置于木桌上说："我不管他人，只听大兹莫号令。"

沙里曲木左右顾盼，拱手说："大兹莫悲悯仁厚，乃罗婺之福。末将一介武夫，愿听调遣。"

巴莫查查捂着胸口，费力地摇头说："我要出去透透气。"得到阿莫沙蒂的首肯，才挣扎着站起，拖着病弱的身体走出议事厅。

阿莫久支、阿莫驰达、加巴惹、安慈、阿利具向阿莫沙蒂拱手，异口同声说:"愿遵大兹莫之命,保全罗娑。"

阿莫蒲智长叹一声,让女奴用烈酒换下糯米酒,像个局外人自斟自酌,举碗畅饮。

其后七日内,阿莫沙蒂发出三道命令。加巴惹与阿莫久支广集粮草千石、肉类和奶制品五十垛,以备救济曲靖大战之后的明军。阿莫驰达、安慈率部打通武定经中庆至曲靖的道路,以便运送粮草之用。沙里曲木和狄惹木嘎率三千罗罗兵驰援明军曲靖恶战,以表投诚之心。

出征前夜,酒醉熏熏的阿莫蒲智进入土司楼。喝过汤药的阿莫沙蒂斜靠在木椅上看《治国论》,陪伴在她身边的狄惹木嘎在打磨随身的牛角匕首。两人见他进来,都露出惊讶之色面面相觑。

阿莫蒲智拿出金葫芦项链交给阿莫沙蒂,在木椅下席地而坐。

阿莫沙蒂不解,问他:"阿牟,你拿此物给我做什么?"

"金葫芦本是阿莫兹莫家的传家宝,是传给兹莫继承人的信物。你要选阿莫久支还是阿莫驰达袭位,要把此物交给他。我是被家支除名的人,留着无用。"

"如今罗娑部落前景堪忧,你倒有心思想这些。"

"世事如何变化,天神自有安排。既然是阿莫家支祖制,还是应当还给家支。"

阿莫沙蒂转手将金葫芦项链交给狄惹木嘎,狄惹木嘎愣愣地不敢接:"你想让我当兹莫继承者?"

阿莫沙蒂"扑哧"笑出声,扯到腹部的伤疼得她又蹙紧眉头,倒吸一口冷气。狄惹木嘎连忙上前扶住她,不解地问:"你又拿我取笑?"

"你倒想得美。我是让你去征战时要找到阿加,全力保护他。他是阿牟的骨血,你把金葫芦交给他。"

"尼冒——"阿莫蒲智不知如何说,"阿加不肯原谅我,不会要金葫芦。"

阿莫沙蒂不理他转向狄惹木嘎:"听见没有?你不仅要保护他,还要让他收下金葫芦。"

"得令。"狄惹木嘎将金葫芦项链小心放进贴胸的衣袋里,里面还有一个阿莫沙蒂为他向巴莫查查求取的保命符。

"阿牟，你一心要打破旧制，传家宝之事倒还惦记着祖制。你难道看不出旧制将破吗？阿依能允许黑骨头贵族与蒙古官员、汉人流官婚配，就不怕血统混乱？为什么不让黑骨头跟白骨头婚配？昔年大元铁蹄踏遍有草的陆地，无人可挡，如今还不是让汉人赶到大漠去。无论朝代如何更迭，土地是不变的。守好这方水土以承衣食，不枉为一方霸主。其他，你我也管不了那么多了。"

"我是被家支除名的人，如今只是汉人胭脂商。部落之事皆与我无关了。"

"你是被除了名，但你身上的罗婆人血液是无法抹杀掉的。阿牟，现在是你我兄妹俩同心协力做点事的时候。"

阿莫蒲智望着阿莫沙蒂迫切的明亮眼睛，一下一下郑重地点头。

"阿牟，我们跟阿依之间的仗虽然失败了，结果却出乎意料。我听说了罗罗斯丽和切可的变故，很难过。我想到了天命，如果他们不出意外刺激到阿恩离开，阿依就有可能坐在这把白虎皮檀木椅上。难道我们费尽周折，牺牲上百名罗罗兵的性命还抵不过一场偶然事件吗？"

"这只是表象。乍看起来阿恩离开阿依是偶然事件，但从他放过你和狄惹木嘎来找我救命时，这个决定就深深潜伏在阿恩心里。罗婆部落是在阿依苦心维系下重新壮大的，也是靠阿恩一场场流血战役拼来的。他见过流血牺牲，看到过并肩作战的将士一个个倒下。罗罗兵多是平民，阿恩身为黑骨头将领，与白骨头罗罗兵在战场上生死与共，最能体会白骨头平民的疾苦伤痛。罗罗兵仰慕阿恩的英雄气概，一时分辨不清为小义和大义而战，到了伤及家族命运时终会幡然醒悟的。"

"阿恩走了，还有阿依在。王未动，不过是失去一名将领，断不致军心涣散崩溃。可阿依号令不动兵马，反而被万户拥为军旗而投大理，可见割据独立效仿南诏、大理国时期的过去再也回不去了。阿依只愿活在徒有其表的过去，只会被人抛弃。细想之下，我也感到后怕，倘若我听信阿依劝告，恐怕被命运泥流裹挟而去的就是我，而不是当下选择出路的罗婺部落。"

"尼冒，你才是天神选中的兹莫继承人。你这番话，让我觉得自己做个影子一点也不冤屈。"

阿莫沙蒂欢欣地望着阿莫蒲智，从枕边拿出一个金漆楠木盒子递给他。

阿莫蒲智打开盒子，里面是元顺帝赐给阿莫沙蒂的土司金印、虎符和诰敕，疑惑地问："你把这些给我做什么？"

"这些印信曾是阿依和我最为珍视的身份，现在不过是一坨金、一张废纸罢了。于我已经无用，你留着有用。"

"我留着有何用？"

"我已在和曲州府旁新建了一处别院，取名凤仪学院。专为你和通晓史籍的奚婆设立，学院不仅用于编纂史书，翻译蒙、汉、回文字的经书学术，还要以汉、爨双语教授族人。凡我部落未行成人礼者，无论贵族、平民、奴隶皆可在学院学习。你们要向巴莫查查大奚婆那样，除了传道解惑，还要四方游走，入苦寒之地为族人排忧解难。"

"这，这太好了。尼冒，他们会听一个汉人的吗？"

"阿依能将你除名，我就能给你新的身份。作为大兹莫亲自请入府内教学的汉人商鱼胜，我还要授你大学士之职，专司纂史通译和推荐文官。"

阿莫蒲智欢喜得不知如何是好，摇头晃脑地说："我今晚实在喝得太多了。"

阿莫沙蒂说完话向狄惹木嘎使了个眼色，继续捧书细读。狄惹木嘎陪阿莫蒲智到外间饮酒，直到夜深，两人才勾肩搭背离开土司府往狄惹木嘎府院去。沙玛芝娜早等候在门边，迎进两人给他们喝下醒酒汤才安顿睡下。

沙里曲木和狄惹木嘎率部临行前，巴莫查查带病为出征的罗罗兵举办法事，打卦占卜，言说此战必然旗开得胜。阿莫沙蒂坐在奴隶抬举的藤椅上为出征将士送行，想那青山连绵的背后必有一场凶险的厮杀，不由得忧心忡忡。

其时，碧绿的槭树叶遭受霜冻变成火红、鸭黄之色，犹如流动的染料渲染底色青翠的画布，铺陈在山峦之上、溪流两边，山河顿生妖娆妩媚之态，令人心醉神迷。明右副将军西平侯沐英却无心观赏风景，率兵疾驰，乘雾抵达白石江。又遣一支军队从下游悄悄渡过白石江，绕至蒙古兵背后发动进攻，与此同时明军主力也过了江，两面夹击，蒙古兵惊溃。

达里麻遣雷波鲁龙率蛇节亲卫队和大军临江顽抗，自己则带百余精兵另辟小路藏在山中，与明军拖延周旋。

雷波鲁龙誓死抵抗，不肯投降，被明兵斩杀于白石江中。沙里曲木和狄惹木嘎赶到之时，明军已在山林中搜寻达里麻数日。明军不识山中地形，常中林中机关、暗箭，损兵近百人。沙里曲木和狄惹木嘎分兵包围山前山后，循迹辨叶，嗅闻粪便之气，找到达里麻藏身之处，不费周章就生擒习惯在平原作战、不善丛林野战的达里麻。明军大破曲靖。

傅友德遣蓝玉、沐英率征南大军主力深入云南腹地，自己率领另一支明军沿格孤山往南支援胡海洋军攻乌撒。沙里曲木和狄惹木嘎随明军一同转战乌撒，又派人回土司府通报战况。

元右丞实卜聚兵赤水河抵抗胡海洋兵，听说明军向乌撒进发又带兵撤进深山密林中躲藏起来，无从追杀。如此多次反复，只要明军起兵进发，实卜就藏匿山林里；明军偃旗息鼓，实卜又带兵前来袭扰。明军只好筑城以待，实卜佯攻数次，芒部土官接到消息前来相助实卜兵。明军与之拼杀，使芒部土官折兵千余，失马五百，实卜又率残兵逃进密林深处。明军三路会合攻打乌撒得胜，一鼓作气攻克七星关，打通毕节，来到可渡河。

阿加一路追寻明军，到可渡河边搭棚等待。明军抵达可渡河时正逢枯水季节，河水并未造成阻碍，只是河对岸聚结了其他部落罗罗兵执箭怒视闯入地界的不速之客。明军试图劝解对岸投诚归顺，激怒了土生土长在此的罗罗兵头人。两军在可渡河交战起来，明军兵力压倒驻河不降的罗罗兵。阿加闻讯赶来，从苦楝树上攀藤而下，落到搭弩射箭的罗罗兵后用匕首割喉，扰乱阵形。明军见有机可趁，迅速渡河近身搏斗。一时之间，长矛弯刀，盾牌盔甲，青铜黑铁撞击之声响彻河谷，血花飞溅，惨叫不断。

胡海洋为防近身搏杀时不易辨认敌我，下令沙里曲木和狄惹木嘎所率罗罗兵列队在河谷峭壁之下防卫，命身披青黑色甲胄、束发于顶的明军在狭长的河谷中与裹布衣、兽皮、赤足的罗罗兵激烈打斗，杀声震天，尸横石滩，血水流进可渡河，很快消失在滔滔河水中。

狄惹木嘎注意到孤身深入罗罗兵的矫健身影，不敢确定就是阿加。几次要催马上前，都被胡海洋阻止："将军不可莽撞。两军交战正酣，纠缠甚紧，将军装束与叛军相似，贸然闯入只怕被将士们误伤。"

情形正是如此，阿加的体貌和装束与罗罗兵无异，不一会儿便被明军团团围住。他既要应对罗罗兵的刀斧，又要提防明军的长矛，渐渐地体力不支，手臂上中了两刀，鲜血蜿蜒从手腕处滴落。他一边号叫一边挥舞手中短刀，情形异常危急。

狄惹木嘎的目光一直紧盯着杀入罗罗兵里的族人身影，待看清是阿加无疑，顾不得胡海洋的阻拦，高喊阿加的名字，奋不顾身地打马冲进包围圈，砍伤两个罗罗兵后被绊马绳绊倒跌落在地。明军分不清乱作一团的罗罗兵群中的罗婺勇士，在将领催促下一拥而上围住罗罗兵乱砍。狄惹木嘎倒地后身中数刀，他竭尽全力地大叫着阿加。阿加奋力抵抗着滚落到他身边，连声答应："我在，将军。"

狄惹木嘎搂抱住阿加，重重将他压在身下。

罗罗兵被明军控制后，受伤不轻的阿加使幼推摇覆盖在身上的狄惹木嘎："将军，将军。"

狄惹木嘎的右手紧紧攥着阿加的左肩头，左手垂放在地上。明兵帮忙把狄惹木嘎拉开，沙里曲木将浑身是血的狄惹木嘎抱起来呼喊："木嘎，木嘎！"

狄惹木嘎的双眼半睁着，鲜血蒙住了右眼，牙齿紧咬不松开，似乎还在承受斩断生命气息的乱刀砍杀之苦。

阿加从肩头拉下他紧握的右手，里面掉出一串带血的金葫芦项链。

河谷里扬起明军胜利的呐喊，像一阵狂风卷起声浪，淹没战死在河边、碎石堆、红土中的士兵。归降的罗罗兵讷讷望着逝去的同伴生命，不知所措地低头等待命运的裁决。

阿加把金葫芦项链戴在脖子上，抱起狄惹木嘎走向胡海洋："将军，我想加入汉人大军。"

胡海洋看了看沙里曲木，后者没有露出反对神情，对阿加点点头。

两支军队分道离开。胡海洋兵继续沿可渡河往贵州方向挺进，沙里曲木带着狄惹木嘎的尸体回土城向阿莫沙蒂复命。

天气很好，阿莫沙蒂斜靠在躺椅上望着窗外斯补纽纽舍曾命人栽下的童子面茶花，一动不动。沙里曲木低头讲述完可渡河交战情形，未听到土司回应，小心抬起头来看，见女土司嘴角带着梦幻似的微笑，两行泪水悄然滑下。持续不过一月的战斗中，她失去了生命中最重要的两个男人——儿子们的父亲雷波鲁龙和挚爱狄惹木嘎。冬日刺眼的阳光透过木窗照在眼帘上，她眼睛都不眨一下。

沙里曲木抬高声音拱手说："请大兹莫节哀。"正想退下，忽然看到阿莫沙蒂的身体因呜咽而震颤抖动，未愈的腹伤令她额头冒出冷汗，脸色青白得像严冬天空，能摇下满天雪花。

"他在哪里？"阿莫沙蒂的声音沙哑低沉。

"在土城楼口的青棚里。"

"带我去见他。"

沙里曲木在土司楼外等候梳洗更衣的阿莫沙蒂，五个时辰过去了，仍不见人影。他派人去问过三次，阿和一直没有回话。

天色已晚，靛蓝色的夜空浮现出神秘凄美的色彩。沙里曲木不敢离开，心神不宁地在院落中来回踱步。

阿和急匆匆走下土司楼，沙里曲木忙迎上去问："大兹莫何时动身？"

"大兹莫换好衣服坐在木椅里愣神，先前我不敢上前询问。过了三个时辰，她仍一动不动坐在暗处，那副样子让人看着心疼，才斗胆上前说将军在外等候多时，她好似没听到一般没有回应。直到方才才说让将军先回去，大兹莫不去见狄惹木嘎大人了。还说，明日清晨请巴莫查查为他诵经指路，让他早日上路。"

"这？遵命。"

阿和返回土司楼上。身穿九层黑红衣饰，头缠缀满鹰形金坠银丝

314

黑包头，胸挂如意长命大金锁的阿莫沙蒂从木椅上慢慢站起身，银饰发出清脆悦耳的响声。她苍白悲戚的脸像下过小雨后出现在深邃夜空中的月亮般皎洁透明，泪痕还未干透，留下浅浅的印迹。

"大兹莫，文武大将军走了。"

阿莫沙蒂低声说："我们去祭祀堂。"

她们走了很久才走到相隔一个院子的第九院落，阿莫沙蒂一路上走走停停，不停地向土城楼口方向张望发呆。到了第九院落，又让阿和在祭祀堂外等候，把自己关在堂内整整一夜。

微弱晕红的晨光照进罗娿土司府，面容憔悴的阿莫沙蒂从祭祀堂里走出来，唤醒熟睡在台阶上的阿和，身体斜靠在她身上，再也无力走回土司楼了。

33

巴莫查查把公元一三八二年的库什节定于腊月初六、七、八日，阿莫沙蒂将在这三天里举行祭祖大典，祭祖、安灵、送灵。盛典前夕，备办的千石粮草已装满粮仓，散发出芬芳的稻米香味，至曲靖的山路也快修到金马山了。

吉日清晨，阿莫沙蒂率领罗娿土司府所辖两州四县六个千户所的土官们浩浩荡荡来到文笔山龙树下。龙树是三个月前多次寻找比较挑选出来的百年松树，笔直树干上拴满红布，挂着朱玉。供桌的方位由一夜未眠的巴莫查查选定，偏向东北方。供桌正中供有刚宰下的牛头、铜铃、马尾拂帚、木鱼、羊皮鼓、法扇、装满粳米插有草香的漆木碗、鸟形酒杯一一摆放整齐，供桌四周点燃的红烛淋淋漓漓地流着烛泪，仿佛湿漉漉滴着雨珠的森林。

头戴鹰爪竹节为顶、帽檐缀有野猪白齿和黄带法帽的巴莫查查一身黑袍，披着马尾织成的蓑衣早已等候多时。太阳神柱的影子到达红绳系结的圆石上，吉时已到。不时咳嗽的大奚婆戴上木刻天神面具，宽大的黑袍被风吹得飘然欲飞，手举从神山洞府中取来的火种，缓步上前点燃了巨大而未经精细雕琢的铜盆里的柴火。

围坐在青松毛席上的黑袍奚婆们念诵《献祖经》，头戴天神面具的大奚婆围火而舞。火焰升腾舞蹈，光影摇曳，风声、鼓声、诵经声像闪耀记忆的光点流星般飞进虔诚默念亲人的罗婺人心里。

阿莫沙蒂双手合十，轻轻闭上双眼，把繁杂喧嚣的世界关闭在心门之外，嘴里默默念诵经文。

在遥远天边云端深处，缓缓生出一架七彩斑斓的彩虹桥。桥上走来一行衣色光鲜的罗婺人，他们喜气洋洋，像从集市上回来。怀抱咿呀学语小孩的狄惹木嘎笑盈盈地来到阿莫沙蒂面前，喜上眉梢地说："沙蒂，瞧瞧我们的孩子，壮得像头小牛犊。"

阿莫沙蒂鼻头酸疼，喉头堵上了大坨酸菜，泪水不停地往下流，说不出一个字。

耳挂金环、眼睛里闪动火焰光芒的罗婺贵族青年大踏步从她面前走过，他高兴地呼喊："沙蒂，我很快就能见到你阿依了。"

"你是谁？你怎么知道我阿依？"

"我是阿莫基蒲——你的阿纹。"

"你太年轻了，看上去比狄惹木嘎还年轻。"

阿莫基蒲哈哈笑着，红色羊毛披毡像身后长出的翅膀，托着他飞快远去。

阿莫沙蒂满脸泪水地冲他背影喊："阿纹，你长得没木嘎好看！"

阿莫基蒲拉起狄惹木嘎的手，有说有笑，越走越远，消失在洒满金色光芒的白云边。

阿莫沙蒂正在犹豫，要不要追赶上去。忽觉肩头上有手掌拍了拍，她转过身去，脸上伤痕未消的雷波鲁龙站在面前。他的眼睛里蕴藏了变幻不定的四季，流转哀伤怨恨的歌曲。

"鲁龙，请您原谅我。"阿莫沙蒂好容易止住的泪水又流了出来。

他摇着头对她说："我不怪你，我爱你。你永远都是我孩子们的好阿依。"

阿莫沙蒂低下头，泣不成声。等她再抬起头来时，已看不到雷波鲁龙的身影。彩虹桥消失了，亲人们走远了，可她仍能闻见龙胆花的香气，听到死去的亲人们围坐火塘讲古的声音，月琴淙淙如月光铺满的溪流在山间流淌。他们未曾离去，近在咫尺。那是她拥有的最美时光，与眼前无关的只属于自己的另一个世界——那里落花追逐流水，白雪亲吻梅花，笑声像从秋天的大簸箕里筛下的金黄色稻谷，洋洋洒洒，摇撼心魂。

她双手举过头顶，虔诚地从巴莫查查手中接过装有不可回溯的时间、空间、记忆的灵筒和祖灵神牌，穿过鲜血遍野、牛羊鸡堆积成山的屠宰地，围着篝火翩翩起舞的人群和将要举办卜卦、汲圣水、除净、换灵筒、焚灵牌仪式的场地，将灵筒安放进土司府第九院落的祭祀堂里供奉。

三天三夜的盛典将罗娑人送回与逝去亲人团聚的奇异时光里，他们饮酒欢唱，尽情舞蹈，嘤嘤哭泣，絮絮叨叨地诉说思念之苦。篝火照亮山岭、田野、河谷和土城巷道，罗娑人在奚婆们不间断的诵经声里通宵狂欢、发泄痛苦、虔诚祷告。

用青松枝搭建的虚幻世界和镌刻旧时光的祖先灵牌最终将被熊熊大火焚烧干净，青烟消散之后，罗娑人又要整理好痛苦凌乱的心情，鼓起足够的勇气重新面对眼前惨淡而真实的世界。

喧闹的大地在祖灵离去之后安静下来，太阳新鲜鲜地从祖灵隐去的青山之后升起，春光遍野，微风习习。

正月里，云南群山山头遍插大红、纯白、淡粉、浅紫的山茶、杜鹃，雀飞燕啼，大地浓艳艳的春装催促重伤大愈的阿莫沙蒂尽早启程。经过曲靖恶战的沐英大军将在金马山一带驻扎休整数日，等待芒部、东川等部落酋长或战或降的决定。

十八日，阿莫沙蒂领阿莫久支、阿莫驰达、沙里曲木，率驮运粮草、腌肉、盐袋、棉布的马帮和两千罗罗兵从罗娑土司府出发，向金马山而来。

沿路上，阿莫沙蒂表情严肃，甚少说话。队伍行至水城河一带，阿莫沙蒂纵马上山，俯瞰逶迤东去的河流。

阿莫沙蒂久久凝望着水城河，从北边吹来的风将她灰白头发吹散，鬓角发丝遮住她的双眼。她没感觉到预想的欢欣鼓舞，只觉得迷茫沉重。她一次次勒马驻足，在临河山崖边徘徊不前。

阿莫久支催促她："阿依，走吧。"

阿莫沙蒂没有回应，仍然呆呆地望着卷起浑浊浪花的大河。

"您不会反悔了吧？"

阿莫沙蒂奇怪地看了看儿子，像个梦游的人发出低低呓语："你看这条河。"

"我看过无数次了，水城河。"

"你看河水下面是什么？"

阿莫久支扭过脸去，悲愤地说："云南所有河流下面都发生着屈辱、痛苦、挣扎、怨恨的故事。"

阿莫沙蒂任凭北风吹拂，像棵古松屹立在山崖上，侧耳细听，似乎听到了河里无数亡魂发出的哀号。

"它的生命里就是要充满鲜血、抗争、屈辱和难以取舍的选择。"阿莫沙蒂望着长相酷似雷波鲁龙的长子说，"能汇入大海的河流都要历经千难万险，无论发端时多么细小清澈，总要经受泥沙俱下的污浊和曲折枯干的阶段，甚至要隐匿在密林下、浅滩中，看不见行迹。但它终会想方设法地避免消亡，活泼泼地流进海洋。"

"阿依，你在说一条河吗？"

阿莫沙蒂不置可否地继续说："它停不下来也倒不回去，大河跟我们一样，被眼前的人和事深深裹挟向前，充满根深蒂固的绝望又不无细浪翻腾的快乐，满怀信心又暗藏不情愿不甘心的痛苦。"

"我们还能做什么？"

"我们所做的，也许只能改变很久以后的状况，也许什么都不能改变。"

"那——我们做对了吗？"

"天知道。"

阿莫久支疑惑不解地望着阿莫沙蒂在发丝间时隐时现的苍白的脸，他觉得山巅渐有绿意的风还夹带着遥远冰川的寒冷，不由得缩紧身子再次轻声催促："走吧，阿依。"

"走！"

阿莫沙蒂捋捋被风吹乱的发丝，右手稍稍用劲拉扯缰绳，枣红色的大理马跃下土丘，走在青草萋萋柔软似地毯的驿道上。

这一年中，穿过平静中原的北方，草长莺飞的欧洲大陆上，阿莫沙蒂所不知道的英格兰王国，埃塞克斯农民杀死征收人头税的税吏，起义开始后进行得很顺利。在热情的夏季，农民起义者成为了伦敦的主人。有些农民满足于国王的允诺离开起义队伍，而农民起义领袖瓦特·泰勒留下来继续与国王查理二世谈判，提出对统治者更为苛刻而有利于农民的条件。国王不愿意从盘子里分出更多的肉给农民，伦敦市长抽出剑杀死了瓦特·泰勒，农民起义者群龙无首，四散而逃。数月的农民起义只留下抗争和奔逃后的遍地狼藉，生活又恢复了原样。

在偏东方的大片区域，一直动荡不安的普什图人终于可以享受到平静的秋日阳光，他们愿意跟波斯人、阿拉伯人、鞑靼人和蒙古人做生意。看上去像正在烹煮八宝饭，每一种食材都不可或缺。

更遥远的西方，经过无人打破其辽阔宁静的水域，看不见一只海鸟在天空飞翔。那里的丛林荒漠里是否有人的足迹，要静静等待一百一十一年后，一位叫哥伦布的人前去发现。

在中原南方，将要发生的事令人心碎。不可更改逆转的战乱中，一位十一岁的小男孩郑三娃子被沐英的士兵抓住，他们阉割了他，放在军中做秀童。二十四年后，这位失去了男性重要器官的太监率领两百四十多艘海船、两万七千多人七次远航，造访了爪哇、苏门答腊、阿鲁、那故儿、黎代、南渤利、满剌加、锡兰山、溜山、小葛兰、苏禄、彭亨、真腊、古里、暹罗、榜葛剌、翠兰屿、溜洋、刺撒、阿丹、天方、佐法尔、忽鲁谟斯、木骨都束、竹步、麻林等三十多个国家和地区，带走了香料、染料、宝石、象皮、珍珠和奇珍异兽，留下《论语》、《农书》、佛经典籍和农耕技术、深井。然而不久之后，明朝皇帝下令关闭船厂，驱逐船工，禁止造船，封锁了昔日熙攘喧闹的港口，自负满满地向王土之外的国度关上金碧辉煌而又坚固的大门，拒绝或好奇或仰慕的异族拜访。

......

一切波澜归于平静。平静却不肯顺从人意地成为终结，而是竭尽全力地酝酿着开端。在无边无际的历史长河里，表面平静的岁月蕴藏着暗流汹涌和刀光剑影，浮在平静表面的人们终被猝不及防的浪潮击倒、吞没，找不到踪迹。而消逝的人和事，将会在不可预知的某个时间点和空间与未来所有人的命运相遇。

2015年6月一稿
2018年6月第五稿修订完

图书在版编目（CIP）数据

阿莫莎蒂／秦迳殊著. -- 北京：作家出版社，2020. 8
ISBN 978-7-5212-1038-5

Ⅰ. ①阿… Ⅱ. ①秦… Ⅲ. ①长篇小说 – 中国 – 当代
Ⅳ. ①I247.5

中国版本图书馆CIP数据核字（2020）第116305号

阿莫莎蒂

作　　者：秦迳殊
责任编辑：兴　安
装帧设计：意匠文化·丁奔亮
出版发行：作家出版社有限公司
社　　址：北京农展馆南里10号　　邮　　编：100125
电话传真：86-10-65067186（发行中心及邮购部）
　　　　　86-10-65004079（总编室）
E-mail:zuojia@zuojia.net.cn
http://www.zuojiachubanshe.com
印　　刷：天津中印联印务有限公司
成品尺寸：152×230
字　　数：250千
印　　张：20.25
版　　次：2020年11月第1版
印　　次：2020年11月第1次印刷
ISBN　978-7-5212-1038-5
定　　价：49.00元